大地之子

北斗 著

DADIZHIZI

在广袤的大西北，
土地固执地秉承着贫瘠的习性，倔强地与穷人较劲，
但向土地刨食的农民从来没有放弃对它的热爱。

敦煌文艺出版社

图书在版编目（CIP）数据

大地之子 / 北斗著. -- 兰州 ：敦煌文艺出版社，
2017.12（2021.8重印）
　ISBN 978-7-5468-1399-8

　Ⅰ．①大… Ⅱ．①北… Ⅲ．①长篇小说－中国－当代
Ⅳ．①I247.5

中国版本图书馆CIP数据核字（2017）第295630号

大地之子

北 斗 著

责任编辑：靳 莉
装帧设计：石 璞

敦煌文艺出版社出版、发行

地址：（730030）兰州市城关区读者大道568号

邮箱：dunhuangwenyi1958@163.com

博客（新浪）：http://blog.sina.com.cn/lujiangsenlin

微博（新浪）：http://weibo.com/1614982974

0931-8773084(编辑部)　　　　0931-8773235(发行部)

北京一鑫印务有限责任公司印刷

开本 787 毫米×1092 毫米　1/16　印张 26　插页 3　字数 370 千

2017 年 12 月第 1 版　2021 年 8 月第 2 次印刷

印数：5 001~7 000

ISBN 978-7-5468-1399-8

定价：58.00 元

楔子

　　在广袤的大西北，土地固执地秉承着贫瘠的习性，倔强地与穷人较劲，但向土地刨食的农民从来没有放弃对它的热爱，他们用智慧和勤劳创造出了光荣的历史，哪怕种下一粒眼仁珠子，长出的则是一根狗毛，他们依然不会有丁点的怪怨，更不会怠慢和嫌弃。土是他们的命，地是最近于人性的神。因此，望天人紧紧地拥抱着大地，从不践踏，从不亵渎，从不违背。虔诚地向它祈祷，自信地向它索取，无奈地向它倾诉；饿了，伏地而食；渴了，跪地长饮；困了，席地而眠。笑语漫苍天，泪水润大地。这就是他们如此眷顾和热爱土地的理由；尽管这个尘世慌乱芜杂，但总有一群人热衷于为它效劳，因为另有一群人质朴、善良、憨厚甚至愚昧，这就是他们比这群人更"愚昧"的最伟大的理由！

1

　　望天的春天总是来得迟了些，尽管唱"春牛"的人早已走了，但冰雪还是懒懒地不肯退去。屋檐上挂着一根根水晶一样的冰凌，是小孩子们最热爱的琴键了。他们可以挥起竹竿或者皮鞭，随意地在这些琴键上演奏。那晶莹剔透的一排排冰柱，随着孩子们轻易地一挥，便慌乱地散落一地，在铜一般的冻土地上弹跳。他们捡起光与水凝结的冰块，边啃边作为追打伙伴的武器，尽情嬉闹。溅起的一片碎玉，瞬间即逝。任性的挥霍满足着稚嫩的童心，脆脆的响声在望天婉转悠扬。即使因为孩子们的顽皮让本该童话般的屋檐变得残缺了，但也不会因此而少了檐口银色冰帘的景致。纯洁的冰——毫不埋怨孩子们的无情，总是抱着对残阳的幻想，把屋顶最后一瓣雪的消融，变成唯一的纠结和思念。每当夜幕垂落之际，屋檐下的冰柱又像倒立的春笋，它不会像钟乳石那样生长一万年，只需余晖的一瞬。

　　望天地处西汉水源头。西汉水是古书上说的，当地人便叫它汉阳河了。望天东面紧靠崦嵫山，海拔两千多米。崦嵫山周围是黄土堆积的丘陵，如盛开的莲花。一朵莲花的花芯就是一个小盆地，里面窝着一个或者几个村庄。望天处在一个较大的花芯里，西汉水从崦嵫山流出，经过平缓的川道，本应端端流走，它却左顾右盼地随意摆出两个半圆来，酷似太极图，望天人又形象地叫它太极河。这样一来，西汉水就是它的官名，汉阳河与太极河便是乳名了。另有传说：老子出关，把陕西八百里秦川的山赶到秦岭后，他胯下的青牛疲乏得不能动弹了，老子挥起长鞭，被惊吓的青牛向太阳落下的地方奔跑，第一个踩出的蹄印就是望天，青牛流下的汗水，向西流去，就是西汉（汗）水。被赶在秦岭以西最高的一座山便是雄镇三江的崦嵫山，也就是分水岭。三江为长江、黄河和西汉水。长江黄河均属支流，西汉水确源于此。因此，就有了崦嵫山不大不小，压着三江河垴的赞誉。崦嵫山以西，山势逐渐

趋于平缓，山头细浪滚滚，素有崦嵫岛浪之称。山下厚土堆积，让西汉水漫道逍遥随意流淌。西汉水流至铁堂峡，两座山门神一样两岸对峙，被迫挤出一条细细的瘆沟。那日夜流淌的西汉水，打转了一座座水磨和油坊，再次造福望天人。西汉水穿过铁堂峡，就是三国古战场岐山堡了。

曾经由老子的青牛踩踏出的蹄印，变成了一个承载望天人福祉的聚宝盆，在这里分布着四个自然村庄：东有崦嵫山下的分水岭村，西有铁堂峡村，南有明光村，北有望天村。四个村子世代交耕田地，向土地讨要光阴。这里农民的日子虽然清苦，却相处和谐，除把这四村亲如一家的统称为望天外，1949年后，又把设置在聚宝盆里的人民公社也以望天命名，后来就自然而然的成了望天乡政府了。望天四山环抱，南北一座独木桥连接着两岸的酸甜苦辣，东西一条太极河融通了千家的喜怒哀乐。在这个聚宝盆里，一代代先辈们繁衍生息，创造过曾经的辉煌，大约在明朝中期，因这里盛产的大麻在当地很有名，被选为贡品，一时声名鹊起，望天人的血汗也就随之悄悄流入王侯将相之家了。因此，望天人对聚宝盆里的每一寸土地都视为生命，觉得土地是他们最可靠的神。就连汉阳河两边的小路都挤在柳树下了，生怕少长出一苗大麻，谁也不敢浪费这寸金之地。直到1949年后，竟然在平平展展的聚宝盆里建置了乡政府、信用社、供销社、学校和卫生院等单位。一些村民也紧跟其后，把原本在山上的房子搬迁在了大麻地中。

望天自古不缺水，不缺土，更不缺种子。一到开春，惊蛰一过，骚情的土地被锋利的犁铧拉开一道道鲜嫩的口子，撒一把种子，经春雨细细浸润，青苗在柔弱的阳光里一冒出地皮，见风就长。但这些年不行。这些年人们对土地太苛刻，种一根狗毛，便奢望长出一棵大树。贪婪的人们在欲望的捉弄下，给土地里埋进了化肥农药来催生庄稼。一年一年地娇惯，尝到甜头的土地会像任性的孩子，开始倔强地不听穷人的使唤，不见这些化肥、农药就偷懒，甚至装死。硬是把一粒粒饱满的种子，折磨得长出了一根软不拉叽的绒毛来，病恹恹的。作为种地人，这样的庄农你能拿出手？人家的禾苗阳春三月拔节的时候，在早晨的露水里叭叭作响，而你的则像一片霜打的蔫草。不怕你丢死人，就怕青苗丢了命！

望天人是世代的庄稼把式，哪个想在营务庄稼上落于人后？日子过得好一些的不必说，贫穷的人家就难肠下了。春节自然就过不好，本该热闹的年也不敢放纵。一声春雷，会把穷困人的胆炸破。没钱买化肥农药，地就种不上，也没有值钱的眼珠子倒卖，只好把精选出来的上等麻丝便宜卖掉，真叫人心疼，更叫人愁肠！

望天的大麻远近闻名，这个小盆地和四季分明的气候，使大麻在这片热土上占据着得天独厚的优势，加之世代种麻技术的延续，上苍也在不经意中恩惠了望天的子民。可是现在大麻成了冷背货，当今的人几乎很少用麻丝，不穿麻丝做的麻鞋穿皮鞋，不用麻丝织的麻包用塑料袋。本该引以为豪的大麻，不料却失去了往日荣光，成了累赘。囊中羞涩的望天人不得不像泄了气的气球，蔫软得没一点脾气了。虽说大麻的销路不行，但总比种庄稼划算些，再说，除了种植大麻，哪有经济来路？没有别的办法可想，春耕的化肥农药只能指望农村信用社了。

望天信用社在汉阳河边上，旁边有两棵百年倒柳：一棵已被雷殛了树冠，只剩下半截丑陋的树桩，可怜的它再不敢奢望发芽的机会；另一棵树桩躲过了天灾，却遭遇了人祸。树桩被人和虫子已掏空了多一半，里面供奉着财神爷的画像，隔三岔五会有人来烧纸钱。虽然这棵树还剩一半，但还要三四个大汉联手才能合抱。在这棵树桩的门洞上，不知是哪个调皮鬼贴了这样一副春联：烧冥元想换人民币，求贷款为生钱儿子。这副惹笑的春联先不去理会，只说这棵饱经风霜的百年倒柳，只靠这半边的树皮供养仍能枝丰叶茂，不得不叫人肃然起敬。从远处看，这两棵古柳更不一般，成了汉阳河畔的特大盆景。那棵被雷击过的树桩，酷似一块丑石，猥琐地立在另一棵老树的下面，却增添了不少景致。柳树下清清的河水在它的倒影里流淌着，春风把枝条儿荡来荡去，像姜太公的鱼竿，小鱼儿来回穿梭。差点儿伸到河面上的柳枝儿，天真地抚摸着永远够不着的影子，执着得有点可笑。就在这两棵树的下面，裸露着虬龙一样的树根，每一段弓起的根节上面，都被望天人的屁股打磨得

油光闪闪。这里不仅是儿童的乐园，更是望天人休闲谝传的场所。

黄村长坐在树下，旱烟锅插在嘴里，也不冒烟，好像睡着的一只公猫，就连他腿下面的欢欢也慵懒地用一只前爪捂着脸，在开春的阳光里仿佛要睡上一万年。看来，这个小狗和它的主人一样，都害着睡不醒的病。

马上就到惊蛰，地醒了，人倒睡着了。贵成子看着黄村长说笑。

睡醒了！我的地早就哇哇乱叫，渴得吃雪。

吃雪？供销社码了一仓库的雪，吃去。嘿嘿嘿！

听说谁要给徐飞的制药厂种当归，人家就给谁管化肥。

哼！想到猴子手里叼食？

想天上的腊肉？小心掉块骨头砸碎你的大板牙，说话漏风。

人家的贷款有了眉目，才说风凉话嘛。

唉，财神爷叫徐飞包养了，"吱！"贵成子擤出了些黏稠的鼻涕，提在右手还未甩掉，只听见黄二愣几声咳嗽，呛出一口陈年老痰，朝信用社的大门射去，差点落在被风撕残的半页春联上，大家这才看清失群的"鱼"和"水"两字委屈地相互张望。又见一窗户角的防盗筋上结着蜘蛛大网，上面有一只残缺的蝴蝶翅膀，故意在春风中颤抖，想必是要挣扎着从新飞起。外面很冷清，里面却不断传出热闹的下棋声：

吃兵。

将军！

太阳快下山了，一抹余晖照到汉阳河边的柳树上，那一条条柳枝泛着紫红的光泽，看来它们早已按捺不住春心的挠动，悄悄地发芽了。

黄村长把头抬了起来，嘴里仍咬着熄灭的烟锅，他把目光从信用社的门口抽回来，又落在了他烂出一只眼睛的布鞋上，嘴唇嚅动了几下，狠劲地吸了两口烟锅，把本来鼓起的腮帮子吸出两个大坑来。这时的他，好像喝了一口肥羊汤，舒坦得脸上开了花，眼睛已瞪在了额头上，鼻子却把松软的大口压得拔不出烟锅，最后，他只好把烟锅左右摇了两下，才勉强拔了出来，再把烟锅里半生不熟的烟灰，对着他脚上的一只眼睛干净利落地磕掉，然后才从嘴里吹出一柱长烟，在贵成子愁肠的脸上碰出一堆蓝莹莹的雾来。

贵成子惊呆了，黄村长嘴里哪来这一股妖烟？他抬着个死烟锅都睡半天了。贵成子伸直了懒腰，吓得倒退一步说：

村长，你在耍把戏吗？

黄村长向贵成子和善地笑了笑，重新又装了一锅烟，擦着火柴，把一个精神的、跳跃着的火苗倒进了装满烟叶的黄铜烟锅里，只听见"哒"的一声，一个鲜活的生命立马消失了。随即，他抬起头，猛然咂了两口，一堆浓浓的蓝烟把黄村长的头埋在了里面，又是"哒"的一声，又一根烟柱从那一堆烟里冲了出来，直指天空。

贵成子馋得吧唧着空空的大嘴，便笑嘻嘻地从村长手里接过来烟锅，狠命地吸了几口，咽了，也像黄村长一样，一仰头，然后从两个向外翻着的、猪一样的鼻孔里喷出两根烟棍，捣进黄村长的皮袄里，戳得白色的羊毛东倒西歪。只见黄村长怀揣浓烟，好像是他从心里冒出的。

钱儿这狗日的。贵成子两个瘦小的、干瘪的、黑玛瑙一样的眼珠子差点从眼眶里笑了出来，他给黄村长点着头，死皮赖脸地说，我咋一辈子就缺这孙子呢！

黄村长把头一歪，看着可爱的贵成子。

你咋不管？你是村长。

我算柳树洞里的财神爷还是信用社主任？

我不管，你总该是村长吧！

黄村长看着不懂事的贵成子，把烟锅夺了回来，没有抬头，只是抽烟，一口接一口地抽，看样子，他要把这块黄铜非融化不成。

今年没化肥种不上地，我就不给你承包费，还有村提留。

我也不……

想给，只是没有。

哼，逞能。

不是逞能，只是……贵成子正想说下去，信用社的门"哐"一下开了，

主任高天和望天制药厂老板徐飞笑骂着出来了。信贷员小唐锁了后门，瞥了一眼树下的闲人，紧跟着高天他们去了街道的另一头。在他们的声后，淫秽的脏话散落了一地。这些浪言秽语没有惹怒柳树下的人，倒是黄村长的欢欢跳了起来，瞪大眼睛，朝他们愤愤地叫了几声，好像它是人似的。

把门扇给踩烂，再看他说开就关……黄二愣气愤得说了错话都不觉得。

你踩了，李木匠的款就贷上了。贵成子嬉皮笑脸地奚落李木匠，见李木匠没有理他，看了一眼装死的黄村长，又看了一眼高天他们远去的背影，轻轻地说：唉，饭没盐像水，人没钱像鬼！

春天的傍晚，灰蓝的炊烟漫延在大地上，把整个村庄隐隐约约地托了起来，云里雾里，若隐若现，显得缥缈而神秘，坦然又祥和。偶尔透几声狗吠，又几声鸡鸣，还有牛的响鼻，驴的惊叫，倒把本该死气沉沉的村庄闹腾得又活跃了起来。

秋子家住在河边上，门口筑着石碾盘。如今这个碾盘除了望天人在腊月时节，碾煮黄酒的酒醅外再无它用。但在早年间它的用处可大了，天旱磨面全靠它。农业社时期，防暴雨，碾炸药，它也没少出力。秋子的男人白平和在世时是远近闻名的打暴雨炮手。他一听到雷响，便立马带着贵成子向北山顶的堡子跑去，履行他一个民兵连长的职责。山顶上有专门为打暴雨挖的防空洞，里面存放着炮筒和几箱子他们自制的炮弹。只要有黑黑的乌云向望天方向袭来，贵成子便拿出炮筒，白平和麻利地装上炮弹，点燃后，马上钻进防空洞里，只听得"轰"一声，一颗炮弹冲进乌黑的云里，把那堆狂躁的黑云打得四处逃窜，有些顽强地掉下几滴眼泪，有些知趣地变为白云，自由于天空。白平和他自己的看家本领，专打云头，几炮下来，便会云开雾散。对于白平和打云头的稳、准、狠，贵成子很是佩服。但有一次，极不幸运，风一过，雨就来了。白平和没来得及叫上贵成子，一人连滚带爬上了山顶后，已是乌云翻滚，雷雨交加。他把一颗炮弹点燃装进炮筒，跑进防空洞后，没响，等了一阵后，又没见响。就在白平和跑出去的一刹那，炮弹在炮筒里炸了，没打着云头，倒是打着了白平和的头。当牛若谷从黑云和暴雨中把白平和背下山的时候，他已没命了。后来有人把谣言推在瞎子半仙身上，说是白平和打暴雨时把龙王爷的头伤了。又说秋子家门口那个碾盘，正是"白虎"当道。秋子不信这些，好友巧姐儿劝她把这个"白虎"搬走，秋子只是叹气罢了。她想过年大家都要用它碾酒醋，放这儿方便，也习惯了，搬走它，门口倒冷清清的。

秋子住着三间坐西向东的房子，两间南房为厨房，两间北房用作仓库。这么大一个院子，可惜只有她和女儿棉花两人住着。青岗叔一直住在北山上，日夜守护着七太太的陵墓。白平和去世后，秋子去请了好几次，他舍不得七太太，不肯下山来，也就只好由他去了。这个曾经上过抗美援朝的老兵——军人出身的他就是这么倔强。

棉花生性腼腆，已经是十七八的姑娘了，和黄村长的儿子三郎在天台城读书，一般两个星期回一趟家，取点米面油什么的，顺便来看看妈妈和爷爷。棉花一来，秋子家就像过节一样，青岗叔也会被乖巧的棉花软缠硬磨请下山来，秋子呢，便会拿出她的手艺来，做他们爱吃的麻麸馍、馄饨或者"面鱼儿"。难得一家团圆，当然她也有了兴致，做起饭来就格外精神。

又是一个周末，秋子也没什么事，便到分水岭的半山去接棉花。春风徐徐，她漫步于山上，已深深感到春天的温暖。时令如约，节气一到，什么也无法阻挡。这就是大自然。宽宏的它平待众生，不论穷富，不论老幼，都会给你一样的节令，一样的空气，一样的雨露和阳光。其实，世间万物只要你一遍又一遍反复观察体味，就会认清它的本质。不论万物如何变化多端，终会回归根本，总以和善厚德来抚育尘世苍生。秋子看着山下的望天，烘托在大自然的雾岚里，那些平展展的土地，经过了一冬的休养，早已精力旺盛。憨厚平坦的土地，永远蕴藏着一颗对人类的慈爱之心。它一年又一年无私地奉献，为生灵源源不断地提供着各类食粮。在它无限宽阔的胸怀里，土地无私地变幻出不同的物种，不同的花色，不同的气味，不同的果型，不同的营养等等，来供众生选择享用；在它无限宽阔的胸怀里，动物来了，植物来了，

猛兽来了，飞禽来了，虫菌来了，病灾来了；在它无限宽阔的胸怀里，大象漫道逍遥，蚂蚁匆匆忙忙。土地啊！一个伟大的母亲，一个盖世的英主，一个空荡荡的神……

一群回窝的鸟，从秋子的头顶掠过，留下了欢快的声音，才把她从遥远的思绪中惊醒，又回到了现实中，静静地看着眼前这片生她养她的土地。在她看来，国家的政策这么阳光，极力让农民富裕起来。望天人守着上苍赠予的聚宝盆，端着金饭碗，咋就富不起来？这是近几年最折磨她的一块大心病。眼下正值春耕生产的大好时节，望天的大多数人却面临着无钱买化肥农药的实际困难，严重影响着适时春播。这件事叫秋子很是揪心。眼看惊蛰很快就要到了，望天人总不能把种子紧攥在手里吧！

秋子热爱望天，更热爱望天的人。白平和去世后，是他们把她从痛苦中拉了出来。他们的善良、质朴、憨厚和执着时时地感召着她。她想报答，可惜没有机会。一个"穷"字，烙在她的心头，叫她好不难受。她曾经给原信用社主任牛若谷表白过，但他已免去主任，到天台区农行家属院烧锅炉去了。望天人都清楚，新提拔的主任高天一上任，就很少给望天村民贷款，而是把信用社的一大部分资金贷给徐飞，办起了望天制药厂。村民形象地说，不是制造什么当归丸，是把信用社"当鬼玩"。村民怨声载道没用，人家徐飞上下有人。再说，信用社还不是支持乡镇企业？总要让一部分人富起来。秋子看着雾气中的望天，看着处在聚宝盆最中心的信用社，她一个妇道人家，多少有些理不清，道不明。让一部分人富起来，究竟是哪一部分？为什么只让一部分人富起来呢？这一部分人当中有没有选择？比如年轻有为者，比如仁义道德者，再如衷心地为大家服务者？她疑惑不解……

秋子这样想着，但她还是为当下的春耕生产着急。如果牛若谷在，当然大家就不会操心了。他是信用社的主任，也是共产党员，再退一步，他更是地地道道的农民的儿子，应该晓得农民与农事。

农民为何这样苦？农业为何这样落后？农村为何还这样穷？作为农民的儿女、共产党员的她深思着，看着山下的望天……

秋子一回到家，刚刚站在石碾旁，五儿就迎了上来，摇头摆尾，并向她轻轻地叫了两声。从它微弱的叫声中，秋子能分辨出它在委婉报屈，不该把它丢在家里。它不能舍弃主人，跟随主人是它的本分。如果主人没必要带它，它会在家守卫，尽其所职，绝不会有半点埋怨。但主人也不能随意不顾它的感受，若有若无一样，这样它就不高兴了。但五儿一见到秋子后，调皮而欢快地缠磨在秋子的身旁，却把一切不快全忘掉了。秋子抚摸着它，天慢慢黑了下来。她看着皓洁的明月边上有一片云慢慢游动，她的头顶出现了短暂的阴影，一股忧伤再次轻轻袭来。她立于石碾旁，石碾的冰冷，寒月的清辉，促使她悲伤的思绪在春天的夜晚一次次涌动……她一人在家，棉花一人在学校，青岗叔一人在北山上，还有她苦命的男人白平和在天国。一家四人，各自一方。秋子在月下静静地聆听着汉阳河流动的声音，再次抱着五儿，感叹一阵后，她又感谢起了近乎绝情的上天，在给她带来悲伤的同时，又给了她生活的希望。棉花——她的宝贝是多么的善解人意，小小年纪就懂得为妈妈分担忧愁，这不能不说是上天送给她或者补偿给她的最好礼物吧！另外，青岗叔虽然不是她和白平和的亲人，但又胜过亲人。他正直善良，注重感情，简单真诚。他为了曾经的主人七太太不顾生命危险，舍身救助。他为了死去的七太太终身不娶，甘愿做一个多情善感而无怨无悔的守墓人！

<h1 style="text-align:center">2</h1>

自从牛若谷被免去望天信用社主任，调到农行家属院烧锅炉之后，一直愤愤不平，主要是把徐飞的制药厂也当乡镇企业，把徐飞这样的造假者也当企业家来支持，把高天这样的人放到主任岗位上来管理一个信用社，他怎么都接受不了。他当时大发雷霆，粗暴而狂躁得简直就像一头笼中的狮子。他当着望天信用社的同事撒过酒疯，他带着怒气闯入联社副主任丁力群办公室论过理。他不是舍不得主任头衔，更不是丢不了这张脸面，主要是望天信用社他已苦心经营了多少年，太有感情了。另外还有老前辈的心血，一旦毁于

这些人之手，真是太可惜太可惜！徐飞竟然把火炉子沟的白土掺和些"美国二氨"，用编织袋装了运回他的老家当化肥卖，坑害父老乡亲。这样没有道德底线的人即使把他扶持起来，还能怎么样？不管牛若谷当时怎么理论，丁主任总认为他闹腾的理由就是被免去了主任。趾高气扬的牛若谷把他曾经上过老山的经历作为资本，时时刻刻拿出来显摆和炫耀，这是丁力群最不能容忍的。早就要拔了这颗老虎牙没个机会，正好他来阻止改革反对支持乡镇企业，撞在风头上，借改革之名把这个犟牛也改革改革，等待他的不是锅炉房难道是联社主任岗位吗？

后来，牛若谷也慢慢想通了。他敬重的青岗叔在抗美援朝中曾经受过几次伤，一个酷似月牙儿的伤疤在右屁股上跟随他半辈子，现在不也是心安理得的守墓人。他又一想，觉得自己好无聊，这就是世事！现在，他在看似乌黑的锅炉房里不是很满足吗！他把堆放杂物的墙角腾了出来，收拾干净后用土坯盘了个火炕，把铺盖卷在上面摊开。将贴着炕两面的黑墙用牛皮纸糊了，买来几张白底蓝色菱形块图案的墙围纸，又覆了一层。然后接了灯泡高悬头顶，屋里一下子亮堂而温馨起来。看门的老赵耍笑说他在收拾洞房。他也笑着说，对，要与锅炉结为百年之好。他在锅炉房里倒觉得自由自在，这里成了他的王国。他在这里可以随意地把每一块煤丢进张着血盆大口的锅炉里，还可以任性地说笑和喊叫，甚至在酒后大声高歌和哭泣。他不怕脏和累，热爱这份"来之不易"的工作。他把锅炉身上的所有陈年老垢清理得干干净净，把吊在房梁上的一串串灰尘用水龙头冲刷下来，把本该黑而脏的地面洗出了水泥的光亮，甚至将砖墙缝隙里的尘土全冲进了地下水沟。他等待着夏天的来临，便会把火炉子沟被徐飞造过假化肥的白土拉来，叫它真正派上用场，把整个砖墙粉刷成白色，把这一堆煤山照亮。在他经营的王国里要黑白分明，好叫每个角落里的煤块显现出来，让它发挥应有的热量，把这一点温暖，通过管道输送到每一户人家。

就一栋家属楼和一栋办公楼的暖气，在膀大腰圆的牛若谷手里能有什么干头。闲下来的时候，除了给看门的老赵帮一会忙或顶替一两个班外，他再没有丁点的事做。幸好后院有一片废弃的菜地，他像绘画大师见到上品的宣纸一样，一心扑在上面，仿佛要创作出不朽的大作来。

每逢农历二、五、八，就是望天逢集的日子。一大早，赶集摆摊的人便迅速地占据了有利地形，人背牲口驮，把待销售的土特产全堆在自己的摊点。不大的市场，主要交易的是大麻丝和大麻手工制品，如麻绳、麻袋、麻布以及麻鞋等等。在信用社门口的河畔，摆摊的人把绳子往两棵柳树上一拴，上面挂起了长长的一道道麻丝，成了这里最亮丽的风景。太阳从崦嵫山冒了出来，照到这一道道麻丝墙上，银光闪闪。这里的人不仅是种麻的把式，更是做麻制品的高手。黄村长编织的绳子在汉阳河一带远近闻名，大绳、小绳应有尽有。大到赶马车的套绳、架子车的拉绳、人背的扎绳，小到背带、马鞭以及三尺长的裤带。方形的有棱有角，圆形的通身粗细一致，扁的薄厚宽窄均匀。有时上茅房，黄村长先抽出自己的裤带吊在脖子上，或者挂在茅房外的橡头，主要是拿出来显摆。三尺长的裤带，中间一段为一寸的扁，两头收成一指见方后，再绲出筷子粗细的圆，然后在梢头打一个八棱的结再梳出两个小辫儿，采摘一朵花瓣揉碎，染出他想要的颜色来。吊在裆中，漂亮极了，骚情极了。要是黄二愣的老婆百灵鸟在公众场合说笑起来，便会在一把抓住小辫儿的同时，趁势抓住黄村长的八棱结。每当这时，黄老头子会皱着脸哇哇大叫，连声求饶。只要百灵鸟一松手，他假装被这蛮婆捏坏了子孙，死皮赖脸地向人家索赔。在娱乐大家的同时，也顺便过过浮云之瘾，放松放松浑身的闲肉，借此捞一点便宜，才会满足，要不村长白当了不成！

秋子的一架麻丝像围墙一样把她圈在其中，中间台案上摆着她精心制作的鞋子，有男有女，有大有小。不管是一双布鞋，一双麻鞋，还是娃娃的小靴子，她都从不怠慢。她的针线活，极为精致。尽管这样，买卖还是不尽人意。一天下来也卖不了几个钱儿。不过，在家也是闲着，何况在家门口。

秋子坐在纺车前，背靠麻丝墙，一手摇动着纺车，一手拉着一根粗细匀称的麻丝线，有节奏地缠绕在纺车上。动作娴熟，从容不迫，淡定自如。一

双大而黑的眼睛总是水汪汪的，再加上她光亮的脸蛋和舞蹈的双手，看上去她不是在纺线，倒是在春天的阳光里表演。啊！这不是诗经《诗·豳风·七月》中的"昼尔于茅，宵尔索绹"中的《索绹图》吗？

巧姐儿更是机灵极了。她在秋子的身旁摇着挑车，活像虔诚的藏族佛教徒，稍有区别的是她始终带着微笑，不像佛教徒那样庄严。她与秋子酷似佛前的两个童子，把人间的有形生命在无形中拉伸。在她们的手上，把一条条细细的柔软麻丝，紧密地编结在一起，拧成结实牢固的绳子——这大概就是最朴素的合作力量吧！

黄村长坐在摊位上，捻着麻线。他的道具简单得叫人不可思议，只用胡萝卜一样的半截木棒作为线陀螺，先把一头缠在木棒中间，一转动陀螺，线的另一头就得赶紧续上麻丝，他随意地搓揉着，一条麻绳就会在他的手里延长。贵成子过来了，夹着棉袄，接过线陀螺自如地转动着向后倒退，他看着黄村长续上一丝麻，便用双手轮换着架起麻绳不停地捋，这样才能匀称紧密，光泽鲜亮。贵成子龇着两颗大黄牙，也学了村长的架势，抬上半截自制的烟卷，用半张嘴呜里哇啦地说，收线，收线，再不收就翻过分水岭了。这时的黄村长玩着把戏，有意不收线。贵成子只好紧转木陀螺，他手里的麻绳就像是一根铁丝一样，一头直钻进了贵成子敞开棉袄的怀里，他还要往后退时，只听见后面的人开始喊叫，急得贵成子大喊，你在和汉阳河比长吗？这时，黄村长开始急急收线，猛拉了几下，把个猴子一样的贵成子拉得向前跑了几步，麻绳的弧线险些拖在地上，他又往后一仰，立马把弧线拉了起来，一步一步地跟着村长的节奏往前移，快到秋子的摊位上时，秋子看着被黄村长戏耍的贵成子，不住地笑着。贵成子很想停在秋子的面前说句话，不料，黄村长再次耍起小心眼，拉紧了绳子，不给他留有奸狡的机会。贵成子噘着嘴，把一对瓷实黄嫩的板牙紧紧地包在里面，生怕受了风寒一样，不情愿地人往前走，头向后看。黄村长拿捏麻丝自如有度，且眼神挑剔。扯着绳子转陀螺的贵成子躬身卖力，又像孩童一样顽皮，极富情趣，这不又是一幅滑稽有趣的《索绹图》吗！

在笑声中贵成子看见黄二愣老婆百灵鸟牵着一头猪仔过来了，他顾不了黄村长在收线，便放开嗓门说：

鸟鸟儿，把猪仔牵来干啥？

找你，猪仔一早不见你就急得不行，这不，一见到你就乖了。

嘿嘿，你不要卖了它，再丑是你亲生的呀。

百灵鸟见猪仔被贵成子吓着不走了，便朝它的屁股上踢了一脚，猪仔疼得叫了一声，她又大骂开了：

叫你大吗？

你俩争啥呢，不就一个是猪大，一个是猪妈。黄村长一边说着，一边取下抬在嘴边的烟锅，生怕说不真切似的。

赶集的人们看着这个场景，听着放荡的嬉闹，把半条街笑成了一条喧闹的河。

大概是这热闹的笑声把信用社的门抬翻了，信用社的门便开始晃动。太阳已照在信用社营业室的窗台上时，小唐取下门窗的镶板，防盗筋后的玻璃闪着亮光，再次把那些蜘蛛的作品裸露在了太阳里。窗棂上的铁红漆早被一层层尘土代替，从玻璃上透出的窗帘，也失去了曾经的本色。

还没等小唐完全收拾好，门外的村民饿狼一样扑了上去，怕迟到一步被人抢走他的钱儿似的，几十个人把本来窄小的柜台推得吱吱作响。

挤啥挤，今天没钱，等几天。

昨天不是说今天就有了？

再多也经不起你们这样取。

小唐挤进柜台后，只听得"咣当"一声，营业室的柜台边门就反锁上了，谁知这时一本存折竟从人群头顶上飞了进去，落在了小唐的怀里。

李村长在一堆人后面踮着脚尖喊：小唐，是我的，都取了。

这不行，只能取五百，不就两袋化肥，能用这么多钱？小唐一看这是明光村委会的存折，有三千元存款，便瞪大眼睛说。

还有其他人哩，贷不上款，先借给他们。

那不行，我们信用社就是把钱全拿出来，也满足不了你们。

外面的人一听小唐这么说，就更急了，生怕自己取不上，又是一阵骚动。

李村长急了，赶忙把几个人的存折收起来，从后院进去了。

高天还在沉睡中，李村长凭着村长的头衔硬是把他的门敲开了。高天呼哧着满嘴的酒气开了门，李村长一见满地的烟头，赶紧从门后拿起笤帚，很认真地打扫着火炉旁的垃圾并笑着说，我的爷，你不支持我，明光村的地咋种嘛？

高天挣扎着坐了起来，给李村长递了一支烟，自己也抽了一支，李村长不好意思地从上衣口袋里掏出一包完整的烟，放在了高天的床头上。高天接过李村长手里的一沓存折，一一看了，便顺手放在床头上，吐了一口烟说，李村长，你也太抬举我们信用社了，全部业务停了都给你取不了这么多。我一共不到一百万的存款，都贷出去了，另外你也清楚，前些年叫牛若谷把信用社差点弄倒了，他放的款大多数都在你们这些村民手里收不回来，你说说，我这个主任难不难？

李村长又听高天叨咕牛主任，暗暗替牛若谷叹了口气说，那你得给我想想办法，我们的牛架在犁上等化肥，要不，有些人取定期存款干啥，还要赔利息。

我给你解决两千元，其余的叫他们自己想办法去。

离了信用社，还能到哪想？

听说火炉子沟村长鸡罩有高利贷嘛。

那要三分的利，我的爷。前天有人去了，他今年又涨到五分了。

高天房子的火炉被李村长捣鼓得很旺，屋子里一下子暖和多了。这时，小唐进来说，主任，库里没钱了，干脆把门关了吧。

李村长用脱下的帽子擦去了流下的汗水，睁大眼睛看着高主任和小唐，张开的大口，半晌合不拢了……

黄村长和李村长约好去找乡政府王哲东乡长。王乡长刚从老家回来，把房子收拾得很是整洁。王乡长是出了名的"王干净"，干净得头上几乎没了头发。他不抽烟不喝酒，可是常年吃着老婆给他配的单方。大虚症把他折磨得更加绵软了，温和得好像没一点脾气。原先他一直吃六味地黄丸，不见效，老婆到处给他求神打卦，采集各种治肾的灵丹妙药。他只要一回家，大包小包总要带一些，诸如何首乌、党参、金锁阳等等。药吃得不少，就是不见效，看上去总是疲沓沓的，缺少男人的阳刚。怪了，他说话不但不"娘炮"，有时突然冒一句能顶倒墙，这和他的性格倒反差很大。不过，他虽然是一乡之长，也不耍官架子，更没有官腔，随和的脾气落下了好人缘。黄村长和李村长还没有进王乡长的门，一股中药味儿扑面而来，他俩正要敲王乡长的门，却见他端着一罐药渣出来了，里面还冒着热气，李村长赶紧伸出双手说：

王乡长，来来来，我喝了，还有点药效哩，倒了可惜。李村长开着玩笑。

小心烧手，灶房后有一堆灰，倒里面埋了。王乡长披着一件呢子大衣，给李村长递过药罐后抖了两下肩膀，把黄村长让进门来，用手指了一下火炉旁的椅子，黄村长一屁股坐下，习惯性地掏出了旱烟锅，装烟，捋嘴，空嚼牙。王乡长给刚进门的李村长递了一支烟后，自己端起一碗还冒着热气的汤药，碗沿儿一挨上嘴皮，只听见"吱"的一声，半碗汤药不见了。

李村长坐到椅子上抽着烟，王乡长又把一包药倒进药罐里，里面倒了凉水，把一张包过药的麻纸捋展后盖在药罐上，放到办公桌下，然后从柜子里端出一盘子油饼，七八个叠在一起，从油饼里跑出了一股胡麻油的香味，把黄村长的喉结弄得上下蠕动。王乡长拿过来了茶罐和茶杯，放了些茶叶，倒上水靠到铝壶旁边窜出的火焰上，他坐在黄村长对面的椅子上，给黄村长一个油饼，黄村长笑着说，乡长，不吃还真不行。李村长只咬了一口，就在黄亮的油饼上留下了个大大的月牙儿，伸着脖子边嚼边说，这油饼香到骨头缝缝里了。

你一辈子遇上这样的弟妹，真是不枉来一场。黄村长笑着说。

你老婆亏了一篓油的绰号，油篓里装的全是坏油。嘿，两只狗眼死死盯着怕你偷吃食儿。李村长笑话黄村长。

你老婆把你喂得猴精猴精的，给你吃的啥？燕窝海参还是黄豆油渣？黄村长骂着李村长。

黄豆油渣牛吃上犁地，你吃了光攒狗粪。

说正经的，说正经的。王乡长说。

乡长，今天不是吃油饼喝你的陕青茶来的，你看看，惊蛰都过了，有些人没化肥种不上地。黄村长端着杯茶说。

明天要召开"三干"会。这次区上的会议精神除了春耕生产，还有计划生育。我们望天的"黄牌"要是今年摘不了，我这个乡长的脸往哪儿搁？

一提到计划生育，李村长就抬不起头，他的大儿媳妇已生了两胎都是女娃儿，怕待在望天有个闪失，和大儿子一直在外地打工，几年都没回来了，这是他最怕的事。哪怕十年种不上大麻都是小事，但儿子给他种不出个孙子，这才是他几代人的大事。李村长脱掉了帽子，汗水悄悄从他干瘦的耳朵后面密密麻麻渗了出来，几根软软的头发粘在一起，倒显得很黑很油亮。他推让过了王乡长再次递过来的油饼，本来还想吃，但不好意思地低下了头。

你明光村今年再给我放水，我的乡长就下课了。

王乡长，我们望天村今年问题不大，一个钉子户年前从外地抱回来了个带把儿的，这家伙这两年可把我折腾坏了，硬是把家丢给他老子，带着媳妇一心在外边打工边生娃，也算他命大，年三十的晚上还给我送来了两瓶"西凤"。黄村长说着又拿了个油饼。

李村长像霜打了的一样，埋头抽烟。心里骂着黄麻子，脸上的坑二升麻子都填不满，脸麻心黑，麻蛇心毒。你个黄麻驴想喝稀粪我给你担两桶，你不应该在这里说大话。黄村长意识到他的话刺伤了李村长，赶紧转了话题对王乡长说，王乡长，信用社不但不贷款，连存款都取不上，你难道不管？你是乡长。

高天把乡政府不放在眼里，他成天和徐飞这些人在一起吃肉喝酒，我看非把信用社折腾垮不行。王乡长喝了一口茶，叹了一口气说，要是牛若谷在就好了。

听说牛主任给农行烧锅炉，唉……黄村长紧跟着也叹了一口气。

明天的"三干"会上，我要说说信用社，叫他高天在会上表个态。

对对的。李村长抬起了头，又给王乡长说，还有，他总不能不取存款吧。他真推着不取，我就领上明光村的村民，把信用社围了，攻打不下我不姓李。

乡党委刘书记病在家里，给高天已经捎过话了，他说好要解决。真不行，我要找区信用联社的主任去。

对！找他的头儿。黄村长停下正在装烟的手，指着伸起的火焰，像批斗他儿子三郎一样严肃而激动地说，不向区联社告他，这家伙就把信用社办成自己的了。听说，他把一部分款贷给了火炉子沟的村长鸡罩，鸡罩的生意比信用社还红火。

鸡罩心太狠了，我也找过他，他的利息今年要五分。李村长说，我给他讲到二分，人家还不答应。

一分都不行，这是违法。黄村长看着王乡长说。

明天会后，我要找鸡罩，他还这样乱搞，至少村长就别干了。王乡长说着，从柜子下取出了药罐，用一根筷子搅了几下，搭在了火焰升腾的火炉上。

李村长和黄村长从王乡长办公室出来，李村长的气不打一处来，他瞪了一眼黄村长说，老黄狗，你何必在王乡长面前逞能。你能确保三郎给你生个带把儿的？

黄村长自觉理亏，被李村长骂得像晒干的猪尿脬，一脸的难为情，便低了头说，你看你，你看你这人。

乡农机站紧挨着乡政府，院子很大，十几间平房还是知识青年住过的。农机站站长把院子租给徐飞办起了望天制药厂。说是制药厂，其实就是做了块写着"望天制药厂"的大牌子，把农机站的牌子一换，放了一串鞭炮，就变成制药厂了。制药厂刚办起的时候，徐飞在原乡长的鼓动下，从外地请来了技师，利用望天当地产的当归、大黄，做了些丸药，除了给乡村几家小诊所送一些外，再没人敢吃他制造的药。厂子里还有不少丸药在一间房子的墙

角堆着，两架设备像死牛的肋骨一样在牛毛毡棚下放着。徐飞也不想再经营，在他的办公室摆上了一张床和一个麻将桌，便成了他和高天等人的俱乐部。徐飞是李村长侄女李大姑的倒插门女婿，李村长对这个外来的江湖很反感，但他大嫂怕财神爷叫李村长给弄跑了，为此找到李村长家闹腾了一回，李村长和老婆从此再也不管了，只是亏了侄女大姑。李村长心想，要是他大哥活着，非把老妖精给除了不可。结果，徐飞一结婚就不三不四起来，即使在望天，也不回家。不几年，把老妖精也给气死了。只可惜侄女大姑是个胆小怕事的善良女子，任凭徐飞欺负。

望天的春天，夜晚还是很冷的，信用社主任高天、信贷员小唐和火炉子沟村长鸡罩坐在徐飞的办公室里。徐飞从城里带来一个叫小红的姑娘，说是他的秘书，浓妆艳抹，穿着艳丽，短短的裙子下面一双丝袜把两个细腿包扎得分外惹眼，高天不住地给徐飞挤眉弄眼。徐飞一把把她揽在怀里，给她涂满口红的嘴里插了一支烟，小红在他怀里柔声细气地捣乱。徐飞把她像一把鸡毛一样举了起来，她叫着，闹着，不好意思地挣扎着。

鸡罩在一旁，觉得这女子太娇艳了，简直就是个妖精。火炉子沟几代都没出下个这样的妖精。望天也没有。要是望天有，他要捏死她。他低着头想，自己挣的钱儿太少了，和人家徐飞老板没法比。放高利生钱儿太慢，即使他今年提到五分的利，什么时候才能攒下这样一个妖精呢？他低着头，满满地喝了一杯酒，不解愁，又倒了一杯喝了，搓了一阵手，心里骂着。

高天从嘴里喷出一个烟圈，慢慢套在了小红的头上，然后又吹出一口烟，一碰到小红的脸上就化开了。小红接过徐飞手里的一杯酒灌在了高天的嘴里，呛得高天连连打着喷嚏。

鸡罩端起一杯酒敬给徐飞说，大哥，小弟敬你一杯。

徐飞看着比他大好几岁的鸡罩把他叫大哥，便对着鸡罩笑了笑说，我真老了？

鸡罩赶忙解释说，不是的，不是的，你在江湖上就是我的大哥。你是老大，我的大大……

话音未落，鸡罩醉倒在火炉上，一壶沸腾的水被他打翻后，半壶倒在他的腰上，半壶灌进了着得正旺的火里，立马腾起一片尘雾，弥漫在灯光里，屋子里一下子昏暗了起来……

3

天台区联社由天台区农业银行代管多年了。农行马行长给农村信用社争取了好多优惠政策，而其他领导只要一提起农村信用社便牢骚满腹，在他们眼里，农村信用社就是一支游击队、土八路。从文化结构、员工素质等方面，都不能与农行的正规军相提并论，一年稽核下乡检查最多的就是信用社。检查提出的问题总是接二连三，就像春天的韭菜，一茬还没割完另一茬就长出来了。

天台最偏僻的远坡信用社，有一晚上几个职工酒后打牌，有人提议，干脆来点荤的，支上几毛钱玩一下，其他几人也积极响应，正玩得起兴，却听见外面有人敲门。已是半夜了，他们也没觉察到是区农行保卫股来查库，当其中一人把院门打开后，保卫股的人见他们在赌博，当场缴获赌资三十多元，保卫股长觉得这次他逮住了几条大鱼，就不能轻易放过，借此他也过了过给别人开会的瘾，再叫他们写了个长长的检查。事后，这件事很快就得到了处理，一纸文件下来，四个人全部开除。尽管这四个人都找领导，但因赌博性质严重不能从轻。会上，联社于副主任提出给他们一次机会，开除留用察看一年，但是，没有通过。这就是信用社的"三铁"：铁制度、铁算盘、铁账本。只要碰在钉子上，轻饶不了。

针对天台区农村信用社员工素质问题，农行召开了几次专题会议，最后决定进行"输血"。要从外面招聘一些文化层次较高的人员，增加到农村信用社队伍中来。政策一出台，不几天，就陆续招进来了几十名职工，大都是农行职工子女，甚至还有他们的七大姑八大姨，当然更少不了一些政府领导、法院及税务部门的子女。新招来的员工发挥各自优势，农行子女主要任务是

挖农行的墙角，把他们大锅饭里的存款转一些给信用社。这样一来，农行领导逐渐不嫌弃信用社了，沉睡多年的案子也有人过问了。于是，业务经营相对有了好转，资金实力得到了"快速"提高。马行长也不太为难了，他在会上提出给联社增加了几间办公室，并给于福民副主任、丁力群副主任和许大山总稽核分出单独的办公室来。

天台联社就在这样的夹缝中生存着，在马行长的据理力争下，除增加了办公室外，还争取到了一辆农行快报废的帆布篷吉普车。于是，鸟枪换成了大炮。在此后的几年中，农村信用社自然而然成了解决农行子女的"基地"。于副主任虽然心里窝着火，但他也很能理解马行长的难处。于副主任在办公室找到了马行长，马行长平时不太喜欢喝酒，但他今晚倒提来了一瓶酒，和于副主任两人坐在办公室喝了起来。于副主任也来了兴致，从小卖部买回来一包花生米，两人就坐在办公室边喝边聊。

于主任，其实我有好多想法，现在农村信用社的体制所限，我作为农行的行长兼联社主任，也不能一贯偏向信用社。马行长语重心长地说。

您这样支持我们农村信用社，我打心底里很是感激。

农行的一些人对农村信用社有看法，他们总是用老眼光看待农村信用社。

马行长，我于福民由衷地给您敬一杯。要是没有您对农村信用社的支持，我们的日子更艰难！

哈哈，可千万别这样说。马行长端起酒杯和于主任对饮。

不不不，马行长，我要敬您一杯。

马行长微笑着端过酒杯说，我也不胜酒力。

你喝了，我今晚有话给您说，平时还没个机会。

好的，你说吧。

马行长，我们天台农村信用社眼下不光是缺少人才，缺少的是政策，更缺少的是制度。

噢？说来听听。

用好一个主任就能繁荣一个信用社。于主任一口喝了一杯酒说。

就是。马行长点点头。

信用社主任再也不能只凭关系任命了，要通过职工投票选举，叫大家说话，把正直的有能力的人推荐上去。另外，把全区的重要岗位全部进行投票推选，我建议进行一次大调整。

具体说来。马行长给于主任倒了一杯酒，给自己也倒了一杯，端在手里，很认真的样子，等着于福民说话。

比如我们一共有十九个信用社和一个营业部，就投票选出二十个主任和二十个会计。我们联社有三股一室，就选出三个股长和一个办公室主任。这样可避免一些领导的参与，给您也减少压力。

不是我没有考虑，但……望天信用社的这个高天，当时我也不知情，其他副行长一再举荐。

关键是丁力群在操作，把高天这种人提到了主任岗位，职工和当地群众意见很大。

马行长点着头。

另外，牛若谷不是反对乡镇企业贷款，更不是反对在望天办企业。相反，他是多么渴望在望天能早日办起乡镇企业，来带动村民脱贫致富呀！而对徐飞的制药厂，这个牛若谷预言准了，不但害了徐飞，主要害了望天信用社。我建议马上调牛若谷再次任望天信用社主任，他对望天的底子最清楚，也是本地人，要不，望天信用社真要毁在高天手里。

马行长抬起头，和于主任对饮了一杯说，好！当时是丁力群负责考察，他的报告一提到农行的会上，几位领导都同意，说就是要支持农民办乡镇企业，这也符合国家的政策。那天你有事没参加会议，当时我也草率了。

也不能怪您。但是……

农村信用社经不起折腾，它像一只小鸟，翅膀还没有变硬，但它又像一个饱经风霜的老人。

农村信用社真不容易……

它一直处在尴尬的环境中，总觉得站不起蹲不下的，在夹缝中生长。马行长，您提议先把人事冻结了好吧，再不要进关系户的家属了。我们要引进大学生才是出路。

对！马行长把低着的头猛然抬起来说。

在贷款上更要严格把关，建立新的制度，尤其是乡镇企业贷款。

好！望天信用社主任的事你尽快解决。牛主任的工作你去做，必要时我也去动员动员他，向他道个歉。

马行长，这事交给我，牛若谷是个不拘小节的人。另外，营业部与河南人的官司，我不同意天台法院的意见，总之我们还是有失误，营业部要是不给人家在证明上盖章，当然我们不去理他们。

法院吴院长说得很强硬，说是不要理睬，万一有事他们法院出面。

我看这事人家既然起诉了我们，我们回应才对，在法律上也能站住脚。

也是。这样吧，先和吴院长沟通后再定吧。

于主任点了点头，好像是醉了。

4

暖气就要停了，牛若谷觉得自己轻松了许多。天气也长了一截，他除了往锅炉里添少量的煤外，再无事可做，剩余的时间，除了喝罐罐茶，再就是和锅炉房后的一片菜地打交道。这片菜地以前一直闲置荒废，全是荒草。牛若谷来后，他把这块地用铁锹翻了两遍，种上了白菜、辣椒、洋葱和胡萝卜等蔬菜，又在地角打了一口菜窖，藏了一些冬天吃的蔬菜，在改善职工食堂伙食的同时，也给自己备了一点下酒菜。他和食堂大师傅相处得很好，有时大师傅会给他留一块肉，晚上可以小酌一杯。

他是个闲不住的人。要是城里离他家火炉子沟近，他会在闲余的时候，把自家的承包地务操起来，可惜离家太远，只好在锅炉房和菜地里打发时间。

牛若谷就住在锅炉房。不是领导让他住在这里，他说这才叫坚守阵地，吃苦是军人的必修课。再说，锅炉房也宽畅。冬天有暖气，夏天有蚊帐，何乐而不为呢？

面对一堆黑黑的煤山，牛若谷感觉很是富足很是踏实。整个冬天，他把多少车煤用一把大方锹翻进了张着大口的火炉里。有时他也责怪自己，一座座煤山就这样叫他一锹一锹翻进了火坑，有点太奢侈。有时他想着节约一锹两锹，但当他看到锅炉上的温度计在下降时，又会为他的不尽职而感到羞愧，便使劲地往炉口里加煤，直到锅炉里发出呼呼的声音。他边擦着汗水边看着很是友好的锅炉，很是听话，只要给它加几锹煤，它就像吃饱奶的孩子高兴得欢呼起来。每当这时，他总会情不自禁地感叹，煤这东西真是个宝贝，拿起来怎么看它都是个石头，怎么看它都不是木柴，但它一见火就没命地燃烧。更奇怪的是，煤是黑的，一烧是红的，燃尽后留下的灰又是白的。煤的一生就是由黑变红，再由红变白的过程，神奇！因此，他对煤很有感情也很崇敬，这就是他总不愿离开锅炉房的原因。

有些职工总爱到他的锅炉房里来喝茶，和他聊天甚至喝酒，他会很乐意地从菜窖里取出他种的胡萝卜、白菜、香菜什么的，做两个下酒碟，这是他多年单身练就的本领，也是他一个酒鬼无意间发挥出的特长。

今晚没有人来，他独自小酌。在这春天的夜晚，万物复苏，他似乎听到了土地舒展着筋骨，啪啪作响。他看着眼前的锅炉房里只有一小堆煤了，这些煤烧完就意味着采暖期结束，他喜欢的工作也就要告一段落，再烧起来，一直要等到下一个冬季的来临，这不免叫他有些失落。当一个人把一件事做顺手了，突然要停下来时心里总有点不是滋味。他举着酒杯，看着红红的火炉，想起老婆扁豆和女儿月儿了。虽然开春多日，山大沟深的火炉子沟的夜晚还是很冷的。冷冻习惯的山民总是依赖着一盘大炕，热也一晚上，冷也一晚上。受自然条件的限制，面对现实还能有什么挑剔的呢？还能怪怨把他们没生到福窝里？他们总是不这样想，冷——不要紧，只要吃饱就会热的。他们的要求总是不高，吃饱穿暖。就这么一点要求，要用一生去奋斗，即使倾

尽全力，也会不如人意。

牛若谷想，这架锅炉通向的家庭总是温暖的，如有丁点差错，他们都会毫不客气地找上门来。而远在老家的扁豆和月儿能找谁呢？她的男人，女儿的父亲，为了别人的温暖竟然离开了自己的亲人……这叫牛若谷不免觉得天命的难测。

好多人都在做着别人的儿子。他想起了老山前线的战友，他们就是为了叫别人幸福才走向敌人的枪口，用他们高大的身躯挡住了敌人的子弹，他们已经永远没有烧锅炉的机会了。他又想到了望天的另一个人，那就是秋子。秋子的男人也是为了做别人的儿子，把秋子和棉花舍弃了！

朦胧中的牛若谷看到了秋子向他走来，他瞪大眼睛仔细端详，却是联社副主任于福民。

哎哟，你这是神仙的日子！于主任披着件大衣来到牛若谷眼前。

你这在笑话我吗？牛若谷惊讶地看着不期而至的于主任说。

笑你个庞统，倒把你给弄舒服了。

好吧主任，你也来舒服舒服。

于主任看到干干净净的锅炉房和牛若谷的住处，心里暗自钦佩这个看似五大三粗的人。

牛若谷站起来，搬过来一个板凳，再用毛巾擦了一下笑着说，这个板凳低，可坐着舒坦。

于主任看着一张简陋的小桌上放着两个精致的凉菜，倒是不理会牛若谷说什么，先抓起筷子吃了一口后连连说，好香好香！

那就喝一杯吧。酒不好，但这是明光村李村长自己酿造的货真价实的土酒——"明光仙"。

来一杯。于主任接过牛若谷递过来的酒，一饮而尽，皱了一下眉头说，好酒，烈！

喝酒要喝烈酒，这才叫男人。

噢？这样说来就你是男人吧。

哈哈哈……来！

不。我来敬你一杯。

你？牛若谷好像听错了一样。

你喝了我说。

牛若谷不假思索，一仰脖子就干了。

牛主任，我是奉命来邀庞统出山，请你再到望天信用社当主任去。

你醉了？牛若谷把空酒杯举到半空中，这动作滑稽得好像要打于主任一样。

你看看高天，把信用社折腾垮了。你要不去，望天信用社就关门了。

牛若谷这才把举在空中的手放了下来，慢慢倒了两杯酒说，这是你个人的意见？他头也不抬地问于主任。

不。我给马行长汇报了，他说他要来请你。

我不去。丁力群前年说我在霸占望天信用社，他质问我，望天信用社是联社的还是你牛若谷的？

不要记仇。这和你的身份不相符。

我当时大声说，不但是联社的，更是望天全乡人民的，也有我牛若谷的一份。

既然是全乡人民的，你就更应该为望天全乡人民着想，况且还有你的一份不是？

唉……于主任……

我理解你。马行长也很理解你。于主任端起一杯酒，和牛主任碰了一下。

我想你牛主任不只是在这里烧锅炉吧，望天信用社最近连存款都付不了，你不是不知道。

牛若谷端起一杯酒又自个儿喝了。

现在农村信用社的环境有所改善，听说马上就要与农行脱钩，组建自己的组织，不再受农行代管了。

啊!? 牛若谷站了起来，大声问于主任，你说啥？

农村信用社要与农行脱钩。于主任很认真地笑着说。

好，于主任，为你的这句话干一杯，但愿是真的。

来，干杯！

当两个小酒杯在黑色的锅炉房里，借着从炉口升起的红色火焰碰在一起的时候，两颗平凡的心同时涌动着鲜红的血液，他俩都感受着前所未有的激动。从锅炉里放出的红光拉长了两个身影，越远越大，一直延伸到洁净的水泥地面尽头。两张红扑扑的脸庞周围，产生了两个大大的光环，他们举着酒杯，共同期待着——农村信用社春天的来临！

5

天台去望天的班车一天只有一趟，早上去望天，中午返回城里。牛主任没赶上望天的班车，只好坐了过路车，从分水岭下车，再步行下山。

牛主任把背着的行李卷放到分水岭的一棵老酸梨树下，他看着一根从土里钻出来的树根，强硬地弓起了腰，它那不屈服的精神，不甘埋没于地下的犟劲，刺激着他。按以往的习惯，他会不假思索地坐在这个天然的板凳上面，而今天，他却对它肃然起敬。他蹲在一旁仔细地端详着，它多像一条破土而出的龙，等待着腾飞的机会。歇了一会儿之后，他开始注视山下的望天。望天这个天然的聚宝盆，他今天看得格外真切。在望天这个小盆地上，汉阳河虽然不大，却以神来之笔画出了太极图。听说远古之时，伏羲氏在崦嵫山演绎阴阳八卦，分了二十四节气。所以，望天这里的节气很准确，哪怕小小的谷雨或者霜降，都会有一点儿反应。望天的村民与土地的交道，全靠这四大节、八小节、二十四个节气了。

河畔的大柳树像一把巨伞，永远地撑在望天信用社旁边。靠东头是供销社，靠西头是乡政府、派出所和卫生院。乡农机站建站迟，因望天村没有宽展的地方，只好把农机站搬到明光村知识青年住过的一所院落里。后来农机站又将整个院子租给了徐飞的制药厂。这样一来，自然靠河北的望天村就热闹，靠河南的明光村相对安静一些。

　　牛主任仍坐在老酸梨树下，抽着烟，注视着柳树下的信用社——门前冷落。今天不是逢集的日子，只有几个村民坐在柳树下面。他在这里工作了好多年，望天的人和事他都很熟悉。虽然他家火炉子沟离这里还要四十多里地，要翻过分水岭后再翻一座山才能到，但他更多的时间都在望天信用社，自然也就成了望天的成员了。这里有过他太多太多的记忆，除了信用社还有青岗叔和秋子。青岗叔是参加过抗美援朝的老兵，牛主任也上过老山前线，因此，两人有很多投机的话题。他对这位老英雄非常敬重，常把青岗叔尊称首长。对于秋子呢，他有更多的牵挂，要是她的男人白平和还在世，他是放心的。而今她成了年轻的寡妇，这在农村来说，就有诸多不便。农村全是体力活，虽然有青岗叔能给她帮衬一把，但他总归是六十多岁的人了。

　　牛主任叹了一口气后，背着行李下山了。他看着山下汉阳河两岸的川道里，已经有了殷勤的村民在务操着刚刚睡醒的土地。牛主任想，过不了几天这里将是热闹的春耕场面。但他早就听说望天村民为贷款像热锅上的蚂蚁，时令不饶人，错过节令对农民来说意味着什么呢？这次他来望天，虽然肩负着重任，但他一想到能再次在望天信用社工作，为望天村民服务；再次能见到秋子和青岗叔，心里总是美滋滋的……

　　顺着汉阳河的小路走来，一个熟悉而亲切的院子出现在了牛主任的眼前：大门前的碾盘在春天的阳光里反射着清辉的亮光，一只大公鸡站在碾盘上雄赳赳地看着他这个不速之客，并伸长了脖子，甩着它脖子下面的红色嗉囊，它的鸡冠及整个头部都明显充血了，两只小眼睛滴溜溜地左右看着，但视线总不放过他，并发出咯咯的叫声，警告碾盘下的母鸡好好保护她的一群子女；母鸡听到了公鸡传来的信息，立马领出从碾盘下刨食虫子的小鸡来。母鸡看到不远处的牛主任后，挺胸抬头，张开一对大翅膀，并呼唤着，一群小鸡像一只只黄绒球，滚进了妈妈的翅膀下，叽叽喳喳叫个不停。

　　牛主任看着这个可爱的小家，不忍心再惊扰它们，便向院内望去。院子里到处充满着阳光，蓝幽幽的炊烟从厨房袅袅升起，在房顶的天空变幻着图

形，不时传来了锅与瓢叩击的声音。已经快到吃午饭的时候，有点饥饿的他还是带着贪婪的目光和极不情愿的步伐折身走了。

秋子穿着围裙，一手拿着一柄勺子，慢慢走了出来，站在碾盘旁向外张望，不远处河畔的小树透着绿芽，一丝丝倒柳上沾满了豆豆，在风中随意摆动，好像要把这几粒豆豆甩下去，而这些胆小的绿豆儿便越发地抱紧了枝条，生怕一不小心有个闪失掉落在河里。

秋子常常会出现心悸的现象，岁月给她烙上了心慌意乱的病根，不由她对听觉会无意识地猜疑。有时她会嘲笑和猜测自己精神失常，但为了打消心里的疑虑，她的目光还是向院子外搜索了一番，然后赶紧跑进厨房，刹那间，厨房里传出了油在锅里煎熬的声音……

信用社柳树下散乱而歪斜地坐着几个人，抽烟的，搓脚丫子上的黑皮死垢的，打盹的，偶尔还有人爆出几句荤话来，权当是穷开心吧！

信用社门前站着的几个人，不难看出他们脸上的怨尤之色，他们站着，没有人说话。倒是柳树下的人在议论：

我都来三回了。

三回？你摸摸我腿上的青筋，都起疙瘩了。

穷筋。穷命！

你富得淌油？你淌油还来信用社看他的脸色。

火炉子沟的鸡罩，心太狠了，五分?! 要是三分干脆找他去。

听说还要涨，可能五分的利都刹不住。

我们又不是种金子，干脆把地荒下算了，去外面打工！

打工，你说得倒轻巧。你以为那些包工头把锅支起等你的烂肉？

把你的老农好好当。命里该吃毡，哪怕走到天尽头，绊倒捡了个歪猪鞭，拿起一看——还是个毡。

我的是毡命，黄村长的该不是吧。他也在这里像乌鸦晒嗉子一样，不还是干着急？

村长，你在高音喇叭上喊叫我们的牛劲儿呢?

吵啥吵？你们活该。黄村长低着头说。

这些人好像叫黄村长给激怒了，把头齐刷刷偏了过来，看架势要声讨一贯受大家尊敬的村长。

黄村长睁开双眼，准备教训这些人时，一眼看见牛主任扛着行李站在他眼前，便惊得他睁大了眼睛，张着大口，半晌没说出一句话来。一旁的贵成子以为他中风了，顺手把他拉了起来，黄村长这才缓过了劲，便结结巴巴地说：

牛主任……你……

我又当主任来了。

啊！大家都惊了。

黄村长上上下下地打量了一阵牛主任，赶紧把旱烟锅别在他精心编织的裤带上，搓了搓手拉住牛主任的一只手说，你来当主任了？

对！

这时，站在门口的几个村民也过来凑热闹了。

贵成子兴奋得一把接过牛主任的铺盖卷，紧紧地抱在自己的怀里，好像他丢失多年的宝贝又回来了一样，唯恐被谁抢走。

黄村长给牛主任装了一锅烟递了过去，牛主任接住了，但没有抽，他挡住了黄村长擦着的火柴说，我理解大家的心情。

你看看，惊蛰早过了，牛还吃着闲草。急！

把眼仁珠子瞪到天上，也不见一分钱儿落下来。

钱是硬头货，化肥可不长腿。

小河没水，大河就干了。别都怪信用社。

对对的，信用社是咱农民的……

呸！黄二愣的脸一沉，看着这两个一见主任就拍马屁的人，有心啐一团，心里骂了一句说不出的脏话后还不解恨。

贵成子走向被黄二愣吓得后退了一步的两个人，便悄悄地说，你叫谁给骗了？

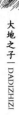

那个人想开脱自己，便对牛主任说，从你走后……

少乱谝！

牛主任不住点着头。

……

牛主任推开信用社半掩着的门，里面烟雾缭绕，营业室里一片杂乱，柜台后的办公桌上尘土一层，放着几个吃了一半的罐头瓶，另外还有一个盛着剩菜的空盘子和两包半散着的香烟。靠墙堆着一排煤砖，上面乱放着些报纸等杂物。煤炉子上搭着熏得黑黑的铝壶，沸腾的水蒸气冲得壶盖突突地跳动不止。煤炉前坐着小丁，打着毛衣，哼着曲子。地下蹲着高天和徐飞，嘴里叼着烟嬉笑着下象棋，小唐坐在一旁的椅子上观战，架起的二郎腿无节奏地不停抖动。

卧槽！高天腰一弓，一只手把一颗棋子往前一推说。

你不看看，当头炮早就等你的老帅。徐飞吐出一口烟傲慢地说。

牛主任在营业室站了好久，没人发现他，自然也没人理会。看着眼前的一切，他长长地叹了一口气，便用手敲了敲柜台边上的通勤门。正在观战的小唐头也不抬，便说，敲啥敲，没钱。给你们都说八十遍了。

牛主任又用力敲了几下，惊得小丁抬起了头，大声说，干啥？这时，小唐过来了，他看也没看眼前的牛主任便顺口说，没钱你纠缠啥哩。

开门！牛主任大喊一声。

正在酣战的高天和徐飞同时抬起了头，惊得站了起来。小唐似乎听见是牛主任的声音，猛然抬头一看，的确是他，赶紧把门打开，问了一声，牛……牛主任……

高天看了一眼牛主任，将一颗棋子举在空中，略思片刻，又蹲下了说：

将军！

徐飞正要蹲下，只听见"咣"的一声，棋盘就被牛主任踏成了两半，几颗棋子散落一地，有一颗弹跳起来后便滚了出去。

徐飞看着牛主任，脖子伸得像一只鹅。小丁赶紧放下手里的毛衣，站在小唐身后，小唐看了一眼高天便结结巴巴地说，牛……牛……哪来这么大的火……

牛主任掏出他的任命文件，往桌子上一放。小唐一眼就看清顶端有联社名头的红头文件上，印着醒目的一行大字——"关于天台联社任命牛若谷为望天农村信用社主任的通知"，紧接着下面一行更刺眼："免去高天……"小唐不敢再往下细看内容，便畏畏缩缩地把红头文件递给了高天。高天接过小唐手里递来的文件，他一看到内容后，脸色由红变黄，再由黄变白，最后是铁青铁青的。但他又略微镇静了一下说：不可能。不可能！说完急急地走出了营业室。

徐飞没理会出门的高天，赶紧掏出一支烟给牛主任说，牛主任，抽烟。别生气。

请你出去！这是我们的营业室。牛主任指着墙上贴着的一张纸说。

徐飞抬起头才看清墙上的红纸上果真写着：营业室内不许外人出入。

徐飞红着脸，尴尬地出去了。

营业室柜台外站满了村民，看着被牛主任轰出去的徐飞，不由得一齐大笑了起来。

小丁还在懵懵懂懂的状态中，也不知说什么好，她站也不是，坐也不是，便有点儿羞怯地说，牛主任，请坐，我是新来的小丁。

牛主任看了她一眼，一脸严肃的样子。小唐想对牛主任说什么，终究没说出来，难为情地看着他。

这是信用社还是猪窝？牛主任向小唐和小丁边说边便拿起了门后的扫帚，开始打扫起来。小唐和小丁相互对视了一下，不得不跟着打扫起来，尽管中间小唐出去了几趟，后来，还是不情愿地回到营业室听从牛主任的安排。小唐心里很清楚，高天现在已经把他归入了叛徒之列。但他也很为难，营业室就他和小丁两人，小吴请假没回来。当小唐听到后院的大铁门发出关闭的声音后，他才松了一口气，专心地和小丁打扫卫生。

牛主任把他的行李放在了库房，准备要铺上被褥时，小唐说，牛主任，您住过的一间房子还空着，里面堆着您收藏的"宝贝"，要不就原住您的房间吧。

好吧！

那您先喝点水，我和小丁给您去收拾。小唐说着给牛主任倒了一杯水。

小丁一听到小唐在讨好牛主任，趁牛主任不注意，瞪了小唐两眼，便扬起了头，出了营业室，到她房子去了。

小唐无奈地给小丁使了个脸色，只听到牛主任说，不用。你俩给我把信用社这几年的账找见，今晚加班把数据汇总出来。

高天约小唐晚上到徐飞的制药厂去，小唐便磨磨叽叽地对牛主任说，我今晚有点肚子疼，明天晚上我加班好吧。

不会有什么大毛病吧？

稍微有点疼，我买点药去。小唐终于有了出去的机会，便到小丁房子给她说了一声后，飞也似的去了徐飞的厂子。

牛主任向小丁要来了他原先住过的房门钥匙，一打开门，虽然到处都是蜘蛛网和尘土，但这是他的老窝，倍感亲切。尤其他骑过的红旗牌自行车，还有他用过的算盘等物件一律都在。他自个儿打扫着卫生，支起了火炉，简单收拾了一下，往地上洒了水，一下子整洁多了。小丁从她的火炉里掏出来半铁簸箕红透的煤块，倒在了空荡荡的炉膛里，火焰立马升腾了起来。

已经很晚了。营业室办公桌上堆着传票和账本，牛主任翻着账页，认真地用笔记着。小丁在一旁打着算盘，小唐翻着传票，结结巴巴地给牛主任解释着。

牛主任睁大眼睛详细地看着一页页会议记录，抬起头长长叹了一口气。待牛主任一口气把一支烟快抽完时，他把打开的会议记录推到小唐眼前，并用一只手指敲了敲，眼睛直勾勾地盯着他。小唐看着记录上的文字，低下了头。

牛主任把烟头丢进火炉里，语重心长地说，这是钱啊！小唐刚要发点牢骚，只听见牛主任把桌子一拍，大声说：

这是老百姓的血汗！

6

一场春雨趁着黑夜悄悄地来了。大地之手从天上扯下丝丝细雨，绵绵飘洒，悠悠自在。干了一冬的土地饥渴得再也受不住了，望天的聚宝盆早已敞开，一丝不漏地承接着上天赐予的甘露，来抚慰厚实的黄土，浸润万物复苏。这场晚来的春雨岂止贵如油，它比望天人的眼泪还金贵。看来老天也知趣了，如果再不下雨，会有人拿起竹竿戳它的屁股。

其实，秋子已经知道牛若谷来了。就在这个细雨蒙蒙的夜晚，她在不知不觉中来到了信用社门前的小河边。她和五儿站在小河旁的大柳树下，清风细雨，柳枝依依，河水清清，好像春天的夜晚是上天专门为她赠送的。她披着这件夜做的外衣，裹住了她温暖的肉体，但裹不住她涌动的血液，更裹不住她狂热的激情，还有心猿意马的思绪……她从中午就感觉到了。她借着细雨蒙蒙的夜晚，果然看到了她熟悉的房间里亮起了灯光。但她还是将信将疑，他真的来了吗？是他的灯把她眼前的夜晚照亮了吗？不是，绝对不是。如果他来，怎么不告知她呢？哪怕是一个身影。难道……不会吧？他来干吗？不是。绝对不是！是的，她已清晰地看见他在房间，躺在床上，睁着眼睛死死地盯着天花板。她还清楚地感到他在想着什么……

她拉过一枝柳条儿，放在嘴唇上，闻着一粒粒柳豆的清香，看着那扇窗户里射出的亮光，听到了从那个透亮的窗户里传来的微弱声响。此时她简直想越墙而入，想看看究竟，但滚烫的热泪挽留了她。她羞怯地收束了唐突的想象，按捺着心头跳动的火焰。最后，终于看见信用社营业室里的灯亮了，从门缝挤出的光在一瞬间展在了她的眼前，随之而来的是他那浑厚的声音。

他来了，他终于来了！

从营业室传递过来的信息，多少能判断出他的来意。于是，秋子的心头涌起一股莫名其妙的热流，她坚信他这次来再也不会走了。这是她的第六感觉，已灵验多次。她不孤单了，有一个巨大的身影如一堵墙一样立在她的身后。她想往前走，柳枝牵住了她。雨，润湿了她的头发，润湿了她的脸庞，还有心慌意乱地握在一起的双手。她不想叫自己做一个怨妇恨女，不想做一个被人同情和怜悯的忧伤泪人，更不想做一个被人嫌弃的泼妇。她要做点事叫望天人看看，她不是一个自私的家庭妇女，她不是一个懦弱的乞女丐妇，她更不是一个男人心中的年轻荡妇。她不做亏心事，良心是她的起点，道德是她的底线。她有死去的白平和的脸面。她要靠自己的人品和良知越过一个年轻寡妇的坎坷，来守护人格和尊严。

每当她想起这些时，又倍感幸运。上天在降给她灾难的同时，又赐予了她幸福的光环。她借这些幸福之光来疗养灾难遗存的已经结痂的伤疤。当她在为难之时看到那一团亮光时，信心百倍！如果叫秋子从心底倒出她的实情来，她是爱牛若谷的。反过来，牛若谷也在默默地爱着秋子。这一点他俩都心知肚明，但总是不敢放纵而是相互约束。因为制约他们的东西太多太多，所以他们不敢越雷池半步。

夜已经很深了，眼前营业室的灯光早已熄灭，但牛若谷的窗户里透出的亮光，通向了深邃的黑夜……

牛主任一大早就起来了。单位没有灶，他叫醒了小唐，买来了两个大饼，在火炉上烤着边吃边喝茶，时不时看着自己笔记本的数据不住摇头。眼下他也没有更好的办法马上来扭转局面，虽然联社于主任给他答应要从农行拆借十万元的资金来应急，但这只能对付存款的支取，对已是火烧眉毛的支农贷款还是束手无策。他万万没有想到望天会是这个样子，出现了支付风险，简直到了关门的地步。

正当牛主任为春耕生产贷款着急的时候，火炉子沟的村长，他老婆扁豆的远房侄子鸡罩，一只手插进棉袄里撑起衣襟，像一个临盆的孕妇，看来他的烫伤还没有退去；另一只手提着写有"二进宫"字样的镜框，带着几个村民来了。牛主任被突如其来的这些人弄得莫名其妙，紧接着门外响起了一挂鞭炮，只听见鸡罩在未停息的鞭炮声中大喊：

姨夫，我代表火炉子沟党支部、村委、家乡的所有亲朋好友，向你贺喜来了！

贺的什么喜？

你不是又来当主任了？

胡闹！

你这是"二进宫"，杀了个"回马枪"，难道不是喜事？

牛主任彻底明白了。他对鸡罩煽动村民来捣乱的行为极为愤怒，但当着乡亲们的面他强忍着。于是，他把大家请到屋里，鸡罩倒得意扬扬，像进了自己家一样，一只手拿起牛主任茶几上的一包烟给大家一一发了，自己点着了烟边抽边说，火炉子沟出的都是硬汉子。看看，三倒油葫芦，望天信用社主任还是离不开我姨夫。这下好，这下贷款就不再看脸色了。

就是，就是的。几个村民随声附和。

鸡罩又给自己点了一支烟，对牛主任说，姨夫，你给我贷十万元，我给大家贷，到时间你只认我一人，我保证分文不拖欠，你也少操心。肥水不流外人田，咱可是石杵捣石臼，实打实的亲戚。

你这是胡闹，你给我送葬来了？牛主任气得指着鸡罩的鼻子说。

鸡罩被牛主任骂得怔住了。大家也被牛主任弄得不好意思起来。

牛主任对大家说，谁要贷款就到营业室登记，信用社会在这几天尽快想办法的。谁要跟在鸡罩屁股后面瞎胡闹，我的脾气你们也清楚。

大家一听，才觉得上了鸡罩的当。其中有个人瞪了一眼鸡罩后，便给其他人使了脸色，大家赶紧走了。

屋子里只剩下牛主任和鸡罩。鸡罩凑到牛主任跟前死皮赖脸地说，姨夫，我晓得你是刀子嘴豆腐心，你就给我放心贷上，我的生意正红火着哩。这两年情况好得很，咳！驴打滚。

鸡罩，早就听说你放高利贷了。

推死日子。

你晓得这犯不犯法？

这犯啥法！你还是死脑筋。姨夫，这年月撑死胆大的，饿死胆小的。鸡罩把护着心窝撑起棉袄衣襟的另一只手换了出来，捋了一把脸笑着说。

就你胆子大。你这是扰乱金融秩序。

扰乱啥？咱俩井水不犯河水，你不要抢我的客户，我不日鬼你，车走车路，马走马路，岂不两便？

两便？我给你说，你尽快把贷出去的款收回来，把人家存你跟前的款退回去，要不然，我是这里的信用社主任，我饶不了你。

姨夫，胳膊肘子再不要往外拐咧，这生意好得很，咱俩一合作会发大财的。哪儿寻金娃娃哩？金娃娃在你嘴里噙着哩。你一吐，这不就出来了。

鸡罩，你早早收场，还来得及。要不，到时间非把你陷进去不可。

啥？陷进去，咋能陷进去？

人家给你按时能还上钱？

谁不还，我牵他的牛，我卖他的老婆娃娃。鸡罩激动地说。

你逞能。你是为自己谋利益。听说你放到五分的利了，这不是坑害人？

坑害人，我这是为人民服务，给穷人救紧，不像你们信用社，人家一去贷款，说没钱！你们没钱我就得给大家想办法。谁叫我是一村之长，没钱的话我可说不出口。

哼哼！好一个为人民服务。既然是为人民服务，就应该把钱借给大家不要利息。

姨夫，你咋踩我的脚后跟，捣我的心窝子哩……

你要是眼里真有姨夫，就先把高天贷给你的钱还了，信用社现在很困难。你看看，眼下的春耕生产急需资金，你也别想挣昧心钱了。

嘿嘿嘿，姨夫，说实话吧，这两年，吃了豌豆挣了个屁。钱，好放难收。先是一分的利，到后来三分的利都有人抢。我看手头要有钱，一毛的利不是没人要，就是不好收。鸡罩挠着头笑着说。

你再不要胡日鬼了，尽快想办法，赶紧把贷款还了。牛主任从地上拿起镜框子说，拿回去！不要搞这些小名堂。

鸡罩惊得瞪大了眼睛说，你……

拿去，希望你走上正道。

鸡罩看了一眼牛主任，一手接过镜框，脖子一扭，生气地走了。

牛主任刚关上门，听见院子里传来了一声玻璃碎裂的声音……

7

秋子从没有白天睡觉的习惯，由于昨晚翻来覆去一直没睡着，快到天亮反倒睡实了，并且很快进入了梦乡。她清楚地梦见牛若谷牵回来了她家十年前丢失的一头老黄牛。老黄牛一见到她，便不停地给她诉说着冤枉，一股脑地想把这十年所受到的虐待全道出来。比如犁地时不给吃喝，又把它当作一头驴去推磨，还有主人冬天对它的打骂，埋怨它一冬白吃草料。她听着老黄牛的诉说，给它擦着永远流不完的泪水。而一旁的牛若谷，抚摸着这头失而复得的老黄牛，好像它所受的委屈是因他所致，倒有点难为情的样子。最后老黄牛把所有冤枉掏尽了，便亲昵地在院子里摇头摆尾，最后竟然围着她和牛若谷抬着头，弓着腰，竖起了尾巴，狂奔了起来，四个蹄子像四把锄头在院子抛起了尘土，看得她眼花缭乱，好像一阵黄旋风把她和牛若谷要卷起来了。等她给老黄牛鼓掌的时候，牛若谷顺着牛的步子重新牵住了它的缰绳，并翻身骑在了老黄牛的背上，又围着秋子转着圈子继续狂奔。被围在中间的秋子，像一朵被老黄牛飞奔而旋出的花蕊，她高兴地叫着。趁她不备，骑在牛身上的牛若谷一把将她揽在怀里。这时，老黄牛猛然把头一扬，竖起一双前腿，从大门口的碾盘上腾空飞了出去，驮着他俩在望天的上空飞奔……

秋子醒来的时候还觉得头晕晕的，并有些恶心。她抱起了枕头，紧紧地搂在怀里，像在老黄牛背上一样。此时的她，总想把童话般的梦延续下去。

房檐的影子落在窗台的时候，她一骨碌坐了起来，不想睁开眼睛，因为总觉得她还被牛若谷紧紧地搂抱在他宽大的怀里，双双骑在老黄牛身上……

稍做镇静之后的秋子，想着这才是真正的白日做梦，便羞怯得赶紧下炕。五儿已经在门外等得不耐烦了，差点把主人的一只布鞋都咬烂了。

秋子今天格外高兴，她也猜不出这个梦预示着什么，但觉得至少是个好梦，叫她铭记在心的好梦。日头已偏西，她收拾了房子，一头扎进厨房，忙前忙后，做了好多吃的，她总觉得牛若谷今天要来，因为她的一只眼皮一直在跳动。

五儿欢快地跑到了北山上，青岗叔看着高兴的五儿，知道是秋子指使它来的，大概是她又做好吃的了吧。青岗叔也是晌午时才得知牛若谷回来的消息，高兴地收拾着院子，不住念叨着，咋不来看首长呢？五儿来叫他了，他停下手里的活计，便走到七太太的坟前说，小七，我下山去了。

青岗叔刚转过身，只见牛若谷大喊道：

首长好！小兵牛若谷前来报到。

青岗一见精神的牛若谷端端地站在他的眼前，真像个刚入伍的小兵，很是可爱的样子，他激动地回敬了个军礼，半晌没说出话来，过了好一会儿才说，听说你来了，有点不相信。

首长，来迟了，对不起！

来了就好，看不看我都无所谓，望天人可惦记着你呀！

牛若谷走到七太太的坟前，深深地鞠了一躬，然后微笑着说，去看看秋子吧。

五儿看着他俩还在婆婆妈妈的，不耐烦地叫了几声。青岗叔明白了它的心思，对着五儿说，走走走。

两人说笑着下山了，五儿又像离弦的箭一样不见了踪影。

牛若谷和青岗叔刚一走进秋子的院子，秋子就从厨房里迎出来了，手里还拿着一棵葱，先向青岗叔问候了一声，然后傻愣愣地向牛若谷轻轻微笑，但没有说出一句话来。倒是牛若谷兴奋地说，想不到吧，又来混饭了！秋子的嘴唇微微动了一下，像害羞的小姑娘一样折身进了厨房。

秋子正房的炕上，摆着炕桌，上面早已摆好了四个凉菜，还有一壶酒，两个酒杯。青岗叔脱了布鞋上了炕，毫不客气地坐在了炕后，牛若谷则像主人一样给他递烟倒茶。待自己上炕坐好后，他才有空环视着秋子的屋子。堂屋正中摆着长条的供桌，前面是八仙方桌，两边是一对太师椅。供桌上放着小插屏，上面有简单的雕花。这些都是过去有钱人家的摆设，这些年很少见到了。地虽然是土的，但打扫得很洁净，上面洒了点水，潮潮的。炕上铺着的毡卷在了墙根，像一截木头，青岗叔刚好背靠着它。炕的另一头是炕柜，上面平平展展地放着几床被子和一对绣花枕头。

其实这些牛若谷再熟悉不过了，只不过这会儿看来更觉得新鲜和亲切。等于把她珍藏的一件件藏品，让他重新擦了一遍，更加鲜亮了。

秋子进来了，端着一盘炖得香气四溢的土鸡，热气腾腾。牛若谷一闻到就想流涎水。

牛大主任，农村的土鸡土做法，你在城里吃惯燕窝海参了，就当忆苦思甜吧。

牛若谷叫秋子一句话噎得半晌说不出话来。

听说你来了，欢迎你，我家的一只鸡不见了。秋子轻轻地笑着说。

啊！秋子，你的刀子嘴。

一看到鸡肉，就想吃一口，更想喝一杯。青岗叔坐起身子早就拿出了吃的架势。

秋子给他俩分着筷子，牛若谷赶紧给青岗叔倒了一杯酒说，首长，请！

小牛，快快给你倒上。青岗叔接过酒说。

好。牛若谷又给秋子递了一杯酒，有意看了她一眼。

我不喝，你和叔喝，我看着。

今天借你的酒要专门给你敬一杯。牛若谷说。

凭啥？

以后要在你家混饭。

凭啥？

凭……凭……我是首长的老兵。牛若谷说着，多少有点不自在。

秋子，饶了他吧。他看起来像一头牛，其实就是没嘴的葫芦。

大主任，全乡的财神，这会成了没嘴的葫芦。秋子还在刺激他。

饶了吧，秋子，叫人吃不吃呀。

快快快，先吃几块肉垫垫底再喝。青岗叔已经拿了一块鸡肉，边吃边说。

这时，牛若谷才觉得彻底放松了，便对青岗叔说，来，首长，不管她，干！

好。秋子，你也喝一杯吧。也不看看今天啥日子。青岗叔动员秋子。

秋子又在奚落牛若谷，便笑着说，噢哟，小牛，来！她端起了牛若谷给她倒的一杯酒。

酒过了三巡，青岗叔端着酒杯说，小牛，你来也好。你看看……

我是来也不行，不来也不行。牛若谷看了一眼青岗叔，又看了一眼秋子说，联社领导一定要我来，说实话我也想来。牛若谷一口喝干了一杯酒。

秋子专心地听他说话，心里痒痒的。

我人是来了，但大家的春耕贷款，真叫人心急。

慢慢来，日子也不是一天两天。

高天把望天信用社折腾完了。牛若谷又喝了一杯酒。

秋子怕把牛若谷喝多了。她也清楚，这个人喝尽兴了会不停地喝，一直到喝醉为止。便对牛若谷说，还是多吃点鸡肉吧，差不多了我去煮面条。

不怕，不怕。我还要喝。

喝吧，咱爷俩两年没这样喝过了。青岗叔鼓励牛若谷说。

你俩好好喝吧，酒还有一瓶哩。

正当他们喝得酣畅淋漓的时候，门外传来了咚咚咚的声音，五儿叫了两声，只听见半仙大骂起来了：

人家偷吃，你倒明叫。你可比不上军犬。

牛若谷听出半仙叔在骂他的老朋友青岗叔，他在下炕出门迎接半仙叔时，又听见青岗叔骂了起来。他俩一碰上要是不骂就不对劲了，真正的打是疼骂是爱！

半仙，你是算着了还是闻着了？土狗鼻子比军犬的还灵。

老干柴，你不怕撑坏了穿不进去寿衣。

半仙在院子里叫骂着青岗叔，牛若谷赶紧把半仙叔扶了进来。秋子看着把头抬得老高，翻动着一双红红的眼皮的半仙叔说，叔，你也来得正是时候。他俩只顾了喝酒，把肉都剩下了。

不，我要喝酒。

好，快来喝，喝倒了我来给你当总管送葬。

哈哈，还不知谁给谁当总管呢。

待牛若谷给半仙敬酒的时候，牛若谷却端着空酒杯，秋子赶忙把空杯斟满，并溢在了牛若谷的手里。牛若谷和秋子不约而同地对视了一下，都笑了。

半仙喝了一杯酒，便张着他没了门牙的大口，把头抬得高高地说：

我梦见若谷骑着老君爷的青牛来望天了，他要把聚宝盆再往大拓展哩。

秋子一听半仙叔的胡话，猛然想起了那个梦，惊得她红着脸，伸长脖子，睁大眼睛看着半仙叔，急切地想听到下文。

少谝，喝酒。

昨晚东方紫微星降落望天，我想定是有贵人来了。

秋子看着半仙，也偷眼看看牛若谷。

半仙叔，我是什么贵人，你把我的脸说红了。牛若谷用手捋了一把脸说。

红脸的财神！

他和柳树洞里的财神一样，求而不应了。秋子呛了牛若谷一句。

牛若谷低下了头，好像喝醉了。

噢，话可不能这样说。树洞里的是个假财神，他可是个真财神呀！半仙说。

好，真财神，给我贷两万元。秋子像个顽皮的孩子一样，笑着说。

你干啥用？牛若谷认真了起来。

我办麻鞋厂。秋子随意地说。

啊？牛若谷惊地叫了一声。

秋子，他可是你的贵人。半仙把头伸了过来，看似很严肃地说。

秋子的脸刷一下红了。

秋子可是个了不起的人，今后能干大事。半仙更加认真了，他端着酒杯，像戏里的诸葛亮一样边说边摇晃着头。

真的？秋子笑着说。

能成！青岗叔坐了起来，坚定地说。

能成。我早就算出来了。半仙自信地说。

好，祝你好运！

牛若谷和秋子端起酒杯，两个平凡的酒杯碰出了不平凡的故事……

8

牛主任起床时，天已大亮。他回忆了昨晚在秋子家喝酒的经过，没有失态，这叫他很庆幸。但这会大脑里仍木木的，混沌一片。他猛然间从床上坐起，想着今天还有很多事，便伸了伸懒腰，把毛衣套在身上后，又停顿了下来，想着早点的事，这两天他也没顾上，单位没有个灶怎么行。往往人少的团队，食堂就是生活中的娱乐场所，就是依靠，没有灶就没有凝聚力。于是，他要尽快解决职工的吃饭问题。牛主任下床捅开了火炉里的火，习惯地点了一支烟，又想起单位的小吴，便推开门喊：

小唐，小吴怎么还没来？

小吴赶紧从营业室跑了出来，手里端着个刷牙缸子，口里满是白沫，说，主任，我昨天下午就来了。昨晚是我扶您进来的，您忘了？

牛主任回到房间，怎么也想不起小吴扶他的事。但他却想起了半仙的醉话：他可是你的贵人！牛主任又在想，贵在何处呢？

小吴已把营业室打扫得干干净净，小唐从守库室端着脸盆出来了。牛主任说，等会开会吧。高天上哪去了？

好像家里有点事回城里了。小唐支吾着。

小吴往营业室的火炉里添着煤，他这两天旷工了，倒也知趣。小吴拿出会议记录，已然做好了挨批的准备。他与牛主任一起工作过两年，他领教过。

营业室坐着他们四人：还在吃着面包的小丁，坐在她出纳的位置，小吴坐在小丁对面，小唐和牛主任坐在火炉旁边。

牛主任抽着烟说，开会之前，有个事我们先讨论讨论，就是灶的问题，单位没个灶怎么行，到吃饭的时候心里很烦躁。

对，就是街上的饭馆太贵了，有时开有时不开的。小吴说。

大家说说，怎么办？

小唐看了眼小丁，小丁吃着面包不理会。

大家都发表个意见吧，生活问题，得我们自己解决。

小唐还想说雇个大师傅，他一听牛主任的意思，那就是说要自己做。他看了一眼牛主任，很快说，就是，但我不会做饭。

小丁，你说说吧。

我也不会做，我只会煮方便面。小丁不好意思地说。

小吴红了脖子，有些紧张，他想，你们都不会做，难道我会做？他心里没底，不知说什么好。

小吴，你也不会做？

总不能叫我一人做，说实话我也不太会做。

这样吧，小吴，你先做着，我和小唐要是不下乡，就给你帮忙。牛主任对小吴笑着说。

那……小吴不好推托。

小唐赶忙说，好，我给你打个下手，剥个葱洗个蒜没问题。

蒜洗吗？

捣蒜捣蒜。我没说好小吴哥哥。

好吧，我们不但自己办灶，还要办好。牛主任说，这样吧，小丁你把灶

给咱管上，一人先支一百元垫底，菜挑好的买，再割些肉，把灶办好。先不要亏欠了嘴，每天调剂着吃。

好的，主任。我就是不会做饭，但我会买菜。小丁拍着手里的面包渣兴奋地说。

以后都要学，轮流。我也是。我会炖鸡。牛主任说完，大家高兴地笑了起来。牛主任从兜里掏出一百元给了小丁。

小丁拿上后对小吴和小唐说，快交。

小唐说，我的等工资发了再……

不行，你的钱哪？

小唐有些难为情地说，给家里了。

小丁瞪了他一眼说，看把你说得像人一样。

我……我……

我给你借上吧，小唐，你可要省着点花，媳妇就是节省出来的。

大家笑了起来。

好吧，开会。牛主任马上变得严肃起来了，小吴赶紧翻开会议记录，牛主任还没开口发言，他已经写得很忙了，生怕漏掉一个字似的。给人感觉是牛主任说得少，小吴倒记得多。小唐不小心，弄倒了茶杯，半杯水倒在了桌子上。小唐撕了半张报纸擦了，弄湿了小吴的记录本。

我来望天信用社已经几天了，也没顾上和大家坐，更没有和大家一起讨论我们眼前燃眉之急的支农贷款问题。今天我们利用早上学习，好好讨论讨论。眼下正是春耕生产的大好时机，望天的多一半村民每年春播都靠信用社贷款，可是我们连存款都付不出去。这是怎么造成的？大家要好好反省。我们是靠贷款创造利润，你们说是不是？存款户是我们的上帝，贷款户是我们的衣食父母，是不是？现在我们既揽不来存款，又放不出去贷款，要信用社干啥？牛主任站起来提高了嗓门说，农民把款存在我们信用社，是为了安全可靠，有事应急，在这个节骨眼上，我们给人家说没钱？钱哪去了？我们把村民辛辛苦苦挣来的钱管不好，我们不仅是失职吧。这是犯罪！

小唐用眼角的余光扫了一下周围，只有小吴的笔头在纸上沙沙沙地奔跑着。

牛主任说得手都抖开了，又重新坐回椅子上，点了一支烟后，用力猛抽几口，这才又语重心长地说，信用社这样经营下去，不要说为"三农"服务，就是我们自己的工资，眼看着都拿不上了。我们借着人家的存款连自己的工资都挣不回来，能说过去吗？望天供销社门口那个卖麻子的老人，只凭着几箩筐麻子，养活一家人不说，盖起了新房子，还娶回来了儿媳妇。同志们，难道不想想？你们今天都要表个态，我们的工作该怎么搞？

忙着记录的小吴和记着笔记的小丁都很认真的样子，没一个敢表态的，他们也不知怎样说。只有小唐双手握着茶杯，表现出若无其事的样子。

小唐，你说说。

小唐左右看了看，脸红脖子粗的，他也不知道怎么说，好一阵才说，主任，你安排吧。

小丁和小吴头都不敢抬，只听得小唐鼻孔里出着粗粗的气。

信用社搞成这个样子了，你们还能说什么呢？牛主任又一次站了起来，气愤地说，好，大家不说，就听我安排：

小吴和小丁搞好内勤工作，昨天我向于主任请示了，今天一早给我们送来十万元现金应急，你们先付存款，贷款我这两天再想办法。但你们要做好村民的解释工作，不能说我们没钱，只能说我们正在筹集。不管怎么说，一定要解决春耕贷款的事。

小吴和小丁相互对视了一下，小唐也偷偷看了主任一眼。

我和小唐马上跑一跑各村，看看人家贷款的需求。

主任，你这样一问村民，他们本来不贷的，也会来凑热闹。小唐急了，赶紧说。

怕什么，贷不贷是人家的选择，能不能贷上是我们的职责。就这样，我俩准备下乡。

小唐看着从椅子上离开的牛主任，折过身说，牛主任，那高主任呢？噢，

高天。

不管他，由他去，旷工累计超过十五天，报联社开除。

牛主任出去了，剩下小唐他们三人呆呆地坐着。小唐看了一眼小丁，小丁傻着眼，再瞅瞅小吴，他倒有些兴奋的样子，便对小吴说，今天把你的手腕写肿了吧！

小吴看着小唐，嘴噘得像个木橛，能拴一头牛。

9

太阳还没出来，黄村长牵着老黑到河边饮水，牛主任和小唐过来了。他一手牵着牛缰绳，一手急忙系着自己的裤带，正想给牛主任他们打招呼，只听牛主任说：黄村长，这么早干啥？

给秋子家犁地去，这不，我的老黑急得不行了。你看看，它这卖力的命。黄村长故意提到秋子。

噢，是老黄还是老黑呀？牛主任也在开着他的玩笑。

说不过你，昨晚喝疯了吧，你把我叔都灌醉了，他大半夜的就是不进门，一条棍子咣咣咣地把院子里的石头都捣碎了。

好长时间没见半仙叔了，亲热。

不是见了他亲热吧。

嘿嘿，老黄，我这会和小唐去明光村，晚上请你到信用社来，我有好茶等你。

好，说正经的。我的贷款。

你把望天村的估一估，大概需要多少。

当然是越多越好，用不完的可以和鸡罩一样放高利贷。

你这样说今年给你村不放了。牛主任给小唐说，我们走。

哎哎哎，往哪走？我的事还没说清楚哩。老黑急着要往前走，黄村长硬把牛头拉着转了过来说，那我叫文书统计去吧，晚上我来找你。黄村长叫老黑扯得向前走了几步,他又把头折回来说,叫你嫂子给你炸些油饼?

不了,别把嫂子的油篓挣干了。牛主任大笑着走了。

黄村长打了一鞭子老黑说,老黑,你也想当主任?老黑一惊,向前跑了几步。黄村长被老黑拉得向前跑着,边笑边往后看。

牛主任和小唐来到了汉阳河的小桥边,小唐准备上桥,却见牛主任站下了,定定地瞅着,一副若有所思的样子。眼前的河面并不宽,也就是七八米的样子。春天的水不到一米,只有夏天发暴雨才能把河床占满。小桥是用木头搭建的,"马叉子"上连接了几根大树作为桥梁,上面又横铺了麦秸垫了土。这样简陋的一座桥,就是被夏天的暴雨冲走,再搭建一座也不费事。

牛主任蹲在小河边,用手撩了一把水,水还有点冰凉,毕竟是春天。他边洗着手边说,要是给这里能建一座水泥桥该有多好哇!

一旁的小唐心想,搭建桥又不是信用社的事,牛主任,你操心太多。

牛主任看着小桥说,这可是西汉水上的第一座桥。这就是著名的西汉水源头,当地人叫它汉阳河,流到尽头就是嘉陵江,再流入长江。我们可是西汉水源头上的人。我们的工作做不好,就等于我们农村信用社的工作从源头上出了问题,也对不住这条西汉水啊!牛主任说着,皱起了眉头。

小唐赶紧蹲在牛主任身边,也洗了一下手,冰凉的河水激得他打了个冷战。

牛主任和小唐站在这座西汉水的第一桥上,看着高高的崦嵫山,还有崦嵫山半山腰的分水岭——那棵历经风雨的酸梨树……

太阳已经老高了,放眼望去,满沟满洼有一团一团的热气在地上游动。地埂上有结满花苞的杏树、桃树。崖畔挂着一串一串的迎春花,灿烂出一片一片的黄,像泼在山上的黄色调和漆。

山坡上,牛主任和小唐吃力地走着。偶尔有牛的叫声:哞——他寻声望去,见一人赶着一对牛在耕种洋芋,一姑娘手提竹篮,播撒着粘满柴灰的洋芋籽,小姑娘的手上全是蓝莹莹的柴灰。

犁地的人放声喊着牛:上——上来来来——马王爷咽了的!下——下来

来来——

牛主任一听声音，便知是李村长，喊叫开了：李村长，上上下下的，你叫牛怎么走才好？

李村长喝住了牛，仔细看了看说，噢，我的牛主任，你……李村长有些疑惑地看着牛主任和小唐。

李村长，你咋赶这么早就动农了？

早种洋芋晚种麻。你到哪去？

我来找你，我又到望天信用社当主任来了。

嘿，李村长瞪大眼睛惊讶地问，平反了？

平反了！

哎哟哟，爹的个头！我晓得，迟早的事。

牛主任指着眼前的姑娘问，这是？

姑娘不好意思地低下了头，双手拍着柴灰。

这是年前给二儿子石头攀上的媳妇。闲话甭说，走，回去"二妹子喜"！李村长说着，做了个划拳的动作。

不不不，有的是时间，就愁你没有酒哩。先种上地吧。

屁股大一坨，我哪天种不上。他折身对一旁的儿媳妇说，回，叫你妈炒鸡蛋。噢，把那个歪脖子的老鸡公剁了，他又不下蛋。

李村长，你听我说，咱先种上地。

这咋能成，你是公家人，咋能叫你种地哩。

你欺负我呀，我也是个农把式，怕种上出不来？牛主任笑着说。

李村长对牛主任笑笑，又给儿媳妇说，帮你妈擀长面去。擀薄切宽，陈醋调酸。说完又对着牛主任说，你还是那个脾气。

江山易改，本性难移嘛。

牛主任与李村长说笑着，便跟在李村长身后，撒着洋芋籽。小唐好奇地要拿牛主任的竹篮，他要学一学，手刚抓起被切成块的洋芋籽，就粘上了柴灰，他赶紧说，怎么用柴灰裹住洋芋块哩？

牛主任笑着说，城里娃，这样种在地下才不怕虫吃。不要小看这一把柴灰，它能防止蛀虫。他看着小唐把一块块洋芋籽丢在犁沟外了，便又说，你不行，看我的。牛主任把竹篮接过去，很有节奏地走着，一小步一块，均匀地落在犁沟里。

李村长看着牛主任，像个傻子一样地笑着，憨态实在可爱。几只小鸟飞了过来，在翻起的土地上找虫子吃。

李村长家屋子里码着整捆的麻丝，墙上挂着做麻绳的挑车等工具。炕上的小炕桌上摆着一碟泡菜，三人眼前各放着小酒杯。炕头放着火炉，炉爪上搭着被烟熏黑的小壶，炉台上烤着茶罐和酒壶。

李村长给小唐说，这是明光山的"明光仙"酒，烈，上头，没有城里人的酒精贵，但性善，不伤脾胃。

牛主任忍不住喝了一口，夸啥夸，你送给我的，烧锅炉时全叫大家抢着喝了，他咂了一下嘴又说，上头的酒才有劲道，才是真正的好酒。说实话，一闻着这味道，涎水就管不住了。

小唐高兴地端上酒杯，他对牛主任渐渐有了好感，只要他走到哪里，总能和哪里的村干部和村民搞得火热，亲如一家。

你这次来，咱就有个想头了。你看，李村长指着地下整捆的麻丝说，卖不出去，换不来化肥。他又用手指了指自己的心窝说，急！

牛主任叹了一口气说，我这次重回望天，给联社于主任立下了军令状，一定在望天搞出个名堂，你说是不是？

对着哩。李村长往火炉里续了柴火说。

眼下动农了，哪怕砸锅卖铁，也要解决村民的化肥款。

对着哩。

咱老手旧胳膊，你还得支持我的工作。

你给大家把化肥款贷上，我把你天天背上游。来整一杯再说。

另外，你大概了解了解，明光村到底需要多少贷款。有个数，我好准备。

李村长沉默了一阵说，我晓得，你一来就要给咱解决困难，但你的难处

比我们的还大，这我都清楚，我这几天一直在信用社缠磨磨。

牛主任端起酒盅说，我既然给领导承诺过，只有豁出去了。

不瞒你说，这几天我都想找你老家火炉子沟的鸡罩去。李村长喝了一口酒说。

一听说鸡罩，牛主任瞪大眼睛说，我这次来，要彻底把鸡罩的高利贷清除掉，叫大家再不要上他的当，再不要吃这么高的冤枉利息。

对着哩。你来了我们就有希望了。信用社就缺少你这样的实干家。你看看，高天主任……你再看看咱李家招的女婿徐飞，办个啥制药厂。李木匠给他丈母娘偷了一盒当归丸，拉了三天三夜，差点把老命赔上了。李村长痛心地说着，老牛，为了制药厂倒把你的主任给免了，听说你都烧锅炉了，我这里结了个大疙瘩，不散！李村长又指着他的心窝窝说。

那才是个好差事，比神仙都神仙。牛主任轻轻一笑说。

小唐低着头听着，因为这一切他很熟悉。

不过，话说回来，也把徐飞害了，他贷的款总该要他还吧。李村长把头抬得老高，像是冲着房顶在说。

小唐抬起了头说，对，就是，他背了个大包袱。

不过我们还得给他出谋划策，叫他想办法还上，要不他受不了，我们更受不了。这么大的损失，我们输不起，他更输不起。牛主任狠劲地抽着烟说。

听着牛主任的话，小唐心里在嘀咕。他原先一直认为牛主任就是徐飞和高天的死敌，结果人家说出了这样的话。牛主任就是牛主任，看来自己要当主任还有点嫩。

牛主任把十个手指紧扣在一起，吐出了一口烟说，只要我们拧成一股绳，就没有办不到的事，没有过不去的坎！

10

中午下班，也没开灶，只有小吴和小丁，两人各吃了一包方便面后，就睡午觉去了。小丁去了她的房间，她住在牛主任隔壁。小吴去了守库室，睡得正香，办公室的电话铃一阵紧似一阵地响，小吴本不想理，但又响了起来，他只好拉开守库室的门，后悔自己忘拨了电话线。他没好气地拿起电话，只听高天怒冲冲地说，过河拆桥呀。我还没走，小吴，给你明确地说，农行领导说了，主任还是我的，你不要以为我……

高主任，听我说，你误会了。小吴不想听到高天在电话里骂他。

不说了，几天你就会知道。喂，牛在不？

不在，他和小唐下乡了。

这家伙小唐，几天就当叛徒了。小吴你等我，我马上就来了。

电话一放，小吴清醒多了，想着刚才高天的话，他也没了睡意，一看表都三点多了，便拉开了信用社的门，立马有好多人挤了进来。

领导，我要贷点钱儿。一个村民边挤边说。

哪个村的？小吴边问这个村民，边拉开营业室后门喊叫，小丁，太阳落山了。

火炉子沟的。

火炉子沟不是鸡罩放贷款？

利息高得我揽不住，我想贷点信用社的，松活些。

小丁端着一杯麦乳精，边进门边说，早就等你了，你胆子大呀，牛主任说中午不叫关门，你倒好，一觉睡到三点。

外面的人一听牛主任，赶紧说，牛主任在吧，他是我堂弟。

小吴瞪了外面的人一眼说，不在，下乡了。小吴把脸凑到小丁面前压低声音说，小丁，刚接了高天的电话，他说他又来当主任。

真的？

不清楚。

不会的。你不看牛主任这次的架势，我看不会。

难说，高天这人本事翻天着哩，人家有农行的领导撑着。

两人正说着，一辆卡车停在了信用社门口，拉着满满一车化肥。小吴和

小丁都站起来朝窗外看去，高天和徐飞进来了，后面跟着个女的，小丁一看就不顺眼。

门打开！高天用命令的口气说着。

小吴赶紧把营业室的通勤门打开，他们三人就进来了。

高天从皮包里掏出一只烧鸡说，你们吃去，晚上徐老板请大家吃肉，别忘了。

高天三人从营业室后门出去了，小丁噘着染得红红的小嘴，用手扇着。

这么香的，你嫌弃啥？

你是苍蝇，赶紧追你的臭肉去，她还没走。小丁说着又朝后门瞪了一眼！

小吴正要说话，只见柜台外一村民还没走，小声地说着，我贷得少。

你过几天来找你堂弟吧。

他啥时候来？

他的腿长在他的尻子上，我咋晓得。

太阳落山了，牛主任带着小唐从山上下来了。他们从明光村出来后，又翻山去了张家山，了解了沿途几个村子的情况后，就马上赶回来了。快到小桥头时，看见徐飞的厂门口停着一辆卡车，上面拉着满满一车化肥。徐飞的门也开着，牛主任对小唐说，好像徐飞在，我们去找他。

小唐有些犹豫，但牛主任已在前面迈开了步子，他只好跟上。

这个徐飞，一天招摇撞骗，不干个正经事。我们的资金这么紧张，看他怎么说。

小唐跟在牛主任身后，也没有说什么，快到大门口时，他的鞋带松掉了，就蹲下身子系鞋带。

牛主任一进大门，就听见徐飞的办公室里有个女的狂笑着，也像哭一样。牛主任在院子咳嗽了一声，里面的笑声停止了。徐飞一看牛主任进来了，赶快迎上前去笑着说，大驾光临。你这是贵脚踏在了贱门上。来来来，快进屋。

徐飞，我来给你打个招呼，我们信用社现在揭不开锅，这几天你得想办法先还一部分。牛主任隔门看见高天在套间里面，旁边还有个女的坐着，他严肃地说。

牛主任，你这不是开玩笑吧，钱是硬头货，我从哪弄去？我还准备向你再贷一点，我要多拉几车化肥，给种药材的农户奖励化肥，要不我的制药厂哪有药材？

哼哼！办法你想，过几天我再来。牛主任不想和他多说，便折身走了。

好好。徐飞满口答应着，跟在牛主任身后送他出了大门，小唐见状，赶紧又蹲下系鞋带。徐飞看见小唐在外面，便没好气地说，小唐，你咋不进来？

我……噢……我的鞋带断了，跑了一天的山路。

徐飞看着牛主任和小唐远去的背景，冷冷地笑了一声。

牛主任走到小桥头，只见小河里压了一条深深的车辙，并将泥水带出了河堤。

小吴和小丁正准备关门去徐飞那里，牛主任进来了，把小吴惊得瞪大了眼睛，给小丁递眼色，心里说，幸亏还没有关门，要不今天没有好果子吃。

小吴，去给你俩做点饭，吃完开会。

我俩吃了。话已出口，小吴又觉得不合适，忙改口说，中午做得多了，我俩挣着吃了，晚上不想吃。

好，那开会吧。

小唐一听，气得把小吴悄悄踩了一脚。

牛主任去了他的房间，小丁从柜子里取出了半只她和小吴吃剩的烧鸡，给小唐看后，又放回了原处，示意会散了来营业室吃。小唐高兴得直拍手，小吴又气又急地说，人家徐老板晚上叫我们去吃饭哩，你们来了。

好事泡汤了。

只一会儿，牛主任就到营业室了，给小吴说，开会。

我把大门先关了吧。小吴说。

别关，说不定有人来。

小吴有意地说，六点过了主任。

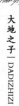

今后在农忙季节，我们要延长开门时间，有些村民很远，来一趟不容易。

小吴他们三人对视了一下，都不愉快地低下了头，听牛主任开会。

牛主任把手里拿的一包茶叶打开，给自己泡了一点，又推给了小吴他们说，喝，这是陕青茶。

小吴假装感激地点头，取过来杯子泡了，给了小丁，小丁摇头，又推给小唐。

开会。牛主任喝了一口茶，清了嗓子说，我和小唐跑了南片的一些村，通过摸底，现在问题很严峻，我们不想办法就要耽误农时，农民种不上大麻和其他农作物，年底我们收贷款就是一句空话。小唐，你把南片的情况给大家通报。

我……我……主任你说吧，我说不好。

你把南片各村贷款的需求给大家念念。

好，小唐结结巴巴地念着各村所需贷款的数字，小吴和小丁听着，也不便说什么。

大家都听清楚了，这才是南片，北片还没有跑，大概也能估摸个八九不离十，也没有时间跑了，先摸个底掌握一下大概情况，眼下就是我们如何给村民放贷款的事。

小吴向牛主任汇报，主任，区联社往我们账上进了十万元，就这点钱了，再没钱。

没钱，没钱就得想办法。牛主任点了一支烟，抽了两口说，是这，只能和供销社联系了。等会我就找供销社刘主任去，我们给村民办贷款，叫他们按我们的贷款手续发放化肥，大家说行不行？

小吴他们相互看看，没有表态。

只能这样了。还有什么比这更好的法子？

……

散会了，牛主任要去找供销社刘主任，他给小吴说，你们等着，要是有人来，叫他在我房间等，我的门开着。

小吴给小丁和小唐使了个鬼脸。听见牛主任从后门出去了，小吴说，走，去制药厂吃肉。

小唐看了看小丁。小丁对小唐说，快去，那个招魂幡等你着哩。

小唐一听小丁的讥讽，便对小吴说，你去吧，我肚子疼，本来就不想去。

我一人去？人家可是好心叫我们都去哩。

小丁出门回她的房间去了。小唐给小吴说，你敢去，牛一会就来了，要是问我，我敢不实话实说？

你这人，不地道！

11

供销社刘主任正在给一棵迎春花的盆景浇水，牛主任进来了。

你是刘主任吧？牛主任热情地说。

你是？刘主任看着这个不速之客问道。

我是信用社的牛若谷。

噢，牛主任，早听说了，还没见过面。请坐。

牛主任坐在木头沙发上说，刘主任我是无事不登三宝殿。

大财神，我们请都请不来。

今晚你是财神爷，我可是个饿死鬼。牛主任笑着说。

刘主任边给他倒茶边说，你真会开玩笑，有啥事，尽管说好了。

牛主任接过茶杯说，你看看，春播开始了，农民需要化肥、农药，这……

多的是，你要多少有多少，卖饭的怕你吃八碗？

农民要贷款，我刚来，信用社最近资金很紧张，我这几天在各村摸了底，粗略统计要三十多万元，这个缺口我们暂时没办法。

你的意思是？刘主任疑惑地问。

牛主任把头伸向坐在他对面的刘主任，便说，我想你能不能凭信用社的贷款手续把化肥、农药先给村民，等春播一结束，咱两家立马算总账，我想

办法还你，占用你这段时间的资金信用社给你付利息。

刘主任这才明白了牛主任的意图，他收回了满脸的笑容说，这真就有难处了，你咋不想想，进一车化肥，人家就要现钱。

我晓得，但你周转相对宽松些。你千万不要怕，咱大小是个信用社。

听说望天信用社根本就没钱。

咋能没钱？就是暂时没收回来。你先帮我渡过这个难关，等我腾开步子，给你还上。如果到时间还不上，我把头上的疙瘩给你。

刘主任笑笑，递给牛主任一支烟。

牛主任很严肃地说，我给你写个担保，也可以给你存折，存折是有法律效力的。你千万不要害怕，如一旦有闪失，咱不是还有个联社。

刘主任想了想说，我确实有困难，要是你能付一半的钱，那也行。

我要有一半的钱就不和你费口舌了，我就有时间收贷款去。正是时间紧，才向你求助嘛。

刘主任有些吃惊地问，你们的款能收回来？听说……

你放心，总不能把贷款都丢了吧。

刘主任觉得也是，他向牛主任微微地笑了笑。

咱有困难了，请你帮一帮，我原先到信用社当主任那一阵子，你们供销社一有困难，都是我们给解决的。

那是那是。我们以后还需要你的支持，你看这两年在望天信用社贷不上款，我都在外面求爷爷告奶奶。

原先的再不说了，咱以后合作好就是。

对着哩，对着哩。刘主任有些为难地说，我和大家再商量商量吧！

好，那就请你能不能快一点，如不行，我就到外乡去求援。牛主任拉着刘主任的手说，你可想好了，这对于你供销社也是一笔大生意。如果我们信用社给农民想不了办法，你的化肥、农药也卖不出去，你说呢？

那是，那是。刘主任又思考了一阵后说，牛主任，听说你也是个干事的人，干脆我把主做了，咱俩合作好，农民就有化肥。我们的交道还长着哩，就是给农民的化肥凭啥付？

信用社给农民把贷款手续办了，他们凭贷款手续到你们供销社提取化肥、农药，叫小丁过来收贷款凭证，每天晚上和你们结账，最后算总账。这样一来，既能防止一些农民把支农贷款挪为他用，也能保证你的化肥、农药的正常销量。你说是不是个"双赢"的好事？

我觉得是你赢了，当然我们也赢了。刘主任笑着。

牛主任感激地握着刘主任的手赶忙说，合作愉快，合作愉快！

小吴他们正在营业室结账，就听见乡上高音喇叭里传来了牛主任的声音：

各村民请注意，我是望天信用社主任牛若谷。有人在望天乡一些村子乱放高利贷，这是扰乱金融秩序的行为，请大家要保持清醒的头脑，不要上当，有钱就存信用社，贷款来找信用社。我们望天信用社这几年给大家没有服务好，我给大家道个歉，也给大家许个愿，凡是有需要春播贷款的，这几天到信用社来，保证满足大家的需要。

小吴他们一听都傻了眼。小唐瞪大眼睛说，这真是个牛大胆，还有脸面批评我们。存款都付不出，还有啥钱给人家贷？

就是，你听听还保证大家的需要。小丁也附和着说。

有好戏了。

小丁似乎有点生气，她瞪了一眼小唐说，你咋这么个人，幸灾乐祸。

他们正说着，牛主任进来了。小唐急不可耐地说，主任，哪有钱？你还敢夸海口。

牛主任笑着说，我到供销社去和刘主任商量好了，这两天就给村民放款，信用社不付现金，小丁过去到供销社帮忙，凭贷款凭证叫村民领取化肥和农药，一晚上一结账，等春播结束咱和供销社算总账。

这不是一张空头支票？小唐说。

你有更好的办法吗？只能这样了。

又是逢集的日子。

信用社今天也像过节日一样，房檐下悬挂着红色大幅标语，上面贴着白色的大字："天台区望天农村信用社积极支持'三农'，确保春耕适时播种!"大门前摆着一排桌子，牛主任坐在正中间，立个小牌子，上面写着：贷款签字；小吴和小丁坐在他的左边，牌子上写着：贷款办理；小唐坐在他的右边，牌子上写着：贷款审核。周围围着好多人，像抓彩票一样拥挤着。牛主任不时站起来向大家说：

不要挤，不要挤，排队，排队更快。

但望天的村民没养成排队的习惯，尽管牛主任把嗓子都喊哑了，他们还是挤作一团。牛主任也没办法，只好这样了。但他时不时会站起来组织一下，要不会把桌子掀翻的。

黄村长从后面绕到牛主任身旁说，你的生意真兴隆呀!

牛主任苦笑了一下，但他深知黄村长不是挖苦他，他想的是望天村民的贷款。

秋子坐在自己的摊位上，看着眼前信用社的热闹场面，对牛主任产生了由衷的敬意。仅仅在十天前，信用社还是冷清清的，工作人员也不搭理进去办业务的村民，给人一种进了庙宇的感觉，阴森森的。十天后眼前出现了这样的景象，真是死店活人开。

在信用社的东头一角，鸡罩硬是把两个卖篾条和箩筐的赶到一边，自己从徐飞办公室也搬来桌子，上面铺了一条红毯子，放着印有红花的钢皮保温瓶，两个瓷杯子。他也立着两块牌子：一个是贷款，一个是高息存款。凡对来人他先发烟，后倒茶，一脸奸笑。当问到他的利息时，他会吞吞吐吐，遮遮掩掩。

鸡罩见到他这里的都是来吃烟喝茶的，一笔生意也没做成。当他眼睁睁地看着信用社办公桌前拥挤的人群时，更对信用社产生了嫉妒和愤恨。如果是黑夜，他会给牛主任几闷棍，看他还嚣张!

黄村长看到不远处也有一堆人，不料却是鸡罩，便走过去说，鸡村长，你胆敢在这卖狗皮膏药？

我的好黄大哥！我在贷款，为人民服务！

好，那为我服务服务，我也是人民。

你是贷还是存？

贷怎么贷？存怎么存？

贷款，鸡罩麻利地从兜里掏出一支烟说，看，黄大哥，"奔马"！

我不识字，只要冒烟就行。

鸡罩又给他倒了一杯茶说，哥，这是毛尖。毛尖晓得不？

管它毛尖不尖，苦就行。黄村长取笑鸡罩。喝一口茶说，贷款利息多少？

鸡罩贴着黄村长的耳朵上说，二分，这是给你的价。

存款呢？

一年的一分，这也是给你的价。

好，等我有钱全存给你吧。黄村长笑了起来。

你这是砸我的摊子吧。快喝水，不要捣乱我的生意。

我砸你的摊子？你才砸人家的摊子哩。黄村长把头歪向信用社门口的一堆人说。

哼！车走车路，马走马路。

俩人正说着，牛主任过来了。牛主任走到鸡罩的办公桌前，指着鸡罩的鼻子说，你这是干什么？

放款啊！鸡罩坐在椅子上，把身子往后一靠，理直气壮地说。

你知道你这是什么行为？

为人民服务啊！鸡罩从嘴里吹出一柱烟，大大咧咧地说，你们没钱还不让我放？你放的是空炮，我放的是实打实的钱儿。有本事你把钱儿摆出来放。

你要是不收摊我现在就给派出所打电话，没王法了。

哈哈，派出所是你家开的？你打，你不打我替你打。

他俩正吵着，联社于副主任和其他几个同志来了。

于主任，您怎么来了？一见于主任来了，牛主任很是惊讶。

我来你们望天看看春耕生产贷款的事。这是怎么回事？于主任说。

噢，于主任，他是我老家火炉子沟的村长，叫鸡罩，您看看，他在这里明目张胆地放高利贷。我原先给您汇报过的，他从高天手里贷了我们信用社的款不还，全放高利贷了。

鸡罩同志，你这是扰乱金融市场，是违法行为，赶快停止。于主任对鸡罩说。

我停什么，我停了老百姓的春耕化肥咋办？你们又没钱儿，你问问牛大主任，他是在放空炮还是放贷款。

于主任正要问个详细，牛主任给于主任说，回单位给您解释吧，我和供销社商量好了，联合解决农民春耕化肥的事。

你不管我们信用社怎么放，但你不能放贷款，更不能吸收存款。于主任对鸡罩说。

你收不收摊？你不收我就叫派出所去。牛主任强硬地说。

鸡罩一把把桌上的红毯子揭了，在于主任他们眼前抖了几下，尘土飞了起来。其他几个同志后退了一步，于主任和牛主任仍然站着不动。

天已快黑了，信用社门前的办公摊位已撤到了营业室。于主任给大家说，咱临时开个会。

好。牛主任说，我们现在办起了灶，晚饭就在我们灶上凑合吧。

能做出来吗？于主任说。

望天几千人都吃饭着哩，我们不到十人。牛主任笑着说，这样，小丁，你去叫来秋子，叫她给我们帮个灶，小吴的手艺怕做不出来。

不要客气，自己人，卖两个大饼喝茶吃就可以了。于主任笑着说。

我这次当主任你还是第一次来，就这个现状，管您吃饱。小吴，你来。牛主任说着把小吴叫了出去，在门外简单地安排后就进来了。

于主任看着营业室内外都干干净净的，很是满意，他坐在火炉旁说，看你的火多旺啊！

于主任，我把春耕的款一放完，马上就把煤炉子拆了，这里早晚还有点冷。牛主任给于主任解释说。

不忙，我一来你们停火炉这算什么，根据当地气候变化吧。

这家伙可在烧钱儿，我们还很穷，等有钱买个锅炉，我现在是烧锅炉的把式，会用很少的煤烧很旺的火。

体验了，体验了。你走了，大家还真说少了个优秀的锅炉工。

说明大家还记着我，说真的，我还真舍不得那个锅炉房。

牛主任，高天一直没上班？

有时候也来，昨天听说来过。牛主任马上收敛了笑容。

这时，小吴和小唐都进来了。

好吧，这样，牛主任，我们借这点时间开会吧。于主任坐在椅子上很认真地说：

大家辛苦了！今天我们接到了举报电话，反映我们望天信用社放贷款的事，经我们几人调查后，与事实极不相符，这完全是诬告行为。我们也亲眼看到了大家的努力，确实在为望天乡的春耕生产想方设法。尤其是牛主任，为了当地的农民能适时播种，与供销社联合解决农民当前春耕的燃眉之急，我们很受感动。

于主任又给和他一起来的稽核股的同志说，你们留下来，搞高天同志的离任稽核，一定要真实，待稽核完后，马上写出报告。另外，牛主任，通知高天，积极配合稽核部门的工作，报告出来后再作决定。

牛主任说，望天遇上了特别困难的时期，我们要咬紧牙关，砸锅卖铁，一定要打好春播贷款这一仗。我们要还给望天村民一个诚信，不能叫他们失望，不能叫他们抱怨。另外，如果领导给我三年的时间，我敢保证，要把望天打造成天台区联社的先进信用社，再不能叫望天村民为贷款发愁了。

好，很好，大家还有什么意见和建议？于主任话音未落，小唐他们本来抬高的头又埋在裆里了。

小唐你们也说说吧。牛主任说。

没有，没有。小唐说。

你们呢？牛主任问小丁和小吴。

没……没……

说说吧，我们也不是正式会议，座谈座谈。于主任很是平和地说。那好，既然没有意见，就要好好配合牛主任的工作，不能懈怠。有意见可以当面和牛主任商量，也可以来联社找我，总之，为了望天信用社，为了望天的村民，我们要努力工作，把失信变为诚信。最后于主任问牛主任，你还有没有安排的？

没有。吃饭吧，领导饿坏了。

牛主任领着于主任来到灶房，秋子穿着围裙，一见于主任她赶紧说，领导，委屈一下，吃点农家饭吧！

真会说，这是？于主任看着秋子问牛主任。

我们请的大师傅。牛主任开玩笑着说。她是望天村的秋子，除做得一手好饭，还做得一手好麻鞋哩。

噢？女强人！

不是，不是。于主任快别笑话我。我一个农村妇女，没啥特长，就喜欢做大麻活计。我们这里遍地都是麻不是。

这里的大麻很有名的，要合理利用这些资源，以后可在这些大麻上多作文章。于主任说。

我也想，就是利用不起来，只能做点麻鞋，或者编个绳子，再没干的什么。一看到这么好的大麻都卖不出去，我一个妇道人家很心急。秋子激动地说。

以后再说，领导饿了。秋子，做什么饭？

你看。秋子说着揭过了锅盖，里面全是她炸的油饼，还有一大锅荷包蛋。秋子又对于主任说，他们的灶刚办起，要什么没什么，我从家里拿了些灶具。

太感谢了，太感谢了。于主任接过一碗，尝了一口说，好香。

稽核股的同志都笑着说香，牛主任咬了一口油饼说，真的，和我炸的一样。

大家笑了起来。

稽核股的同志待了两三天，完成了高天的离任审计稽核，牛主任问稽核股的同志要一份报告，他们说丁主任吩咐过，此事先保密。

联社的稽核报告迟迟不见动静。因为于主任到外地学习去了，联社工作暂由丁副主任主持，所以这事就一直放下了，牛主任问过丁主任，丁主任说，你先不要急，公事得有个程序，等给于主任汇报后再说。牛主任也不好再催，只能如此。官大一级压死牛嘛！

12

分水岭其实在崦嵫山的半山腰，当地人习惯地把崦嵫山下的山叫分水岭。棉花与三郎周末是赶不上回望天的班车的，每次他们放学回家时，只能坐过路车到分水岭，再走回望天。天已渐渐变暖，地埂边上一堆一堆的玛瑙花盛开着，小黄花闻起来很香，把个望天弄得像搽了"雪花膏"一样。北山青岗叔的槐树林仍是黑压压一片，但春风已把它们弄得很激情，引诱出了浓浓春意。

本来窄窄的羊肠小道，人走在上面只能是一前一后，有些稍微宽一点的地方勉强可并肩前行。三郎把棉花让在了前边，她像一只羊羔一样蹦蹦跳跳，两个小辫子在胸前肩后不停甩打。发梢的蝴蝶结在棉花的手里总能变幻出不同的花色来，就是小辫上这两朵花，在她的身边飞舞，把三郎弄得眼花缭乱，心花怒放。哪个少年不善钟情，哪个少女不善怀春。

一贯温顺的棉花，见个生人连头都不敢抬，恨不得找个老鼠洞藏里面，但与三郎在一起，就如风中的旗浪里的鱼，放开了一个少女的欢势来。风华正茂，豆蔻年华的两个妙龄男女，萌动着的情爱已经发芽，一挨雨露浇灌会破土冲出。但毕竟在农村，受传统铁板的钳持，只能克制不敢放纵。只有这段山路属于他俩，加之暮色苍茫，蓝雾蒙蒙，把天地无形地缩小，变成一对春心荡漾儿女的乐园，让这一对天真的人儿随意奔跑，任性笑闹。

棉花跑到前边摘来了一朵木牛牛花，她先拿着闻了闻，再拿在手里跳跃着、挥动着向他招手。就是棉花这一随意的动作，便永久地定格在三郎的脑海里。这么优美的舞蹈不需要编排，随意而出。在以后的多少年，这个动作叫他不得安生，叫他无可奈何，叫他不能自拔，寝食难安。在后来的一段日子里，三郎对"仙女"二字产生了浓厚的兴趣。蒲松龄笔下的"仙女"虽然漂亮但却无味。嫦娥奔月的潇洒，七仙女洗澡的浪漫，这些只是书中空谈而已。而他心中的棉花，端庄、清纯、秀丽、温和……凡世间之文字不能描其秀，凡世间花蕊不能喻其香，凡世间女子不能媲其美……这就是三郎眼前小鹿一样的棉花，他永远的野棉花……

棉花和三郎一不小心就会把路变宽了。两人并排走着，两只小手也在不经意间牢牢粘在一起，三郎羞了，棉花羞了，把山村的夜晚，也羞得落下了天幕。夜——浓烈地向他俩围来，就连月牙儿也在天际里笑嘻嘻的，还有那同一苍穹的星星，都在调皮地向他俩挤眉弄眼……

望天的川道里一片春耕的繁忙景象，男女老少，骡马牛驴，一齐上阵，真是人喊马叫，一片欢腾。全村除了老弱病残，基本上是倾巢出动了。

棉花回来了，正好帮忙。青岗叔也下山来了。秋子家没养牲口，巧姐儿和贵成子吆着他家的老黄牛和黄村长家的老黑牛，先给秋子家种大麻来了。这两头牛是第一次合作，老黑总欺负老黄，它总是将眉宇间的小白花瓶图案伸给老黄看，并将拉得老长的哈喇子往老黄脸上甩，有时甚至发一个讨厌的响鼻，吓得老黄不断地往外扭头，将它们脖子上共同架着的一根槐木横担扯得吱吱乱响。贵成子最怕听到这个刺耳的声音，每当听到这个声音时，他就感到太阳已经毒得发疯了，便把棉袄脱下来，故意搭在老黑身上开始叫骂：黑墨炭，你还嫌天冷？煮到油锅里就暖和了吗？他骂着讨厌的老黑，并把犁铧悄悄往土里压了一下，老实的老黄弓着身子往前拼命拉犁，只见老黑左右甩着头，磨盘一样的厚嘴唇上溢出了一堆白沫，一条银色的涎水吊在嘴角，仿佛充当上等的麻丝，难道也要到集市上卖个好价钱？

最让贵成子生气的是，老黑这家伙大小便也是不顾羞丑，当众乱来，小便起来最不文明。他家的犍牛老黄会将尿水端端地洒在地里，等犁铧一到，刚好埋入土里，既掩埋了热热的肥料，又用新犁出的土把它打扫得干干净净。老黑这家伙可是个雌牛，一根几乎脱去毛的瘦尾巴压不住它从卧式缸体里排出的黄水，有时会直接喷洒到贵成子身上，气得贵成子拿着鞭把子猛捣。每当这时，疼得老黑只用一条腿乱蹬，因为它没有求饶的本事。

老黑如此奸猾，也正了黄村长的脾气，不愧是黄村长调教出来的。贵成子心里骂着。虽然是春天，但在近午时分，天还是很热的。要把两头不在一个槽上吃草的牛磨合好，本身就是个费力的事，再加上老黑也要借着黄村长的势来欺人，当然贵成子就不愉悦了，便高举皮鞭，在老黑的左耳梢尖上准确地打了一鞭子，骂道，难道你是村长的太太？这时，疼得老黑冤枉地叫了一声：

哞——

就是这一声，把在上弯里和它一样犁地的秃尾巴唤醒了，不停地朝这边看。秃尾巴和老黑是年前犁秋茬地的搭档，它长老黑一岁，但拉起犁来老成持重。老黑和它相处和谐，相互也不耍奸，虽不图快，倒是很出活的。不怕慢，就怕站。一个上午，犁二亩地不受主人的气。它俩明知自己都快老命将至，出力的命，谁又能怪得了谁呢？

秃尾巴今年又和明光村李村长的老牛搭档了。李村长种大麻，儿媳妇和他老婆打着他犁起的土块。因为他去年收秋的时候正赶上下雨，地被踩踏得粘在一起，板结了一冬，现在犁起来特别费劲，翻起的土块大如磨扇，都打不过来。李村长吃力地按着犁柄，满头大汗。正在老老实实拉犁的秃尾巴突然听到老黑的呼唤，慌乱得把持不住了，不顾伙伴的死活，猛地拉起犁铧朝着老黑狂奔，慌得李村长来不及取下嘴里衔着的烟锅，便提着犁铧紧跟其后。这时，他最怕的就是伤了牛的蹄子。每当牛逃犁的时候，犁地的人最担心的就是伤到牛蹄或铲了牛腿。咬着烟锅，提着犁铧的李村长，跟在秃尾巴的身后，边跑边寻找着能插进土里的机会。但机会很难把握，弄不好插进硬土里

将会折断犁铧。就在这紧急关头，多亏了从小桥边跑过来的黄二愣，只见他双腿撑在地上，双手将秃尾巴的脖子紧紧扣住，如果不是它还套在犁上，黄二愣会很轻松地来个"旋风扫地"将它放倒。那一年，一匹逃犁狂奔的高大骡子，几个人没办法降服，却被摔倒在地，硬是在槽上拴了三个月才缓过气来。黄二愣把挑起事端的秃尾巴迎头拦住，这时，李村长才把犁铧趁机插进土里，双手压着犁柄，喘着粗气骂道：

看你能把地球拉透。等牛完全停下了，他还在嘴里嘟囔着，你拉，你能，你力气大就把碾盘扯一道口子呀！

汉阳河两岸的人都停下了手里的活计，看着眼前的一幕，好在有惊无险，没有伤着牛和犁铧。但对于好事者略有扫兴，这场未发生彻底的事故，不足以抚慰平淡日子中一贯爱看热闹的人。

贵成子把他的犁铧紧紧地吃在深土里，老黑愤怒地用一只前蹄刨着土，喘着粗气，无奈地张望它的老相好。贵成子也在惊恐中按稳了犁铧，没顾上看李村长的狼狈样子，等两头牛都平息下来了，他还压着犁柄说：

婊子，你骚，你骚，你再骚黄村长会一纸休了你。

青岗叔笑着对贵成子说，别压了，把土地爷的屁股都铲破了！

这时，贵成子才抆去了悬在鼻尖上的一滴圆润的黏稠的油汗，双手丢开犁柄，哗！整个人倒在地上，平平展展躺在阳光里，躺在软绵绵的地上，大口大口地呼出了憋闷在胸腔里的粗气。大约一锅烟工夫，他才像一只晒晕的狗一样起来了，站在老黑的前面，狠劲地咳嗽了一声，咳出了他积压已久的老痰，像一粒栗子一样射向老黑，结果却落在了他家老黄的脸上。那黏稠的痰挂在了老黄的眼睫毛上，倒不像是从贵成子嘴里射出的浓痰，而像是从老黄忧伤寡欲的眼睛里结出的一颗悲凉苦果。老黄自打生下以后就有眼疾，一直流着泪，好像它来世上不是犁地的，而是专门流泪的。贵成子从把它买来后，就见它一直哭泣着，一脸的苦相，本想把它卖给屠宰厂，还是巧姐儿不忍心。巧姐儿一看到流泪她就心软，她常常借着别人家的灾难哭自己的冤枉。她本人生了两个小孩子都没成，老天爷把她折磨得就剩下一点儿痛苦了，她也深知苦命的疼处。老黄说不出来，便流淌了一生的眼泪。而巧姐儿呢，总会在漆黑的夜晚，把积攒的泪倒光后才能睡着。她怎么能眼巴巴地看着把悲苦的牛卖去任人屠宰呢？

其实是自家的老黄蒙了冤，结果他听见上弯里的李村长倒是大骂开了：

你个贵成子，老骚情，连个老黑都伺候不好，一天不干活倒勾引我的秃尾巴。

贵成子站端了身子，手搭在眉头遮住阳光听完李村长的叫骂后，便笑着喊叫给川道里所有的人听：

它想高攀村长大人了。想当个官娘子。

整个川道里种麻的人，有停下手里的活计专门看热闹的，有边干边听的，还有喝彩助兴的，热闹得像二月二的豆子锅，噼里啪啦炸个不停。

把老黑娶给你当太太该有多好，家里一白一黑，那才叫贵成。李村长干脆把一对逃犁的牛放开了，站在地埂上笑骂起来，想着只要把望天的贵成子骂败了，种地的日子多得是。这样一来，明光村的人便都一齐给李村长喝彩助阵，想以势夺人。望天村的人也不甘示弱，给贵成子打气。两个村子的人好像都很关心这场笑骂，一荣皆荣，一辱皆辱。李村长的老婆可不这样想，她怕老骚情骂过了头，赶紧给他使眼色，示意有儿媳妇在。李村长本想还要好好抢个风头，却被老妖精泼了一马勺凉水。

唯有巧姐儿倒给贵成子腼腆地说，争啥争，快干活，秋子妹妹的饭都快熟了。

狗咬狗，两嘴毛！青岗叔给贵成子装了一锅烟说，歇会吧，你看你，头上的汗都流到脚面上了。

贵成子还想和李村长对骂一阵，见秋子真的提着午饭来了，也不好意思再浪费时间，赶紧把牛牵回犁道，重新犁起地来。

棉花听到这些叫骂声，感觉无处站立，一路小跑去家里帮妈妈做饭了，好一阵后，这才又和妈妈提着午饭沿着小河走来了。三郎家今天没有牛犁地，他帮父亲往山坡地里送粪去了，棉花见不着他，心里觉得空落落的。棉

花顺着汉阳河往上看，太阳下的望天好不热闹。土地被牛犁过后，翻出了新鲜的土壤，平整而洁净，在太阳下泛出一层湿气向上升腾。偶有觅食的喜鹊、长尾雀啄出一条条蚯蚓，高兴地起起落落，翻翻飞飞。时而站在树梢，时而又落在牛背上，目不转睛地盯着老牛身后的黄土。河边的柳枝儿已经垂到水里了，上面结满的绿蛋蛋已抽出了新芽。这些碧绿的枝条，在春天的阳光里织成了一道道柳帘，似乎想要挡住清和的春风不叫远去，永远地留在望天聚宝盆里。紧紧抱着柳枝的两只黄鹂要不是一声两声地鸣叫，让人还以为是凝结成的两团黄亮的春光。黄鹂快乐地拉伸着柳丝，一次次垂向小河里，反复撩逗着水面上游动的鱼儿。燕子也来了，在汉阳河两岸来回穿梭，似乎要剪一片春锦做一套绿装，披在望天的大地上……

秋子看着今年的春天与往年不一样。今年种植大麻的人很多，种植药材的也只有几家，这个现象明显地告知她，村民回到理性的轨道上来了。近年大麻价格虽然不高，但总归比种植庄稼多一些收入。看来，要改善望天经济状况唯一的指望就是它了。她看着眼前的景象，不由从心头滋生着对未来美好生活的向往……

春天来了。望天的春天真的来了！

13

尽管徐飞承诺说要给种植药材的村民垫付化肥，但由于信用社适时地给村民解决了化肥贷款，好多人都不上徐飞的当了。拉来的一车化肥，只好放在制药厂。无奈之下，他决定给种药材的村民每户免费送一袋化肥，但就是这样优惠的条件，也没有几个村民领他的情，徐飞只好找来鸡罩商量对策。

由于牛若谷在全乡高音喇叭上对鸡罩乱放高利贷的行为进行了批评，鸡罩的日子就不好过了。鸡罩的存款大多数都是这些妇女们背着男人偷偷搞的，当时叫鸡罩的三寸不烂之舌骗得她们醉醉的，好像鸡罩要给她们送金娃娃抱回家。今天，徐飞捎话要鸡罩来望天一趟，他刚下了分水岭，就被一群女人围住了，大吵大闹：

还我的钱，你看，娃他爸差点打断了我的腿。

你的没到期。鸡罩伸着脖子分辩说。

啥到期不到期，我不管，不还你今天走不脱身。

我的到期都一月零一天了，你为啥不还？

这不是给你有利息。

人家信用社也有利息。

鸡罩气急败坏地说，信用社有多少利息？三年比不上我半年的，你们不要听牛若谷在喇叭里胡说八道，那是信用社穷得没蛇耍了，想坏我的菜。牛大胆向我借钱，我没借，他就这样整治我。

你胡说，人家是公家人。公家人有工资。

嘿！工资，他老婆得了个富贵病，有多少钱都填不满他的瞎窟窿。你们不晓得吧，他老婆是我姨，我把他啥底细不清楚。

我不管，你今天不还钱你试？

鸡罩一看这些女人不吃软，就来硬的说，想吃我？再这样给你一分都没有。

啥，你敢？

你们这些疯猪婆，来吃了我。

啊……

几个女人撕打开了鸡罩，他瘦猴一样的男人，根本不是这一群女人的对手。

鸡罩满脸的血迹，衣服也被撕烂了。他一步一步向信用社走来，腰系围裙的牛若谷端着铁锅从灶房出来泼泔水，刚要说话，只见鸡罩从地上捡起一块石头，狠狠地向牛若谷手里的锅打去，"咔嚓"一声，碎了一地。

你等着，牛大我也有骗牛的法。鸡罩毕竟占不住理，骂了一声折身就跑了。

牛若谷看着鸡罩的背影消失在信用社后院门外，提着两个铁锅的耳环，

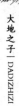

木木地立着……

徐飞正和几个人收拾行李，看见鸡罩满脸血迹走来，衣服也被撕烂了，便问，你怎么了？

叫望天的疯猪婆给……你想想办法，给我还了吧。

本来徐飞要找鸡罩商量种药材的对策，一见鸡罩成了这个样子，便猜出了几分，他给鸡罩一支烟说，利息不是给你付着哩，没到期慌啥哩。

鸡罩哭丧着脸说，我的爷，这些疯猪婆难缠，你今天给我还些，上次在城里的那个事我一人认了，钱我一人掏。

那可是你和高天的事。你掏不掏与我无关。

鸡罩急了，他拉住徐飞的手说，徐老板，你可要讲良心，当时……他正要说，又看了看还有其他人在场，只好叹一口气，不吭声了。

高天现在你可不敢惹他，他可一直关心着你。

噢，我的哥哥，你不还钱，你倒是说说高天什么时候来当主任吧？

很快，我在区上找了领导，牛若谷很快要滚蛋。徐飞点着烟笑眯眯地说。

这就好，只要牛若谷这家伙一滚开，我就高兴。这王八死了该有多好。

等着吧，高天一来，你等于就是望天当地的财神了。徐飞把鸡罩让到屋子里给他倒了热水，叫他先把脸洗干净。徐飞看着洗脸的鸡罩说，鸡罩村长，干脆把这一车化肥给你顶账算了，看你确实也为难。

鸡罩把脸上的血倒抹均匀了，好像个红气球，他停下手里正要拧干的毛巾感动地说，徐老板，我拉回火炉子沟一眨眼就把它变成钱儿了。幸亏还有你，要不，我这口气怎么出？牛若谷，我恨不得一脚踢断他的肠子！

小丁在办公桌前坐着，傻愣愣的样子。小唐和小吴打扫着卫生。牛主任进来说，我要到乡政府去开会，支农贷款赶紧放，有啥事就叫我。

牛主任出去了。柜台外站着好多人。小吴和小丁忙着办业务。这时，电话铃响了。

小丁接过电话：喂，没有丁主任，对，好。等一会牛主任开会回来我告诉他。好。

小丁放下了电话，傻愣愣地看着小吴。

咋了？小吴说。

联社丁主任批评我们在违章贷款，叫立即停止，要严肃查处，并要追究当事人的责任。小丁给小唐和小吴又说，不是于主任前几天还表扬了我们吗？

打开头我就觉得会出问题。小唐看了一眼柜台外站着的人说，听说于和丁这样上了。小唐做了个鬼脸，并将两个大拇指对在了一起。

小丁瞪了小唐一眼，对柜台外的客户说，先等一等，把贷款手续暂时放下，过两天再通知大家。

不是牛主任到大喇叭上说要满足大家的贷款？咋说变就变了？

对，说话要算数。

柜台外几个村民吵着要找牛主任，小唐解释说牛主任开会去了，啥时回来还不知道。

晚上，牛主任在椅子上坐着，大口大口地抽着烟。小丁和小吴在记账，小唐坐在板凳上用一把火钳在地上乱画着。

稽核股说明天来？牛主任阴沉着脸问小丁。

嗯。小丁应承着。

牛主任吐了一口烟说，不怕他们来查，就怕他们来了影响给农户放款。牛主任说着站了起来，在地上转圈子，猛然抬起头又说，放款，管他呢。给农民想办法放贷款有啥错。

牛主任，还是……小唐看着牛主任说。

牛主任过去抓起电话刚要拨号，犹豫了一会后又再次拨了号码。电话通了，无人接听。牛主任连续拨了几次，还是无人接听。

休息吧，明天再说。牛主任摇了摇头说。

牛主任一人在营业室坐着，双手揪着头发，闭着眼睛靠在椅子上睡着了。他觉得才打了个盹，就被一声清脆刺耳的电话铃惊醒了。从窗口进来的光照

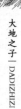

到他的身上，天已大亮了。牛主任抓起电话看了看说：

喂，丁主任，我是牛若谷。

牛主任听着丁主任在电话里训斥：你怎么搞的？捅了这么大个娄子。农行领导昨晚给我打了电话，非常生气。望天乡信用社是全市的高风险社，实指望叫你去收贷款，结果你……听说你开出了好多空头存折？

牛主任解释说，没有，丁主任。我们与供销社草签了个协议，说好是支农贷款，放完后再想办法还给人家。丁主任，望天信用社的情况你不是不清楚，我来才十几天，正赶上春播的时机，农民贷不上款怨声载道，存款下降很严重，加上这两年信用社失去了信誉，一些人趁机乱放高利贷，就在这样的环境下，我也知道联社的难处，也没再向联社求助，只好硬着头皮和供销社联合解决村民化肥农药的事，这是农民的当务之急。望天乡的大麻是历史上有名的，眼下正是种麻的季节，我只好先这样，等春播一结束，才能腾开步子去收贷款，把窟窿填上。

丁主任在电话里生气地说，噢！你也为难吧。不说别的，我只问你，开空头存折了没有？

绝对没有！

好吧，等于主任回来汇报后再说。

喂……先不要派人来吧。牛主任放下电话，用手掐着额头。他无奈地伸了一下懒腰。小吴和小唐从守库室出来了，同时说，主任，你在这坐了一夜？

营业室的门开了，春天的太阳照到了牛主任的身上，暖暖的。他站了起来，看着明媚的春光，他又想起丁主任的叮咛，冷笑了一下，反而兴奋了起来，向小吴和小唐说：

继续放贷款！

14

秋子家的院子里，麻绳上挂着一排排的麻丝，如一匹匹银帘，在春天的阳光里闪闪发光。她和巧姐儿正在准备着崦嵫山庙会的各种麻鞋，时间不能错过，这也是她们一年四季最可靠的经济来源。春播结束后，她每年和巧姐儿要赶时节，做一批鞋。她对巧姐儿要求很严，无论从纳鞋底还是绲鞋帮，或者定型，都不能有丝毫的马虎。不光是卖钱儿，还有她的声誉。因此，她把每一双鞋子都做成了艺术品。但凡望天周围识货的人，一看到她做的鞋都会竖起大拇指，要买的都不会还价。她的鞋在崦嵫山庙会上，因质量好，精致，价格公道，几乎都是一抢而空。

牛若谷好长时间没来秋子家了，本来要去看扁豆的，却鬼使神差地来看秋子了。

牛若谷来到小河边，看见一群鸭子凫在小河里。几只小鸭子紧跟在妈妈的身后，在倒柳下的河里嬉戏。一只学着妈妈的样子，把头弯进河里，待出水面时把头一抖，水珠散落一圈；一只刚把头伸向水里，另一只又把头抬起，两只鸭子轮番着用头敲打着水面。它们欢快地畅游，高兴地嬉闹。鸭妈妈"嘎嘎"地把长脖子弯向身后，召唤着它们，但贪玩的孩子们总是不去理睬，纠缠在一起，舍不得离开。

牛若谷看见秋子家门口的楸子树，花正在开放。楸子花如海棠，白中带粉，有的花蕊朝上，有的如一把把小伞倒置在阳光里，好像被盛满的春光压翻了一样。伞的中心是一簇簇嫩黄的花蕊，放出的香味惹来了一群蜜蜂，扇动的两只翅膀更像两瓣楸子花。蜜蜂一旦抱住了花蕊，便会紧紧地扣在上面，弓着身子贪婪地吮吸着花粉中的汁液，专心致志，绝不留情。唯有花苞倒是红得鲜艳，又如攥紧的小拳头，即使再殷勤的小蜜蜂，也无法打开小气的它，只有借助太阳的小手，才能慢慢将它绽开。牛若谷看着这棵楸子花，在嫩绿的叶子里尽情地绽放着，闹得春意满院翻滚。这就是楸子花，它最像海棠，但不是海棠，它比海棠低调更雅致。它有着梅花的骨气，它有梨花的清纯，它有水仙的品质，它更有兰花的高贵。这就是赛过牡丹，压倒群芳的楸子花。

牛若谷进了院子，在一排排麻丝中绕行着，激动地说，秋子，这么好的

麻丝可千万别上贡了，要进入寻常百姓家才是麻籽的本意呀！

王侯家自然不用它了，本来就是穷人的东西，归还给穷人永远都不会嫌弃。秋子穿着青花的围裙，正好和牛若谷撞进了同一道麻丝"胡同"里，两道银色的麻丝墙把他俩夹在中间。牛若谷觉得心里慌慌的，他搔着头说，这几天叫贷款弄得我焦头烂额，也没得个空儿来看你。

难得你还来看我！秋子用手搓着一根麻丝。

本想早来……结果……结果……牛若谷有些结巴了。

还说什么迟早，我晓得你这些天很忙。秋子搓着麻丝。

你瘦了。

你的额头上也添了一根白头发。

噢！这是自然。

进屋吧，你看我只顾说话了。

牛若谷看着这两道银色幕墙，仿佛一下子隔离了院外的一切杂闹，只留下银色的通道，呈现在他俩面前……

由于外面强烈的光线，加之麻丝的反光，牛若谷一进屋觉得眼前黑咕隆咚的，稍微站了一阵，才恢复了视力，屋内陈设才渐渐显现出来了。

秋子在柜子里捣鼓了一阵，拿出了青岗叔送的土蜂蜜，给牛若谷冲了一杯，递过来时，他已闻到了蜜的清香。青岗叔的蜂蜜他不知喝了多少，一看一闻就能分辨出来。牛若谷看着杯子里纯正的琥珀色，嘴还未搭上杯子的边沿，就觉得已经甜到骨头缝里去了。

喝，败败你的火。

也是，这些天嘴唇发干。

抽空去看看嫂子，她和月儿不知最近咋样了？

就是，明天就去看看她们。

得空常回家看看，她好可怜，常年瘫在炕上。

也是，天与人作对，人有啥办法。

牛若谷又喝了一口蜂蜜，他舔着嘴唇，看到箩筐里各种各样的鞋说，又是给崦嵫山庙会准备的?

对,我今年不知怎么,总有个想法,想多做些,反正每年都能卖掉。

多做些,把所有的麻丝都做了。

那还不够,我想把邻居家的姐妹都叫来,我给她们付工钱,把她们卖不出去的麻丝我都买下,能做多少就做多少。

这个想法好,这个想法好!

就是,但……

什么?

没什么,我也是瞎乱想。

秋子说话吞吞吐吐的,牛若谷觉着秋子想必是藏着什么,便问,对我还要遮遮掩掩?

缺钱儿。得卖大麻,雇人家姐妹。第一次我不想拖累她们,把钱给人家付清楚最好。

不要紧,需要多少钱?

我估算了一下,得一万元。

一万元?好吧!我想办法,信用社就是贷款的,况且我也在挣工资。

不要你的,我想贷款。

嘿嘿,什么时候要?

方便的话,越快越好。

好吧,我正在筹集资金,筹到后立马就给你解决。

那太感谢牛大主任了。

什么?你叫我什么?

牛……牛大……

他猜出了,秋子叫的不是牛大哥,是牛大胆吧!牛若谷看着一脸泛红的秋子,又咂了一口杯子里的蜜凉水,这时,从天灵盖一直甜到脚底了。

高天到信用社来了一趟,是来给牛主任送病假条的。假条是联社丁力群

主任批的。小唐见牛主任不在，很是热情地接待了高天。高天把假条递给小唐说，我可没时间等候牛大胆，还有联社安排的其他事。小唐把高天接过来的请假条捋得平平展展，上面有丁力群的签名。他看着高天说，高主任，还是高！

高天给小唐噘了一下嘴，暗示他等会去徐飞处。

小唐给他做了个鬼脸，找了个机会，搪塞了小丁，跟着高天走了。小唐走到小桥上，老远就听见徐飞办公室里的高声笑语。鸡罩穿上了新西装，小唐看着他土不土洋不洋的样子很别扭。小红倒是很时髦，一件粉红的连衣裙性感极了。徐飞给小唐一包中华烟说，装上抽吧，别客气。鸡罩被自己的新衣服约束得笨手笨脚，两只手一直伸着，活像一个不专业的指挥家在指挥着他散乱的乐队，一对小眼睛总是东张西望。

徐飞给大家酌上了酒。小唐明知牛主任吃饭时要过问他，但也不好走，况且这么好的酒肉，还有一包"大中华"。

小唐给高天敬了一杯酒说，祝高主任早日上任。

高天一仰脖子就喝干了，举着空杯子问小唐，牛二这些日子干吗？

到各村转了一圈，从供销社借了些化肥给村民当贷款贷了，这事你不更清楚？怪了，丁主任倒也没追究。

嘿嘿！高天只是笑了一下。

小唐，高主任马上就上任了，有啥事你就在信用社操心着。徐飞抚摸着他的大肚子说。

好，好！小唐被徐飞说得云里雾里的。

鸡罩往嘴里塞了一块肉边嚼边说，徐老板把高主任都安排好了，牛二嘛……他可是个烧锅炉的把式！

他们狂笑着，吃肉喝酒，尽情享受着人间的快乐！

第二天一大早，小唐拉开了制药厂的门，鬼鬼祟祟地向外看看，揉了揉眼睛，刚向前摇晃了几步，猛地见牛主任站在眼前，小唐哆嗦着连忙说：

我……我……到乡政府看了一阵电视，出来迟了，怕信用社的大门关了，不好打扰，就……

牛主任义正词严地说：昨晚库房只有小吴一人守着，你晓得不？老实说！

收贷款。小唐努着嘴说。

好，你辛苦了。收了一晚上，我给你加班费。收回的贷款呢？

没收上。

没收上？

牛主任瞥了一眼徐飞的办公室说，没收上你是再收去还是跟我回信用社？不待小唐回答，牛主任便折身走了。

小丁和小吴在厨房的小饭桌前坐着，牛主任和小唐一前一后进来了，没有一人说话。

牛主任严肃地说，先吃饭吧。

小丁给牛主任、小吴和她盛了一碗汤，她坐下后没理小唐，把碗筷弄得叮咚作响。

吃完早饭，到了营业室，牛主任说，小吴，你把会议记录拿来，咱抽空开个晨会。小唐，你先把昨天晚上在制药厂收贷款的事，给大家汇报一下，好在月底给你发加班费。

小唐不言语。

牛主任大声说：我在问你，你老实说，你到底干啥去了？

小唐看了一眼牛主任，也偷偷看了一眼小丁，觉得有失体面，就噘着嘴说：打麻将！

好！你还有种。赌博是有先例的，你也清楚，不论赌资多少，一律开除。小吴，你可得记录清楚。

要杀要剐随你。小唐阴沉着脸说。

小丁气得脸色发青，对着小唐说，小唐，你……

牛主任睁大眼睛看着小唐。猛然站了起来说，好！小吴，我说你记。我建议：小唐同志因昨晚守库脱岗，与社会闲散人员和贷户赌博、酗酒、夜不归宿，致使徐飞不良贷款无法收回，同时，给望天信用社造成了严重的安全

隐患，鉴于此，建议联社对此事进行快速调查，给予小唐同志辞退处分。牛主任瞪了一眼小唐又说，小丁小吴，有没有不同意见？

小唐抬起了头，睁大眼睛看着牛主任，又看了看小丁和小吴，慢慢地低下了头说，我没要钱。

牛主任。小丁和小吴看着牛主任异口同声地说。

你俩有意见？

能不能，先……小吴试探着说。

牛主任，其实有时小唐工作也积极，要不，先不要往上报，给他改过自新的机会好吗？小丁红着脸，几乎带着哭腔说。

小唐低头坐着。小吴给小唐使眼色。

小唐慢慢站了起来，面向牛主任小声地说，昨天晚上高天来送假条了，叫我过去，我怕人家骂我狗撵下坡狼，就硬着头皮去了。请你先不要往上报，我一定……

牛主任把本来转过去的身子又转了过来说，噢，你还真够义气。出一名间谍好，工作起来有意思，不疲劳。你等着瞧吧，小唐。这样，我先把近期的工作安排一下。春播贷款我们已放完，现在我们要给供销社准备资金。小唐你要还能听进去我的话，就赶快把鸡罩和徐飞的贷款起诉了，要在收回不良贷款上下硬手，先拔了这两颗钉子。鸡罩是我的亲戚，徐飞是你小唐的朋友，贷款都有你的签字，这笔款由你负责收回是理所当然的。但是，有一点给你说清楚，有啥情况你必须向我汇报，好好配合把这两笔款收回来，我这次看在小丁小吴向你求情的面上饶了你，你要是和高天徐飞串通一气逃废信用社的债务，哼！后果你再清楚不过了。

牛主任，我要改正。徐飞在城里还有电器门市部。小唐像鸡啄米似的点头，脸红脖子粗地说。

真的？牛主任睁大眼睛问小唐。

真的。

好！这事先保密。牛主任明显改变了对小唐的态度，便说，这样吧，我明天要回趟家，小唐你也准备，我俩一起去，顺便把火炉子沟的贷款收一收。牛主任说完就出去了。

　　小丁的宿舍很是整洁，小唐坐在板凳上，低着头。小丁坐在床边哭鼻子，没好气地说，你说是到乡政府，为啥又到制药厂去了？一晚上都没来，那里有个妖精，你去吧，我都替你害臊。

　　高天昨天来的，你也看到了，他把请假条给了我，我看到有联社丁主任的签字，也没好推辞，就跟着去了，结果喝醉了。我和鸡罩到第二天早上起来后，才觉得在连椅上躺了一晚上，不信你去问鸡罩。

　　呸！看你的这些好朋友，哪个是正经的？

　　你别生气，我再不去了。

　　生你气？你没问我划来划不来！

　　小唐从小丁的房子出来，到信用社门外的小河边走着，柳枝儿被风吹得拂来拂去，月亮在小河里游动着。远处的鸡犬声此起彼伏。小唐心乱如麻，正在信用社门口站着，一个小娃娃给他送来了一张条子，小唐一看，是徐飞写的，叫他马上过去，有要事相商。

　　小唐气得两把就把信撕得粉碎，陀螺一样折身向信用社走去。到了大门口，犹豫不决，停了停，又慢慢退了出来，站在柳树下向信用社看了看，就急急地又到制药厂去了。一路上，他像刚刚得了手的小偷，不住向后看。来到了制药厂，徐飞高兴地说，够朋友，来坐下！

　　有啥事快说吧，我还要去守库。昨天的事几乎把我开除了。小唐没好气地说。

　　他牛主任没那个狗胆！高天指着小唐说。

　　徐飞给小唐一支烟说，我给你明说吧，高主任这几天就要官复原职了，联社于主任已答应了。来，喝酒，没麻达。牛主任不几天就要滚蛋。

　　你坐吧，别怕，三两天的事，要不我咋不上班。高天向小唐点了点头说。

　　你们喝吧，小丁有点肚子疼，我还要买药去。小唐胆怯地说。

徐飞给小红使了个眼色就进屋里了，小红搂住了小唐的脖子，嗲声嗲气地说着，这时，只见闪光灯一亮，徐飞从后门给小唐拍了一张照片，正好小红亲在了小唐的脸上。

你这是干啥？你咋能这样！小唐站了起来，生气地说。

徐飞一听笑着说，小唐，别忘了旧情，你还记得那一晚上……哼哼！你自己掂量，那张照片才决定你的命运哩……听说你最近和小丁搞对象了？

小唐傻眼了。几乎是哭丧着脸说，大哥，你饶了我吧，牛主任的脾气你也领教过了，我……

小菜一碟，有高主任给你撑腰你怕他？说吧，有啥消息？徐飞吐着烟雾说。

不知道，我受检查着哩，人家开会不叫我。小唐摇着头说。

真的？高天笑着说。

骗你我是狗养的。小唐急得快要哭了。

徐飞弹了烟头的烟灰说，看来，你不把咱当自己人，算了，跟你磨嘴皮子没意思。这张照片我明天赏给小丁。

小唐上前拉着徐飞的手说，听说……听说你的贷款要起诉。

真的？高天瞪着眼说。

听说。我只是从小吴嘴里听出来的。

牛大胆，看来煮牛肉还需牛骨头！徐飞掐灭了手里的烟头说。

15

刚下过雨，望天川道里的大麻猛然长出了一尺多高。山坡上的玉米、洋芋等农作物长势喜人。河堤上的柳树，像两道绿色的墙。仅仅一个多月的时间，裸露着黄土的望天被打扮成了绿的世界，花的海洋。雨后的望天更有一番景致，简直像是从水里捞出一样，清新鲜嫩，就连小路上也是绿草茵茵，踩踏在上面软绵绵的。太阳从崦嵫山升起，好像把所有的光都泼洒在了望天，绿色的天盆刹那间变成盛满金光的天然容器。布谷鸟开始叫了，把整个河道叫得宁静而激情。老黑牛在河边喝完水，把笨拙得如卵石一样的厚嘴唇高高噘起，在太阳里闪着紫灰色的光，一串水珠顺着嘴唇滴答着溜进河里，把本该清清的河水搅得浑浊起来。老黑牛吃了一夜的草，喝足了水，现在正是它开始又长膘的时候，它悠闲自得地把头抬起，扬眉吐气地叫着：

哞——

它那超低音的叫声，宽泛厚重，虽不懂得音律，却能唱出浓郁的乡音。那委婉的超重低音紧贴着绿色的地皮，传出老远，传出望天，传出了铁堂峡……

牛若谷和秋子漫步在河堤上，看着长势旺盛的大麻，不由心里泛起了幸福的涟漪。这么美的景色，这么美的望天，就是神仙也会羡慕的。上苍把这么美好的聚宝盆赠予了望天人，如若让这里出产的大麻滞销在仓库里，简直就是对天的大不敬。

这么好的大麻在近年却没有销路，真叫人揪心。秋子皱起了眉头，指着一片片精神的大麻说。

何止是揪心啊！牛若谷说，我们不能只督促村民种，更要关心它的销路。

也是，销给谁？

办法总会有，或许有牙板的人正在等着锅盔。牛若谷转过脸看着秋子说，你做鞋的事考虑好了吧。

我和巧姐儿她们商量好了，如能贷款一万元，我准备多请些姐妹，多做一些，销路没问题的。我们的定价看卖的情况。还贷款我是有把握的。即使庙会上剩一些，我也会在城里把它卖掉。最坏也不会伤本。

我想也不会有闪失。如果你决定了，今天就给你贷，我约你出来就是这事。牛若谷说。

那好，大主任，只是我没抵押品。

只能放信用贷款，超越了我的权限，上会时我给他们做工作。

肯定要难为你。秋子有些难为情地低下了头。

没有什么，信用社就是贷款的。

你看吧，万一有难度就等一步。

等会你来信用社，拿上身份证、户口本和私章。

秋子点点头，看着远处阳光下闪闪发光的大麻，幸福地笑了。

这房子太有点……牛若谷站在信用社的后院，他今天看到这一排房子很是脏乱，特别没精神。这些天老想着把房子粉刷一下，一直腾不出手，现在供销社的款马上就还清了，他要力所能及地改善一下环境。

小唐还在刷牙，小吴已经在厨房做早点了。小丁洗完脸，和牛若谷站在院子里的花园旁，里面的野百合长着墨绿墨绿的花苞，每片叶子上粘着豌豆大小的黑蛋儿。牡丹正在盛开，一片一片重重叠叠，皱褶套着皱褶，组成了瓷瓷实实的花朵，有几朵足有碗口大。小丁已急不可耐地等着它谢了用来装枕芯，她不像林黛玉，不想叫这么美好的花瓣葬入泥土。她是个很用心的人，把每一件事都做得很精细，尤其是女工，秋子一指点，她就会了。秋子有一次开玩笑地对她说，等你和小唐结婚的时候，我给你做一双鸳鸯鞋。小丁一听不屑一顾地说，就他？活脱脱一个邋遢鬼。

秋子申请一万元贷款。牛若谷抽着烟给小唐说。

我们资金不是很紧张吗？

对，是紧张。她是做麻鞋的高手，要在崆峒山庙会前赶做一批麻鞋去卖，节会一过就还上了不是。

好，但是……

但是什么？牛若谷把脸转过来笑着问小唐。

这时，小丁躲在牛若谷身后给小唐使了个眼色。小唐马上明白小丁什么意思了，立马改口说：

好的，主任，秋子姨的手工确实太精致了，给小丁做了个荷包，我都爱得很。

小吴你什么意见？

我没意见。只要她到时能还上。

小丁？

主任，我还要向秋子姨学习做鞋。

小唐听到小吴小丁都很爽快地答应了，后悔自己不会看眼色，就赶紧说，主任，吃完就办？

她来了，你再把我们的政策讲清楚，落实一下还款的事。

好的。小唐说完，觉得是给主任办了一件私事，就高兴地唱了起来。

小丁给小唐呶着嘴，进了厨房。

秋子的款贷好后，赶紧把巧姐儿、百灵鸟、五朵梅她们都叫到家里，叫她们分头联系手巧的姐妹们，可以把她们的大麻卖给秋子，还可以到秋子家来做麻鞋，秋子可按每双的式样付报酬。经巧姐儿她们一张罗，来了十几个，把个秋子家的房子憋得都喘不过气来。秋子很快就按自己的尺寸样式和要求进行了布置。整个技术工作由秋子来把关，进度质量由巧姐儿来监督。一时间，秋子家变成了真正的手工作坊，热闹起来了。

黄村长听一篓油说秋子家办工厂了，真不敢相信自己的耳朵，过来一看，果真有十几个女人在这里连说带笑地做着各种鞋子。秋子见黄村长来了，便说，嫂子的身子好些没有，能不能请她给我帮几天忙？

她是个药罐子，再说你这都是技术活。她要帮你骂街，那可是个得力主将，不比黄二愣的婆娘百灵鸟差。黄村长笑着说。

我怎么了？等着村长，你要是把见不得人的事干下，我给你热闹一场。你要觉得饭里没油没盐没味道就来找我。一篓油还是你从人家手里撬来的，这会子嫌弃人家没技术。没技术？你的三郎是你拖出来的？百灵鸟看上去是一脸的怒气，但她的心里却在笑。

母猪没技术也能把猪仔产下来。你这鸟。黄村长逗着百灵鸟。他又怕百灵鸟抢住话头不饶，赶忙对秋子说，秋子，要是有啥出力的粗活，你倒给我说一声！

村长，你想干粗活？

哈哈哈……

好男不跟女斗。一看阵势有点不妙，黄村长赶忙走开了。

黄村长站在石碾盘旁，看着秋子挽起的发髻，如黑黝黝的花卷，又像一朵黑牡丹，盛开在她的脑后，他急忙说，我们村子就需要你这样的能人，带头致富嘛。

以后还得你大村长多帮忙。

好，我是一万个想帮，但帮不上，有人给你帮了。说完黄村长急急地回了家，秋子听出黄村长话外有音，也不去理会。

躺在家里的炕上，黄村长心事重重，并且有些烦乱。加上一篓油在旁边不停地捣鼓，就更加郁闷。在家待不住了，索性把老黑牛牵到外面溜溜，散散闷气。当他吆着老黑牛走到信用社门口的河边上时，正好碰上牛若谷出来了。牛若谷一见面就乐呵呵地问黄村长：

你放牛去？

噢，对。你，忙啥去？

你没听说，秋子在家办起手工作坊，我去看看。

早听说了，你还给贷了一万元？

是的。做麻鞋是她的看家本领，还款没问题的。

你就不怕其他人说啥？黄村长左右瞅瞅，见没有人才小声说。

说什么，我光明正大，有什么？

黄村长装出很神秘的样子，又装出关心的样子说，人家都说你和秋子……把你老婆扁豆丢在家不管。

牛若谷无奈地笑了，别人的嘴我堵不住。

你注意些，唾沫星子能淹死人。黄村长皱着眉头说。

心正不怕影子斜，我能管住自己，我是个军人，更是个党员。

可不是，也是，也是。这时，黄村长不知说什么才好。

黄村长牵着牛走着，感觉自己头大得很，折身见牛若谷走进了秋子家的院子，便把烧得很热的铜烟锅往老黑的腰眼里钻去，烫得老黑惊跳了起来，他扯着牛缰绳，口里不停地骂：

吃你的肉吗？往油里跳?！

牛若谷站在碾盘旁，隔门看着秋子家一片繁忙的热闹景象，心里也美滋滋的。他虽不把黄村长说的话当回事，但他是望天信用社的主任，要常在这里工作，为了避免不必要的麻烦，苦笑了一下又回单位了。一进后院，不知怎么，他来了兴致，很高兴地说，小唐小吴，叫小丁一人看门，我们这两天把房子粉刷一下。

主任，我哪会？小唐出来说。

跟我学，我就是你师傅。牛若谷笑着说。

小吴有意说，听从牛主任的指挥，你不会粉刷墙，难道你会造飞机？

我会造！小唐没好气地说。

你俩把房子的东西收拾收拾，我去借工具。说完，牛主任就走了。不到一支烟的工夫，牛主任拉着架子车来了，又借了两把粉刷墙用的抹子，叫小唐和小吴两人拿上抹子铲墙，他出去拉土了。

小丁用报纸给他俩各叠了顶专供刷墙用的帽子，笑着送给他俩说，好好表现，男的把力气省下干吗？

小吴给小唐说，听见没有，小丁叫你不要省力气！小唐过来打小吴，小吴却冷不防被小丁顺手一杯水浇在身上。急得小吴便说，都湿透了咋干活嘛。

他们说笑着，牛主任拉着一车细细的黄土进来了，看着小吴身上的水笑着说，这么好的太阳，浇点水凉快。

晌午时分，小丁看着他们三人干得很卖力，小唐热得满头大汗，便递给他一杯水。

小丁我也渴了。小吴还在那里讨着便宜。

好，想必是你的衣服渴了，还想要一杯吗？小丁说着把热水壶放在廊上，端出了牛主任和小吴的茶杯，把茶泡好后，知趣地往厨房走，一边说，我可

不会做，谁要嫌弃我做的就别吃。

牛主任只顾干活。小吴说，你做的是猪食，小唐吃着都是人参。癞蛤蟆很丑，但是公癞蛤蟆看见母癞蛤蟆觉得比天鹅都漂亮。

小丁从厨房出来，端着半马勺水准备浇到廊上的一棵夹竹桃里，听到小吴在戏弄她和小唐，往花里浇了半马勺，趁小吴不防备，又往小吴身上泼了一点儿。小唐倒觉得不好意思，过来帮小吴抖落还挂在身上的水珠。小吴向牛主任告状说，主任，我全身是水，咋干活呀。

你把人家当癞蛤蟆，人家把你当青蛙洗一洗你还有理告状。牛主任听着他们的玩笑，心想，年轻真好。在开心的同时，却又夹了一分怅然。

小丁头上搭着一条毛巾说，别闹了，我只炒菜，面你小吴擀。

小丁，你到乡政府的压面机上多压一些，这两天都是你掌勺。牛主任擦了头上的汗水说。

呵呵！我做的可难吃，嗯——

小吴看着小丁嗲声嗲气的样子，给小唐偷偷说，她在叫春。

小唐把一铲灰打在了小吴的头上，小吴笑着摇头，再次抖落帽子上的灰土。

中午的太阳好热，好像要把地晒裂开一样。牛主任又拉来了几架子车土，从黄村长家背来了一背篓麦衣，倒在土里面，搅拌均匀了，在中间用铁锹弄出一个窝儿，再倒了些水。蹲在一旁抽了一支烟后，便脱掉鞋子和袜子，挽起裤管，钻了进去，用两只脚踩着泥土，因为脚在黏稠的泥里面行动很不方便，只好伸直两只胳膊，好像走钢丝绳的人保持平衡一样。

小唐站在板凳上，看着牛主任钻进泥土里面，他也过来要进去。牛主任说，别来，你细皮嫩肉的，我的老皮子了。但小唐觉得很好玩，天又热，钻到里面不知是什么感觉，三下五除二就把鞋脱了，钻进去后猛然叫了起来，差点摔倒了，牛主任过去一把扶住他。他这才觉得脚在泥里面往出拔很吃力，掌握不好就会摔倒。像滑雪一样，他很快找到了感觉，牛主任在前面大步大步地踩踏着泥，他在后面提着裤子吃力地跟着。踩了一阵，牛主任把外面的一圈较生的泥用脚勾到中间，继续踩着。一直到小丁的饭做好，牛主任才把一堆泥踩踏得熟透了，像胶一样。在小唐提着鞋去河边洗脚的工夫，牛主任再把泥往起堆了堆，用铁锹抹得光光的，从中间又弄出一个小窝儿，倒了些水，作为对泥的保护，要不这么热的太阳会把它晒干的。

经过三天的努力，牛主任他们把营业室及宿舍、厨房的内外墙都粉刷了一遍，门窗也刷了油漆，擦了玻璃，整个信用社焕然一新，很干净，看上去也很舒适。

信用社旁边的另一棵大柳树，借着树皮，把小河旁的水不停地往上汲取，使得这棵看似苍老的柳树枝繁叶茂，伸出的树冠像一把大伞，在百十步方圆遮蔽出一片荫翳，显得格外的凉爽。小河在流淌，柳条儿在垂荡。有一只调皮的知了，站在高高的柳枝上，把夏天叫来了！

16

秋子家院子里支起了几架纺车，几个女人纺线的纺线，纳鞋底的纳鞋底，很是热闹。秋子给纺线的百灵鸟说，一定要把线纺均匀，纺紧密，纳出的鞋底儿才平整。她又对五朵梅说，鞋口的边要绲细，越细越受看。她正在给大家指教着，三郎气喘吁吁地跑了进来。

姨，快，快……三郎上气不接下气地说。

三郎，咋了!? 秋子扶着三郎急切地问。

棉花在医院……

你慢慢说。

棉花病倒了，很重，我和王老师一直送到医院她都没醒来。大夫说要做手术。

现在? 秋子吓得面如土色，她稍微镇静了一会说。

醒了，大夫叫你马上去。三郎点着头说。

院子的姐妹们个个都吓傻了，五朵梅在原地坐着不能动弹了；百灵鸟一

手抚着胸部，张着大口；只有巧姐儿赶紧过来扶着秋子，她的一对眼睛是谁说话看谁。当一听棉花醒了时，大家才都回过神来。

秋子和三郎叫了辆小四轮拖拉机往医院赶。一直到分水岭，才碰见一辆过路的货车，她跪在地上硬是把车挡住了，司机知道是有急事就赶忙叫他俩上了车。

棉花在病床上躺着，旁边站着护士在输液体。秋子和三郎进来了。

妈妈！棉花睁开眼叫了一声。

秋子站在床前，一见活蹦乱跳的棉花躺在了医院的床上，眼泪就哗啦啦地流了下来，并安慰女儿说，棉花，不要怕的，有妈妈哩。

棉花点着头，苍白的脸上显出有气无力的样子。

秋子看着她的宝贝女儿，给她擦着眼泪。

三郎把秋子叫到医生办公室，医生给秋子说，你姑娘是先天性心室缺损，需要尽快手术，你得准备三万元。秋子一听跌倒在了椅子上，呆呆地看着大夫，不住地流眼泪。

三万元？三郎瞪着眼睛问大夫。

大夫点了点头。

牛若谷带领大家把房子粉刷了一遍，心情大好，对这两天小唐他们的表现很满意。单位就要这样，同心协力，就是一家人。晚上，买了一只鸡宰了，又买了两瓶酒，犒劳了大家。酒到兴头，牛若谷也不见了平时的严肃劲儿，连连给小唐他们说，我是个粗人，大家不要计较。但我是个优秀的锅炉工，等信用社壮大起来，要给大家安装上锅炉，我会把火烧得很旺。他们喝得正尽兴，青岗叔来了，火急火燎，喘着粗气说：

若谷，快快救我的孙女，棉花在医院。

一听说棉花在医院，牛若谷猛地一个激灵，酒也清醒了许多。他急切地说，叔，你说啥？牛若谷硬是把青岗叔按在了椅子上。等问明白了情况后，牛若谷和青岗叔一同来到了秋子家。

秋子在门槛上坐着流眼泪，哭着说，她才十七岁呀。三万元，我到哪去凑！

青岗叔激动地说，若谷，只能看你了。你想想办法吧！我就这一个命根子。你不要怕，我还有军人优扶款哩，本本给你。青岗叔掏出他的"军人优抚证"给牛若谷说，你放心，你就领到我死了为止。还有山上那一片林子，我明天全砍了它。

牛若谷抽着烟，这才弄清楚了实际情况。对秋子和青岗叔说，不要紧张，会有办法的。他抽了几口烟后说，叔，林子千万不要砍，您老辛苦了半辈子。再说，望天长这么一片林子也不容易。钱，我想办法。三万元一时半会借不上，只能贷款。

不管想啥办法，只要能把钱儿抓到手。青岗叔端端地在牛若谷跟前站着。

救人要紧！先贷上款再说。

秋子虽然很感激牛若谷，但她想着这分明是难为他。她知道三万元远远超出了他的审批权限。牛若谷肯定有难处，再说给她刚贷了一万元。她好后悔自己冒失地贷了一万元，给女儿贷款设置了障碍。

太好了。咱都是军人，说出的话就像打出的子弹，得有个声响。青岗叔用双手按着牛若谷的肩膀说。

我哪怕犯错误，也要……

秋子听着牛若谷的话，心里更加难受，但她也没有办法呀！

营业室坐着的牛若谷不停地抽烟，他看着小吴他们说，虽然信用社正在困难时期，可这是一条人命，青岗叔又是抗美援朝的老志愿军，咱得优先。再说，他在北山种植了一大片林子，那也是他对望天的贡献。另外这笔款我负责收回，要收不回就从我的工资里面扣，直到扣清为止。

用啥抵押，这……手续咋办？小唐看着牛若谷说。

她家有啥抵押？这是救人，制度得放宽一些。牛若谷不假思索地说。

就怕上面要查下来呢？

怕啥，信用社就得为望天乡的老百姓排忧解难。连人都救不了，支农还

有意义吗?

我同意。一旁的小吴站起来说。

就是，救人要紧，但账上没钱。小丁看着牛若谷说。

牛若谷站了起来，大口大口地抽烟。等了一会说，小唐，你先通知秋子来办手续，钱我想办法!

信用社院子的花园里绿绿的。牛主任又在厨房前栽了一簇竹子，旁边有很多竹笋长了起来，很旺盛的样子。小唐在院子里收拾着自行车。牛主任说，你这几天继续下乡，动员存款，把能收回来的贷款收一收，我到区法院去，把徐飞电器门市部的事给法院说清楚，叫他们也好有个证据，我可能得几天。小吴和小丁看好门。他又给小唐说，你晚上一定要回来守好库。

没问题，你去吧。小唐果断地说。

牛主任进了自己的房间，小丁跟了进来，并小声说，这是一点心意，给棉花买点营养品，秋子姨好可怜。小丁手里拿着二百元钱，给了牛主任。

牛主任心里热乎乎的，暗暗代表秋子，向小丁感激地点着头。

17

棉花的手术正在天台区医院进行。手术室外，秋子、牛若谷、三郎都静静地站着，仔细地听着里面的动静。秋子有些过意不去，叫牛若谷坐在过道的连椅上，牛若谷勉强坐了一阵，又站起来，走到秋子身旁，也没有说什么。三郎站在手术室门前，死死地把守着这扇紧紧关闭着的门，一直从门缝窥视着。

天台区医院本来没有做心脏手术的技术，但前年北京仁和医院与天台医院搞扶贫对结，凡有心脏病人，先把病历传过去，那边专家确诊后认为能在当地做，就派专家来这边医院做手术，这样，手术费就大大减少，如果到北京做，整个下来要十几万元。秋子交了从信用社贷的三万元后，人家才请来了北京的专家做手术。

下午两点进去的，快五点了还没有动静，秋子慌得一只手挠着另一只手。牛若谷好像觉得秋子的眼睛转动都不灵活了，他都不敢正视秋子。三郎一直盯着手术室的门缝，秋子也想亲眼瞅瞅，但三郎始终没有离开过。哐当！秋子听见里面传过来的声音，惊得叫出了声。牛若谷扶住秋子，三人的视线齐刷刷穿过了门缝，仿佛落在了黑黑的地窖里。正当大家心急如焚的时候，从里面传来了"咚咚"的脚步声，秋子和牛若谷都屏住呼吸，听着从里传来的声音。

门开了，大夫说，病人马上出来了。

我女儿怎么样，大夫？

很好，手术很成功。

天哪！谢天谢地。太好了。谢谢你们，我的救命恩人。当秋子听到棉花的好消息时，两条腿颤抖开了。

就在秋子他们的心都在嗵嗵直跳的时候，一辆白色的手术车推了出来，棉花的头露在外面，鼻孔里和身上插了好几根管子。秋子扶着手术车叫了一声棉花，眼泪扑簌簌地流了下来，流到了棉花盖着的洁白的被子上。

车子后面走出来了一位很和善的大夫，另一位大夫边摘口罩边给秋子介绍，这是北京来的张大夫，手术就是他做的。秋子一把拉住张大夫的手说，太感激您了，救了我女儿一条命。

好的，好的。手术很成功，不要怕，好好养着就行。估计三个星期就出院了。

太感谢了。大夫，还要注意什么？牛若谷说。

不用，你是孩子他爸吧。

不是，我是……

噢？你们听医院大夫的就行。

我真不知该怎么报恩。秋子边扶着手术车边说。

不用不用。这是我们的职责和义务，应该的。大夫和气地笑着。

棉花被送进了重病监护室，各种仪器都在护士的掌控下转动着。秋子和牛若谷什么也不懂，只有三郎说，心率、血压、超声波都正常。一旁的护士看了一眼三郎，秋子向三郎点点头。这时，他们悬着的心总算都放下了。

三郎守着棉花，看着她苍白的面颊，不由得心疼起来。

牛若谷把秋子叫到过道上，从兜里掏出了两千元现金和一个存折说，这存折是我来时叫小丁给你存的，八千元，这是两千元现金，你拿上零花。

你这是？

你先留下应急。

手术费都交了，也用不着，你拿着吧。

说交钱人家一句话，再说，棉花还需要精心护理。

那也用不了这么多。

又不占你的手，用不了出院还贷款吧。牛若谷把钱塞在秋子手里，又掏出二百元说，这是人家小丁的一点心意，叫给棉花买营养品。你俩先操心看着，我去趟联社，晚上就过来了。

秋子用一串眼泪送走了牛若谷，她也不知说什么好。牛若谷走了几步又折过身来说，存折是你的名字，医院门口左拐有个信用社，存折里有你的私章。

秋子看着牛若谷的背影，说不出半句答谢的话来。她倒是很担心，为他捏着一把汗，不知见了领导会对他怎么样？不会又去烧锅炉吧……

于主任见牛若谷来了，给他倒了一杯茶，牛若谷简单地汇报了望天信用社的工作后，他向于主任说，高天的稽核报告给您了没有？

怎么，还没出来？

人家丁主任说出来了，要您先看了再发。

他是分管领导，这事还需要等我回来？我明天问他，他这人，真是的。上次我从望天回来的第二天，就给马行长汇报了，马行长也很赞同我的意见。

高天给徐飞放的违纪贷款我已经起诉了，您不在，我给丁主任汇报了，他说要等你来。我已调查清楚，徐飞在城里西关有一家电器门市部，他把资金转移到了那里，从南方进了些乡镇小企业的电器产品，冒充是长城系统的。我怕夜长梦多，所以就先起诉了。

好！采取法律手段，对这些人不能手软。于主任沉思着，说，高天最近表现怎样？

他请假了，丁主任签的字。

啊？于主任气得站了起来，丁力群出差了，回来我要他把望天稽核的事说清楚，他有意拖延是什么意思。

于主任，还有个事，我向您检讨。

什么事？于主任有些吃惊地问牛若谷。

我越权放了一笔款。秋子，就是您上次来时在灶上做饭的那个女人，她女儿在学校猛然得了心脏病，急需手术要贷款三万元，我以为您还没回来，也来不及给您汇报，我做主放了。

噢！治病救人，无论遇到谁都会这样做。这样，你叫她们从医院回来后，写个申请，你们加上意见，补个会议记录，不就合法了？

牛若谷觉得给于主任添了麻烦，不好意思地说，我……我……本来我们的资金很紧张。但我一定收回来。

望天信用社的存款是望天人民的，望天人民有了难处首先要设法解决。这就是我们的职责，也是共产党员的良知。你做得好！

谢谢领导的关心和理解。牛若谷对于主任很是感激。要是丁主任，他碰到个这事，会是什么样子？他庆幸地笑了。从于主任办公室出来后，他到一家饭店买了几个油饼，高兴地提到医院去了。

牛若谷把于主任的态度一说，秋子悬着的心终于落地了，激动得再次流下了热泪。秋子想着，她摊上事，总会能遇到一些好心人，她这辈子哪怕再苦，也很知足。

牛若谷在医院硬撑到第三天，看棉花被安排到了普通病房里，秋子也催

着他回单位，他便安慰棉花说，安心养病吧，很快就会出院。

谢谢牛叔叔。棉花脸上粉粉的泛着红晕，微笑着。

秋子把他送出了医院的大门，这次没有流泪，倒是幸福地一直看着他的背影，直到消失在她视线的尽头……

牛若谷到信用社时已经天黑了，小吴给他从厨房拿来了一个饼子，他叫来小唐说，徐飞和鸡罩贷款一事区法院已经受理了，联社于主任说要抓紧。牛若谷用力嚼着饼子说，这次要拔一拔老虎牙！

听说今天一大早，徐飞把厂子压着的东西搬走了。小唐说。

噢？牛若谷说，现在就去看看，好给法院汇报。

小唐一怔，后悔自己多嘴，愣了半晌才说，别管他，主任，他能搬到天尽头？再说，哪个是值钱的东西？一堆烂铁。

不行，他有啥动静要马上给法院汇报。

要不明天吧，黑了去不好。

走，黑了怕啥？他又不吃人。

小唐才走出大门，又折身回来，向小丁要了只手电筒，跟着牛若谷出去了。

徐飞的屋子里，几个小伙正在收拾东西，里面一片狼藉。徐飞一见牛若谷和小唐，冷笑着说：啊呀，小唐，你终于把大主任给领来了，寡妇那儿的事可忙完了？大主任心真好，帮着破鞋做破鞋，又去医院救女儿。开门见山吧，我的牛若谷。半夜三更还不睡觉，你究竟想干吗？

收贷款，你装啥蒜。牛若谷咬着牙说。

哼，款是从高主任手里贷的，真要还也轮不到你，近年的骗子多如牛毛，你不是不知道。徐飞点了一支烟，把几个干活的人叫了出去，一会他就进来了，又说，看来，你今晚是有备而来吧。

牛若谷看着进门的徐飞说，好，不拔了你这颗虎牙我不姓牛！

来！徐飞把头伸到牛若谷面前，并张着大口。

　　我真要看看马王爷长了几条胳膊。

　　我告诉你，我的胳膊肯定比你的多。徐飞把目光从牛若谷身上移开，看着牛若谷身后的小唐笑着说，小唐，我这里有你一张生活照，还要不要了，小唐没敢吱声，身子一缩，跟着牛若谷走了。

　　牛若谷和小唐刚走到小桥边，几个蒙面人像黑风一样旋了过来，将牛若谷压倒在地就是一顿拳脚。小唐吓得魂飞魄散，只听他颤抖着喊：救命，救命！

　　几个蒙面人打了牛若谷一顿后，飞快地消失在黑夜里。小唐被人蒙住了头，并没有挨打。蒙面人走后，小唐赶紧过来扶起牛若谷，找见了手电筒一照，只见牛若谷鼻子里出了血，吓得惊叫了一声。

　　牛若谷在地上呆呆地坐着，轻轻地转动了下脖子，又用手砸了砸后背，低头不语。

　　来，我背你，到卫生院去，我再报案。小唐哆嗦着说。

　　牛若谷坐着，掏出了一支烟，点着烟后，摇了摇头。他想站起来，屁股疼得使不上劲，他索性又躺下了。他听着汉阳河里的水在身边叮叮咚咚地流淌着，好长时间才看清天上有几颗星星，零散地钉在天幕上。疼痛的眼眶中又映出一弯残月，它吃力地穿过了一片云。好久以后，他才长长地叹一口气，对小唐说，小唐，我得回趟家，这件事你给谁也不要说。给小丁和小吴就说我家里有点事，过几天就回来了。

　　小唐跪在牛若谷身边，像灵堂的孝子在哭着刚刚离去的亲人，他的两只手搓揉着手电筒，慢慢地说，这……这咋能行？先到卫生院包一包，真要回家，我送你去。

　　包啥包，伤了点皮，没事，死不了。你咋样？

　　小唐被这句话问得不好意思，半晌才说，我没事……

　　没事就好。明天你赶紧去趟法院，把徐飞搬家一事向法院汇报清楚。牛若谷从地上站了起来说。

　　小唐内疚地把手电筒递给了他，不知如何是好，呆呆地看着牛若谷。

牛若谷从信用社门口路过，也没进去，看了一眼就顺着河边走了。刚刚回到信用社不到一个小时，就挨了打，他努力地回忆着，这还是他有生以来第一次挨打。曾经上过老山的军人，被一伙流氓打了个闷葫芦，不知是耻辱还是无奈。他又苦笑着低头走着，地下有薄薄的月光，仿佛在粘脚底，走起来有些吃力。

牛若谷听见后面有响动，便猛然转过身来说：谁？机警地用手电一照，发现是小唐，便有些纳闷地说，你来干啥？

小唐站着不吭声。

回去！我连疯狗都不怕，还怕狼？

我……我……

牛若谷继续往前走。小唐也往前走。牛若谷站住了，他用命令的口气道：你给我回去！

我要送你。

牛若谷转过身来，用手电照着他，小唐脸上的眼泪在闪光。

男人的眼泪金贵，哭啥？我这不是好好的。信用社事儿多着哩，咱俩都不在单位咋行？他安慰着小唐说，去，回去吧。

小唐站了一会儿，慢腾腾地折身回去了。

谁？小唐敲了敲小丁的门，小丁大喊。

我。小唐说。

小丁拉开了门，一片灯光铺在了小唐脚下。小丁看着小唐脸上的泪痕，便问，咋了，出啥事了？小唐摇头不语。小丁赶忙说，啥事，你还瞒着我？到底啥事？

牛主任……他……小唐吃力地说。

牛主任咋了？

被人打了。

谁？

小唐将发生的事一五一十说给了小丁，并让她保密。小丁又气又急，便哭了起来，嚷道，这都是你惹的祸。

牛若谷绕道从北山的小路上走去，顺便要给青岗叔说一说棉花住院的事。他本来打算今晚要和青岗叔聊聊天，安慰安慰他的，结果出了点意外。

牛若谷还没到青岗叔的山上，五儿便叫开了，他往前走着，五儿摇着尾巴迎了过来。青岗叔这两天一直睡不踏实，他在等着棉花的消息。五儿一叫，他知道来人了，便出了院门站着，果然，他听见了牛若谷的声音。

若谷，你回来了？

一贯粗声大气的青岗叔，今晚轻声细语，这叫牛若谷听到很是亲切，又无限伤感。他一个军人，一个壮汉，却被徐飞这样的人打了……但是，他又一想，现在棉花安然无恙，这是他最大的慰藉了，哪怕他被人打十顿，也值！想到此，他一下子精神了许多，便站在青岗叔对面说，叔，棉花手术做得很好，一切正常，再过十几天就回来了，我特意来给您报个平安。

天哪！谢天谢地。快快进屋。

叔，月儿捎话来了，说她妈这两天不吃不喝的，我现在得去看看，她很犟。

就现在？明早不行？青岗叔心疼他，但又一想，军人就应该像钢板一样！其实青岗叔说是说，也希望他快快回去看看那娘俩。

不行，叔。狼又不吃我。

好，你去吧。青岗叔早就看不见夜色中的牛若谷了，五儿还摇着铃铛跟在牛若谷的身后，代表主人送了一程。

牛若谷坐在山顶上，凝视着山下笼罩在月光中的火炉子沟，隐隐约约能看见几座平房和黑乎乎的几团草垛。山下传来了鸡的叫声。

牛若谷走到家门前，刚要举手敲门，又停下了。犹豫了一阵后便敲了几下：咚咚咚！

谁？扁豆在里面问。

我。

谁？

我！牛若谷大声咳嗽了一声，觉得脸上绷得紧紧的，就是这一声咳嗽，明显感觉有点疼。

月儿，快，你爸回来了。

门打开了，月儿还迷迷糊糊地站在地上，她没有看见爸爸脸上的伤。

月儿点着了油灯，牛若谷问，怎么没电？月儿说，灯泡坏了一月多了。牛若谷心里好一阵难受，半晌说，不是面柜的粮食里埋着一个？

晓得，我不敢换，电打人哩。

噢……明天我换吧。

扁豆睡在炕上。牛若谷坐在扁豆眼前，有意背着灯光。

月儿还没醒透，她又梦见用城里的水洗头发。她摇了一下头，猛然觉得清醒了好多，这时她才问，爸，你咋这么晚回来了？听鸡罩哥说你又调回咱望天信用社了。

嗯。爸这几天真忙，白天没空儿看你俩。牛若谷又对着扁豆说，最近咋样？

老样。扁豆的一堆乱发动了一下说。

慢慢就好了。

这能好？瘫十年了，早晚的事。

妈，爸才来你就……

不说了，不说了。

爸，你走这么远的路，肯定饿了，我给你做饭去。

不饿，不饿，早点睡吧，明早再吃。牛若谷赶忙说。

月儿把灯放在爸爸眼前，无法逃脱的牛若谷这时被月儿看清楚了，失声惊叫了起来：爸，你的脸咋了？

牛若谷用手挡着脸说，夜不观色，看不清路，摔了一跤。

扁豆从炕上勉强挣扎了一下身子说，啥？快，让我看看。

牛若谷把扁豆肩膀上的被子压了压说，好着哩，好着哩。擦伤了一点皮。

牛若谷将头低下，脸转给扁豆。扁豆看着，有些怀疑。

哟，这咋办？村子里又没个大夫，家里一点药也没有。月儿关心地说。

月儿，快用热毛巾给你爸敷一敷，要趁热。

一大早，牛若谷就起来了，他原以为休息一晚上脸上的肿块就散了，结果，他觉得眼睛都睁不开了，并有些胀疼胀疼的。他从月儿的镜子上一看，吓了一跳。怎么成了这个样子？左眼鼓起了个大包，青黑得像霜打后营养不良的茄子，倒有几分光泽。他心里悄悄说，这家伙下手可不轻啊！他又回忆起昨天晚上挨打的经过。他从没有这样委屈过，怎么被人打成这样还没个应手呢？慢慢才想起，他在桥头被几个人蒙了头，三下五除二打了个混闷不清，人家就跑了。他估计这是一只脚干的，幸亏眼珠子没出来，要不就成独眼龙了。他们也是胆小鬼，要不跑他们可能要吃亏。又庆幸保住了眼睛，其他就不要紧了。他又从镜子里看了一会儿，倒把自己惹笑了，这个妖怪一样的脸，不把月儿吓跑才怪。为了叫月儿作好思想准备，他故意把脸用手罩住，给月儿说，昨天不顺，在上分水岭的时候又叫一只蜂把脸蜇了一下，昨晚你看时不是好好的，今早就肿成这样子了。这家伙可能是一只毒蜂。

月儿把爸爸的手掰开后，吓得惊叫了起来：爸爸，昨晚我看着就是没肿这么大。

就是。别怕，用热水再敷敷就好了。

扁豆借着从窗子照进来的光看着，闭上了眼睛。月儿摸了摸硬硬的肿包，心疼得骂道：真毒！

早饭过后，牛若谷喝了点汤出了点汗，觉得轻松多了，他不好意思出门，就照顾扁豆，和她说说话。

牛若谷闻到炕上的味道很浓，便给月儿说，爸爸好长时间没吃苦苦菜了，你上山也逛一逛，顺便挖点苦苦菜。月儿很少见爸爸要求什么，一听他要吃苦苦菜，高兴地拎上篮子一溜烟跑了。说实话，她为了伺候妈妈，很少出门，大姑娘了，老待在家里憋得难受，今天正好出门野一回。

牛若谷在房子另一头的大灶里烧了一锅开水，再兑些凉水，要好好给扁

豆洗一洗。

自打扁豆病倒后，牛若谷就把厨房搬到了她娘儿俩住的房子，一头是一盘大炕，一头便是厨房了。这样月儿做起饭来方便，即便天黑了，她也不至于害怕。就是屋子里烟熏火燎的，倒是被月儿打扫得干干净净。

偏巧漆黑的房顶，正迎合了燕子喜欢黑色的秉性，或者是怜悯这娘儿俩孤单，便在房梁上筑了巢，一待就是几年，成了她俩的老邻居。燕子抱了一窝儿子，一早就叫个不停，张着一张张比头还大的小黄嘴，怕抢不到食一样。牛若谷抬起头，看清了这些孩子们在巢边上乱叫，有些担心地说，小心掉下来。

这时，睡在炕上的扁豆说，掉不下来，燕子它妈用缰绳拴着哩。

啊！你又说胡话了。

不信你去看看吧。

牛若谷支了张板凳踮起脚，借着从门口进来的阳光，费了好大的劲才看清，小燕子的脖子上的确拴着一根细细的绳子。他被眼前的这一幕惊呆了。燕子妈妈真是聪明绝顶，怕孩子们在她出去觅食时掉下来，为了避免这个危险，它从外面衔来一根根细细的绳子，用嘴把绳子系在巢边上，绕过小燕子的脖子，再系在另一边。为了保险，它又衔来泥巴，粘在两头的绳扣上，等泥干了，就像一根铁链一样将它们一个一个牢牢地拴住。这样一来，燕子妈妈喂起食来也很方便，挨个儿平均分配，对谁也不偏不向，倒也落个公道。这就是妈妈，这就是非人非畜的燕子妈妈。这一伟大的发明震撼了性格倔强、自视甚高的牛若谷，他对燕子妈妈的这一创举佩服得五体投地。披着黑色羽毛的小燕子，内心却红得像火一样。它对子女如此热爱，如此负责，如此用心良苦。自己对月儿和扁豆又做了些了什么，灯泡坏了一个多月，黑暗就伴随着她俩一个多月。他羞愧得不能原谅自己，他欠她俩的太多太多。一滴眼泪从他青肿的眼眶渗了出来，另一滴早已落在地上的尘埃之中了……

牛若谷打来一盆温水，用手试了试，觉得不热不凉，端在炕头。然后把门窗都关严实了，拉亮了他早上换的电灯泡，屋子里一下亮堂了。扁豆觉得灯太亮刺眼又费电，嘴里嘀咕着。

今天把你要晒在灯光下，我要好好看看你。他动手给扁豆脱衣服，她害羞得不让他脱。牛若谷玩笑着说，老夫老妻的怕什么？

扁豆挣扎了几下，觉得她的根扎在炕上动弹不得，也就随他去了。牛若谷看着扁豆干瘦的身子，瘪瘪的屁股上结了几个死疗，像几枚铜钱贴在上面。一身的肉就这样被病魔消耗成空皮囊了，真正的皮包骨！面对干柴一样的扁豆，他欲哭无泪，只有心头在滴血……这时，扁豆倒是精神了，她好像回到了年轻的时候，猛然想起那年在分水岭的苜蓿地里，她被犍牛一样的牛若谷三两下剥了个精光。那不是在灯光里，那是把她晒在了火红火红的太阳里……

扁豆还没从美好的回忆中醒过神来，她又一次被他剥光了，牛若谷仔细又亲切地给她擦着身子，洗了一遍又一遍，擦洗完后，又将她的浑身轻轻搓揉。她清楚他的心思，他想搓醒她的死肉，唤醒她半个僵硬的身子。明知是白费力，但他还是努力仔细地完成着每一个动作。扁豆不害羞了，觉得她自己活了，年轻了，能跑了……

牛若谷把像鸡毛一样的扁豆抱了起来，在黄亮的灯光里，他仿佛抱着小孩子一样转着圆圈，一阵把她抛起来，一阵把她举过头顶。窝边的小燕子看见后，被惊吓得吵闹着，他才意识到由于他的放纵和任性，小燕子要是挣断了脖子上的缰绳，他怎么对燕子妈妈这个老邻居交代呢。牛若谷赶紧把扁豆抱在怀里，又心疼，又怜惜地不住看着……牛若谷怀抱着光溜溜湿漉漉的扁豆，狂吻起来，亲得扁豆半个身子热辣辣的。她一时觉得，那半个不见的身子也重新回来了……

火炉子沟到处一片干旱的景象，山体裸露着它的脊梁。山坡的玉米只有一尺来高，远山上的麦苗儿狗毛一样软不拉叽。风一吹，露出了干涸的地皮。

从山顶小路上走来了一个老头儿，弯着腰背着一桶水，吃力地走着。山坡上有几只牛低着头认真地寻草吃，一个牧童唱着山歌：

尕妹子要喝水哩

跑断了哥哥的腿哩

尕妹妹还要洗哩

气得哥哥抖哩……

牛若谷脸上的伤好了一些，便和月儿在自家的地里锄着地，牛若谷挽着裤管，很卖力也很在行的样子。月儿停下了锄头，用毛巾擦着汗说，爸，咱火炉子沟离望天村也不是多远，咋就这样干旱，连吃的水都没有。

牛若谷停下了手里的活，望着天空说，我小时候虽说也缺水，但吃的水没断过。前些年风风火火开荒造田，把山上的林子都给毁了，伤了大山的元气，这些年种了些树，但一时成不了气候。

听说城里家家户户都有自来水。等妈妈好了，我想到城里耍一趟，我要用城里的水洗头发，我常梦见用自来水洗头哩。

牛若谷看着月儿，长长地叹了一口气，半晌说不出一句话来。但他又想起了房梁上那一群系着缰绳的小燕子……

18

牛主任在山梁上走着，他的脸上还留有疤痕。他站在分水岭酸梨树下，看着山下的望天，川道里的麻子已变成了墨绿，铺在地上厚厚的一层，聚宝盆好像是把世界上所有的绿都盛过来了。风这个妖精把整块的麻子林掀来掀去的，在蔚蓝的天空下放着羊儿。掀过去的时候，把麻叶的灰白背面翻在了上面，看似白浪滚滚直至尽头。一碰到对岸，返身折回来时，正面的绿叶迎了过来，一浪儿追着一浪儿的绿。偶有长尾雀掠过，好像踏浪者，轻盈地滑行在绿浪之巅。最怕这位健将兴奋得过了头，踩不住这些浓烈的绿浪，让它溢出聚宝盆外，漫过铁堂峡，那简直就是最大的人间憾事了。绿色——最富于生命的色彩，在聚宝盆里，绿得厚重，绿得深沉，绿得安逸恬淡而又从容。山下是一片绿，半坡上却是一片片金黄的油菜花，密密麻麻挤在一起。从远处看去，好像是一块块金砖铺在了望天。由墨绿和金黄镶嵌而成的图案，和谐自然地拼接在望天的聚宝盆里，加上汉阳河弯出的太极图缠绕着河边的柳树，以及错落有致的民房，构成了一幅醉人的画卷，不得不叫人嫉妒上苍对望天的偏爱。

牛主任正沉浸于望天的美景之中，小唐气喘吁吁地跑上山来了，他一见牛主任站在不远处的酸梨树下，便大声喊叫：牛主任！牛主任！小唐跑到牛主任跟前，累得一手压着胸口，一手指着山下。

咋了，小唐？

联社稽核股查账来了，说要对发放给秋子的贷款严肃查处，通报，还要……

牛主任坐在地埂上，掏出一支烟，又掏了半天，没有掏着火，便将烟咬断，唾了出去。这时，飞过头顶的一只"下水瓶"叫了起来，紧接着，一道闪电，随后是一声闷雷……

主任，想想办法，怎么应对。

牛主任揪了一根草放到嘴里嚼着说：好，你回吧，我接受处分。牛主任站起来后，折身大步往回家走。

牛主任？小唐小跑着跟在牛主任身后说。

牛主任不理小唐继续往前走。

小唐跑在前面，拦住了牛主任。牛主任继续往前走，小唐只好面对面地在牛主任眼前往后退。

你先到信用社再说吧。小唐劝着牛主任说。

牛主任一把将小唐拨到一边，呆呆地往前走。

牛主任！

牛主任猛然站住了，慢慢折过身来看着小唐。

信用社只有小吴和小丁傻傻地坐着。牛主任和小唐进来了。小吴和小丁正悄悄议论着什么，一见牛主任进来了，两人都站了起来。

牛主任径直走到办公桌前，看到一张便函，抬头写着"关于牛若谷停职检查的通知"。

小丁只好把丁主任电话里的原话转达给他。小丁说丁主任说，本该就对违章贷款发出了警告，还置之不理，又越权贷款三万元，这是对抗，联社不得不采取措施。

我服从组织安排。牛主任苦笑了笑说。

牛主任转身要出去，小唐拦住他说，牛主任，我们听你的，不管他。

对，听你的，不管他。小吴和小丁说。

这是组织原则，必须无条件服从。牛主任出去了，但他想着给于主任汇报过此事，已经得到了他的同意，又折回身来，还有点心不甘地说，我给于主任早就汇报过了，这是他同意的，我给他打个电话。

主任，这几天你不在，于主任叫河南明清法院抓走了。小唐说。

噢哟！牛主任瞪大眼睛，站了好久，他瘫软地坐在了椅子上说，这是前几年天台营业部老主任在人家的证明上盖了章惹的事，明清法院说要执行联社营业部，但他们为什么要抓于主任呢？

只听丁主任说于主任被抓了，不知什么情况。小唐说。

没事的，不是他犯法了，是他们明清法院犯法了，随意抓人。牛主任说完，坐在椅子上，闭上了眼睛，好像睡着了。

秋子在去信用社的路上，老远看见几个女人在交头接耳地说着什么，叽里咕噜的。

听说要法办牛若谷。

啥事？

他给秋子贷了款。

三万元！三万元得多少？

三万元要装一箱子哩。

啧啧，三万元的利息怕要一篮子哩。

嘿，人家才不给利息，人家那个上了。

我说是……

秋子一阵晕眩，趁她们几个长舌妇不注意，折身回家了。

天上像蒙了一层牛皮，把月光遮在里面。牛若谷坐在青岗叔院子的草墩上，低头抽烟。北山上很安静，只有蛐蛐在鸣叫。院子里坐着的还有秋子和半仙。

秋子坐在七太太的青石板供桌前，一只手捂着腮帮说，我就怕这三万元给你惹个祸。

不光是这件事。你的三万元不是已经还了一万多。

还是因我而起吧，唉，我这人只有闯祸……

他们给我挑刺，根源是高天给徐飞贷款的事。

很快就过去了，不怕的。半仙叔说。

我怕？哼，我才不怕!

就是，不怕。他们要给你找毛病，我找他们论理去。给孩子治病，贷个款有什么？真要处理你，我直接找他们的领导。我寻到北京天安门! 爷爷屁股上的伤疤还留着，他们算什么葱。我们可以动员望天群众，把望天的存款全取了，我们自己办合作社。五三年创办信用合作社就是我带头入股组建起来的，要是我识几个字，我就是主任。要揭老底我到北京揭去。合作社是大家伙儿的，怎么现在就变成他们的呢？ 他们拿着我们的钱倒勒我们的脖子，我们不答应。为人民服务究竟到哪里去了？毛主席说过，共产党说过，领导就是人民的公仆，公仆就是服务员，服务员就得为人民好好服务。我打仗的时候就是为人民打的。若谷，不要怕，男人就得顶天立地。这点委屈算啥？那阵子闹运动，我替七太太说了句公道话，就犯法了，绑了我陪七太太游街。现在想起来，真是老天在拨调，是造化，是和七太太的缘分。嘿嘿，值! 青岗叔说着说着，激动地站了起来。

牛若谷第一次听到青岗叔义正词严的讲演，听得他直点头，就是，为人民服务到哪里去了？他正要理论一番，半仙把嘴噘得老高，好像要说给天上的神仙听一样，也说得慷慨激昂：

说得对，说得好! 信用合作社是你带头入股的，那供销合作社还是我带

头入股的，我要有眼睛，也是个主任。可是老天只送给我一条根，有棍就有路，明天咱就上路，讨个说法去。

牛若谷赶紧把还在气头上的青岗叔扶在板凳上，对半仙叔说，叔，你俩不要激动，不是你们想象的那么严重，没什么。信用社的钱是大家的，但主要是我没按制度办，越权了。你们也不要生这么大的气，给棉花做手术的贷款，我给于主任汇报过，人家于主任很赞成，秋子也知道。现在关键是于主任也出了点事。

秋子听着，对他们的正义感非常敬佩，她从心底感激这些人，他们为她家付出了那么多，她用什么来报答呢？每次到灾难降临后，总有一些人像堵墙一样为她遮风挡雨，帮她渡过难关。她抬头看着天，心在想，假如有一天她有了回报大家的机会，她会献出一切。滴水之恩，涌泉相报！当她听到青岗叔再次提起了"为人民服务"五个大字后，给她的骨髓里注入了新的力量。忠诚组织，热爱人民——这才是大地之子，这才是真正的人间正道！

青岗叔又站了起来说：战斗！他停了你的职，停不了你的工作，怕啥？！

牛若谷猛然一怔，听着青岗叔的话如醍醐灌顶，他拍了一下自己的大腿说：对呀！我是给望天人民干，为望天信用社干，不是为他丁力群干。

对，战斗。

战斗！

半仙叔也笑着说，你两个兵娃子，当了三天兵就战斗战斗的，遇事光不能战斗。姜太公没钓上一条鱼，却钓上来了一个皇帝，一个王朝！

19

于主任从外地学习回来后，向马行长汇报了学习情况及近期急需处理的一些事，着重专题汇报了原望天信用社主任高天的离任稽核审计。马行长要于主任负责处理，如急需要商量的事，尽快准备，召开会议一并解决。下班后，一直在办公室准备材料的于主任，回家时已经晚上十一点了。他刚把自行车骑到家门口，向小胡同拐弯时，从路旁停着的一辆吉普车上下来了几个人，用一件大衣把他的头捂住，前抱后拥地将他拖到车的后座上，两个人扭住他的胳膊时，车子启动了。

明显感觉到在上山，走了大约半小时后，车上的人把他头上的大衣揭开，他一眼认出其中一人好像在哪儿见过，还没容他说什么，只听前排座位上的人说：

我们是明清法院的。现因你干扰公务，决定对你执行拘留。

于主任这才清楚了，马行长因为这事开过会。事情可追溯到1989年，天台区有个叫李峰的人，开着一家皮包公司倒空卖空，与河南明清地毯厂的张厂长同住在一家招待所，在闲谈中得知张厂长在推销地毯，李峰便一口答应说他需要。张厂长觉得又推销出去了一些产品，两人当晚喝酒吃肉，一阵江湖哥们义气，第二天就签订了合同。等到要按照合同发货时，对方要求李峰在开户行开具担保货款的证明，李峰便找到他一直开户的联社营业部张主任，张主任和李峰由于业务往来也熟悉了，就不假思索地盖了个营业部的财务公章。结果，李峰收到货后转手一卖，用这笔钱做其他生意，后来亏了血本，他就一直躲藏在外。那几年通信设施又不发达，身份证也是可用可无，并且假身份证也非常多，张厂长一直在找李峰，几年下来不见踪影。明清地毯厂也因大量货款被诈骗，加上外债和经营不善而面临倒闭。张厂长由于操劳过度和年老体弱也中风偏瘫了。因此，厂子的工人发不上工资，时不时在市政府院子里闹事。后来，明清法院把李峰找见了，抓去后关了些日子，但因他没钱，死猪不怕开水烫。就这样李峰被抓去了好几次，最后因解决不了任何问题又放回来了。市政府对此事很是头疼，和几家单位协商后终未有较好的解决办法，只能边走边看。工人闹，他们就力所能及地给解决。最后，工人们疲劳了，就没人管这事了。结果有一次，厂子的工人在电视法制专栏中看到了和他们相似的内容，由于工人闹事，政府出面把拖欠的工资协调解决了。这件事再次点燃了一些工人的激情，有人出头，带着厂子的男女老少把市委和市政府一并给围了。新上任的市政府领导调查此事后，觉得还是法

院执行不力，天台联社营业部既然在担保证明上盖了章，就说明他们在担保，于是，分管市长把法院的院长叫来狠狠地批评一通说，你们和天台联社协商，这件事办不好别回明清。

明清法院组织了工作队奔赴天台区，先是和单位正面交涉，他们拿着法院的证明来找马行长，马行长也召开会议商量了此事，会上说法不一，加之咨询了法院领导，他们的态度也很强硬，一致说不让理睬，诸如此类的经济纠纷太多了，他们能在天台怎么样。最后，联社接到了明清法院的传票，天台联社也没有理睬。后来，明清法院的人来天台，认真规划了周密的抓人计划。最先锁定的目标是马行长，因为马行长是联社的法人。由于马行长住在繁华的地段，几次行动都未能成功。他们要做到万无一失，为了保险起见，就把住在郊区的于主任作为目标。他们把于主任家的情况摸了个清清楚楚，就连于主任家几口人，他上班和平时散步的路线，以及他家里的一只狼狗都掌握了。在家里行动，怕人多，也怕狼狗，就把胡同口选定为最佳位置。

合该于主任这晚要出事，他因在外学习刚回来后，单位事多，加上要准备会议，就一直工作到深夜，正好这个时候路上人也少，就被他们轻松地抓走了。

他们把于主任送到了火车上，一直到第二天才给天台联社办公室打了电话，说，他们是明清法院的，你们于主任因干扰公务被拘留了，要求尽快来明清法院联系处理。

办公室接到电话后赶忙给马行长打了电话，马行长召集紧急会议后，还是众说不一。最后马行长请来了法院院长，院长说，这样，他们既然把人抓走了，我们派一律师去和他们协商。马行长说我们得去人，院长说，这个时候，他们也不按法律程序办事，你去一个，他们保不住会扣一个，只有律师去保险一些。但是于主任家属不同意，说这是你们单位的事，要求单位去人，他们家属也一并前往。马行长最后决定派了办公室主任，随同蒋律师和于主任儿子去了明清法院。

第三天一早，蒋律师他们三人去了明清法院执行厅，接待他们的厅长说，终于见到你们了，你们不知道我们往天台跑了多少趟，光差费花了多少，到现在都是我们自己垫付。你们来了好，就一句话，见钱放人。

蒋律师拿出律师证，厅长说不看，见钱放人。

你们抓人也要通过天台法院。

天台没有法院。我们的传票你们理了吗？

我们没接到。蒋律师争辩说。

一看你们就是一群法盲。我们没时间接待你们，见钱放人。于主任我们会照顾好，他毕竟是你们单位的领导，已安排在明清宾馆，你们可以去看一下。

蒋律师三人在法院办事员的引领下，赶紧去了明清宾馆，于主任果然在宾馆里，由两个法院的人看管着。于主任的儿子一见面就大哭起来。于主任安慰了他，并说人家也没难为自己，叫天台联社商量办法就是。只待了半小时，人家怕出意外就把蒋律师他们支走了。

当晚，蒋律师和马行长电话商量，到第二天看能否先把人放了。于是他们一早就又去了执行厅，厅长的态度更强硬了，说，我们把人放了，给市委市政府怎么交代，给明清地毯厂的职工怎么交代？给你们一星期时间，钱若汇不过来，我们就把于主任送到看守所去了。

蒋律师还想说什么，这位厅长已经不耐烦地走了。

20

于主任被明清法院扣押后，联社暂时由丁力群副主任主持工作。马行长召开了班子成员会议，他又传达了农村信用社与农行脱钩的政策，要成立农村金融体制改革办公室，以后农村信用社就由体改办管理。但是，联社要尽快极力营救于主任，等他回来还有好多事办，主要是与农行脱钩的事。

丁主任等马行长走后，与许大山总稽核和稽核部门、信贷部门的同志召开了会议，安排了一下近期工作。他在会上说，牛若谷把徐飞贷款一事已起

诉了，要求牛若谷来联社汇报一下，法院马上要执行。丁主任说，我原先劝过他，起诉徐飞是迟早的事，这时他什么都没有。牛若谷硬要添乱，和联社作对。当时的政策就是这样，他一个小小的高天能顶得住。行政干预嘛，但也是支持乡镇企业。这事我们要等待有利时机，结果牛若谷和高天有些个人矛盾，借公事打击报复。徐飞既然被牛若谷起诉了，法院也催得紧，于主任又不在，大家说怎么办？

许大山像一尊泥塑的笑佛，开会常不表态，只是微微笑笑，偶尔脸红一下，或者两三下就是他的态度了。说话听音，锣鼓听声，稽核部门和信贷部门的人还有什么可说的呢。

高天从一辆出租车上下来后，向徐飞的电器门市部走去。门口站着一位客人，正在和服务员争吵。客人说，你看看，你这空气开关，连我的设备都烧了，你不赔，我要告你。

这哪是我们的，你胡搅啥哩。

不是你的，我这有你的发票，你想赖账？

发票是我们的，但开关不是。

我不和你说，叫你们老板。

老板不在，要找到海南岛找去。

高天走过去劝客人说，一个开关就生这么大的气，划不来，干脆重买一个得了，这年月谁还有时间吵架。

同志，你看看，这就是他们的开关，你看这服务员，厉害得很。

老板不在，你跟她一个丫头吵没意思。你老消消气。

客人气呼呼地走了。高天走进电器门市部，徐飞坐在套间里的沙发上，吸着烟。高天进去后，徐飞爱理不理的样子。

牛若谷把鸡罩也给起诉了，这家伙看来真动刀子了。那天晚上挨了揍也不见长进，真是个"毒锭子"。

哼！难道他牛若谷刀斧不入？徐飞生气地说。

高天呆呆地看了一阵徐飞说，法院那边咋样了？

都是弟兄，还能咋样！

我的事呢？

放心好了，不就是个时间问题，好事多磨。

好，我这次上台，可轻饶不了牛二。我一上任，先给你放款。不管他！

牛主任和小唐坐在黄村长家的麻子地里。牛主任给黄村长递了一支烟说，黄村长，这次来催收贷款和动员存款，还要靠你哩。

信用社给咱帮大忙了，你看看眼前的麻子长得跟树林一样。你安排，咱行动。黄村长笑着说。

你掌握谁家有钱？晚上地里干活的人回来了，咱上门去。

黄村长想一想说，二愣妈前天把小姑娘嫁出去了，光彩礼三万多。不过二愣妈是个心眼鬼，恐怕我去……

她怕露富是不？

对，谁到她家借钱，就是要命。

你把我领到她家门口，你不要进去，我去动员她。

晚上，在微弱的灯光下面，二愣妈在炕上纳着鞋底。牛主任和小唐坐在椅子上。二愣妈不耐烦地说，没有，我穷得舔蒜槌哩，哪有闲钱存。

那好，那好，以后有了再来存吧。钱存咱信用社保险，咱有这么大的钢铁保险柜，牛主任用手比画着，不怕老鼠咬，不怕贼惦记。再说存信用社还有利息，等于你的钱在信用社生儿子着哩。牛主任说。

二愣妈停住手里的活计，睁大眼睛看着牛主任，急忙溜下炕，手倚在门框上向外看了看小声说，我没钱。你是听谁说的？我真的没有，你俩贵贱不要胡说。

牛主任给她解释说，没有不要紧，等以后有了再存吧。

二愣妈点了点头。

第二天一大早，牛主任带着小唐在一块地里锄地。牛主任干得汗流浃背，小唐却在一旁垂头丧气。二愣妈扛着锄头从对面山上走来，她进地后看见牛

主任和小唐就怔住了，吃惊地说，你俩……你俩干这粗活？这咋能行哩！快歇下。

牛主任擦着头上的汗水说，白天大家都上地了，你看看，我俩收款也没个人，咱也闲着。听黄村长说，二愣两口子也很少管你的地，你一个女人家伺候它真不容易。

就是的。不说了。她又往前走了一步说，公家人咋能给……干活，你看我的脸快烧熟了。二愣妈看着牛主任说，其实，你昨晚一走，我就后悔，家里真有点钱闲放着哩，就是……走……干脆回家里拿去。信用社又不怕贼偷老鼠咬，存信用社还有利息。

牛主任向她笑着说，不急不急。大嫂，你看看这锄头，正想吃土哩，我还带了个徒弟，叫他也学学，要不这城里娃以为粮食是苹果树上结的。

你真会说笑，你一说笑，我的脸越红了。不过，但这事千万不能叫二愣媳妇百灵鸟晓得，她这两天缠磨着说娘家兄弟要说媳妇，我说娃的一点儿彩礼还要给我买棺板。她借就是猫借耗子。

信用社会对每个存款户保密的，你放心吧。

二愣妈把门锁打开后，牛主任和小唐就进屋了。有一只鸡正在啄着口袋里的玉米，受到惊吓后飞了起来，差点碰在小唐的身上。二愣妈顺手拿起笤帚，朝院外逃跑的鸡打了过去，略微站了一会，看了看外面没有闲人，就折身进门来了。二愣妈胆怯地说，我存下吧。二愣妈从柜子的粮食里掏出了一卷钱，又把挂在窗扇后的一件大衣取下来，撕烂了墙上糊着的一张纸，露出个小洞口，她从里面摸出了一卷钱，一共三万元。小唐当面点清了钱，填写了存单给她。

这里面有我的钱儿吗？二愣妈拿着存单，高兴而猜疑地笑着说。

不但有三万元，还有它生的儿子——名字叫利息。

二愣妈用一只手捂着嘴，憨憨地笑着：这名字受听，真个好！

牛主任和小唐还要去另一个村子，小吴来了，说是联社打电话，有急事，叫你俩马上去联社。

牛主任和小唐赶到联社的时候，丁主任已经去了拍卖现场，信贷股的同事说，丁主任说了，如果牛主任来了，就叫他赶紧到拍卖会现场来。牛主任一听要拍卖徐飞的电器产品，高兴得差点跳了起来，暗暗地想，一直怀疑丁主任、徐飞和高天他们有牵扯，怕给收回贷款设置障碍，结果，是人家丁主任把他起诉的贷款已经联系上拍卖会了。他内疚地想着，觉得很对不住丁主任。

拍卖会场上坐着不多几个人。高天和徐飞在前排坐着。牛主任和小唐一同进了拍卖会场，找了个中间位置坐下了。牛主任一直在寻找丁主任，还不见来。

拍卖师上场了。会场静了下来。小唐附在牛主任的耳朵上悄悄说了什么，牛主任才看见徐飞和高天在前排坐着，一直在叽叽咕咕地说着什么。拍卖师宣读了要拍卖的东西和注意事项后，开始拍卖，拍卖会场很冷清。还没等牛主任反应过来，拍卖师的槌已经落下了，徐飞三十万元的电器产品只卖了十五万元。拍卖会场人都散了，只有牛主任坐着不动，嘴张得大大的，一个人讷讷地说着：

怎么会这样？怎么会这样！

小唐进来再催牛主任，他才从椅子上站起说，丁主任呢？

小唐说，是不是在后面坐着，我一直没看见。

牛主任在回联社的路上，简直像是做了噩梦一样。可这些残断的梦他总是连接不起来。他进了拍卖会场后才坐下不久，还想着要和徐飞好好论理争辩，还想着能拍卖个高价钱，还想着……怎么后来就成这样了？也没见丁主任的踪影，他不是说到会场了吗？

牛主任和小唐赶到丁主任办公室的时候，丁主任正在给一缸金鱼喂食，牛主任进去后，丁主任把鱼缸旁边的奖杯不小心打翻了。丁主任一见牛主任就没好气地说，你个牛若谷，办事太鲁莽。这就是你办事的结果，这样你就高兴了吧！我刚给马行长汇报了，等于主任来了给你请功。

牛主任气得脸色铁青，他愤怒地说，这法院的官司没法打了，怎么是这样呢？

丁主任大声说：三十万元的电器产品只卖了十五万元，就这十五万元，还是我给人家磨了嘴皮子，他们也是支持信用社，要不还有人等着接收，法院给我们半天的时间，明天一早就给人家回话。

牛主任不想和丁主任再说什么，低着头出来了，不知不觉走进了他曾经工作过的锅炉房，他揩擦得干干净净的锅炉，如今又落满了灰土。他久久地陷入了沉思……

丁主任给马行长电话上汇报了望天信用社起诉徐飞贷款一事，加油添醋地叙述了一番，说现在是赢了官司输了钱。马行长说你们尽快上会拿出个方案，他到省农行开会，可能顾不上，电话联系就行。另外，和明清法院的事怎么样了，要把于主任尽快想法接回来。

挂了电话，丁主任叫来了许大山以及稽核部、信贷部和办公室的负责同志一起开会，另外又叫来了牛主任，也参加了会议。丁主任把他给马行长汇报的内容又向大家详细叙述了一番，他没说马行长催促于主任的事，只说马行长叫马上拿出接收徐飞电器产品的方案。现在是法院委托拍卖行将徐飞的电器产品全部进行了拍卖，只拍卖了十五万元。法院的意思要全部抵清望天信用社三十万元贷款本息，大家讨论讨论该如何定，明天一早就要给法院答复。如我们觉得损失太大，法院明确表态，还有人急着要接收。大家谈谈看怎么办。

会场一下子吵了起来。

牛主任站了起来，大声说，他们就这么办案？我觉得对徐飞的电器产品评估就有问题，望天信用社的贷款三十万元，他们就给评估了三十万元，这里面肯定有漏洞。我听小唐说，这些产品原是南方一家乡镇企业的，徐飞私下弄来了长城公司的商标，价码就翻了好几倍。

丁主任严肃地说，牛主任，你和小唐调查清楚了？

这还用我们调查？要他们法院是干啥吃的，这些情况我早就给他们用书面材料汇报了。

有话慢慢说，慢慢说……许大山不紧不慢地说着，坐在椅子上轻轻地笑着。

办公室主任方一天猛然坐直了身子，打断了许大山的话说，官司已经到这一步了，说明徐飞这人很有本事，法院他们这样办案也不合适。第一，电器的评估有疑义；第二，对电器产品的生产厂家有疑义；第三，咱们要联合长城公司打这场官司。输了钱，得输个明明白白，不要说给职工如何交代，最起码要给自己的良心有个说法吧！

这个样子我心不安！牛主任看着方一天说，就是，我们要将这场官司打到底，我们的钱儿不是风刮来的。

看样子丁主任只是心平气和地记录着，根本不去理会他们的争辩，更不理会方一天的振振有词和牛主任的暴跳如雷，心里冷笑了一下，心里说，你逞能吧，等会看你牛大胆如何解释给那个女人贷款的事。丁主任抬起了头，他不慌不忙地说，好了，好了，这件事就这样。另外，望天信用社已经是灾难重重，牛主任，你在那里违章贷款，不到一月给一个女人连续贷款两笔四万元，你今天也说说理由。望天能经得起你这样折腾？

好！秋子贷的第一笔是她做生意的，要赶在崦嵫山庙会前做一些麻鞋，贷款一万元，期限是半年，没问题能还上。至于第二笔三万元，是她女儿得了心脏病要马上做手术，这是救人，我们若连救人的款都不贷了，那支持农民发展经济还有啥意义。牛主任站起来气愤地说。

你理还长得很，我们又不是福利院。

用望天人民的钱救望天人错了？牛主任又站起来质问丁主任。

……你这样去救人……你这样怎么……丁主任气得话都说不完整了。

好了好了。许大山和几个同志分别劝了起来。

本来徐飞官司的事就使牛主任就窝了一肚子的火，这会儿丁主任又给他大发脾气，大家一劝，反如汽油碰到了水星，他更加火了，整个楼上都是他牛大胆的声音：

丁力群，我贷的这四万元已收回了一万多，要收不回来，你把腿叉开，我从你裆里钻过去！高天给徐飞贷的三十万元，法院只拍卖了十五万元，加上到今天的利息十三万元，一共二十八万元的损失谁赔？

丁主任一听牛主任这样无理，竟然当着大家的面在农行与联社合署办公的楼上直呼其名，他反倒放低了声音冷笑着说，难道你不清楚，这都是你起诉惹的祸。徐飞我调查了，他还在发展企业，若等他壮大了再起诉，我们能有今天的损失？结果你倒好，这样一起诉人家法院结了案，这不全完了。你怪谁？我给马行长汇报过了，等于主任回来再处理你。

既然你调查了他在发展企业，你现在主持联社的工作，你怎么就不撤诉呢？牛主任觉得占理不饶人。

丁主任气得浑身发抖，指着牛主任说：你……你……真是个牛大胆！

牛主任对着大家说，我要到明清去找于主任，叫他来看看徐飞的案子，究竟是怎样造成的，为什么是这样的结果？

好，你找于主任去，你去，现在就去。我把这一任务交给你，限你一周之类把于主任接回来。你是个多大的蒜？你就是个莽夫！丁主任指着牛主任喊叫，气得直打哆嗦。

对，我就是个莽夫，我上过老山前线，请你睁大眼睛看看，我见了子弹都不怕！牛主任的牛劲上来了，说着一把将上衣的三个纽扣都撕崩了，露出了锁骨上的弹痕，像一只眯缝着的眼睛。

你……你……丁主任也有点胆怯了，牛主任确实在老山前线荣获了三等功，档案里有他的复印件。丁主任强压着心窝，闭着眼睛，一下气得好像快要昏倒。

21

棉花从医院回来后，经过秋子的精心照顾，已基本恢复了，秋子要她尽快上学去。棉花却向妈妈说，她真不想上了，为她治病贷了这么多钱，不知哪年哪月才能还上。秋子搂着女儿指着她的脸蛋儿说，妈妈即使砸锅卖铁也要供你上完大学。

夜已经很深了，棉花在炕头睡着，秋子坐在棉花旁边，摇着挑车捻着麻线，神情不定的样子。捻着捻着，秋子困了，便靠在墙上睡着了。

川道里的麻子已超过一人高了，整整齐齐排成一行行。牛若谷和秋子在麻子林的深处站着，秋子看见一片向她伸过来的麻叶，酷似一只很大的手掌，她把自己的手也伸了过去，却被牛若谷的大手一把握住了，霎时，热流传遍了她的全身，她折身抱住了他，他把她抱得更紧。她把头贴在他的心窝，听着牛若谷的心在咚咚直跳，几乎要跳出来一样。好大一会后，牛若谷一把推开了她，在她模糊的双眼中，只见牛若谷把他的红背心向麻树梢儿抛去，吓得几只从他们头顶掠过的小鸟调头乱飞，并发出急促的鸣叫。牛若谷再次紧紧地抱着秋子，她简直喘不过气来，便随身倒去，慢慢压倒了一片片麻树，腾出了平平展展的空地。太阳照了进来，落在了他们的身上，照到了闪闪发光的麻秆上。他俩被一堆光埋在里面，酷似一个很大的人体琥珀，却又像一颗雨后荷叶上的露珠，在同一个圆点不停地颤动，始终离不开圆心……

不知过了多长时间，牛若谷再次将秋子抱在怀里，他双手捧着她的面颊，看着她红扑扑的脸，大大的眼睛里含着滚烫的泪珠，鲜红的嘴唇微微颤抖，并向他开启。他再也控制不住了，便又狂吻起来。然后紧抱着的两人像碌碡一样，从麻树上不停地翻滚，压倒的麻树像一条决堤的大河冲泻而去；被压过后的麻树又一排排哗啦啦随之翻起，就像一只船划过后留下的一道道浪花，迅速地愈合了将船划过的犁沟……

轰！一声巨响，紧接着是电闪雷鸣，雨——哗啦啦下来了！

秋子被这一声雷惊醒了，浑身的汗水湿淋淋的，连头发都湿透了。她定了定神后，才觉得又是一个梦，便又甜蜜地笑了。她仔细地回忆着梦中出现的每一个细节，生怕由于她的粗心而忽略或被永久遗忘。她在这美好的回忆中尽情地享受着，吮吸着还残留在舌尖上的甜蜜。一转眼看见酣睡中的棉花，羞怯得一把拉灭了电灯，把她和大脑深处的销魂片段，一并悄悄寄存在

这浓烈的、深不见底的夜里……

牛主任这两天像变了个人一样，一个人常常说胡话，老是说：怎么是这样的结果，怎么是这样的结果呢？小唐听见后心里酸酸的。小吴和小丁也安慰过，他还是这样嘀咕来嘀咕去。有时端个空杯子喝着水，有时刚把水倒上，立马大口地喝起来，烫得连吐都来不及。从他的宿舍刚出来，到办公室还没坐稳当，又出去回到宿舍。抽起烟来更是不正常，有时刚把烟放在嘴上，没点着火，便使劲地吸；有时点着火，刚吸几口便丢进烟缸里。

怎么是这样的结果？牛主任张口不离这句话。

牛主任在床边坐着，一见到鸡罩，好像马上恢复了正常。鸡罩穿着皱皱巴巴的西装从门口兴冲冲地进来了。他给牛主任恭恭敬敬地递了一支烟，顺手把一包烟放在椅子上，自己也点了一支，蹲在了椅子旁的地上说，姨夫，这回我真没想到！你放心好了，我说过，我鸡罩日鬼谁都不日鬼你，外面名声虽不好听，可心里红着哩。姨夫，姨那边你不要操记，我媳妇雪娃隔三岔五会过去照看她的。我今早又去看她了，她比前几天精神多了，一顿能吃三碗搅团。她还说想吃羊杂碎。羊杂碎有啥好吃的，我干脆给她买些羊肚子，能花多少钱。钱是个毬！

谢谢你的好意。鸡罩，你晓得我今天叫你干啥？牛主任斜视着鸡罩说。

贷款，还能干啥？你放心贷，我给你不丢人。姨夫，明说吧，高天贷的款我打心眼就没想着还，你晓不得，我给他花了这个数，鸡罩伸着两个指头。

我今天叫你来，就是要让你还上这个钱！

姨夫，你，你这姨夫，耍笑我？

牛主任严肃地说，没有。

没有？

鸡罩环视了一下屋子，静静地看了一阵牛主任，从地上站起来一屁股坐在了椅子上，一下变了脸说：你张开了个大口袋叫我往里钻？

我这是为你好，也为你一家着想。

好！你就是把我捣成调和面子，也卖不了多少钱。

鸡罩，你看，这是你媳妇雪娃前两年叫我存在城里的两万元，她叫我再动员你，赶快把剩下的还了吧，少背债你有啥不好的？

鸡罩一听是雪娃存的钱，顿时，眼睛瞪得老大，转动着眼珠子，略微想了想说，我这钱是……这是我的保底钱，我怕万一……

牛主任一听才明白这家伙还留下这一手，真是狡兔三窟。他冷笑着说，不管是你的什么钱，先得还款。

你少管，快把我的两万元拿来，那又不是从你跟前贷的。

这款是谁的？

我的。

从哪儿来的？还不是望天信用社的。

信用社的咋了？我背着利息。

你今天真不还，我就要起诉你。

嘿嘿嘿！起诉？好。你要不嫌村子里人笑话你就起诉，我这会子正想进黑房子，账逼得我正好没个窟窿钻哩。鸡罩看着牛主任也冷笑了一声说，你干脆吃了我吧，来吧，连肉带骨吃了我操心你屙不下。

哼！你又不是铁做的。你看，鸡罩，我已经将你起诉了，牛主任说着从抽屉里取出传票，收不回你的贷款我给你当孙子。

牛主任将传票递给鸡罩。鸡罩看了一阵，撕了两半并大声说，我把你个牛大胆，大流氓！你以为你干的事我不晓得？给寡妇贷的钱用啥抵押着哩，该不是用她埋在土里的男人吧！

正说话间，小唐进来了，见鸡罩在骂牛主任，就对鸡罩说，你咋骂人哩。

难道骂了他天还不雨了？你不要狗仗人势，我还给你付过小姐的台费，你先给我二百元再说。

小唐恼怒地说，你怎么血口喷人？你……

咋来？想打人。好，你不给，到时间我可给你算个驴打滚。鸡罩说着将头伸到小唐怀里，又顺势倒在地上，双手抱着头大哭大喊起来：

信用社杀人了！信用社抢走了我的两万元。快来人！

闹腾一阵后，觉得房子里好像没人，便睁开眼四下瞅瞅，见牛主任和小唐都出去了，便从地上爬起来跑出去。原本要到营业室去闹，门打不开，又去了信用社大门前，正好是逢集的日子，人很多，他一骨碌倒在地上大喊大叫起来，几声过后，便眼泪一把鼻涕一把真正哭喊开了：

啊呀！我的肉。

我的肋条。

我的两万元存折。

疼啊，天爷爷！

几个人围了起来，大家说笑着：

这是谁？

火炉子沟村长鸡罩。

哈哈，村长大人咋了？

鸡罩一听有人关心他，便两脚朝天蹬着说，我被信用社打了。

信用社怎么打你了？

老牛，小唐，打我的软肉，打我的肋条。

黄村长过来了，一看是鸡罩，便说，鸡罩村长，快起来，别丢人现眼了。

我起不来，肋条断了。鸡罩觉得有黄村长关心他，哭得更伤心了。

黄村长站在鸡罩面前大喊：哎——这谁的两万元存折丢了？

鸡罩"哗"地一下从人群中站了起来，擦了两把眼泪说：

我的，我的，快快拿来！

大家看着吊着眼泪，却又憨笑的鸡罩，一个个笑得收不住了，把个本该热闹的集市抬翻天了。

22

黄村长这些日子情绪不太好，一篓油一直给他气受，常在夜深人静的时候说半仙叔除了饭量好，再没有好的地方。埋怨黄村长对半仙叔还比她好，她常年有病，就是没人管。她这几天想吃点牛心，黄村长总是不理睬，她的气就更不顺畅了。一句话，半仙叔不是三郎的亲爷爷，黄村长不应该揽下这麻烦。

黄村长在院子树下的阴凉里编着绳子，半仙叔在一旁干他力所能及的一些活儿。半仙叔虽然眼睛看不见，但人很灵醒，他用挑车拧绳子的功夫黄村长都赶不上，只可惜老天把他的眼睛挖了，叫他受了些不应该受的罪。一篓油一直在挑半仙叔的毛病，黄村长为了息事宁人，要么不吭声，要么依着一篓油，倒把她给惯坏了。

一篓油从炕上爬起来，故意摇摇晃晃地走在院子，手搭着凉棚皱着眼睛向太阳看了看，又折回厨房，锅碗瓢盆便开始叮叮咣咣地响开了。半仙能听出来，她又在生他的气了。其实他老想着和青岗叔一样在南山的地里盖一间茅草房独自生活，侄子就是不让他走。黄村长曾不知多少次给一篓油说，叔怪可怜的，老天收了他的眼睛，本来就心事多，我们要是对他有半点的怨气，他就会受到十分的伤害。每个人都有脸面，人活脸面树活皮。我们又是小辈，如果我大还活着，他会怎么看待我们呢？另外，天有不测风云，人人都难保自己这辈子能一竿子扎到底，谁还没个三灾八难？叔生活又能自理，就是有点不方便。不是人家不走，是我不叫他走。他是我们的长辈，我是他的侄子，我照顾他，这是我们望天人的家风，更是黄家的德行。不管黄村长苦口婆心怎样解释，都难以打动女人冰冷的心。

半仙要去挑水了。他从旁边抓住跟随他几十年的木棍子，硬是把他这副老朽的骨架撑了起来。黄村长看着半仙叔吃力地站了起来，知道他要干啥去，便说，叔，我担水去，我正好要走一趟信用社。

噢！好，你去吧。半仙又借着棍子坐下了，高高地抬着头，摸着了麻丝，把它续在挑车一头的绳梢上，专注地感觉着两片本不是同根生的麻丝，用他的唾沫黏结在一起，在摇动的挑车里紧紧结合了起来。半仙自如地摇着挑车，发出呜呜的声音，一根麻绳在他几乎没有肉感的、瘦小的手里向外抽出。

他的右手很有节奏地摇着挑车，左手配合着呜呜的旋律，把一簇簇麻丝变成了一根根匀匀的结实的麻绳……

太阳下，半仙倒像个没事干的闲人一样，端端地盘腿而坐，把头高高扬起，仿佛看着他永远也不能企及的高处。他把会说话的嘴巴倒是紧闭着，却用一双永不干涸的、一年四季向外翻开的眼睛默默与天诉说。他不会向上天讨要眼睛，岁月把他敲打得不会有丁点儿的奢望了。既然上天有了这样的安排，就有它安排的理由。妄想总会被生活击碎，承受自然成了是他最好的选择。因此，只有默默地接纳这些生活的碎片，拼凑成一个听话的傻子去面对一切，这才是他宽容淡定的秉性，也是一个残疾老人被命运折磨出的可悲技巧。天爷爷——谁能阻止仁慈的上帝为这位暮年的老人免降于他不该承受的灾难呢！

端端坐在树下的半仙叔从挑车里发出轻轻而平和的声音，从树枝的缝隙里洒下的阳光照到他的身上，斑斑驳驳，仿佛披了一件袈裟的高僧大德，在菩提树下从容地诵经；而他摇着挑车，又多像一位弹着三弦的艺人，投入地演奏着一曲既欢快又悲怆的尘世之曲……

黄村长把水桶放在井台上，慢腾腾地来到了信用社。牛主任正在厨房前的竹子下坐着，见黄村长来了也没有理。黄村长走过去，牛主任嘴里又嘟噜着这句话：……这样的结果……

牛主任？

坐。

牛主任，我想贷点款。黄村长一看哪有个坐的，便蹲在牛主任身旁说。

干啥？

养牛。

你不是有老黑？

我要多养几头挣点钱儿，三郎要上学，老婆要吃药。

多少？

一万元。

信用社暂时没钱，你等一等吧。

我又不是三万五万。

噢！我不当家了。

你不当谁当？

小唐。

我不管，我认你。

秋子说多少你贷多少，我贷一万你……

牛主任清醒过来了，眼睁睁地看着眼前的这个人，好像从不认识一样……

热辣辣的天，似乎要将望天烤着了。牛主任沿着河堤向秋子家走去，那个石碾盘简直像一堆火，要不是门口的绿叶给他一片阴凉，他会被从碾盘上反射来的强硬之光刺死。牛主任赶紧钻进楸子树下，顿时使他精神了起来，这才看清楚秋子家院子里挂着一排排麻丝，每间房子里都是巧手的女工。

百灵鸟一看到牛主任来了，赶紧从女人堆里撂过来一句话，牛主任，她娇滴滴地说，验货来了？

牛主任向这些女工们笑笑。

五朵梅笑着说，这么热的天，不说给我们买个冰冰的冰棍，两手空空地打着胯子就来了。

牛主任，你是吃烟哩嘛喝酒哩，还是坐一阵子就走哩。

一个个嘴像刀子。秋子从屋里出来了。便又对牛主任说，你今天有空？

我来看看棉花。

棉花上学去了，你可能是看我的，对吧？百灵鸟的一张嘴不饶人。

不说话又憋不坏你。秋子说，牛主任，不要和这些长舌妇费口舌了。

百灵鸟给五朵梅她们做个鬼脸并小声说，不要费口舌了！巧姐儿赶忙用手堵上她的嘴，另一个女人在百灵鸟屁股的软肉上狠狠地掐了一把，百灵鸟像骟猪仔一样尖尖地叫了一声。

牛主任看到秋子屋里堆了这么多的麻鞋，花色样式很好看，他高兴地说，

做了这么多？

不做怎么行，把你都逼上梁山了。

牛主任向秋子微微地笑着，摇了摇头。

秋子看着牛主任在向她轻轻地笑，她不好意思起来，猛然间想起了那个夜晚的那个梦……

鸡罩在回火炉子沟的路上，差点儿气死了。他恨不得把分水岭的酸梨树拔了，更恨不得把牛若谷的牙拔了。他的美梦叫牛若谷还有这狐狸精蛇精害人精的秋子给毁了。他脱掉了身上的西装，才觉得满头满身的大汗就像水龙头往外喷。他气得把西装扔到地上，用脚踩踏了几下，又踢出去老远，撵过去唾了一口。折腾了一番后，便坐在地上想着对付牛大胆和秋子的办法。

鸡罩在分水岭酸梨树下差点睡着的时候，猛然跳了起来，并高呼着：

天大大！地妈妈！

鸡罩把被他踩踏过的西装重新提起，使劲抖了抖上面的尘土，搭在肩膀上，唱起了只有他最高兴的时候才唱的一支山歌：

板……凳啊……

板啊凳啊……

四呀嘛……四条腿啊哎……

四呀嘛四条腿哟哎……

硬撑着个板板哎……

狗……娃啊……

狗啊娃啊……

狗呀吗……四条腿啊哎……

四呀嘛四条腿哟哎……

硬撑着个肚肚哎……

狗咬了板凳哎……

板凳砸了狗哎……

哎……嗨嗨……嗨嗨……

扁豆家院子里的几只鸡咯咯地叫着，一副自由自在的样子。菜园里的蔬菜因为缺水，显得软不拉叽的，没一点精神。

鸡罩赶着一头毛驴，拉着一辆架子车进院了。一进院子便喊住了毛驴。他把左手提着的一包礼品往上一扬，惊跑了院子里的鸡。

扁豆在炕上睡着，炕沿边放着一根竹竿，是专吆鸡狗的。门外铃铛的声音和毛驴的响鼻声，扁豆听见了。

鸡罩装作一副愁眉苦脸的样子，进门后便一屁股坐在地下的草墩上，苦着脸说，姨……

咋了，鸡罩？

姨……鸡罩说着便哭了起来。

究竟咋了？

姨夫把我告下了。

啥？

姨夫不让我活命，把我告下了，还打了我……他伤心得说不下去了，便哭了起来。

扁豆看着鸡罩，气得半个身子都在颤抖。鸡罩毕竟是她娘家的远房侄子的亲戚，她便气愤地说，损阴德啊，牛家多少辈还没出过个告状的。太爷手里把一圈牛叫人吆走了，都没有想着告人家。

我的事还不算个啥，还有比这更不要脸的……我真不好开口。

啥事？

我说了对不住你，不说更对不住你。干脆说了吧。

啥事？

望天村有个叫秋子的女人你晓得不？那婊子可不是个好货色。就是她和姨夫钻在一起，把她男人白平和才硬给逼死了。人见人唾，都嫌她脏。鸡罩

偷偷看了一眼扁豆继续说，这下倒好，她男人死了，给姨夫和这婊子腾宽展了。

扁豆从炕上挣扎了一下，一堆乱头发像落了一层霜。她看着鸡罩，只有嘴唇颤抖了几下，硬是没有说出话来。

鸡罩点了一支烟说，你这病也不算大病，姨夫把钱花在那婊子身上了。

你慢慢说。你说清楚。

秋子有个姑娘心上有病了。姨，心上的病，你猜猜花了多少钱？

扁豆摇了摇头。

三万元。都是姨夫给贷的，上头为这事还处分了他。三万元，啧啧。三万元是多少？三万元把火炉子沟都能卖下。

扁豆惊懊的脸上流着泪水。

你这算啥病？头脑清楚，能吃能喝。人家的心上烂了个窟窿都补好了，把你这算个啥病嘛。

扁豆终于哭出了声……

姨，你也不要伤心，咱不能睡下等着叫坏人欺负，我真是看不下去了，人家就望着叫你早点走哩，你死在炕上人家才……那婊子还说了句最叫人揪心的话，她骂你说，这个半死的老太婆咋还不走，都粘在炕上了还想站起来吗？这是人说的话吗！这样，我今天把你拉上走，你去看看就清楚了。

扁豆好像没听见一样，鸡罩赶忙摇了摇她说，姨，难道你不管？

扁豆的眼里滚出两颗肥大的泪珠。

你不去？

我咋去？

我有驴车，在外停好着哩。

扁豆看着鸡罩。

不过，你得答应我一件事，鸡罩擦去了脸上的泪痕，便死皮赖脸地笑了笑说，叫姨夫给我贷十万元吧！

扁豆摇着头……他俩正说着，月儿回来了。

鸡罩哥，你来了。

谁知鸡罩呜呜地又哭了起来。他把一张叠着的纸递给了月儿，哭着说，你看这是啥？

传票是干啥的？月儿看着被撕成两半的一张纸说。

进监狱的。

月儿看见扁豆一脸的怒气就上前劝妈妈。

鸡罩止住了哭泣说，姨，你也别伤心，可能是姨夫一时糊涂。月儿，我要请姨给姨夫说个人情，你把门看好，一两天就回来了。给姨夫说说看能不能有救，万一没治，我就进黑房子吧……

我要去看看你好心的爸爸。扁豆把头抬了两下说。

姨，眼下只有你救我了，驴车在门口等着哩。鸡罩擦干了眼泪说。

月儿不知发生了什么，隐约觉得出大事了。

扁豆气愤地说，走，寻这负心鬼去！

鸡罩将扁豆抱在了早已铺好被褥的架子车上，赶着毛驴，一路小跑。

23

于主任的家属在联社闹腾了几次，今天又来了，丁主任烦也无奈，只好说，你先再等一等吧，马行长回来一定研究，我也决定不下。

于主任的老婆对丁主任说，要是马行长不来就不管了？

丁主任安慰她说，于主任是联社的领导，怎么能不管？丁主任想着他也委屈，便说，又不是我把于主任送到明清去的，我如果能把于主任换回来，宁愿自己去明清住宾馆休息，联社的事太多太杂，我确实也坚持不住了。

你怎么这样说话，既然这样说，你就换他去。于主任老婆生气地说。

你镇静一下。

我能镇静？

正在于主任老婆和丁主任吵的时候，电话铃响了，丁主任接起电话一听，

是马行长，便说，喂？噢马行长，他老婆正在我办公室闹腾着向我要人。

丁主任正说着，于主任老婆把电话抢了过去说，马行长，我家老于你们怎么就没人管了？

我正向丁主任问这事，我们尽快想办法营救，我们要是没有其他好的办法，就给人家先付款，把人营救出来再和他们打官司，你放心。你叫丁主任接个电话。

于主任老婆听马行长这样说，一下子高兴了，对马行长说，谢谢马行长，请你救救他，我这几天心脏病老犯。马行长在电话里说，那你赶快到医院去检查一下，要不我安排办公室带你去，营救于主任的事我现在就和联社商量。你快把电话给丁主任。

于主任老婆把电话递给丁主任，在一旁支棱着耳朵听着里面的对话：

丁主任，最近怎么搞的，叫人家家属催我们，我们给于主任怎么交代？你通知联社股级以上干部开会商量，我马上到。另外，叫办公室把于主任爱人领到区医院检查一下，她身体不太好。

好。这事都怪怨我了。丁主任不情愿地说着。

丁主任，请你不要误会，我的心情你应该理解。于主任老婆听到了电话里马行长的安排，赶紧给丁主任道歉。

丁主任打电话给办公室主任方一天说，你过来，陪于主任爱人去趟医院。

不要紧，不要紧，我的是老毛病。只要能把老于救回来，我没事的。

联社会议室里一片静寂，马行长看了看左右说：

人到齐了我们开会，今天主要讨论营救于主任的事。都好长时间了，他在那里肯定很急。丁主任先说一说最近的进展情况。

丁主任还在郁闷当中，他今天破例没有会前的开场白，开门见山地说：

于主任的事主要是法院插手，我们只是配合，法院那儿我一直在催，人家也忙些其他案子，我催急了人家说等您来一起商量。他们说，必要时可以把明清法院的人也骗来抓了，最后交换人质，这虽然是个下策，但很奏效。丁主任看了看一直盯着他的马行长又说，其实最近好多事把我忙得晕头转向，稽核上的、信贷上的、还有些杂事等等等等⋯⋯

这样吧，既然法院推托忙，我们干脆不要依靠他们，我们再派人去和他们协商，两个办法：一是给他们付款，把人先救出来，再和他们打官司；二是派两个干练的人想法把于主任偷偷接回来，哪怕给看管的人花点钱。

丁主任猛然抬起头说，我们现在不能给钱，他们把我们的人非法抓了，我们还给他们钱，这不是叫我们人钱两空，叫他们逍遥法外吗？

我们现在不能说钱了，救人要紧。再说，农行与信用社马上要分家，于主任不在，影响着两家的分家事宜，说重了，就是影响着天台农村信用社的改革大局。大家都表个态，还有比这更好的办法吗？马行长看着大家。

我看派人去偷偷接出来，这样好些⋯⋯许大山微笑着说。

各部门说说意见。马行长说。

稽核部门和信贷部门都同意许总稽核的意见。只有办公室主任方一天说，在我们派人去接的同时，另外做好付款赎人的另一手准备。如我们的计划败露就给人家付款，把于主任营救回来是联社的头等大事。

好！马行长又对丁主任说，你的意见？

我没意见，你怎么安排我们怎么执行。

你这是什么态度？你是当前负责工作的主任，连个明确的意见都拿不出来？马行长一下子变脸了。

马行长您听误会了，于主任救不出来，我也很着急，您看我有好多事都定不下点来。您开会去了，于主任又不在，我也难，我恨不得现在就把于主任救回来，有事让他顶着，我不落个省心？丁主任有点激动地说。

我想听你明确的意见。马行长说。

我同意派人去营救。丁主任说。

好！这样，先派一名联社办事干练的同志，再把于主任的儿子叫上，多带点现金，去后先说我们要看人，都以家属身份与他们谈判。给法院就说单位不管了，天台联社正忙着和农行分家，根本顾不上这事，给营救创造有利条件。如营救失败，立马打钱，在一个星期内无论如何要把于主任救出来。

大家看怎么样，行不行?

行!

因为联社处理了牛若谷，秋子想，如干不出点名堂，那真对不住他，再说，她要早点还了贷款才是对牛若谷最好的解脱。她似乎觉得牛若谷的一双眼睛一直在暗处注视着她……

秋子把压力变成了动力，和姐妹们一起加班加点已完成了一千多双鞋，心里轻松了，这天晚上，把青岗叔请下山来，黄村长也来了，牛若谷自然少不了。秋子做了几个菜，买了酒，也算是小小的庆贺。同时，也给正在处分当中的牛若谷一个别样的道歉吧!

青岗叔坐在上席，牛若谷和黄村长分坐两边，秋子坐在炕沿上，她还要忙乎。

牛若谷把酒端起来，没等秋子讲开场白就对青岗叔说:

首长，给您敬一杯，祝您健康长寿。

青岗叔捋了捋白花花的胡须，自豪得笑个不停，并示意与大家共饮。

酒令大过军令，首长。

青岗叔一饮而尽。

接下来，牛若谷把酒端起说，黄村长，感谢你对我工作的支持，还把我当主任。

在我眼里，你永远是主任，但你慢些，这可是我弟妹秋子的酒。黄村长笑着说。

罚我一杯吧。牛若谷仰脖而饮。

这时，秋子端起酒说，叔叔和黄村长都在，牛主任为给我贷款停了职，受了处分，我实在过意不去，但我一定要把贷款还清。咱也没有啥，请大家来吃一顿麻麸馍，喝一杯水酒，也是我一点敬心。

你也太客气了，叔是我多年的酒友。你这样客气，以后我还真不敢来了。听着秋子的话，牛若谷心里美滋滋的。

穷人有个穷心。来，战斗。青岗叔端起酒杯说。

停了职，也停不了我的工作，来喝酒。

你永远活在我们望天人的心中。黄村长说。

哈哈，你是一棵青松，寒风吹不枯，战火烧不死。青岗叔大笑不止，这是他从战场上背下来的唯一一句文绉绉的台词。

秋子家屋里热闹非凡，他们说着、笑着、狂饮着……

月亮很亮。信用社的大门紧锁着，门前小河边的柳树在月光下显得很安静，只有水在哗哗地流着。细碎的月光在地上漂浮不定，落到水里，却显得很幽深。

鸡罩将驴车停在信用社大门前，看见信用社平房里只有牛若谷屋子里的灯黑着，他背着扁豆在牛若谷宿舍的背窗前听了听，不见响动，又焦急地在大门外打转转。

鸡罩猛然一怔说，好！鸡罩将毛驴拴到信用社的大门上，便背着扁豆向秋子家走去。

鸡罩隔大门偷偷听着，秋子家欢声笑语，牛若谷在秋子家喝酒。正好！他从窗户上看见了牛若谷的背影，便将扁豆放在大门口的石碾盘上歇了一会，就用两只脚倒换着蹬掉了鞋子，光着脚板一步一步慢慢向院子里面走去。

鸡罩脖子伸得像一只鹅，看着喝酒的牛若谷和青岗叔。鸡罩以为扁豆睡着了，他轻轻地叫了一声，姨？

扁豆没吭声。

姨，你看。

扁豆还是没吭声。

姨？

秋子家外面的灯亮了，五儿窜出来狂吠。鸡罩将扁豆扔在廊上就往外跑。

牛若谷和秋子从屋里出来后，见扁豆躺倒在廊上。

扁豆，你？牛若谷惊奇地说。

嫂子。秋子急忙扶起扁豆说。

牛若谷把扁豆抱了进去，放在炕上。扁豆像木头一样一言不发。

青岗叔大惑不解地问，这是咋了？

鸡罩……秋子叹了一口气，用手朝门外指了指说。

鸡罩？青岗叔觉得莫名其妙，便说，是到城里去看病？

牛若谷摇了摇头。

青岗叔向门外看了一眼，再看看牛若谷和秋子，问牛若谷，这？

牛若谷苦笑着说，这几天我起诉了鸡罩的贷款，这家伙在躁我的皮。

青岗叔想了想，有所明白，便掏出了烟锅，抽起烟来。他看着躺在炕上的扁豆说，扁豆，最近好些了？

扁豆的泪水终于流出来了，便大声哭了起来。

牛若谷是个好娃，你不要听鸡罩的闲话。我老汉不骗你。

青岗叔给牛若谷使了个眼色，牛若谷和秋子都出去了。青岗叔语重心长地说，你不要伤心，人有病了心事多，这也难怪。接着，他把牛若谷如何催鸡罩还贷款，如何得罪了鸡罩的事详细地给扁豆说了一遍。扁豆听着这些事儿，心里才有点缓过劲来。青岗叔又说，秋子不是个坏女人，你也晓得，棉花爸在打暴雨时走了，我也对秋子说过要叫她再走一步，可她……咱们是石头瓦渣子对凑的一家人。我也不是她的亲爸，是人家娃娃见我一人孤孤单单的，就收留了我这棺材瓢子。牛若谷这娃人心好，棉花得了个大病差点要了她的命，要不是他给贷了钱儿，棉花也……你说说，棉花爸走了，棉花要是再有个三长两短，秋子怎么活呀。牛若谷是个直肠子，常给我说你的病，他也没有个好办法。他端的是公家的饭碗，不能长时间伺候你，只好把你托付给月儿，一再说对不住你。他还要混公家一口饭，你也要吃药打针的。再说，他当着个头儿，还有信用社一摊子烂事。

叔，你说我这病能治好不？扁豆流着眼泪说。

慢慢会好的。

是不是月儿爸在惜疼钱儿？扁豆揉着眼睛说。

他惜疼钱？他不是疼惜钱的人。扁豆，你这病慢，要不，这十来年若谷愿意让你窝在炕上？不要乱想，前几年月儿小，他是又当爹又当妈，也不容易。

扁豆点了点头。

嫂子！秋子进来了，上前攥住了扁豆的手。扁豆也紧紧地握住了秋子的手。秋子把扁豆扶在怀里抱着，两个哭成了泪人。秋子要扁豆住在她家，她说自己现在一个人，有个伴也好打发时间。扁豆觉得上了鸡罩的当，她也知道自己水火不利落，就叫牛若谷立马把他背上回。牛若谷知道她的脾气，便安慰她说，要不先到信用社住一晚上，明天再回好吧！

青岗叔说，就是，就是，夜不观色。

扁豆摇头说，该死的鸡罩。我要回，半路上我就觉得不对劲，他硬是把我骗来了。月儿一个人在家我不放心。

青岗叔抽着烟说，这样吧，就依扁豆的，干脆套上架子车，把扁豆送回去也好。随她的方便，晚上也不热。

你看她这一把鸡毛，还不如我在老山每天背的行李重，我膀大腰圆的，背得动。好，走吧！

秋子送他们出了院门，热泪扑簌簌地直往下掉，不知是伤心还是内疚……

天上干干净净的，只有一颗星星。山坡上的庄稼隐隐约约能分辨出来。牛若谷背着扁豆在小路上走着。

牛若谷为了不叫她生闷气，尽量讨好扁豆，便笑着说，多少年没背过你，没想到你轻得像个屁。

扁豆也不是个糊涂人，对牛若谷关心地说，我连皮带骨怕要七八十斤哩。

哪儿有，我的脊背是一杆秤。

脊背上没个准星，心才是一杆秤。扁豆笑着说。

你把心放宽展，秋子也是个苦命人。

就是，心也善，她能收留下青岗叔，孤儿寡母的，真不容易呀！

牛若谷听扁豆这样一说，心中一阵酸楚，不知是怜悯扁豆，还是怜悯秋子，他长叹了一声，抬起头时，天也大亮了。

扁豆说，她爸，你放下我。我要在这儿坐一坐。扁豆看着眼前的石崖，

往事一下子涌上心头。

那是一个夏天的下午，扁豆吆着一头怀了犊的母牛在山上吃草，走到崖畔的时候，突然暴雨就下来了，她牵着牛在石崖上一步步艰难地往前挪。由于母牛的身子不灵便，脚下一滑，看着母牛就要滚下去了，她就拼命地往上拉牛的缰绳，结果，雨哗啦啦倒了下来，连牛带她一起滚下山了。

扁豆眼睛直勾勾地盯着石崖，泪水就再也控制不住了。

牛若谷抽着烟，在一旁看着这个叫他和扁豆痛心的地方。

东方出现了一片红霞，牛若谷怀里紧紧地抱着扁豆，在石崖旁坐着。山顶上站着秋子，呆呆地看着他俩的背影……

24

马行长回办公室后，觉得要尽快营救回来于主任，唯一的人选就是农行纪检书记肖默然了。肖默然是他一手培养起来的干部，机智沉稳，办事干练果断。打电话把肖默然叫到办公室后，马行长给他谈了去明清的想法。肖默然觉得事关重大，不知他能否胜任，因为是去救人，他就很爽快地应承下了。肖默然仔细一想，他对马行长说还是不能叫家属一同去。如果于主任的儿子去，见了他爸肯定难以控制自己的情绪，关键时对营救有影响。马行长觉得他说的有道理，于是，就叫肖默然一人悄悄去了。肖默然于当天晚上乘火车直奔明清。

火车上，肖默然一直琢磨着他的营救方案，他还绘制了草图。下午三点一到明清后，他没有去登记宾馆，而是直接去了法院，说自己是于主任的小舅子，要去看望于主任。于主任在明清已经好长时间了，法院也感到有些棘手，时间这么长天台联社也不出面交涉，他们也很纳闷也很为难，明清地毯厂也受不了，钱不见钱，派人去守着于主任，还要给他管吃管住。

肖默然一见法院执行厅长，把天台联社忙着与农行分家，根本没人管他姐夫的事连说带骂道了一通。说他也有事儿，在外有生意脱不开身，但他姐一直催促要来看一看姐夫的身体状况。他想见见人，他姐都怀疑姐夫不在人世了。

没人了，钱从哪来？哈哈哈！厅长大笑道。

女人家，又是农村来的，没见过世面，她要来，我怕她心脏病犯了，再添个大乱子。

不要叫来，不要叫来，来了我们也不接待。我们只接待他单位的人，以后再不让亲戚及家属见于主任。厅长说着，打了个电话，叫来了一个年轻同志说，小高，你把他小舅子领过去见见于主任，这可是最后一次。

谢谢了！肖默然客气地说着跟上年轻人走了。

他们出来后，小高要坐公交车，肖默然说，兄弟，我大小是个老板，咱不受这个罪，打的吧。你们这儿最好的出租车是什么车？

明清经济发展缓慢，最好的是夏利。小高说，你看满大街跑的都是面的。

肖默然觉得小高随和好说话，便说，兄弟，你给我说实话，我姐夫人还在吧。

在，怎么不在？小高说。

那好吧，只要人还在世，我也不看他去了，其实我姐夫这人霸道得很，家里亲戚都没人待见他。我真不想来，可我姐哭哭啼啼的，没办法，我还有生意。走，咱俩找一家最好的宾馆，登记以后，好好地喝两盅再去，我看你是个爽快人。

小高一看肖默然的派头也像个大老板，推辞了一下后，把他领到本市最豪华的时代宾馆。肖默然一到服务台就要了个套房，一晚上三百八。小高用羡慕的眼光看着肖默然办完了入住手续。服务员把他俩领到房间，这么大一房间，叫肖默然也大开了眼界了，但他还是咬着牙说了些财大气粗的话。面对房间的冰箱、保险柜、大彩电、大沙发，他又显出一副很无所谓的样子。年轻人激动地跟在肖默然屁股后面，像马仔一样为他服务着。收拾好行李，他们在二楼餐厅要了一个包厢，点了甲鱼、海参之类的好几个名菜，又要了一瓶当地的酒。肖默然说，本该喝茅台，但我每到一个地方，总想尝尝地方

酒，一地有一地的名物特产！另外，他还要了一瓶红酒。他是怕小高万一不喝白酒，专为他准备的。如果他只喝红酒，就给他再要，既不能让他喝醉，又不能让他少喝。

两人吃得情投意合，喝得称兄道弟。酒过三巡，肖默然说，兄弟，你看看，快入冬了，你们这儿比我老家还冷，我姐夫虽然亲戚不待见他，但在生意上他也没少给我帮忙，这样吧，你把这一千元明天送给他，叫他买一件大衣。就说我来过，你们的厅长不让见，我也好脱身。另外，你给他说，联社没人管他了，人家正忙着分家。如今的人情薄如纸，只有兄弟情义重。来，喝，喝就喝着一个爽劲。

噢，哥。钱你先拿着，我虽然年轻，但也是个重情义的人。我们现在就去看一下你姐夫，厅长已经安排了，不看我明天怎么向领导交代。

不远吧，远了就不去了。

离这很近了，打车也就几块钱。

那好，我们这会就走，来了我好洗个热水澡，坐一天一夜的车，身上好脏。肖默然在小高的肩膀上轻轻拍了一下说，你这有什么名胜古迹，明天带我去看看好吧，包个车子，一切费用由我支付，要不介意就带上你的爱人。

哥，我还没结婚，正在谈。

好呀，把女朋友顺便带上，浪漫浪漫。人生苦短。

好的。哥，你是个心思细密的人。

挣钱有什么用，你看我姐夫，在单位掌控着几个亿的资金，现在他要钱往哪花?

对！你把尘世看得很透。

肖默然向他笑笑，显得很深沉的样子。他说，这样吧，你看菜还多，酒还剩一瓶红酒半瓶白酒，我们干脆给姐夫拿上，想必他好长时间没吃肉，更不要说喝酒了。

你姐夫在人家的家属楼里住着，说实话人家也不情愿得很，主要是给人家也给不上钱，可法院也没办法。

那好吧。要不给人家也买点东西。

买什么买，你姐夫又不是犯人，走。小高把剩下的菜和酒都拿上了。

打了辆崭新的夏利，肖默然问司机，一天跑下来能挣多少钱，司机说挣不了多少。肖默然和司机有一句没一句地说着，已到了一个胡同口，车停了下来。肖默然给司机说，你在原地等我，回头多给你点钱，我回宾馆还有生意上的大事。司机谦恭地点着头。肖默然和小高下车后，又拐进一个小胡同，才到了一个小院子。小院子本是一层平房，房主又加盖着小二层，正在施工当中，架杆架板乱扔着，砂石和水泥也乱堆着，显得很拥挤也很零乱。民工正在加班打混凝土。

肖默然装作喝多的了样子，还没进门就喊：姐——夫——福民姐夫——我是你小舅子肖默然呀——他用天台的方言故意把小舅子几个字叫得怪声怪气的。

院子里出来一个人，小高上前对他说，我是法院的小高，这位是于主任的小舅子，厅长叫来看一下。

这人看上去精神萎靡，疲沓沓的。听了小高的介绍，把他们让了进去。昏暗的灯光下看见于主任躺在一张单人床上，于主任听着外面的动静，大吃一惊，但他已听清了外面的对话，便把头略微抬了抬，其实他已经听见了农行肖书记的声音。肖书记把他叫姐夫，他马上意识到他来得不寻常，便装作若无其事的样子，懒洋洋地说，你怎么来了，你姐好吗？

好？她心脏病几乎每天都要犯一次。她找联社，人家联社正与农行分家，哪有心思管你。

在公事上把人家得罪多了，我也活该。好，这里也很好，我还不回去了，人家对我这么好，有吃有喝有住处。于主任便又躺下了，装作气愤地说。

肖默然赶紧给看守他的人发了一包烟说，我喝醉了，肖默然趁他俩不注意，给于主任使了个眼色。肖书记一进门，于主任就觉得他这一趟大有文章，虽猜不透，但他很是配合肖书记。肖默然给他说，姐夫，我这有酒你给人家敬一杯吧，这大哥也不容易，把你当亲人伺候着，快快！今晚……今晚……

我喝多了。喝！他说着伸长了脖子打了一个嗝。

于主任赶紧接过酒说，小李，我给你也说过，我只要回去，公事放一边不说，先给你贷些款你做生意去，患难之交不可忘。

小李不好意思的把肖默然递过来的一包烟装进兜里后，肖默然又打开半条烟装作醉了，打开时把两包掉在了地上，故意说，放下抽。来，这还有一包。小高把烟捡起后，放在床边上，两包中华很是抢眼，鲜艳的红。肖默然又倒了一大杯红酒，给小李敬去，小李喝了一口后把剩下的半杯放下了，肖默然装作半醉半清醒地劝着他喝了。肖默然又给于主任说，姐夫，你给人家好好敬，我要尿……尿……

小高把他带出来，这时，这家人正在屋子招待干活的民工吃饭。他和小高去门外扫了两眼，是一条胡同，不远处就是马路，那辆夏利还在那儿停着，他看得清清楚楚。肖默然掏出家伙便尿开了，急得小高说，你醉了？哥，胡同里有人。

肖默然嘴里嘟嘟囔囔地说着，边提裤子边进了门，并悄悄暗示于主任，把嘴往门口一歪说，喝……不喝不是朋友……

小李不喝酒，只抽着烟，好像有点怀疑。于是，肖默然给小高说，兄弟，你给这位哥们敬几杯，明天给姐夫买大衣时给你俩也买一件，哥有的是钱……

一直到小李把剩下的酒喝完后，肖默然又用天台方言颠三倒四地说了几句话。小高说，哥，你说的什么，听不懂。肖默然又说，我醉了，小高……车……一直在外面……等着，你可记好，门口出去就是，红色夏利。他说着看了于主任一眼，于主任惊得把头抬了起来。肖默然继续说，记好，十点一定回宾馆，十点……我要洗澡……

哥，还不到八点，你喝多了。小高扶着肖默然说。

八点，我以为十点了。他故意又把十点拖得很长，装着酒醉在说，快走，要不夏利车司机就走了。人家可是辆新车，不愁拉不上人。说完，他看着小李也有点酒劲，便给于主任使了眼色，在胸前划了个大大的十字道：

阿门！

你信基督？小李说。

对，做人间好事，是主的意思。肖默然对小李说，大哥，你等我，明天给你和姐夫送大衣来。说完两人就走了。

肖书记走后，于主任显得有点心慌意乱，但他很快就镇静下来了，看守他的小李又把一包中华塞进兜里说，你小舅子真有钱！于主任说，他把钱都玩上了，爱赌爱抽，爱交朋友，吃喝玩乐样样在行。人倒是很大方，明天你看着，给我们买的大衣你就知道他是什么人了。如你愿去我老家天台发展，我给你引荐引荐，你跟他做生意去。我只要一回家，就给你贷些款，你跟我小舅子做生意，挣点钱咱喝酒。人生是狗屁，情意最为真！

于主任，你这小舅子一看就是个干大事的人。我真希望你早点回去。我老婆一直骂我没出息，最近一直闹矛盾，要和我离婚。人家……唉！不说了，等这家人把房子建好后，我就不来了。

于主任说，婚不能离，你还有小孩子，这事你要把持好，听我的没错。来，兄弟，不如意事常八九，可与人言无二三。你看看我，也曾是跺一下脚地皮都要颤的人物，这不……来来来，我这还有半瓶白酒，咱俩喝了，小舅子一来，倒叫我心里好难受。我不要紧，你嫂子的心脏病……来，喝！

哥……我……小李一听于主任说到他的孩子，便戚戚地哭了起来。于主任给他点了烟，本该不抽烟的他也抽了一支。于主任叹着气说，你看看我在这里，单位干脆就不管了。这就是命运吧。命里注定我有这一难。我也想好了，我明天和法院去交涉，他们干脆留下我的小舅子，把我放回去，我一去就打钱，钱到后再把我小舅子放回来。

小李一听于主任这么说，也觉得在理。只怕……你走了……我……真有点舍不得。他说着喝了一口酒。

兄弟，离婚的话你可不要随便说，这是你一生的大事，主要对小孩的心灵伤害太大，千万千万不要这样做。你想想，人家的孩子一出校门，父母都当宝贝一样争着宠，而你的孤零零一直在守望着，看看今天又是谁来接？孩子越来越自卑，会直接影响孩子的身心健康，甚至出现精神分裂等症状，就

等于把孩子毁了。于主任又戳到小李的痛处，小李又把酒瓶抓起，干脆不用杯子了，嘴对着酒瓶咕噜一声就是一口。于主任打开了床上的一包烟，给他递去，他也抽了一支，并使劲吸了一口，吐出了浓浓的烟。于主任接过酒瓶，装作喝了一大口后就又给他了，小李再次喝了一口，放下酒瓶抽起烟来。等会儿，于主任喝一口，又给他，一直把这半瓶酒轮番喝完了，小李便有些醉意。于主任说，你上床休息一下吧，我的衬衣脏得很了，接一点施工的水洗一洗。

明……天洗……吧，都晚……晚上了……

反正也闲着，老失眠，也睡不着。于主任出门接了水，很快就回来了。他边洗衣服边思忖着。肖书记用天台方言说："熬夜黑里溜毯子"。就是咱今晚走的意思。肖书记走时又在胸前划了个大大的十字，意思是……十点……夏利车在门口大马路上。

原来前阵工夫，肖默然和小高出去后，那个司机正在等着他俩，他俩上车后就走开了。肖默然说，先送小高，然后到时代宾馆。他装作睡着了，并打起了呼噜，小高下车后，肖默然给司机丢过去一包烟说，你今晚跑到几点？

十一点过后就没人了，我就在路边上小睡会，一直到明天早上六点再跑。

好，你九点半来接我，我有点事，给你多给点钱好吧。

财神爷。你说，你是大老板。

来了再说吧，不会亏待你。

肖默然到宾馆真冲了个澡，收拾好东西，在外面马路上转了转，又匆匆返回到时代宾馆，坐在房间，便焦急地等着九点半的到来。

夏利车如约而来，肖默然坐上车，给司机说，我再去看看我大哥，出来咱就走。给，烟先抽着，说着，又给了司机一包中华。司机激动地说，好，大哥，听你的。

夏利车到了于主任住的小胡同口，肖默然径直走向那个小院子。院子里的灯亮着，民工们正在加班，振动棒在混凝土里凄惨地吼叫。外面的架杆上晾着一件衬衣，肖默然想，他出院子的时候没看见这件衣服，这些民工不大可能有这么白的衬衣。主人家这几天正忙着建房，也不会洗衣服，肯定是于主任，他洗衣干啥？

肖默然向里探头望了一下，见于主任的房子灯亮着，他看了一下表，时间已到晚上九点五十，不由得心里紧张起来。他下意识地朝前后左右看了看，没什么意外。但他却把双手的十指紧紧扣在了一起，压在通通直跳的心上。就在他心急如焚的时候，于主任端着一个脸盆出来了，把另一件衣服搭在架杆上时看见了门外的肖书记，他把水哗的一声泼出门外，人也趁机出来了。

快走。车在胡同口等着。

他俩一路奔跑，快到夏利车前时才放慢了脚步。一上车肖默然对司机说，走，襄阳方向。

大哥，去襄阳吧。

对。

多少钱？

夜间挺辛苦的，不会亏待你。

感谢大哥照顾，听你的。司机高兴地说着。

钱没问题，走快点，那边有客人等得急。肖默然边应付司机，边折身从车的后背窗上看着那个胡同口……

好，大哥，你看我把脚都快踩到油箱里了。

出了城东口，往邯郸方向走，不走国道。

听你的，你对我们这里的地形很熟悉。

我跑遍了全国，什么路不清楚。

这辆新崭崭的夏利车，从明清城郊的一个路口拐进去后，肖默然才紧紧地握住了于主任的手，两个人相互默默地点了点头……

25

三郎的录取通知书下来了，考中了陕西师范大学。棉花和三郎在汉阳河畔小桥旁的麻子地边站着。夜静静的，麻子林里有蟋蟀的叫声。河边的一排树仿佛顶着天空，三郎和棉花两人各靠着一棵树。月光洒下来，反倒把麻子林照得黑咕隆咚的。棉花手里拿着一片麻叶，看着如钩的月光给三郎说，不要怕，反正学要上。

三郎用一只脚尖踩着从头顶漏下来的细碎月光，叹了口气说，上啥，从考的那一天就没指往去上，只不过是给父母一个交代罢了。妈妈是药罐子，家里已该了好多债，爷爷身体又不好，硬撑着，生怕给家里再添负担。

不要怕，要不找牛叔，牛叔人可好哩，我看病的钱还不是从信用社贷的。

贷款？家里买一袋化肥我爸都……四年下来要两万多元，还不把他给吓死。

总归有个办法，棉花看着三郎说，总归会有办法的。

有什么办法，望天人都穷疯了。三郎把一片麻叶揪下来，丢在了河里，河水打着旋儿，轻轻将它飘走。三郎看着远去的麻叶说，一个比一个穷。

三郎哥，你说说我们望天怎么这么穷？棉花又把身子转了过来，没看三郎，却看到了小河里漂去的麻叶。

没文化，不讲科学。

那你还不去上学？好好学知识，为家乡做点事，我们也科学一把。

穷且益坚，不坠青云之志。三郎看着深邃的天空感叹。

棉花听着三郎优美的诗文，更加钦佩他，便把一片麻叶举在三郎的脸上说，这是谁的句子，快说说。

唐诗人王勃《滕王阁序》里的句子，是说一个人处境越是艰难，就越要坚韧不拔，才能不丧失远大崇高的志向！

既然是高远之志，何不想法去实现。

一个人的价值大小，应该看他给社会奉献什么，而不应当看他索取什么，这是爱因斯坦的名言，我非常喜欢。

你不读书能奉献出什么？只有读书才能实现自我价值！

你说的对。但……

你好好上大学，有知识才能改造望天。

三郎给棉花点着头说，望天不应该这么穷。

就是，我们这里有这么好的大麻，听妈妈说这是天下最好的。

是，爷爷也常说，望天的大麻是贡品，从明朝开始就上贡了。

要是现在的人都穿麻鞋麻布该多好啊，我们也给他们上贡。棉花笑着说。

三郎深情地看着眼前天真的姑娘，好可爱的样子，他忘记了眼前的烦恼，夺过她手上的麻叶，在她的脸上挠了挠，棉花觉得浑身酥酥的，她背靠在树上，微闭着双眼，等待着他再来挠她，哪怕是他的双手……

黄村长靠在八仙桌的前腿上蹲着，阴沉着脸，吸着烟。一篓油坐在炕边上，搅着她的药罐子说，娃是我身上的肉，你不疼我疼。没钱，总不能断送了娃的前程。

黄村长不说话。

一篓油往碗里边倒汤药边说，没钱又不是女人家的事。你说娃身上没挂一丝一线，没吃上一口热饭，你从我脸上啐一团我都没说的。

黄村长还是不说话，像睡着了一样。

一篓油气愤地说，娃走不起，把房卖了，我住窑去！

半仙坐在门槛上，低着头，从门外进来的月光把他的头照得不见了，好像一个背篓倒扣在门口。一根棍搭在他的身上，好像升起的一根天线，他在接收神仙的信号吗？风把他吹得动了一下，在微弱的月光里又动了一下，他像接收到了上天的喜讯一样，猛然说：

叫娃上学去，我有一罐子银圆，是你爷爷留给我的。我没眼睛，我有银圆。你想法先从别处借上，以后我还这笔账。

叔，你说你有银圆？一篓油听见半仙叔说他有银圆，惊得差点把药罐子丢掉了。

黄村长像没听见一样，只是抽烟。

有，你爷爷叫我对天起过誓，没有灾难不能用。他老人家怕我糟蹋了它。不过，只能等我死后，才能给三郎还债。真要借不上钱儿，我的老命也不值钱，现在去死也能成……半仙说得很吃力，他把头抬起了，一个人的样子才得以复原。他变大了，门框倒小了，好像六尺高的门装不下他似的。

叔，你……黄村长看着半仙说。

这钱儿……我活得很好，就留给三郎吧！半仙说完吃力地出门了，从他烂眼眶里流出的泪水悄悄地掉在了清凉的夜里。

一篓油跳下炕，手倚在门框，看着挪向他房间的半仙叔的背影说，叔，你要守好它，望天有贼哩！

黄村长从地上慢慢站起来后，看了一眼还伸长脖子的一篓油就出门了。路过半仙叔的房门时，他看到浓烈如汁的黑夜已将半仙叔淹没了……

牛主任从北山上下来，刚要进信用社的大门，见黄村长鬼鬼祟祟地出现在了他的眼前，并用特别谦和的口气说，牛主任，我等你一阵子了。

你个黄村长，我以为又碰上鬼了。

当牛主任把房间的灯打开时，才看清黄村长给他拿着烟和酒，他惊诧地问，你这是……

噢，牛主任，我要给三郎贷款，要麻烦你。

你是给我送情？

一点心意，一点点心意。

你个老黄。三郎的事我早就考虑着，不过，不管我签字还是小唐签字都一样，准备贷多少？

两万元，两万元就够了。

两万！牛主任说，你也没个抵押的东西，这……

我没有，我只有一头牛。

牛不能作为抵押品。

那我还有个啥？

不管怎么说，要给三郎把款贷上，这回不要再叫联社给我们找麻烦。牛主任笑了一下又说，找也不要紧。真要是找不到抵押，就违规吧，反正我是死猪不怕开水烫。

这咋办？黄村长说着掏出了烟锅，蹲在了地上。

你看这样行不行黄村长，你给王乡长说说叫乡财政担保，两万元就可以放。如不行，明天就把手续办了，叫小唐拿去联社审批。

小唐批有闪失吗？万一……

这是正常手续，有什么，如果有闪失，我给小唐说叫他办了。噢，这样，我给小唐说，看他是去联社批还是越权放。

要不，我先找找王乡长，擦黑时我还碰到过他。

好，你现在就去吧。我等着你回来后再商量。

黄村长刚要出门，牛主任把地上放着的烟酒递给了黄村长说，老黄，拿回去，给王乡长也不要送。

你这人，你这是打我的脸。

你这才是打我的脸。咱们一家子不说两家话，谁跟谁呀，再说信用社你也支持多年，给你贷点款是再应该不过的事，我们把手续办通妥，为的是不要叫人家找荐。你快快拿上。

我不拿。我拿上心里过不去。

你看看，你这人，有必要吗？

情知不拿走不脱，黄村长看着牛主任尴尬地笑了，只好拿上了。

黄村长出门后，牛主任立马叫来了小唐，对小唐说，黄村长对我们的工作很支持，你说是不是。小唐点头。现在黄村长的儿子考上了大学，是望天的第一个大学生。他要贷两万元，没有学费走不起你说咋办？

你说是贷款？应该……但……小唐挠着头说，你说吧，你说了算。

不给解决怕说不过去，这是给望天培养人才。

就是越权限了，不给联社报怕不行。

黄村长刚从我房子走了，我叫他给王乡长说说，如能叫乡财政担保，就不报了。要不就按程序上报，你报联社审批。你看怎么办好。

去联社批吧。小唐最近也没去过联社，自从牛主任停职，他很想去一趟联社，顺便也在城里逛逛。

好，明天办完手续你就去吧。

要不，现在我就把黄村长叫来，叫他赶紧把手续办妥，明天一早我就走。

也行！

小唐急急出门，正好碰上黄村长。小唐说，我正好要找你去，快把你的户口本、身份证和私章带上到信用社贷款，我和牛主任商量好了，我明天就到联社给你批去。

黄村长一听小唐这么说，顺便把手里提着的烟酒给了小唐，随口便说，我正准备要找你去。你先拿上走，我这就取户口本。

我不拿。我怎么能收你的东西？

一点心意，一点小意思。你要不拿，我就不贷了，王乡长说他给我借钱儿哩。

你这是？我不能拿。牛主任知道了怪不好意思的。

拿上，他咋会知道？

小唐半推半就地拿上了。他的脸略微红了一下，幸亏有黑黑的夜遮掩着。

黄村长走远了。小唐远远喊道：你把三郎也叫上，他要填手续。

好，就来了！

小唐悄悄地溜进了自己的房间后，一转眼又来到了牛主任房间，说，碰上黄村长了，他和三郎马上就来。

黄村长领着三郎到信用社，他高兴得脸上倒不自在起来。三郎可能是胆小的缘故，一直低着头。

三郎，望天信用社给你贷了款，供你上学，你毕业后可要记着望天。牛主任笑着给三郎说。

对着哩，对着哩！三郎点着头。

靠在椅子上的黄村长听着牛主任的玩笑话，心想着，三郎要到大城市见见世面，我花了这么大的血本，飞出去的凤凰，还愿意再回来变一只麻雀？

小吴看着三郎填写的申请表说，看看人家，这一笔字真潇洒。

来我看看，牛主任抢过去说。还真行。就凭这一笔字也值几千元。

黄村长得意地笑着说，猫画胡子哩，值几千元，就能画钱儿使了。

三郎腼腆地低下了头，但心里却是热乎乎的。

牛主任说，你别尽训人家，叫你考，怕连个鸭蛋都考不下。你就是命好，瞎马下了个好骡子。

黄村长满脸纵横的大小皱褶里，都溢出了快乐。

三郎看着厚厚的两万元递出柜台时，一颗悬着的心这才放下了。他抑制不住激动的心情，恨不得现在就把这一消息告诉给棉花。在他看来，这远比他收到大学录取通知书还要兴奋。

三郎没贷上钱的时候，觉得时间很漫长，一旦有了钱，时间也过得飞快。说走就走，这叫棉花和三郎都有点措手不及。

三郎背着行李，棉花提着一只竹篮，两人慢慢地走着，一直走到分水岭的酸梨树下，便站住了。

棉花有好多好多话要说，但又不知从什么地方说起，努力了好多次，从嘴里蹦出的却是简简单单的一句话：出门了，孤孤单单的，要照顾好自个儿。

三郎点头。

好出门不如薄家里坐。有事就忍着点。

三郎点头。

给，这是我妈和爷爷给我的零花钱，人家一直给你攒着哩。

三郎摇了摇头说，钱够了，足够了，又不买啥。

这是人家的一点心意，拿着，还不买个信封邮票的。

　　三郎一听信封邮票倒是有些心动了，他清楚棉花的脾气，不拿她会生气的，他左右为难。

　　你不拿就是看不起我。

　　三郎只好把钱接了过来，在手里紧紧地捏着。

　　没钱了就赶紧写信回来，望天有的是亲人。只要你能上完学，我就是死，也心甘情愿。

　　快别这样说了，你要这样说我就不去了。棉花，说实话，我真不想去。

　　棉花呶着嘴说，不要扫兴，多少年不就盼着这一天。

　　三郎看着棉花，棉花低下了头，用脚一下一下蹭着树下细碎的、闪烁着的阳光。

　　你可要注意身体，听说动过手术的人三年都不敢出大力气。

　　没那么娇贵，我能经得住摔打。你看看这身肉。

　　三郎看着棉花洁白的手腕，脸一下红到了耳根。

　　棉花看着三郎羞涩的样子，从竹篮里取出一双新麻鞋说，这是我做的。你到城里穿上它，凉，不烧脚。你要带头穿麻鞋，在大城市宣传望天的大麻。不要忘本，大学生！

　　三郎拿着棉花亲手做的麻鞋，抑制着激动的心情，他说，你的手真巧，还比姨做得好。

　　别夸了，你要不嫌弃，我会给你做……一直……

　　三郎听出了她的意思，脸上红红的，便笑着从怀里掏出了红纱巾，不好意思地说，我也不会买，不知喜欢不喜欢。

　　棉花接了过来，把纱巾揣在怀里后，又掏出来，背过身捏在手里，放在心窝上，看着蔚蓝的天空，有一只鸟向她飞来。她羞怯地笑了笑说，给，那你把纱巾给我系上。

　　三郎给棉花系纱巾时，情不自禁地从她脖子后面吹了一口。棉花觉得脖子上一阵清凉，一下子转过身来，一把握住了三郎的手。三郎看着棉花，棉花看着三郎再也忍不住了，眼泪唰唰地下来了。

三郎用手擦去了棉花的泪水，棉花倒是笑开了。棉花给三郎噘着小嘴说，到学校了，记着……

三郎点着头，又一次羞怯了起来。

棉花还想说啥，一辆班车无情地向这边驶了过来了。

棉花扬起红纱巾向远去的三郎尽情地挥舞，一直到她看不见三郎从窗口挥动的手臂……

三郎走了，丢下了她，这时，棉花猛然感到非常孤单，像失群的鸟儿一样不知飞往何处，她靠在分水岭的酸梨树上，眼睛一直盯着三郎远去的方向，心情久久不能平静……

让棉花万万没有想到的是，就是这一分别，差点变成了永别。一个踏上了知识的天堂，一个却掉进了灾难的深渊……

26

几经辗转，于主任进入了河北境内，又租车沿小道绕往北京，准备坐飞机到西安。但于主任与肖书记又仔细商量一番，怕万一人家在机场等他们，就会功亏一篑。肖默然与马行长联系后，为了保险起见，马行长说要派车去接，这样是最最安全的了。马行长叫他们在北京找个宾馆住下来，好好休息一下，如果于主任愿意，可在天安门、长城转转，好好放松放松。于主任也觉得到了北京，又不是他们明清，便与肖书记说，去见见毛主席他老人家。两人住下后，在等车的同时，终于实现了瞻仰毛主席遗容的夙愿。

天还未亮透，他们早早来到天安门广场，先观看了升旗仪式，再排着队，去瞻仰大厅。

来自祖国各地的群众，在天安门广场自觉地排着队，于主任心里喜滋滋的，几个月来在明清所受的委屈烟开云散了。其实，在明清的一段日子里，他对自己进行了总结，他对工作的得失，对同志的喜怒无常，对家人的漠不关心……这一切的一切，都使他猜疑自己做人的品质有所下降。不要说对农

村信用社的宏大抱负，最起码得讲点奉献吧。而他奉献了什么？即使在一些人为钱当孙子的年代，他总觉得，一个真正的共产党员做人做事的宗旨，还应该是一句老话，那就是为人民服务。这么一想，他的明清经历算得了什么？他起先住着宾馆，有鱼有肉，哪怕最后转移到家庭小院，吃的是家常便饭，也没受罪。在战争年代，那些革命先烈为了人民的利益牺牲了一切，爬雪山过草地万里长征，枪林弹雨死里逃生，他们的目的是什么？还不是为了叫人民过上好日子。既然做了共产党员，不管到啥时候都应懂得一个道理：为人民服务——这才是他的天职！

不知不觉间，于主任被涌动的人挟裹着，来到了瞻仰大厅，他抬起头，睁大眼睛，看见毛主席他老人家静静地躺在水晶棺里，容貌慈祥，红光满面。他那高大的身躯好像不是躺着，而是矗立着，幻觉中，他仿佛看见毛主席在天安门城楼高呼：

为人民服务！

为人民服务！

马行长为于主任举行了欢迎仪式，算不得有多隆重，主要表达对于主任所受委屈的歉意。马行长也给肖书记敬了一杯酒，赞扬了他的谋略和胆识。随后，马行长向在座的于主任家属一一敬酒，表示慰问。

于主任短暂调整调整，就被马行长叫去开会了。会议的议题主要是农行与农村信用社脱钩的事。会上就农行与农村信用社的财产进行了界定和分割，马行长是农行的行长，又兼任天台联社主任多年，自然少不了对天台联社的照顾。虽然一些领导还有不同意见，但当时农行财大气粗，也就不便计较了。

天台市农村信用社体制改革领导小组办公室已成立。天台市分管金融的副市长任主任，人行天台市支行蒋副行长任副主任，办公室设在人行天台市分行。在体改办的监督管理下，天台农村信用联社进行了班子调整，理事长为于福民，主任为丁力群，监事长为许大山，副主任为原办公室主任方一天和原城关信用社主任杜光忠。

于理事长在各社调研后，成立了党支部、团委、妇联、工会等组织，召开了理事会，制定了天台联社第一个五年计划，对工作任务进行了部署安排，又对部分人员进行了调整，尤其对望天信用社的工作进行了专题研究，并恢复了牛若谷的主任职务，要求高天立即到望天信用社报到，申明如三日内不报到，可按自动辞职论处。

牛主任今天亲自下厨做了四个菜，大家最近也辛苦，他今天也有些兴致，想借此机会把他从报纸上看到的"信用村"的事和大家商量一下，于是，他拿来了一瓶酒，边吃边喝边说，来来来，咱有件事议一议，我有个想法，这几天和小唐也扯了扯，在望天创办个"信用村"。简单说就是但凡历年旧贷款控制在规定比例之内的村子，评选为"信用村"，"信用户"也一样，就是诚信的农户。"信用村"可享受利率优惠，贷款优先。推广开来，对信用社的业务发展肯定很有利。大家说行不行？

小吴说，好倒是好，就是这些"信用户"一旦被评上后又不守信用了咋办？

要制定好相关的制度和要求，年底要对"信用村"和"信用户"考核打分，对不符合条件的就给他摘掉"信用村"或"信用户"的牌子。大家觉得行，先创办一个试点。

看着牛主任积极性这样高，大家想着也是个好事，都同意先试一试。

这是我"新官"上任烧的头一把火，前一阵子望天信用社不是这沟就是那坎的，也没个心情，我今晚请大家好好高兴高兴。

小吴和小丁拍手叫好。餐桌上摆着四个凉菜和一瓶白酒，四人各坐一边。牛主任举起酒杯向大家说：这些日子我丢了这（指头），虽然小唐负责，但大家也还是尊我为头，这是对我牛若谷最大的理解和支持，我首先敬大家一杯，请喝干。

牛主任带头喝干了酒。他一一验了酒杯后说，哎，咋忘了给小丁拿瓶饮

料? 看我这脑子。小唐, 你去拿几瓶来。

小唐高兴地出去了。

好了, 我喝白开水, 白开水减肥。

嘿, 小丁, 要减肥, 我可有个偏方。

啥, 主任? 小丁赶紧问。

别急, 明天说给你。牛主任神秘地说。

不, 我这会就要听, 我现在就要减肥。小丁像孩子一样撒着娇说。

好。喝一杯酒, 不喝不告诉你。

主任, 一杯太便宜她了。旁边小吴怂恿说。

行了, 人家姑娘能喝一杯也够意思了。牛主任吃了一口菜说, 你可听清楚小丁, 每天早上吃一碗红烧肉。

小吴一听大笑了起来。

哎哟哟, 我的大主任, 你这偏方不到一年就把我变成足球了。

小唐跑了进来, 拿着饮料说, 你们笑啥, 快说说我也笑笑。

小唐, 你听好了, 你偷着给小丁买好吃的, 给人家帮了个倒忙, 这不, 小丁正在向我求减肥的偏方哩。

牛主任说着, 惹得众人大笑不止。

鸡罩一夜没睡好, 一大早就蹲在分水岭酸梨树下, 用一根树枝在地上写着牛若谷、秋子等字, 并在牛若谷和秋子的名字上各打了一个✕, 然后又把这一根树枝放在嘴里咬断, 又吐在了这两个带✕的名字上。这时, 他瞥见一直等待着的棉花终于从山崦嵫上下来了, 便急忙用脚擦掉了地上的名字。

棉花老远看见有一人在树下乘凉, 走近一看是鸡罩, 就没理他, 径直往前走。

棉花, 咋这么生分? 鸡罩一见棉花倒心慌起来了, 不知又怎么说好, 这时, 他又哼起了曲儿, 勉强镇静一下。待棉花走到他眼前时, 他说, 大姑娘了, 不想着干点正事, 光想在山上疯。

棉花瞪了一眼鸡罩，从他眼前走过时，又听见鸡罩说，棉花，还真有个好事，正想帮帮你哩。

你能有啥好事？棉花不屑地说，

鸡罩向左右瞧瞧说，你家有那么多债，难道你不想着还？

……你管得着。

看你，你看你，不替你妈想想。你的贷款，牛主任我姨夫的领导又要给他寻毛病。

又要……

是这样的。城里有一个老板，我认识，现在西安开了一家期货公司，里面的工人工资高得很，一月七百元还不算奖金。我给月儿争取了一个名额，我刚去她家，你看看，月儿确实走不开，这不就记挂着你，你如果想去就不要作废了这个名额。

棉花断然说，不去，扭头就向山下走去。

鸡罩紧跟在棉花后面说，这事你考虑好，姨夫为治你的病贷的钱儿，靠你妈做麻鞋，哼！八辈子都还不清。听说你还挂念着三郎的学费。

棉花听到三郎的学费这几个字，她站住了。已经放暑假了，她要出去打工，可妈妈不让她去。

现在城里钱好挣得很，说不定你还能挣个万元户。

……真有这事？

鸡罩很认真地说，骗你是驴下的。人家早就在城里等着哩，今天就要走，不信我带你去看看，你觉得不行咱就回来了。

七百元，你哄谁哩。棉花还是不敢相信，但她又说。

哄你是王八。人家西安人富得流油哩。七百元在咱望天还算个钱，在人家西安狗屁不如。知道不？在西安不叫挣钱，叫找钱！鸡罩装作很神秘地说。

棉花一想鸡罩也不是什么好人，就又果断地折身走了。

鸡罩三两步跨到棉花前头，拦住她说，一月七百，一年八千多你还嫌少？还有奖金加一起超过万元了。你见了老板，不是七百一月你不去就是了，就

当出门游了一趟，我带你看看，不行，咱再回来不是？

什么时候能回来？棉花有些拿不定主意。

这会咱们走，最多晚饭前就回来了。

那我得回家给我妈妈打一声招呼。

哎哟，来不及了。鸡罩抬腕看了看表说，你真想去就抓紧时间，现在就动身，要不人家一坐上火车就没戏了。

我出门时给妈妈没说。

没时间了，再说，你妈要是拖磨一会儿，耽误了时间，这不……你看后不管去不去还得回来，人家回去才考虑哩，又不是今天就叫你走，看把你想得美的，回来给你妈说不是更保险。鸡罩装作若无其事的样子。

棉花想了想，觉得看看就看看，去不去回来再和妈妈商量也行，便说，好，我去试一试。但我晚上要回家。

看你想得美，还以为要给你管一晚上的旅店费。鸡罩笑着说。

27

崦嵫山是镶嵌在秦岭山脉的一颗明珠，把上下五千年的文明历史和独特的自然造化合而为一。岳镇三江的磅礴气势，崦嵫落日的雄浑苍茫，群山岛浪，古树盘根，荫翳天日，奇花异草，雾霭清泉，真乃人间福祉。这里曾一度成为佛教、道教兴盛之地。寺院前曾有两棵五人合抱的楸木树，毁于"文革"，这还不说，就连整座寺院也被夷为平地。可以说人类在进行着发明创造的同时，也创造了毁坏的奇迹。凡世间之物，只要人一冲动，总要把美好的东西打碎后，再去追忆，再去惋惜，再去复制，这样才会更有意义。

而现在的崦嵫山，香火又旺盛了起来，一年一度的庙会就要开始了。秋子已做好了一千多双麻鞋，准备到庙会上销售，可是棉花在这个节骨眼上不见了，秋子简直快要急疯了。她想出去寻找，但马上就到了庙会的日子，她的麻鞋就等着这一天的到来。如庙会一过，棉花还不回来，她就立马去寻找。

崦嵫山上到处都是赶庙会的游人。秋子一大早就把麻鞋运到山上了，和巧姐她们支起了台案，各式各样的麻鞋全部摆了出来，给庙会送上了一道亮丽的风景，吸引了好多前来参观和购买的人。

寺院的大殿前更是热闹，有羊皮鼓、夹板舞，有耍狮子耍龙灯的。大殿正对着的戏台上唱着秦腔《封神榜》。青岗叔拖着半仙看了一阵耍狮子的，他笑着对半仙说，他们这叫耍狮子？这叫耍猴子。舍不得，放不开，怕把狮子的头摇晕了吗？我当年给七太太的那才叫耍狮子！

吹土。你吹吧。

吹？两三步就要跃上三层高的八仙桌，嗨！青岗叔说得神乎其神。

吹土。你是靠了七太太力量，不是你的腰软和。半仙有意给他泼凉水。

你看看龙头舞得没章法，龙尾也没精神。

吹，又吹。

哪是条龙，分明就是个毛毛虫！青岗叔挖着旱烟袋说，你看看，你看看，这叫舞龙？怕把龙的腰扭了吗？

朽木头，欺负人，我哪能看得见？

你不是有耳朵？走，听戏走。青岗叔拖着半仙去了戏场。

半仙说，姜尚真了不起！

姜尚是啥？

子牙！

子牙是啥？

姜太公你不晓得还看封神。你的眼是啥眼啊？半仙这才觉得给青岗叔还了口舌仗，得意地唱着《封神榜》的台词：

文王访贤姜太公，渭水河畔谋乾坤。

秋子和巧姐儿正在张罗着生意，一个很洋气的姑娘领着一帮像是大领导的人过来了，其中还有两个外国人，他们站在秋子的台案前，高兴而又惊讶地拿着麻鞋看着，点着头。

这时，青岗叔和半仙也过来了，他们以为是收费的，过来一看，这帮人

中还有两个美国佬。

青岗叔抬着他长长的烟杆，吧嗒吧嗒地抽着烟。这两个外国人突然来到了他的眼前。一个外国人指着他的长烟杆呜哩哇啦说着什么。

青岗叔笑着说，我认识你，我到朝鲜战场上打过你美国佬的爷爷。

又一个外国人拿着麻鞋叽里咕噜地说着，瞪大眼睛看着，很惊奇的样子。旁边的小姑娘在笑。

小姑娘给青岗叔翻译说，他说麻鞋真不错，很好。

美国佬，中国人是不好惹的。青岗叔笑着。

小姑娘见老人很有意思，便说，您见过美国客人？

见过，抗美援朝时，我还抽过美国佬的筋。

现在是啥年代了，您老还记仇。他们是来崦嵫山考察的。

烤茶？青岗叔便笑着说，对，咱望天人最讲究喝烤茶。烤茶好喝，苦，败火，醒脑。他比画着，指着自己的头。

小姑娘笑得直不起腰。她给老外一通翻译，老外笑得前俯后仰。

青岗叔见美国佬在笑他，便把一只拳头高高举起说，笑啥？中国人民是不好惹的。美帝国主义都是纸老虎！

他们没笑话您，说您会开玩笑，硬朗，爽快！

青岗叔点了点头说，不能叫这些鬼子说咱没脊梁骨。他又对一个画画的人说，哎，同志，你在画啥哩？

画您的麻鞋。

青岗叔说，画这？没事干了搬一块黑煤在汉阳河里洗去！

他们说这麻鞋美观精巧，很了不起，外国朋友叫他赶紧画出来。小姑娘激动地说。

青岗叔高兴了，说，对，穿上轻巧，不烧脚，凉快。走路如飞。

青岗叔看着他只几笔就把麻鞋画出来了，便问，同志，你是画家？

我是搞设计的。

啊呀！你是神笔马良，一锅烟的工夫就画一只鞋，你干脆画钱儿去。

小姑娘看着天真的老大爷，给他翻译说，外国朋友说这是谁做的，你家里还有？

我闺女做的啊！你看看，就是她。青岗叔趾高气扬地指着秋子说。秋子不好意思地向他们微笑。只听见青岗叔又说，要不要？我们还要做生意嘛。

要，要，他们全要。小姑娘给青岗叔和秋子说着。

秋子一听小姑娘说他们全要，根木不相信自己的耳朵，慌张地看了一眼旁边的巧姐儿，巧姐儿一把捏住了秋子的手，有点措手不及的样子。

嘿嘿，美国佬早年就没实话，耍笑人哩。你有多少只脚，你是蜈蚣吗？青岗叔不相信地说。

秋子听着青岗叔这样说话，便对他说，叔，你看人家都很礼貌。

哈哈哈！青岗叔笑着给这些人点头，好像知错的孩子一样。

外国人拿着麻鞋爱不释手，边看边给小姑娘说着什么。小姑娘向秋子翻译说，能不能到你家里去看看，人家有事和你们商量。

秋子一听，倒觉得心慌慌的，但她似乎预感到有好事来了，便激动地说，那好。这就走吧！

他们把你的麻鞋全买下了，还说看你家里再有吗。

家里没了，但我可以给他们做，要多少有多少。

好，我们去你家谈吧。那个画画的人说。

秋子家院子里挂满了麻丝。几个老外喜出望外地站在秋子家院子照相，一个外国人拿起秋子做了一半的麻鞋翻来覆去地看，一口一个"OK"！小姑娘从麻丝里钻出钻进，要老外给她照相。

半仙抱着他的一根棍子，安静地蹲着，一个老外咔嚓一声给他照了一张。待要给拿着长烟杆的青岗叔照时，他"哗"一下站了起来，给外国人敬了个军礼。老外竖起了大拇指连连说"OKOK"，青岗叔笑着，随手抽出一根麻丝，在手上搓揉了几下说，你看看这麻丝，从明朝洪武年间就成为贡品了。当年乾隆爷下江南时，脚蹬的就是咱望天的麻丝做的靴子。唉！可惜，现在把人参卖了个萝卜价。亏死了！

小姑娘翻译给老外后，老外再次拿起麻丝看着，也学着青岗叔搓揉着，并再次竖起大拇指。

小姑娘对秋子说，他们想和你签订合同，给你提供图纸，叫你给他们做麻鞋。

他们的啥图纸，看我能不能做得来。秋子激动地说。

小姑娘和老外说了一阵后，又转身对秋子说，他说你完全能做出来，比你做的这些还简单，就是底厚，等把图纸拿来，做几双出来后就签订合同。

秋子可高兴坏了，她做梦都没想到外国人还喜欢这些麻鞋。秋子说，他们外国人很有钱，不穿皮鞋为啥穿麻鞋？

他们在海滩上穿，沙滩上烫脚，再说麻鞋是绿色产品。

秋子好奇地说，啥是绿色产品？

就是用地里长出来的天然植物，不加任何一样化工染料做的。

秋子这才放心了，老外真的没有哄她。

青岗叔在房檐下的廊上生着了火炉，烤着茶，吸着烟。听出了门道，便很友好地递给老外一盅茶说，这就是真正的烤茶。

老外接过后，听小姑娘讲这是"考察"，便哈哈大笑起来。

村子里人一听秋子家来了老外，男女老少挤了一院子，叽叽喳喳地吵：

长毛子，长毛子。

蓝眼睛，跟猫的一样。

鼻子，快看鼻子。

你看看个子和我家院边的白杨树一样高。

那个人，长相像你家的二娃。

像你大，像你爷，像你男人。你的娃才是老外的。

……

牛主任和王乡长来了，老远就听见院子里传过来的欢笑声，他一进门，就冲老外"OKOK"地喊叫。秋子赶紧介绍，指着王哲东说，这是我们的乡长。又指着牛若谷说，这是我们的大财神信用社主任。又把她与老外签订做麻鞋的事告诉了他俩。牛主任和王乡长一听高兴得嘴都合不上了。问清情况后，给小姑娘说无论如何要留在乡政府吃一顿饭。

小姑娘和老外说了一阵后，就给王乡长翻译说，他们想在秋子家吃，想吃地道的农家小吃。

王乡长给黄村长说，找村子里最巧的女人，来伺候这些洋财神。赶快派人去明光村，叫李村长把"明光仙"拿来，就用本地的土特产招待老外，他又叫秋子做麻麸饼。

牛主任对小姑娘更是高看一眼，跟前跟后说，要把这个项目争取过来，真要感谢她。他又激动地说，你看看这么好的麻丝找不到伯乐，终于等来了你。

是你们今天碰到了洋伯乐。小姑娘笑得很灿烂。

28

天台农村信用联社制定了《天台农村信用社第一个五年发展计划》，放在了于理事长的案头。于理事长觉得还有些不完善，想马上召开会议，共同商讨天台联社发展的蓝图。此前，先召开了班子成员会议，决定了开会时间，要求办公室准备会议材料，他便和丁主任去人行给蒋行长汇报。

于理事长和丁主任去了天台市人行找到了蒋行长，他们汇报说要召开会议，讨论五年计划，话说到一半，蒋行长便大发雷霆：

你们真是一群野马，不懂游戏规则。活该人家农行把你们分出来了，连个管理程序都不知道？要讨论五年计划，你们也要等我全市的计划出台后。难道你们又要自立山头？

对不起，我们确实太急了。那好，我们停下等市上的吧。蒋行长，您不要生气。于理事长笑着说。

你们等着，我正考虑召开全市信用社工作会议，先把你们的旧观念，还有从农行带来的旧习气以及官僚作风清洗一下，再谈五年计划的事不迟。五

年计划这么大的事你们就不问问我的意见。蒋行长喝了一口白开水继续说，回去，我过几天要来你们天台调研，把每个联社考察完，我会统一按照天台市农村信用社的实际状况，制定一个切合实际的、有高度的、能为天台经济腾飞做出巨大贡献的大计划。

于理事长闷闷不乐地出了门，虽然挨了批，也领教了蒋行长的行事作风。待走出人行大门，他给身旁的丁主任说，蒋行长真善谈，给我们上了一课。于理事长觉察到丁主任很兴奋的神情，便不屑一顾地说，既然会通知了，我们还是召开。

这不好吧，我们刚归人行管，蒋行长的脾气这样躁，万一叫他老人家知道了我们怎么交代。

他说他的，我们做我们的。于理事长苦笑着说。我们把会议名称改一改，不说讨论五年计划，只说安排工作，他不会说什么吧。我们要抓"信用村"建设，抓存款，抓不良贷款，这是信用社永远的目标。

好吧，您安排。丁主任说。

"信用村"建设我们先搞试点。你也想想先从哪个社搞合适？

城关。

城关不行，城郊的不良贷款一直降不下来，行政干预和人情贷款占比太高。

你说哪儿合适？

望天吧。

牛若谷是个粗大炮，怕给我们放水。丁主任不情愿地说。

他是军人出身，但粗中有细，我看了上月的报表，望天存款增幅最快，看来，他把望天社扭转过来了。

也是，他工作确实有魄力。丁主任只好改变了口吻。

天台联社的会议如期举行。这次会议内容很简单，各信用社汇报了各自的工作及存在的问题，丁主任安排了近期工作，于理事长着重强调要在天台农村信用社推行"信用村"建设工作，并宣布把试点放在了望天信用社。会后，于理事长约了望天社的牛主任到办公室，这时，已是晚上八点了。

于理事长和牛主任坐在沙发上，先倒了茶水，寒暄了一阵别的。

牛主任说，理事长，您在明清为天台农村信用社受苦了，我们也没办法，干着急。

哈哈，等于休息。勾践卧薪尝胆，文王蹲狱演卦，我算什么？住的是宾馆，管吃管住，有什么？

我和方一天都想看您去，但还是……

我知道单位也很忙。这不是就回来了？

确实难为了您。

这也算是一笔无形的财富，无论对我的工作还是生活都很有意义。

理事长可真乐观。

好了，我们谈谈工作吧。"信用村"建设事关重大，在你那里试点，你可要带好这个头。

理事长，不瞒你说，我早就从报刊上看到农村信用社推行"信用村"建设的事了，我正在搞，现在有了政策，我们从新调整。

哈哈，好你个牛大胆，真有你的！你总是走在我的思路前边，我这个理事长看来当不成了。

理事长千万别开这样的玩笑。对"信用村"建设我很感兴趣，搞下去肯定有难度，但我不怕，我也准备先在明光村搞一个试点。

好！先把经验总结出来，然后再推广，有什么困难可以直接找我。

听说这次会议内容是讨论五年计划？

于理事长苦笑了一下说，为五年计划做准备吧！

我也给望天制定了一个五年计划，也没给您提前汇报，您看看，等全区的五年计划出来我们再完善，我觉得不会出现多少矛盾。牛主任说着，从提包里掏出了《望天农村信用社第一个五年发展计划》，双手递给了于理事长。

于理事长认真地翻看了几页，高兴地笑着说，很好，你比我们的更具体。

这是上次听你谈过五年计划后，我才着手制定的。

你提到的开展优质服务，培养存款大户和贷款大户，真正让一部分人富起来的方略，带动大家走上富裕道路，践行为人民服务的宗旨不变。这很好。牛主任，不论管理制度怎样变化，为人民服务都是农村信用社的神圣职责！

我们就是要为人民服务，当好人民的公仆。我觉得这不是空话也不是高调。不是我显清高，我作为一个退役军人和共产党员，向来觉得做为人民服务的事才有意义。

对！于理事长语重心长地说，一个人，一个领导干部，不管处在哪个岗位上，都应时时刻刻想着人民，真正地为人民谋利益。

牛主任点着头。

虽然拜金主义很严重，一些人向"钱"看，甚至把小平同志提出的"让一部分人先富起来"的真正含义理解偏了，"先富起来"就是要让这部分人来带动，目的是让大家共同富裕。如果把这句话理解偏了，就是思想不健康，态度不端正，心灵不纯洁。

牛主任一把握住于理事长的手，不住点头，眼睛饱含着泪花……

外国人派来了一个代表，和上次来的小姑娘来到了望天乡政府，王哲东乡长热情地接待了他们，听说是来和秋子商量签订合同的事，王乡长赶紧把秋子和牛主任叫来，共同协商签协议的事。

王乡长和工商局进行了沟通，说要先把营业执照办好后才能签订合同。工商局叫他们把公司名称定下来，按程序办理就是。王乡长给秋子说，你先确定好一个公司的名称，要不人家不会办。

我和牛主任暂定了一个，不知好不好。叫"大地麻鞋厂"怎么样？

啊！大地，好。王乡长说。

大麻产于大地，我们这些人不管是干公事的还是平头老百姓，都要脚踏实地。牛主任解读着这个名称。

我每天都踏着大地，可惜不是狮子，要不每天踩地球。黄村长笑着说。

好，这名称自然天成又朴素大气。噢，不行，叫厂子还不行，这是股份

164

制的，应该叫大地麻鞋股份有限公司才对。

对，更洋气。牛主任说。

你光想着洋气，我觉得土一点才能和我们的麻鞋联系起来。秋子笑着说。

经过和外国人进行沟通，最后确定公司名称为"大地股份有限责任公司"，工商局按照秋子的企业性质，营业执照很快就办下来了。

看来外国人真的要与秋子合作了。消息很快在望天传开了，黄村长李村长来了，青岗叔和半仙也都来了。签字仪式在乡政府举行，牛主任、王乡长和秋子认真看了合同条款，公司为股份合作制，外国人出设备，秋子建厂房。待合同一签订，外国人要求尽快建厂房，他们先付货款十万元，并要求按人家提供的图纸修建车间，至于办公区和生活区怎么建设由秋子定，总体算下来需资金八十万元左右。

秋子虽然由于棉花的走失一直精神恍惚不定，心情也很沉重，但面对这份沉甸甸的合同，不由热泪盈眶，喜上心头。她看了看同她一样激动的牛主任，在合同上庄严地签上了自己的名字。

小姑娘在一旁照着签字仪式的照片，这些影像后来成了秋子大地股份有限责任公司的珍贵资料。

王乡长要出面宴请他们，但外国人仍然要求要在秋子家吃饭，黄村长和李村长赶忙调集两村的巧手女人，杀羊宰鸡，帮秋子做饭。秋子的屋子里坐不下，干脆就在院子里支起两张八仙桌，外国人和区上的领导、王乡长他们都上了桌，推杯换盏，酒过三巡，黄村长拿来了半仙的三弦，青岗叔拿来了他的锣鼓，半仙扯开嗓子吼叫开来了。半仙唱着唱着哭了起来。黄村长赶紧上前，谁料他又大笑起来。一时间，望天的男女老少都来了，像看社火一样热闹。

席间外国人和那个小姑娘一直咔嚓咔嚓地拍照。这是望天有史以来的第一场盛宴，他们都尽情地欢笑。就连一直很少喝酒的秋子，这一天竟然也醉了……

29

　　徐飞打完他的那场官司以后，成了一个不折不扣逃废信用社债务的人。但通过这场官司，填补了他在望天信用社的一个大窟窿。从办制药厂到开电器门市部，折腾了好多年，没挣下几个钱，但还是结交了一些有权势的朋友。他在乡村与城市中间穿梭与历练，变得更加精明，做事也不像从前那样冒失。经朋友介绍，他承揽了天台区二建公司的工程。二建公司把开挖天台影院楼地基的工程承包给了他，他对这次机会非常珍惜。开挖楼地基，也不需要技术，用的是力气。但是，他这几年在望天的名声不好，要想招乡邻乡亲肯定没人跟他。最后他从外乡招来了几十个民工，总算把来之不易的工程揽下了。同时，也成立了"向天工程队"，他自然就是队长。

　　天台电影院有一片空地，卖给了一家房地产开发公司，天台二建承揽了工程。那时的机械化程度不高，楼地基大开挖只能靠人力。由于工期很紧，他带着民工没日没夜地干。活很苦，每人每天必须挖够八立方米的土运出去，才能记一天的全工。

　　向天工程队住在电影院厕所外的粪坑旁，因为前面要盖楼，还要堆放材料，地方本来不大的电影院就更加窄小了。民工就是农民工，城里人起先叫他们"烂民"，"烂民"对什么也不讲究，只要有地方挣钱就行，何况在这里干活还能从厕所翻墙进去看电影。

　　民工们吃饭的地方离粪坑不到二十米，臭气谁也挡不住，肆无忌惮地到处飘散。做饭的大师傅年近六十，他是从饥荒年代过来的人，对粮食的爱惜胜过了生命。他不怕脏，更不怕苦。他把一袋子面粉倒在案板上，堆出一座白面的山来。一看到这座养活人的白面山，他的精神就来了。多少人为了这座山奋斗着，多少人为了这座山送了命。他感到他是世界上唯一的一名幸运儿，他能活到可以任意搅和一堆白面的年代，太自豪了。他光着膀子，在白面里弄出像一座火山口一样的窝儿来，再在里面倒了和好的碱水，便成了一个缩小的人工天池。他看到，把自己几近苍老的嘴脸照到里面，赶紧羞怯地把它搅浑了，和成一个像碾麦的碌碡一样的面团，再把它揉成一根木头。他不像城里人那样做饭穿上围裙，觉得光膀子揉起面来得劲。他把粘在自制的一条皮带头上的面，用手捋了下来，再用它把粘在肚子上的面粉擦掉，一同放入这坨面里，盖上一片曾经还是白色的布，等待发酵。然后，他便坐在门外飘着臭气的阴凉处，提着他"一物三件"的水烟袋，把用猪尿脬制成的烟包打开，从里面掏出一点烟丝捏成一个小团，放在铜水烟锅里，擦着火柴，随即，把自己即将干瘪的两片嘴唇噘起，凑在烟枪的梢头，"吱"的一声，把一个激情的火苗倒在了烟锅里，像一个跳水运动员入水一样不见了踪影。只见老头两个腮帮出现了能填进两个馒头的酒窝，随着"吱吱"声的延续，他的头也像冬天出门撒尿时，被冷风吹了一样打了个激灵。紧接着，从松软的大口里喷出一堆烟，把疲劳至极的他埋在里面。待烟散尽，他仍然像被这一锅烟吸晕了一样，闭着双眼，半晌后，他把嘴又对着烟枪的梢头，"噗"的一声，一个被燃烧尽的小黑疙瘩便从烟锅里飞了出去。这时，他才睁开了双眼，又开始装第二锅烟蛋儿了。在一连吃了七八锅烟后，他从身旁的水桶里舀了一马勺凉水，一口气喝干后，这才觉得舒坦到家了。他稍稍休息后，先前和好的面也醒了，又开始把案板上的面用刀切开，那些马蜂窝一样的面团，张着一个个大小不一的小眼睛，仿佛在戏弄着他。一屉屉馒头上笼了，他把一铲铲煤添进灶里，一股火焰立马从灶口里喷出。他的脸红红的，汗珠也变成了红玛瑙，亮晶晶闪闪发光。从蒸笼上冒出的蒸气把本来窄小的厨房憋涨后，又向门窗外乱窜。老头低着头，像是战火硝烟中的士兵，弓着腰寻找着敌人一样。他摸着打开笼屉，从笼屉里冒出的热气再次将他淹没，他抱着一屉馒头，就像浓烟滚滚中的勇士抱着炸药包，向着目标急急地奔跑出去。他把笼屉放在外面的木板上，又是一屉，一共五屉馒头一字摆开，那些元宝一样的馒头便一个个展现在他的眼前，这是他这个老农最喜欢看到的。每当看到这个场景，他简直受活得快要死了。这就是用粮食做的白面馍馍。这就是曾经救他性命的白面馍馍。老头肃立在白面馒头前，雪白的馒头渐渐变成

了黑色，他挥动了一下瘦弱的大手，一群苍蝇不情愿地飞起，在他头顶盘旋。借此机会，他把一屉屉馒头下的笼布扯掉，待稍微一凉，赶紧又收进屋里。这群可恶的家伙仍然穷追不舍，在热腾腾的厨房里肆意盘旋、耍赖、嗡嗡地叫个不停。

徐飞提着个小皮包，用手绢按着鼻子，边走边怪怨说，老头，咋越来越臭了。

那不是茅房，咋能不臭？

咋这么费面，不是前几天刚买了几十袋？

天气大，活苦，能吃。

徐飞看着满屋子的苍蝇，不耐烦地从皮包里掏出了五百元，说，节约着用！

嘿嘿，越吃越能干。原先老财主家招长工，先试着看谁能吃，才收。

你这老头。有些人吃的面比挖的土还多。

我的爷，叫你吃，你也吃不下。

收工后，每个民工的手里都会用筷子串起四五个馒头，大瓷碗盛满一碗白开水。一个馒头三四口就不见了，然后再喝一口开水，很顺畅地把它们冲进胃里。尽管这样，这些"烂民"还是吃得很香。抢时间吃完以后，再舀一马勺凉水把碗筷冲洗一下，便从厕所边围墙的豁口里翻越而入，看电影去了。晚上睡觉的地方连个门也没有，那些城里人最讨厌的苍蝇、蚊子、臭虫几乎都集中在这里，找寻着这些脾气温和的"烂民"。尽管这样，也丝毫影响不了他们的瞌睡，呼噜声一浪高过了一浪，谁还嫌弃它的南腔北调；臭屁也是一个跟着一个，更没人讲究它们大小不一，长短不齐了。

鸡罩和棉花来到一家小旅馆，老板说那人早已退房了。鸡罩到一个小卖部打电话：喂，张老板，我是鸡罩，什么？求你无论如何得给我一个名额，这是我的亲戚娃，人挺能干，也机灵。什么？你已经在火车站了，啥？好，我这就过去。几号车厢？我一定谢你。

鸡罩对棉花说，快，他到火车站等咱们，谢天谢地。

棉花说，我不去了，害怕。

鸡罩拉着棉花的手说，你怕啥，咱俩哩，已经来了，要不行咱马上回。

鸡罩把棉花拉上了火车，在过道里挤来挤去，抬头张望着，最后在厕所隔壁找见了张老板。还没来得及说话，这时，火车早已开动了。

我要下去，我还有事哩。鸡罩大声喊叫，这咋弄，这咋弄？

棉花看到火车开了，急得快要哭出声来了。

张老板很严肃地说，怪怨谁，没有一点时间观念。这是火车，不是你们村上的拖拉机。

你看看，我就怕这……鸡罩给棉花说。

就这小妹妹？张老板怪怨说。

对。鸡罩把头歪向一边。

张老板装作很为难地说，好，我收下。这样，火车也开了，干脆你俩到我的厂子去看看，给我再找几个像这小妹妹一样的，她们好有个伴，我也好管理。你们这里人老实，回去后，我干脆把几个南方的女娃儿辞了算了。

哎哟，不好。我俩出来得急，没想着到你那里去，没带钱儿。鸡罩不好意思地说。

张老板说，既然是我的职工，还客气啥，往返路费我全包了，这小妹妹回去还要给我再联系工人。

去了要好好干，人家给了我这么大的面子。咱看一下回来，干脆叫我的大侄女也跟你去。她还小，没你懂事，有你照应我就放心了。鸡罩对棉花说。

听着他俩的话，棉花的心老是悬着，她此时不知该如何是好，只能是见机行事。

棉花、鸡罩和张老板下车后，来到一家旅馆，这时棉花不由得感到有点怕。她紧紧跟着鸡罩，唯恐一转眼丢了似的。

张老板拿来了一箱饮料，给鸡罩和棉花各打开一瓶。棉花喝着饮料。

张老板看着棉花迷迷糊糊的样子，终于笑了。张老板将棉花抱到床上，

贪婪地看了一眼，摇了摇棉花，就和鸡罩坐在了沙发上。

真把人吓坏了。好在还按你的计划跟着走。鸡罩鬼头鬼脑地说。

这算啥，哭闹不止的我都有办法。这是一只羊羔吧？张老板笑嘻嘻地说。

当然是。钱呢？

多少？

三千，再加上护送费。

护送费？你这人不地道。

好，那我得……鸡罩淫荡地笑着说。

你浑蛋，一根萝卜叫你两头切能行？

棉花醒来了，觉得浑身困乏无力，眼前出现的一切吓得她魂飞魄散，猛然从床上起来后，"哇"的一声大哭大叫起来。

棉花边哭边下床，扑到门边，门紧锁着，上面有个玻璃小窗，她一看更是吃惊，她羞怯地马上转过身，背着门软软地瘫在了地上，这时，从门缝里传来了哗哗的流水声。

棉花终于明白了……

就在这时，棉花听见有人在开锁，便胆怯地问：谁？

我。传过了一个姑娘的声音。

棉花听出是个女的，便打开了门，这个姑娘身穿泳装笑着进来了。

妹妹，别怕。刚来时都这样。

这是啥地方？

浴乐中心呀！

浴乐中心是？

洗澡，玩呗。你是扮嫩还是真不知道？这个姑娘显出一副诧异的神情，说，你是啥地方的？

望天村的。

我也是农村的。你是怎么来的？

棉花没有回答，她愣怔了一阵，低头又大哭了起来：我要出去！我要回去！我要见妈妈——

姑娘笑着说，别胡思乱想了。刚开始都不适应，我当时还寻死觅活。但过不了几天，你都觉得来得太迟了。你家里我能想到，不比我家里好多少。到这里来，你就会知道，人的一生就要到大城市里度过，到大城市才叫活人。一天的工资就是好几百，遇上大老板会更多。

我不！我要回家！

听天由命。谁叫咱是女人。女人在世界上就是一件物品。

我家里只有爷爷和妈妈两人，他们不见我的面，就急死了。

姑娘一听她说家里只有爷爷和妈妈，肯定她爸没有了，便哭了起来，最后是边哭边说，我的命很苦，爸爸去世早。家里为了给我哥找个对象，把我嫁给了一个老光棍，那个老猪不是人……有一天村子里来了个卖布料的，我就跟他跑出来了，才逃出虎口，却又进了狼窝。最后，我也是想明白了，这辈子就这命，大概是前世造的孽，破罐子破摔吧……

棉花很是感激地对这个姑娘说，我要给家里写封信，妈妈肯定很急。

这事我帮你，但你不要写真实情况，也不能写地址。

那咋写？

你想想，你写了真实情况还不把你妈妈给急死气死？没办法，走一步算一步吧。

30

牛主任这次开会回来，心里总算有底了。和于理事长的一番领导与被领导、朋友与朋友掏心窝的谈话，让他再次看到了农村信用社的希望，更是对信用社的事业充满了信心。他再也不像从前那样总是深一脚浅一脚的。是于理事长给他吃了一颗定心丸，他要下定决心，把望天农村信用社的业务尽快发展起来。

高天一回来，便主动登门给牛主任道了歉。他自己说原先工作消极，主要是联社对他的主任免得太突然，事先连个招呼也没打，叫他无法接受。所以，他闹了点情绪，也耽误了信用社的工作，希望牛主任能够原谅，他愿以加倍的工作来补偿自己的过失。牛主任一听也没说什么，也不想给他安慰和鼓励。

牛主任召开了会议，安排了近期工作，主要把自己制定的五年计划提在会上，让大家讨论。计划的关键内容是：

一、存款在三年达到一千万元，五年达到三千万元；

二、贷款在三年达到八百万元，五年达到两千四百万元；

三、不良贷款在三年内控制在10%，五年内控制在5%；

四、利润在三年内达到十万元，五年达到三十万元；

五、绩效工资在三年内翻一倍，五年内翻二倍。

六、"信用村"建设在三年内实现全覆盖。

会上，大家觉得牛主任的计划太空太虚，很不现实，大家只是相互笑笑而已。牛主任感觉到大家对他定的计划很麻木，这是他早就想到的。他叫大家发表对"信用村"建设的看法，尤其想观察一下高天的态度。

高天表态说，"信用村"建设很有必要，他要积极配合牛主任及其他同志，争取搞好"信用村"试点工作。

小唐说，三年存款达到一千万元我觉得难度太大，因为望天的自然条件非常有限，也没有什么像样的经济来源，另外这些年的土特产品也没个好价，村民指望的大麻也是滞销不前。不良贷款更是有难度，光徐飞的……话说到此，小唐赶紧瞟了一眼高天说，我就这些意见。

反正我觉得都有难度，绩效可能是……小吴吞吞吐吐地说。

说吧！大家发表看法。

小吴继续说，利润更是一句空谈，十万元，我报报表时，去年全联社利润盈亏轧差后，还亏损一百五十万元哩，那还有人家城郊的大社。而我们……

高天，牛主任抽着烟说，你说说不良贷款的事吧！

高天觉得牛主任尽叫他出洋相，他极不情愿地说，徐飞的贷款政府叫放，联社叫放，我敢不放？我有几个脑袋？副区长来剪了彩，广播里也说徐飞是个致富能手，噢，那阵子的广播也提到过我。再说，我没有寻到人家里硬塞给他吧！

哼！至于怎么放的，我再不想提它，你只说说现在咋办？

该我承担的我承担，不该我承担的你也不要硬往我身上推。

现在挂在望天信用社账上的徐飞贷款十五万元怎么处理？你该承担多少？牛主任紧紧逼着高天说。

这……这……挂账就行了吧，反正通过法律程序的。

不行！就这样打了水漂，我们能损失得起？牛主任阴沉着脸说，小唐你们都说说，发表意见。

只能挂账吧。小唐说。

不挂也没个办法。小吴和小丁也附和说。

你们这是对信用社、对集体、对望天人民抱着什么样的态度？你们认真想过没有？今天丢十五万元，明天丢二十万元，这是谁的钱？

高天脸上挂不住了，掏出烟自个儿抽了起来，他想你有三头六臂，你若本事大就把它收回来。

我们按责任划分，分摊在每个人的头上，先不扣大家的工资，等以后有力量再由个人偿还。

大家紧张起来了，都睁大眼睛看着牛若谷牛主任。耳朵一对对竖了起来，专心地听着他还要讲什么。

我已拿出了个方案，高天责任50%，小唐责任20%，小吴小丁责任各10%，我起诉了贷款，丁主任说我也有责任，好吧，我也承担10%。这样行不行，大家说。

这我可承担不起，这样我上班还有意义吗？我的工资多少你知道，你这样分摊，我不吃不喝猴年马月才能偿还得起。小唐说。

我也是。小吴说。

就是。小丁不情愿地说道。

大家对牛主任分摊方案不但不接受，还很反感。

同志们，我说的是先不扣大家的工资，这是前提，等以后我们有了能力，再还它不迟。但这笔账不能叫信用社全部承担，信用社损失不起。牛主任解释说。

无论什么时候，我都还不起。高天说着，心里在骂，你个牛大胆，将来说不定被牛抵死。

你们还不起，难道我能还起？但我有信心。只要大家好好干，齐心协力，我们在发展。我今天给大家承诺，钱将来从我们的绩效和奖金中扣除，不影响大家的工资。牛主任说。

那……小唐张着大口，脸红脖子粗，半晌没说出话来。

他们几个都相互看看，心想，谁知道几年谁是谁，他能在望天霸道一辈子，也就不再多说什么。

那就这样了，这事首先大家不要背包袱，也不要影响大家近期工作的积极性，我们当前主要工作是"信用村"建设。我考虑了，明光村的不良贷款相对少，李村长也很负责任，对我们的工作支持很大，先把明光村定为试点，行不行？

行！大家都赞成。

好。开完会我去明光村。高天负责北片的贷款清收和组织存款，小唐负责南片。小吴小丁在看好门的同时，也要动员存款。另外，到年底还有近三个月的时间，把存款任务我分一分。存款在三百万元的基础上，力争年底增加一百万元，我的任务是组织存款五十万元，高天和小唐各十五万元，小吴和小丁各十万元；现贷款二百六十万元，沉淀贷款一百六十万元，年底收回占比60%，也就是一百万元，我负责收回四十万元，高天收回三十万元，小唐收回二十万元。小吴和小丁各收回五万元。

看来牛主任要上硬茬，大家全都瞪大了眼睛。

一贯在前头不发表意见的小丁说，主任，你能保证完成你的任务？

完不成我从针眼里钻出去。牛主任说这句话的时候，脸像个暴君，挺吓人的。小丁只看了一眼，后悔自己多嘴。

啊？大家相互对视，觉得他在吹牛皮。

小吴，把我们的五年计划上报区联社。损失分摊的事不上报，也不对外。牛主任说。

好的。小吴猛然抬起头大声说。

会散后，大家一个共同的感觉就是牛大胆疯了，再就是他们的压力太大了。还有分摊的账务确实有点不现实，好在不影响工资，再说贷款是牛主任烧锅炉时由高天放的，按理说他不应该承担，但他主动承担了10%，大家也就不便多说什么了。

31

收大麻的季节快到了。黄村长和贵成子他们商量，今年大家干脆合伙收割，因为所有大麻都由秋子的公司收购，再说，大家一起劳动的场面会更热闹。自打农业社散伙后，大家还没有一起干过活。每家各自干活，也很沉闷，说笑的时候少，有时夫妻两人说着说着甚至就吵起来了。反正都是干活，大家也想过过农业社时期的瘾。于是，由黄村长一号召，再经贵成子的鼓动，就有三十多户加入。就连娘家在望天村的五朵梅也加入进来了，她是个爱热闹的人，虽然嫁给了明光村的李明娃，但与望天村兑换过地，常和娘家人一起干活。黄村长约定第二天一大早，到小桥边集合。

望天的大麻成熟了。今年的麻子长势惊人，从麻子地边往里走，感觉前面就像有一堵墙一样挡着。村民们个个把镰刀磨得飞快，他们等不得天亮就在地边打转转，恨不得把太阳一把揪出来。

黄村长更是耐不住性子，顺便把老黑也牵了出来，拴在了汉阳河边的柳树上，一篓油生怕黄麻子再给人家帮忙去，拖着一个不利索的肥屁股，监视着老东西。她看着黄村长把老黑拴在柳树上后，直奔别人家一块地里，便尖

声细气地嚷叫：

老汉，糊涂了！咱家的地在歪脖子树下哩。

晓得，吵啥吵？

你经常往人家地里跑，又不是一回两回。

吵个屁，回去，少麻缠。

一篓油还想骂老汉，只见他提着裤子走出了麻子地。

懒人屎尿多，一上地就和大黑牛一样。

你是蝉儿转世的，一早就吵吵吵。

贵成子和巧姐儿提着镰刀过来了，一听见他们在嚷，贵成子便笑着说：

你俩一大早骚情啥？

这老麻子把地看错了，在人家地里就要耍镰刀。一篓油说。

他的脸麻了眼也麻了？老在人家地里耍镰刀，你才知道。贵成子笑着说。

走，一大早的就没个正经。巧姐儿给贵成子说。

贵成子，你的麻子今年长势猛。黄村长说，我刚进去比画了一下，比我的高出一尺多哩！

黄村长，都好都好。今年怪了景了，疯长。

你晓得为啥？

为啥？

两茬化肥都施到节气上了，加上老天照顾，雨也下到了时辰上。

噢！

这得要感谢牛主任，要不是信用社给咱把化肥供应得急，今天你面前的就是狗毛。

也是也是。

秋子来了，青岗叔也来了。青岗叔笑着向黄村长说，一场秋收大麻的战斗就要打响了，战斗吧。

黄村长看着眼前的村民，便挥起手中的镰刀，大声喊道：

同志们，向麻子林里进攻，战斗！

望天的川道里，三十几户人家，共出近五十多个劳力，这样的劳动场面几十年都没见过了，有些原准备自己收的人看到这种热火朝天的场景，也加入进来了。一时间，望天川道里人欢马叫，好不热闹。在黄村长带领下，大家先从紧挨着分水岭的上川里往下收割。男女老少一字排开，挥舞着镰刀，像剃头一样齐茬茬把一人多高的麻子割倒在地里。贵成子、黄二愣几个紧跟在后，把割倒的麻子捆起来，然后四五捆头对头叉开腿立在一起，等风吹日晒去了水分后，便要放进池子里沤上两个月，把粘在麻秆身上的麻胶泡脱落了，再捞出来晾干，一应工序完成之后，才能剥下麻丝来。他们今天收割的全是花麻，也叫公麻。花麻只要一扬花，就像完成了一生的使命一样，便开始走向死亡，等待着镰刀来为它们送行了；籽麻也叫母麻，接受了公麻授粉后便开始孕育子女，结出的果实就是我们吃的麻子。母麻比公麻寿命长，因为它们还要生儿育女。

快中午时，他们的身后已站满了一堆堆的麻秆，像大捷后缴获码放的枪支。他们满怀着丰收的喜悦，尽情地舞动着手中的镰刀，畅快地说笑着。秋子站在一堆立起的麻秆旁看着这么好的大麻，心里醉醉的。黄村长抽着烟，看着这么大的劳动场面，想起他在农业社时期当生产队长的威风，那时他还年轻，劳动时，常常感觉像个元帅一样指挥着千军万马。他曾多次梦想着能回到农业社时期，那些年，人心也不至于像这些年一样涣散，干起活来更有劲。他看着大家都在很有兴致地收割着大麻，看着秋子在干活的间隙，用一只手往后捋着头发；看着巧姐儿温顺地伸了一下腰，抬头看了一眼蓝天下的鸟儿；看着五朵梅弓着腰，正在卖力地割着一棵大麻，把个滚圆的屁股撅给了稍落人后的贵成子……这时，百灵鸟抬起头，擦去了脸上的汗珠，再也忍耐不住了，便开口唱起了山歌：

大河边上的水鸭子，

我给哥哥洗袜子。

……

百灵鸟还没唱完，就被五朵梅几个笑得唱不下去了。百灵鸟折身扬起镰

刀吓着五朵梅，五朵梅说，给哪个哥哥？

我呀！贵成子龇着他的大黄牙，死皮赖脸地说。

你老婆给人家洗过袜子，二愣子。

二愣子用一根刚割到手的麻秆要戳五朵梅，结果脚下一滑，却倒在了一堆割倒的大麻上。五朵梅提着镰刀躲到秋子的身后，看着张着大口傻笑的二愣，也唱开了：

　　吃一回扁豆抽一回筋，

　　石头上栽葱扎不下根，

　　隔玻璃亲嘴急死个人，

　　见一次肉肉伤一次心……

快快快，明娃，你岁妈哭开了。百灵鸟朝五朵梅的男人李明娃喊。

老实巴交的李明娃是个腼腆人，他只是咧嘴笑笑，低下头更加起劲地割起大麻，不理会这些疯女人瞎闹腾。

黄村长听着五朵梅的山歌，擦着头上的汗水，看着上湾里割倒的大麻，像被剃光的头，不由得说：

啊，珍珠倒卷帘！

那天在秋子家签订合同的时候，王乡长当着大家的面，满口答应秋子公司的厂房就建在徐飞的制药厂，也就是乡农机站。但是，当秋子带着人去看制药厂的时候，徐飞却从城里拉来了些脚手架之类的建筑设备。王乡长看过后气愤地说，不管他，叫秋子放心搞她的规划，到时间让他搬走就是。王乡长说，徐飞的制药厂倒闭了，他还能再占用，又不是卖给他了。

当秋子进入厂子正要施展拳脚的时候，徐飞来了，说这是他的厂子，怎么一声招呼都不打？秋子赶忙请来王乡长，王乡长叫徐飞拿出合同，徐飞早就带着，给了王乡长，王乡长一看简直把肺都气炸了，混账合同竟然签订了六十年。王乡长说，农机站是乡上的一个下属单位，他们有权悄悄跟你签订合同？徐飞说，当时的乡长说要叫他和农机站签订，乡上不插手。王乡长气得两把就把合同撕了，说，你怎么不签订六百年！

徐飞一看急了眼说，王乡长，总不是我抢来的吧，农机站是你们的单位，怨你们没管好，你怎么能这样说撕就撕了，也太……那当时我的制药厂是李副区长剪彩的，他现在当政协副主席，你去把他老人家也撕了吧！

不管当时由谁签订的，无效就是无效合同，《马关条约》中国人承认了吗？现在我当乡长，这属于我的职权范围，你要觉得不合法你去法院告乡政府，我奉陪你。

这是我的地方，我有合同，要告你去告。

你的？你拿着农机站盖章的合同来阻碍我们的公务，你懂法不懂？

徐飞自知理亏，如果硬顶下去，肯定会鸡飞蛋打。于是就对秋子说，秋子，我们谈判行不？

谈什么？秋子说。

我拿厂子入股行不？

不行，这是我们乡政府的地盘，你入股？你太天真了。王乡长气愤地说。

王乡长，你既然这样说，我就不搬出，有本事你把我法办了。

我没权法办你，但我有权给你算这些年的租金，这么大一块地方，还有十几间房子，我会叫办公室按望天的市场价给你结算。你拉来的这些东西正好先顶租金，不够的你再补。不信把你没办法！王乡长又对秋子说，你们搞你们的，如果徐飞再来干扰，你就停下来叫我，我给他算误工费。

王乡长说完就走了。

徐飞也算个精明人。看着王乡长神气十足的背影，对秋子说，秋子，我给你腾出来，这是我给你的面子，要是王乡长这么凶，我就是死也不会轻易搬走。

好，谢谢。都乡里乡亲的，我会记着你的情分。秋子笑着说。

徐飞叫人把所有东西拉走了。他既不甘心，又不情愿地又对秋子强调说，秋子，这是我对你的人情。

秋子向他再次点头。

秋子拿到图纸看后，非常吃惊，她赶紧去找王乡长汇报。王乡长仔细听后说，现在得尽快把牛主任请来，和他商量贷款的事。他们正说着，牛主任和李村长、黄村长都来了。

王乡长看着大家说，秋子拿来了图纸，我正想找你们商量。

你看看，人家这么快就把图纸寄来了。秋子说着，牛主任和黄村长抢着看图纸。李村长开玩笑说，你们看，我是狗看星宿一串明。大家哈哈大笑。

干脆我们到实地看去。王乡长说着，大家来到乡农机站的大院子里。李村长拿来了皮尺，他们丈量着，规划着。

农业社时用步量过的，大概是三亩多地，现在用皮尺量下来足足有五亩。李村长说。

这地方看着大，不一定能放下。牛主任说。

一只鞋嘛，咋费这么大个地？人家箩筐里都做着哩。李村长笑着说。

这是现代厂房，你以为是牛圈？

没想到这么大的车间，还有锅炉房、仓库、生活区、办公区等，要求太高了。秋子说。

不怕，我们有现成的东西可以用上，工程可以分两步走，车间、锅炉房是必需的，得赶紧建起来，仓库、生活区、办公区我们的那些土房子先用着，等有钱了再扩建。这样下来我们也能承受。

秋子点着头说，王乡长，这事是不是还得和望天、明光两村村委会商量？因为我觉得不管怎么说也不能离开村委会，更不能离开支部，我也是一个党员。企业如果如人所愿，真正有了利钱，我秋子不贪，也有大家的一份。

黄村长和李村长一听，都惊得相互对视后，马上憨笑了起来。

好！你这建议好，无论干什么事，都要记着我们的党支部，这是最重要的，这是基石。王乡长说。

大家都不住点头。秋子微笑着说，我这两天估摸着，企业的头儿也由村支部来选，我一个女人家挑不起这么重的担子，再说我的特长只是做麻鞋。

你就别客气了。合同是你和外国人签订的，法人就是你，不能变，首先外国人不答应。

我们可以和他们协商，给他们提供合格的产品不就行了。

不讨论这个，你也不要有这个想法了。有些事你让支部和村委参与管理，还要看公司的章程，不管怎么说，你的出发点很好。你和徐飞明显是两种想法。

我永远都不会忘记我的乡邻，也不会忘记我的组织。我虽然是个乡村女人，这个理自打入党的第一天我就明白。我绝对不是说空话，你们可以监督我。秋子说得很是诚恳。

这就是秋子，怎么能和徐飞相提并论？牛主任心里想着，不由佩服起眼前的这个女人。

王乡长说，好，我们大家的目的是一致的，能否带领村民走上共同富裕的道路，以后再看你的，但眼下要看牛主任显神通了。

数额太大了，我得请示联社后再说。王乡长，这事必须你和秋子我们三人一同去找于理事长。

好，我们乡政府积极配合，现阶段，我们的主要工作就是建设厂房，我们现在就去找于理事长。

秋子微笑着向大家点头致谢。

到了联社已经是下午三点，于理事长去区上开会，他们就去找了丁主任。丁主任看了合同和图纸说，由他们外国人投资，你们出劳力就行了，他们也不在乎这点钱。

王乡长笑着说，这个……丁主任，我们现在急需贷款，乡镇企业贷款是您管着，还要得到您的支持。

嗨！这可是个烂摊子，现在管得我里外不是人，徐飞的厂子贷款时大家都觉得像得了宝贝一样，后来，打了官司，有些人还怀疑我吃回扣了。丁主任故意这样说。

都是乱说，你也不必计较，做官一任，总要落些不是，大家才觉得你正

常。王乡长笑着说。

这事我定不了，你们找于理事长。丁主任分明是在踢皮球。

牛主任说，丁主任，还得你给于理事长做做工作，信贷你管着哩。

我做工作？我要再做望天乡镇企业的工作，人家会说我什么？面对丁主任的冷言冷语，他们的心冰凉了许多，正在尴尬着，听见门口有车进来了。牛主任出去一看说，于理事长回来了。

好，你们去找于理事长吧。丁主任说。

王乡长从丁主任办公室出来，赶紧到于理事长的办公室去，王乡长握着于理事长的手说，我们求您来了。

怎么叫求呢？我们干的就是这份工作。你们先说说吧。

王乡长把情况作了介绍。最后说，现在就是资金问题。

这是好事，这是好事！

秋子和牛主任对视后猛然觉得轻松了。

于理事长提起电话打了一通，没人接，打到办公室问，丁主任呢？出去了？

牛主任赶紧说，于理事长，丁主任刚才还在，我们给他汇报了。

他什么态度？

说这事得您定。

这个老丁，他是管信贷的。

好吧，肯定我们要支持，这是望天全乡的大喜事，也是我们信用社的大喜事。能得到外国人的认可特别不容易，何况这还是天台区第一个与外国合资的企业，我们扶持它，不仅对望天乡有利，对我们农村信用社也很有利。这样，牛主任你写个报告，你们公司写个申请，我们再上会商量，尽快给你们答复，好吧！

又是逢集的日子，信用社门口挤满了人。

信用社的屋檐下挂着横幅，上书"创建信用村，发展望天经济"的醒目大字。小吴给围观的人发着传单，并解释着"信用村"的条件。

黄村长一看这些苛刻的条件，就傻眼了。他们望天村离这些条件还差好远，就怪怨起了这些没信用的贷款户。这些人贷款时许骆驼许牛羊，还款时加躲带藏，真是一个老鼠害了一锅汤。

小吴手提着小喇叭向大家宣传着创办"信用村"的条件，但凡被评定为"信用村"的"信用户"，可按级别进行额度授信，发放贷款证，这些"信用户"可在授信额度内凭贷款证申请贷款，可享有贷款优先，利率优惠。

李村长也来了，挤到了人群中。李村长了解了"信用村"创建的条件后，就去找牛主任。

牛主任一见李村长，高兴地说，我前几天一打问，你去了城里，今晚想着正要去找你。"信用村"的试点放到你明光村去搞，你的意见？

李村长说，我也没有十分的把握，有几个贷户难缠。信用村试点放到明光村，我当然高兴得很。

牛主任拿出了具体方案说，这里面有贷款户数和金额，你先看看吧。

我是个瞎子麻，你叫我看毬个啥。但在年底收回贷款不成问题，可现在青黄不接，这……

打仗就得打硬仗，还要打赢。打不赢你一世的英明就输掉了，我也给联社没法交差。我选你明光村就是要叫你打硬仗的。

但是，钱是硬头货。李村长抽着烟说。我怎么不想在全乡当个排头兵呢？

全乡？这是全区的。全区的试点在望天，望天的试点在明光村。

李村长寻思了一阵，猛然站了起来说，好，既然领导这么看得起我，我就是把这把老骨头打碎了，也要把这只鸟捉住。

这就对了，不是还有我当后盾。

李村长拍着牛主任的屁股说，好，闹！不抵角的牛是丛牛！

好，我希望你来抵，抵它一个底朝天！李村长，我明天就来你们村，先摸底吧，为下一步评定"信用户"打基础。我们拿上不良贷款的册子，一家一家核对，来个扫地出门，凡能收上的尽可能收上，收不上的叫他们约个期

限，但不能超过一个月。

啊……一个月肯定难。

联社给我限定的时间只有一个月，那你说咋办？

……好吧，想办法。李村长捋了一把自己松软的脸。

这就对了，这就是明光村的李村长！牛主任紧紧地握着李村长的手说。

晚上，牛主任叫来小唐，叫他连夜把明光村的不良贷款户数全抄出来。穿戴整齐的小唐，正准备要和小丁在河边散步，一听牛主任叫他抄明光村的贷款册子，头都大了，便说，牛主任，明天行吗，我今晚感冒了。

好，你去休息吧，你找来我抄。

你？叫小吴抄行不？

这是我俩的工作，我俩能干尽量不叫人家。

那……

你去吧，把册子给我就是。

要不吃点药我抄吧！

牛主任没理小唐，自个儿去营业室找明光村的册子。

小吴一见笑着说，你休息吧主任，也不多，我和小唐抄好后立马给你拿去。

牛主任在小吴的肩膀上重重拍了一下就走了。

小吴见小唐皱着脸进来了，便笑着说，棒打鸳鸯比敲脑壳还疼吧！

你是饱汉不知饿汉饥。

去去去，啃两口再回来不照样能解馋。穿得像新郎一样，你哄谁都哄不过他。

牛大胆，牛魔王！牛角比过刀子……

小唐把册子送给牛主任时，他用算盘打着数据。牛主任接过来看了看这些数据，不由皱起了眉头。

小唐等了一会，不见牛主任说话，就问，还有事？

去，现在去河边正是时候，月亮还没升起。

小唐的脸红了起来，像一只下蛋的老母鸡。

秋子站在村头一棵柳树下，树上的鸟儿叽叽喳喳叫个不停。收割完大麻的川道里空荡荡的，幸亏有炊烟铺在上面，倒像是着火了一样。从北山上下来了牧归的牛，逍遥地摇着铃铛，偶尔传来哞哞的叫声；一个老汉赶着一群羊，身背一大捆青草跟在后面，好像一个草垛滚动着追赶羊群；远处有几个女人手里提着竹篮，说笑的声音尖锐如锥。

牛主任背着挎包和算盘，老远看见秋子站在河边，知道她又在等棉花了。牛主任从小桥上过来后，走到秋子身旁，见她抹着眼泪。

秋子看着眼前的牛主任，忧伤地说，我的好命苦……

棉花来信了没有？

……秋子摇着头。

不要怕，大姑娘了，丢不了。只要一腾出手，我立马就去找她。牛主任安慰着她。

如果今晚再没个音信，我明天想找她去。厂房……我不想建了……

牛主任点燃了一支烟边抽边说，不能有这个想法。

棉花找不见，我哪有心思。

……肯定会有音信，不会时间长的。

都几个月了，还有盼头吗？

我也正在忙"信用村"的事，要不我就立马去找她。

你忙你的，我要去。

建厂房的事你可千万不敢松劲，多少人都为这事忙着。

秋子把脸转过来，看着牛主任……

牛主任看着挂满泪珠的秋子，半晌才说，说不定……或许她去找三郎了吧。

你说棉花去找三郎了？秋子睁大眼睛等着牛主任的话。

他俩自小一起长大，又是同学，两个人好得像一个人似的，一个考上走

了，一个就……

真要是这样，那我就不操心了。

一定是这样，要不，她一个姑娘敢到哪里去。牛主任猜摸着秋子的心事说。

但愿吧，老天爷!

又是一个晚上，牛主任和青岗叔在北山炕上坐着，喝着罐罐茶。秋子拿着棉花的信来了，她一见牛主任也在，高兴地说，棉花来信了，等我给你俩念吧。

爷爷、妈妈：你们好!

我现在很好，请不必牵挂。我在一家期货公司上班，工资很高，为啥没有来信，因为商业秘密，公司有规定，不能随便写信。三郎哥来信了吗? 叫他不要操心学费，好好学习。我现在有能力供他上学。另外，信用社的贷款请不要担心，我会尽快还上。

祝春节愉快，身体安康!

您的宝贝：棉花

大家一听，个个把悬着的心放下了。牛主任把信拿了过去，从头至尾细读了一遍，又翻来覆去看了看信封，见没有地址，皱着眉头。但他还是说，既然有了音信就好。秋子，你这就把心稳稳地放到肚子里吧!

青岗叔说，半仙算过，说今明就有音信了。这瞎子。

秋子，现在不必担心了，一心一意建厂房。这是大事。

秋子点着头……

32

牛主任和小唐来到明光村李村长家，巧遇徐飞的老婆，也就是李村长的侄女李大姑，她在哭着。李村长见牛主任他们来了，就给大姑说，你先回吧。李大姑低头出了门。李村长给牛主任说，大姑命真不好，招了个女婿徐飞倒八辈子霉了。我大哥去世早，她妈也是个磨轮儿，没个主意，那年一见到能说会道的徐飞高兴得满村子夸，说是招了个财神。嘿！

这人得好好帮教。牛主任说。

底子不行，帮个屁！

他现在揽了工程，可能会好起来的。

嗨！能好到哪里。昨晚把家里的几百元都偷走了，气得大姑一早就来找我。不说这些了，不说了，霉气。大清早的。

李村长，"信用村"的事，小唐把册子抄了，你说咋办？

李明娃家的金额最大，她老婆黄玉琴难缠得很，为啥叫个五朵梅？他给牛主任使了个鬼脸又说，李大姑名下的这钱就是徐飞的，这一笔还麻缠。李木匠的一万元是看病的，他现在病好了，又在外做活，可能没问题。是这，咱先给出个榜文，叫大家都知道谁欠了信用社的多少钱，我在喇叭上再挨个给骂毯两遍，叫这些不要脸的把耳朵扯长听亮清，要脸厚，就坐着不要动。

好，你这办法好。小唐你去买两张白纸把这些贷户给抄写下来，拿到李村长家来，我等你。

哎——红纸好，喜气。再说，"信用村"可是个大喜事。李村长笑着说。走，先从难缠的李明娃家去收，李明娃打工去了，他老婆五朵梅在家。

一到李明娃家的门口，一只狼狗就扑了过来，幸亏有铁链子拴着。黄玉琴出来后，一看到村长领着牛主任，一贯笑口常开的五朵梅，一遇上愁肠事，脸就立马变得像皮绳抽过一样不愉悦了，她便在狗头上打了几巴掌说：

你叫你大，还是叫你爷哩？

玉琴，把狗拦好。李村长脸上有些难堪，牛主任看见狼狗张着大口，半截粉红的舌头耷拉在外，忽闪忽闪地，牙如铁钩一样。

玉琴，这是信用社的牛主任。

晓得。我没钱。

你贷了多少你清楚吧？牛主任说。

几年了，你不还利息越来越高。你背这么高的债，以后你儿子长大了找

个媳妇人家嫌弃不？李村长动员着说。

那……那我有啥办法？

你的贷款会下儿子，这就是利息，你以为是借的？李村长说。

光利息至今天是八千零三元，本利加起来你算算。牛主任拿出一个小本子说。

啥，利息这么多？哟哟！你们抢人？

你咋这样说话哩，你该着钱儿还犟嘴。李村长怪怨着她。

利息比鸡罩的驴打滚还高，我不犟嘴还犟啥。

贷款合同上写得很清楚，你应该知道。

比鸡罩的还毒，我还不起。要钱没有，我这命能抵过吧。

我们不要命，贷款就是要叫你活命，怎么能要你的命？牛主任说。

是这，玉琴，你不要给人家牛主任生气，贷款的时候你也是贷不上是吧？黄玉琴低着头。

李明娃叫我盖章子，我本来不想盖，我晓得你们只要贷去后，就不想着还。当时你到我家来了几趟子是不是？你男人是满嘴应承，你也要给我磕头许愿的不是？你还说你娘家兄弟在医院要做手术，人家不见钱不开刀，是不是？

黄玉琴流泪了……

你说说，当时不要说信用社贷不贷，就是我这村长的担保章子给你盖不上，你兄弟现在是个啥样子你说说。人要凭良心。

黄玉琴放声哭开了。

这是救命钱你都不还，还嫌人家利息高了，你贷了几年了，你算算？你要把这钱儿买个驴，给你能下一圈的猪！

叔，我也是有口难言，我娘家的事你又清楚，我妈去世后，我大娶了个妖精，她干脆不认这个账，我大也是干着急，不是不还，是我要不来。

噢，是这样的。你带我们去你娘家一趟，我给他们说去。牛主任说。

那远着哩，主任。

不怕，只要能给你把这疙瘩解开。李村长说。

好，啥时走？黄玉琴笑开了，她这人变脸如脱裤，容易得很，真正的有利欢喜无利愁！

李村长看着牛主任，牛主任说，下午吃完饭吧。

主任、村长叔，你俩给我跑腿，在我家吃吧，我做饭快得很。

不了，我们在村上还有事。牛主任说完就和李村长出来了

小唐把册子上的数据抄在了一张大红纸上，李村长贴在了村委会办公室的墙上。小唐又拿着册子给李村长念一个，李村长就喊一个，喊了两遍后，他又强调了今年新放的贷款，只听他大声说，到时你要有本事，你就拖欠着，我不拉你的牛我就从你家的炕眼门钻进去。牛主任赶忙给李村长使脸色，示意再不敢过头了，但他心里佩服，李村长真是点子多！

秋子拿着贷款申请和信用社的报告，和王乡长牛主任又去找于理事长，于理事长叫他们等消息，他们还有必要的程序，信贷上的调查报告出来后马上上会。王乡长他们又去了区二建公司找经理商谈基建的事。公司经理看过图纸说，这个图纸徐飞叫我们已预算过，最少六十万元，再少出不来。

秋子说，对，是我给徐飞的。我们先搞车间和锅炉房，生活区和办公区先不搞，你们算一算最少多少钱？

工程太小我们划不来，设备的运送费和施工配套设施不论工程大小都一样的。

那租你们的设备大约多少钱？牛主任插话说。

我们有租赁公司，设备租赁大约就是五万元吧。

牛主任和秋子、王乡长商量后说，那我们回家再考虑吧。

他们在回去的车上开始讨论，认为还是租人家的设备，自己建划算。由谁承头建合适，这要一个懂行的人。下来再考虑吧。王乡长说，锦屏村有个工程队，要不和他们商量一下。

王乡长你联系工程队，我和秋子跑贷款，另外秋子还有其他事，最近也

都要考虑。牛主任说。

对,分头行动吧。王乡长看起来很有信心。

蒋行长和联社于理事长坐着汽车,在山路上颠簸着,汽车后面扬起一股尘土。坐在前排的蒋行长说,牛主任还真行,"信用村"建设、推行农户小额信用贷款,就很适合咱们农村信用社的业务发展,这是支持农村经济的有效途径,要全面推广。

于理事长说,对。从目前报表数字看,望天的存款增长很快,听说他像查户口一样挨家挨户上门动员存款,对旧贷款户,他也是软缠硬磨,三回五回地催收。打听清楚信息后,他是不把钱磨出来不走。他做了大量的工作,也受了些委屈,听说叫徐飞一伙给打了一顿,他还保密。

这人真是个硬汉子,我也听说了。蒋行长说,徐飞和鸡罩一伙真是社会渣滓!牛主任真不容易,需要付出多少汗水,咱信用社太需要这样的人了,先前竟然会把这样的人撤职让烧锅炉,真是浪费人才!于理事长,腐败不光指经济啊。

于理事长不住地点着头。

蒋行长的汽车停在了信用社门口。于理事长下车后不住打量着焕然一新的信用社,不禁喜笑颜开。

死店活人开,信用社主任这个位子太重要了,用好一个人种绿一片地。于理事长说。

搞活一个社要花大力气,搞垮一个社还不容易?

蒋行长和于理事长往信用社里面走,小唐和小丁迎了出来,麻利地打开了柜台边的通勤门,把他们迎了进去。

于理事长给小唐和小丁介绍:这是市人行蒋行长,这是信贷员小唐,这是出纳小丁。蒋行长和小唐握手,又冲小丁笑笑。

于理事长见牛主任不在,便问小唐,你们牛主任呢?

看他老婆去了。小唐说。

看老婆？蒋行长一听就有点不高兴了。

噢，是这样的，他老婆瘫了，都快十年了。于理事长同情地说。

瘫十年了，怎么不治？蒋行长关心地说。

牛主任到周围的医院都跑遍了，偏方也吃了不少，一点作用都没有，只能这样。于理事长说。

噢。他家离这有多远？

四十里，二十公里。

蒋行长想了想说，好，咱去他家里找他，顺便也看一看他老婆，关心一下基层的同志也是我们的工作。

不通车路，都是山路，这……

走，爬爬山吧，锻炼锻炼也好。蒋行长不假思索地说。

蒋行长和于理事长及司机三人走得满头大汗，他们爬上山顶时，于理事长指着山下说，这就是牛主任家的村子——火炉子沟，与望天村隔着两座山，两边的光景完全是两个样子，一边草木葱葱，另一边一棵大树也没有，光秃秃的。

蒋行长望着山下的火炉子沟，两道眉毛紧紧地拧了起来。

牛主任家的院子静悄悄的。蒋行长三人进院后，院子里没有人，但门开着，他们就进去了。

扁豆睡着，灰白的头发中埋着一张干瘪的脸，炕边上放着一根竹棍。扁豆听着有脚步声，以为是牛主任和月儿干活回来了，便说，月儿，你大回来了？

于理事长走到炕前说，弟妹，是市人行蒋行长看你来了。

啊？只听见扁豆叫了一声，便吃力地把头拧了过来，睁大了双眼。

你受苦了。牛主任为信用社的事忙着，没能照顾好你，我们替他向你道歉。蒋行长走到炕前说。

说远了。咱老头子靠你们挣工资给我买药，要不，我这一堆骨头早就埋到山上了。快坐下，咱的炕不干净。噢，等月儿来了就给你们擀长面。

不要客气，我们都是自己人。蒋行长又对司机说，你去打问，把牛主任叫回来。

好的。

牛主任和月儿上气不接下气地回来了。一进门就喊：于理事长，这么远，又不通车路，你们咋来的？

走来的。蒋行长看你们来了。

牛主任把锄头丢在院子里，赶忙上前说，蒋行长！您看看，这叫我……

不欢迎？怕吃你家的浆水面？

牛主任难为情地说，哎哟哟……

牛主任出来进去极不自在。给月儿说，月儿快，这咋办？只能擀浆水面了。

工作再忙，家里还是要照顾的，你看看，大妹子病成这个样子，也不知道。于理事长，你也太官僚。蒋行长又对牛主任说，牛主任，有一条纪律你一定给我遵守：从明天起，你必须保证两个星期最少回来一趟。于理事长，你来监督落实吧！

好好。应该。应该。

没事。她这病就这样。

扁豆从炕上挣扎着说，不连累，不连累。我这病，有月儿就够了。活不起，死不下。行长、主任，你们太好了。我有个心愿……

快说吧。

你你你……不要乱说。牛主任怕她说错什么，急忙阻止着扁豆。

扁豆说，我又不说鸡罩的事。你看看，这……我娃月儿成天伺候我，把娃给累得没样子了，书也没念多少，有一天我不在世上了，求你给娃在城里找个婆家，她每天念叨着想喝城里的自来水，想用城里的自来水洗头发。

蒋行长听后，看着月儿的长发，长长地叹了口气说，你放心，这个任务交给我吧。

于理事长听后猛然觉得心里酸酸的。

192

你净说没边的，牛主任一听说的是这个，不那么担心了，只觉得多余。他在柜子里翻腾着，寻出来了一瓶酒。

牛主任打开柜子又翻了一阵，对月儿说，萝卜干呢？

吃了。

牛主任刚出门又进来了。

你寻啥哩？于理事长说。

没寻啥。牛主任说着又出门了。

蒋行长和于理事长与扁豆拉着家常，就听见外面一声凄惨的猪叫声。

快去看看。蒋行长给司机说。

司机跑出去了，蒋行长和于理事长也跟着出来了。只见牛主任在猪圈里站着，一手拿着菜刀，在追赶着一头小猪。小猪的什么地方破了，流下了几滴血……

蒋行长和于理事长被眼前的这一幕惊呆了，看了一阵，都流下了一串串泪水……

秋子的贷款上会后，丁主任首先表示反对，他说，乡镇企业的贷款已使我们吃亏不小，我们还是先满足农户贷款再支持企业吧。

方一天副主任说，望天有这样一个企业确实不容易，大地公司和原先徐飞的制药厂有本质上的不同。这个是卖劳动力，那个是造假。我们不贷可能给区上领导不好交代。

许大山监事长点着头，微笑着。

最后于理事长说，这样吧，她申请了五十万元，我们给她先贷三十万元再看，她可以从区财政、农行再贷一些。不贷绝对说不过去，这是我们应该支持的乡镇企业，也是给我们的望天信用社培养一个业务大户。企业发展起来了，我们的望天信用社就会出现很大的变化。于理事长对丁主任说，丁主任，你是管信贷的，我这意见怎样？

贷二十万吧，不是没有风险。

　　牛主任接到电话后，高兴了一会，接下来，也很快陷入沉思……外国人垫付十万元，信用社只贷二十万元，其他的在哪贷？他把秋子叫到了信用社，秋子也没有办法，他们共同去找了王乡长，王乡长说，那我们按于理事长说的在区财政和农行跑一跑。

　　通过他们三人的不懈努力，区财政总算是给解决了十万元，这样加起来也就四十万元了。秋子说，有这些钱，我们先搞起来，边搞边想办法吧。牛主任也觉得问题不太大了，后面的款，他再求于理事长。这样定下后，就是选择工程队的事了。

33

　　三郎进了大学校门后，就一直高兴不起来。学费是交了，但学杂费家里根本提供不上。妈妈常年吃药，家里拉下一屁股的债务。在他看来，他在这里上大学就是一场游戏，说不定哪天就要永远和这所大学告别。如果不是信用社牛主任贷了款，他可能就不会来到这里。但他们哪里知道，贷款只交了学费，学校三天两头收这费收那费的，就一月的生活费他都支撑不到月底。星期天他都不敢再去图书馆看书了，找了好几个工地，想找点活干，人家都不要，只有星期天去干活，哪有这么好的差事会等他？但他没有别的办法，又不死心，只好再去找。功夫不负有心人，他终于找到了一个小工地，因民工有一些回家干农活了，正好这几天工地用电出现了故障，水泥运不到楼顶，也算他要发财了。一袋水泥老板给他一元钱，但要背到六层的楼顶，他很感激地揽下了这活。但这看似六层的楼，他在学校的图书馆上到六层不到三分钟，但背一袋水泥就要十几分钟。

　　三郎背着一袋水泥，吃力地从楼梯上往上爬着，脸上的汗水和水泥和在了一起。屁股上有明显的汗渍。终于熬到了吃晚饭的时候，晚饭也很简单，和午饭一样还是几个大馒头，一碗白开水。几个馒头吃完，他又喝下一大碗凉开水后，赶忙起身，再去背水泥。但是，浑身像散架一样不听使唤了，腰背都疼开了。他强忍着，费了好大的劲才把一袋水泥扛到肩膀上，一步一步地挪，待上楼梯的时候，腿子颤抖得不行了，他稍微停了一下，慢慢再上，一步一步地往上爬，终于爬上了楼顶。

第二天，老板一见三郎走路都不利索了，便说，你这小子不能再背了，把你的腰弄坏了连个媳妇都找不着。干脆这样，有一条沟给你承包给，你有时间就来挖，在一月内挖开就行，我这里有尺寸。三郎高兴得好像见了活菩萨，说，叔叔，我一定挖好。老板把他领到厕所后面，那里长满了荒草足有一人多高。老板说，你看，从这里看过去，对着那片断砖头的地方，以这条线为左边，再往右边移一米，是右边的边线，深度是一米二，一方十元，本来一方最多八元，看你也是个农村娃，确实需要钱儿，就给你十元吧。这地方臭，你要不嫌弃就去挖，挖好后我验收了给你付钱儿。

好得很，太好了。我不嫌臭，我在家里放学后常往地里挑粪。

但你要挖得端端的，偏了你就吃亏了懂不。你是学生最清楚。

我懂，我懂。我不会增加无用的工作量。

对头，这娃娃灵光着哩。老板笑着说，去，到那个看门的老爷爷跟前挑一把铁锹和镐，挖去吧！

三郎看着老板的背影，高兴得捏紧拳头跳了起来。去向老爷爷要了工具。老爷爷说，狗狗，你把好人碰上了，老板人好。

爷爷，他贵姓？

金姓。金兀术晓得不，戏里的。

和岳飞打仗的金朝大将吧。

对对的，金兀术使的兵器是螭尾凤头金雀斧，胯下坐骑是枣红马，绰号草上飞。哎——杀得哎——宋营里哎——这位爷爷高兴地唱起来了。

三郎拿上工具后，老爷爷说，你在这头，我在那头，你先把这些草铲了，给它放个线，你挖起来就方便了。

三郎用铁锹铲草，草秆太硬铲不动，老爷爷去拿来了镰刀，几下在乱草中割出一条路来，老爷爷又拿来了线绳，端来一锹白灰，两人拉着钱，一头

拴在一棵草根上，一头由三郎摁着，老爷爷用锹上的灰撒出一道线来，再把第二道线撒上，一条沟就定型了。老爷爷说，你就按线往下挖，没麻达。三郎激动得差点流泪了，心想，看来世上还是好人多。

三郎挖着，老爷爷蹲在一旁抽着烟，说，你娃娃连金兀术都晓得，不简单，你以后好好干，能成大器。

三郎苦笑了一下，给这位爷爷说，我连学费都没啥交，同学在图书馆用功学习，我在工地上挖土，爷爷，我能成什么器？

碎娃娃，可不要小看你现在挖土，当年朱元璋晓得不，放牛娃一个，最后是啥成色。

三郎特别敬佩这位爷爷，对历史了解得真多。三郎挖着土，老爷爷不时地用同情和异样的目光瞅着三郎……

牛主任又和小唐去了李村长家。上次他们去了黄玉琴的娘家，费尽周折，还是收回了贷款本金，看来李村长还真有两刷子。农村工作有时就是要农村人来搞，他们的办事方法往往很奏效。欠款户在大喇叭上一通知，再上榜一公布晒一晒，有人担水和下地正好能看见，脸面薄一些的人就撑不住了。女人最虚荣，爱互相攀比，一听说谁家背着多少多少债务，就开始幸灾乐祸地说笑。于是就有女人们开始偷偷想办法了，再加上李村长和牛主任三回五回地上门催收，他们的脸面就更挂不住了。经过一番周折，不良贷款户不同程度地还了一些。还剩几户"钉子户"，其中一户为刀斧不入的李大姑也就是徐飞的。牛主任给李村长说，他现在城里搞工程，我上次在二建公司想找他没抽出时间，叫她老婆给徐飞捎话，如果把贷款还了，就有可能承包秋子的工程。

好，我给李大姑说去。另外李木匠的还剩下四千了，他说十天内借着就还了，等年底他倒不过来时再给他贷上，他明年肯定就能把所有的账还清。

没问题。你叫他先还了。

李村长在喇叭上又喊了一阵，不一会，几个女人就蹑手蹑脚地进来了，把一卷捏得汗津津的钱给了小唐。

徐飞在老婆名下贷了五千元，本来不想还，但是大姑哭哭啼啼地说，人家的都还了，她丢人得不敢去村边挑水了。人家说你还了，就叫你来望天揽工程。徐飞也不想把关系再搞坏了，再说，如果把工程揽下也好，主要是他想挽回失去的脸面。

晚上，徐飞果然很大方地把钱还了，他给小唐说，他现在有钱了，就是信用社不催，也正准备还哩。他现在要把声誉讨回来，以后还要和信用社打交道哩。徐飞从信用社出来后，立马去了秋子家，秋子不在，他就在石碾盘旁等。

在这近一个月里，牛主任除了大地公司的事，几乎一直在明光村催收贷款。他和小唐对每一户贷款户的家庭情况都非常清楚了，有时为了一笔贷款不知要跑多少趟；有时还要帮贷户出谋划策，为他们干农活投入感情，来"化敌为友"，建立真正的诚信关系。李村长确实也出了很大的力，为了能找到一个贷户，甚至半晚上都不得消停。通过大家的共同努力，终于达到了预期的目标。牛主任叫小唐把明光村的贷款清册再抄了一遍，根据评定小组对"信用户"的评定，牛主任看着这些数据，高兴地说，好！"信用村"符合条件了。他叫小唐赶紧把李村长叫来，商量信用村授牌的事。

李村长戴着眼镜来到了信用社，对牛主任说，咱俩一个唱花脸，一个唱净脸，把戏演圆了吧！

真有你的，你永远活在我们信合人的心中！牛主任说。

你想叫我老不朽吗？李村长把眼镜往上撮了撮说。

牛主任前几年就知道李村长有个习惯，但凡有高兴的事，总是会把他视为宝贝的墨镜戴上。

麦场里放了一张桌子，三把椅子，桌子上放着麦克风，一个大喇叭架在麦场边的碌碡上。王乡长、牛主任和李村长在主席台上坐着。下面是或蹲或蹴，或盘腿而坐的男女老少。

李村长穿了一件旧军服，戴着墨镜，村民在笑。

笑啥笑，这是喜事。李村长笑嘻嘻地说。

炮筒子这次你讲话可要收住。王乡长给李村长小声说。

管毬，我就这，胡毬整!

越外的话不能多说。王乡长悄悄说。

有把握哩。李村长得意地笑着说。

喂，开会了。大家不要乱谝闲传，今天有正经事，也是大家的喜事。王乡长和牛主任给咱村送来了个金娃娃，这是咱明光村大家合伙生下的，要靠大家来养活，是不是? 笑狗屁哩。这个理都晓得吧。都要操心。听清楚了? 大家拍手! 李村长大声说。

会场上一片掌声。

王乡长和牛主任相视而笑。

李村长继续说，请王乡长讲话，大家拍手。

又是一片掌声。

王乡长向大家笑笑说，今天是大家的好日子，你们村从今天起成了"信用村"，"信用村"是咋得来的，自然是靠信用社的支持，靠大家的努力。来得不容易，大家要珍惜它。

李村长急忙给王乡长说，先停一停乡长，炮忘放了。

王乡长收住讲话，在大家的一片笑声中，麦场边响起了鞭炮声。

等炮响过后，王乡长继续说，我们今后的经济发展越来越离不开信用社了，大家要记住，贷了款要守信用，"信用村"才能保住，今后贷款就方便多了。

大家拍手。再请财神爷牛主任讲话。本来王乡长还要说，李村长以为他说完了，王乡长把脖子伸长后，李村长才觉得他还有一点点没说完，便赶紧说，你再说两句吧乡长。王乡长挥了挥手，示意他不说了。这时，李村长又给牛主任噘着嘴，憨憨地笑了。

牛主任笑着说，谁是财神爷? 我是一个农民的儿子。今天你们村能评为"信用村"，是全村父老乡亲努力的结果，我首先表示祝贺! 明光村成为"信用村"，说明了明光村的村民都很守信用，这是大家的功劳，当然得靠大家来维护。"信用村"的村民能享受贷款优先权，还可以享受贷款利率优惠。但是，"信用村"也不是固定的。如果你们村不良贷款率达到百分之五以上，信用社就要取掉"信用村"。我希望大家像做人一样诚信对待，农村信用社就是农民自己的银行，我们要为大家提供更好的服务，帮助广大农民走上共同富裕的发展道路，这是我们信用社一贯的宗旨。

又是一片掌声。

李村长大声说：听清楚了吗？大家要鼓劲，把"信用村"给我牢牢抱紧。咱不能把财神爷用脚往外踢，谁踢走"信用村"，我翻谁家的老坟……快快拍手，还坐下等啥哩?!

34

腊月八这一天，迎来了入冬以来的第一场雪。满山满洼的雪团子像扬场一样。飘在眼前的就像四月天汉阳河畔翻飞的柳絮，起起浮浮，眼看着落下了，又升了起来，在银色的天幕上舞蹈；远处的，雾腾腾一片，如混沌初开。看来老天爷这个贼娃子已悄悄把望天偷走了。山不见了，河不见了，就连天与地也不见了。

青岗叔打开门的时候，惊出一身冷汗。七太太呢？他揉了揉昏花的老眼，才看清一个光亮的雪包慢慢从厚实的积雪中显现了出来，像大地才长出的一朵白蘑菇，盛开在绵绵的雪花之中。这时，他才放下心来，站在满是雪的院中，透过雪的缝隙朝上看去，那黑色的树干吃力地支撑着压满枝头的繁花，满世界只有这一点别样的颜色。他务操了三十年的槐树林依然忠诚地站在原处，守护着这个小小的家园。青岗叔抬着头又揉了一下眼想，难道老天活迷了，槐花开了吗？噢！不是，是被雪染白了。就在他抬头的一瞬，灰白的头发和胡须，全白了，好像老去了十年。雪——哗啦啦从远处飘落而来，没有停歇的意思，一层一层均匀地摊在上面，为大地增添着温暖的厚度。

尽管铺天而来的雪令青岗叔清扫不及，但他还是弓着腰，手持扫帚，迈开步子，一步一扫地前进着。雪在不停地下，青岗叔在一遍又一遍地清扫。老天爷好像和青岗叔较上劲了，一扫帚掠过去，一点黄土刚露出皮来，就被瞬间扑来的雪覆盖了。在他身后的仿佛不是一条路，而是一条雪的河。他像被河水冲在前面的一只羔羊，在河头挣扎着一同向山下缓缓流淌……

雪终于停了，老天不小心把一冬的雪倒了下来。望天的聚宝盆变得臃肿发福，房屋丑陋低矮，川道两边的山也退出了老远，猛然宽阔多了。汉阳河悄悄地钻入地下，只留下望天平平展展的一马雪原，白了个不分天地，白了个无边无际……啊！这不是雪，这是由地而生的白云；这不是人间，这是世外仙境——洁净的天堂；这不是天堂，这是人间——我最美的望天！

太阳懒懒地出来了，像一个软柿子，它把往日箭一样的光线变得绵软了。太阳不刺眼，雪倒叫人睁不大眼睛。青岗叔把院子里的雪扫干净了，在七太太的坟包前堆起了一个雪人。他把顶门的火叉竖在雪人的背上，戴上了他的"火车头"棉军帽。看似丑陋的雪人背着一杆枪，却英武地端端站在七太太旁边，好像日夜守候她的卫士。

青岗叔站在院边，这时的望天在太阳下，精神了起来。四面的山也有了轮廓，仿佛在太阳的光辉里游动。被白雪扮装过的聚宝盆显得更加从容和恬淡，里面分布的四个村落憨厚地相互照应，更显错落有致，自然天成。这就是望天，这就是农村，这就是人类最好的生存环境。在这银色的聚宝盆里，盛满了阳光，盛满了白雪，盛满了望天人的期待与梦。这个风水宝地，有崦嵫山这个巨人的守护，有西汉水的滋养，有铁堂峡的遮蔽，生活在这里的人才叫幸运。崦嵫山禅院的钟声，洪亮厚重，在阳光里，在白天白地的雪光中，在望天人的心中响起。望天人听着它，再也不敢蛰伏在热烘烘的炕上了，从被窝里钻出，站在院子手搭凉棚向崦嵫山望去，被钟声彻底惊醒的人们，才意识到一个节日已悄悄来临。

打"腊疙瘩"了！整个望天倏然间沸腾了起来，人欢马叫，大人小孩，男女老少在汉阳河上聚集。他们扛着镢头锄头，背着背篓，拖着箩筐，一场打"腊疙瘩"的大戏拉开了帷幕。

望天人很早就有打"腊疙瘩"的习俗。所谓"腊疙瘩",就是从河里挖出来的一块冰,每家每户都要去挖,并且越大越好。他们把"腊疙瘩"挖来,在院内外的重要位置或每一个高处都要立上一块。比如在粪堆上,在大门口,在院子中间。最后还要在堂屋的八仙桌下,摆上一块最大的,并且带着各种"五谷杂粮"的冰,像一块盆景石一样端端立起。人们要根据冰块结晶的特点辨别来年的收成,如"腊疙瘩"里的气泡像玉米的多,就要在来年多种玉米、黄豆、扁豆等;如像小麦的多,就要多种小麦、青稞、燕麦等。除此之外,还要比这块"腊疙瘩"在谁家存放的时间最长,也就是比存放的福气了。于是,整个望天在汉阳河最深的铁堂峡前的河面上,开始你争我抢地挖"腊疙瘩"。挖出来大的,背回家了;挖出来小的,被小孩子举过头顶摔出或抛向空中,落在冻得很结实的河面上。在摔出清脆声响的同时,那些碎冰四溅开来,仿佛就是一朵朵冰玉之花,转瞬即逝。就这样,满河道里的冰块在阳光下闪烁,满河道里的冰玉之花在阳光下随意盛开又在瞬间凋谢。这些冰花,这些碎冰之乐与望天人的欢笑,交织成一幅美好的图画,汇聚成一曲象征丰收的乐曲。

青岗叔打出的"腊疙瘩"最大最亮,冰清玉洁,晶莹剔透。他可是个挖冰的高手,估摸着在河的最深处,用钢钎先凿开一道口子,然后把钢钎像打桩一样打出一圈的小洞,最后把它撬下来,再把冒着热气的"腊疙瘩"从河水里捞上来,稍微一冻,水冻干了。这时,他用绳子把它绑得结结实实,背上山小心翼翼地放在七太太的坟堆上,像一块水晶在阳光里闪闪发光。

不到半天的工夫,在望天这座聚宝盆凸露而出的所有高处,都有一块"腊疙瘩"耀眼地立在上面,体现着人们对节日的情感,也期盼着来年的收成。于是乎,这些"腊疙瘩"成了望天最具特色的一道银色风景了。

五儿从山下跑到北山上来了,青岗叔在七太太的坟前立了一块最大的"腊疙瘩",点上了香蜡,化了纸钱,默默地与七太太说了一阵话后,便与五儿一同下山,又打了一些"腊疙瘩",背到秋子的院子里,分别放置好后,秋

子已做好了腊八粥。青岗叔没有先去吃，而是端了一碗，再带上秋子早就剪好的红纸条，蘸上粥，贴在了门外的石碾盘上。石碾盘是棉花的"干爹"。望天有个习俗，凡一出生的人都要有个"干爹"。要么就请一个人当干爹，要么就指定一个年老长寿的老树或石头。青岗叔待棉花一生出，就叫棉花拜碾盘为干爹。于是棉花每年的腊月八便要给碾盘喂上腊八粥来孝敬，并贴上红纸签，焚香化裱，叩头拜谢。

今年棉花不在家，自然是青岗叔惦记着替棉花酬谢碾盘了。青岗叔拿出红纸条，一条一条很认真地贴在了碾盘上。他贴得格外仔细，格外密集，把一个冰冷的碾盘，扮装得温和了起来。碾盘上鲜红的纸条酷似长出的胡须，虽然增添了不少喜气，但它看起来还是苍老了许多。青岗叔点着了香蜡说，她"干爹"！你的娃还没回来，你得找寻找寻。过年了，要和你团聚你说是不是。青岗叔说完后，也没离去，静静地看着它。他心想，要按辈分，她"干爹"还要叫他叔哩，可是，为了棉花，他还是慢慢弯下腰，屈膝跪地，给它磕了头。今年它虽没尽到"干爹"的义务，但青岗叔还是想敬请它的神威，来护佑棉花在年前早日回来。当青岗叔虔敬而认真地做完了叩谢她"干爹"礼仪的时候，秋子已站在村口小桥边挂满积雪的柳树下，面向分水岭，面向洁白的世界，企盼节日里的惊喜，企盼一个身影从天而落……

马上就到年底，望天信用社的任务在牛主任的带动下，虽然有了很大的起色，但按照他的计划，存款任务即将完成，贷款收回还有拖欠，按他分解的任务，还差三十万元。晚上，牛主任拿着小吴递来的进度表，叫小唐通知大家在营业室开会。高天这几天又闹情绪，收款时几次都偷偷去了城里，被牛主任批评过，今晚要开会，他觉得又要挨批，就装病了。

听小唐说高天感冒了，牛主任说，走，去他房间开。

高天不情愿地从床上坐起，也没有下床，只听牛主任说，眼下还有不到十天的时间，我们的任务还拖欠很大。任务依然艰巨，我们要在防止下滑的基础上去打硬仗，在外打工的人也都回来了，正是收款的黄金时机，现在的一天等于以往的十天。大家绝对不能泄气，必须保证完成任务。谁的任务完不成，现在就说说理由。

大家相互看着，虽然都觉得完不成任务，但都不愿第一个说出来。最后还是高天说，我的贷款收回还要近十万元，我完不成。

什么理由？牛主任板着面孔问。

时间太紧。

你把时间都花在城里了，就是再有半年的时间，怕你也完不成。

高天不情愿地点了一支烟，狠劲地抽着。

哪一家的收不回来？

多着呢。

具体说。

怎么具体说？

一户一户地说。

好多个村子，这么多笔，请问牛主任你能记住？高天觉得牛主任在有意刁难，便质问他。

你连这都记不住，你一天干啥着哩？你听着。牛主任把川道里四个村子五千元以上的像背课文一样从头背了一遍后，又对高天说，还有三千元以上的，你还想不想听？牛主任对他包片的四村贷户如数家珍，把大家听得目瞪口呆。小丁暗暗想，她要是有牛主任的记性，记英语单词不用愁，考个重点没问题。

高天慌了手脚，脸红到了耳根，一贯不服输的他觉得理亏了，赶紧把笔记本打开，乱翻着，也没找出个一二三来，便又低头抽烟。

说说，你都跑了多少户，最多的一户跑了几趟？牛主任紧追不舍地问高天。

大概跑了……跑了……最多的跑了三趟。高天分明在说谎。

都是哪一家跑了三趟？

张家村刘红旗……

叫李红旗，贷了六千元购买拖拉机，是吧？

高天不知说什么好，脸上红一块紫一块的，很不自在的样子。牛主任把他逼到了尴尬的死角。

这个都收不上？李红旗前天赶集我见他了，他说这两天要还的。

啊？高天把头抬起来，看着牛主任。

牛主任看了好一阵没理他，又对其他同志说，还有谁完不成也说说理由。

小唐看着小吴，小吴认真地作着笔记，好像这时有非常重要的东西要记录一样，把头埋得很深。

小唐，你说说。

没有！主任，我争取完成。小唐唯一勇敢了一回，这叫捏了一把汗的小丁很是意外也很是高兴。在小丁看来，小唐这次回答得满分。

还有谁？牛主任环顾了一下，他们都坐端了身子。小唐把洞塞死了，谁还敢再有理由。牛主任很严肃地说，硬任务，谁完不成谁不许回家过年。

牛主任喝了一口茶说：

我给大家表个态，我就是把头杵到地下，也要完成任务，如我拖欠了，还是那句话，我从针眼里钻进去。另外，小吴每天晚上把数字统计一下，要做到心中有数。

其他人散会！小吴把联社今年的文件全部拿来，我给高天同志继续学文件。

小唐一听吐了一下舌头，幸亏他今晚聪明，要不，牛大胆又要给他开半晚上的会，学半晚上的文件了。

高天一听要学文件，头"嗡"的一下大了，他连忙说，主任，我能完成。

好。先学习学习吧！

冬天是酿酒的大好时间，明光村的后山上有一眼泉水，叫明光泉，冬暖夏凉，四季泉水不断。冬天最冷的时候，它会冒着热气，永不结冰。夏天，尤其到中伏天，喝一口会冰得牙疼。这绝对不夸张。望天山前岭后的老人在弥留之际，最想喝的就是明光泉的水了，尤其是夏天。因此，明光泉被当地人视为神泉。李村长家酿造酒的历史很久了，相传在三国时期，这里住着一位隐士，酿造得一壶好酒，蜀相诸葛亮在铁堂峡外的岐山堡得到了这一隐士的酒后，犒赏三军。士兵喝了酒壮了胆，个个精神抖擞，意气风发，才大破了曹兵。这尽管是传说，但明光村的酒不知传了多少代人，连李村长也不清楚，他只知道酿酒秘方传男不传女，所以，明光村李姓人家大多数会酿酒。李村长的爷爷的爷爷，就是当地很有名望的一名酿酒师，酿造的酒最为甘醇，是当地土酒之佳品。又传说能醉倒神仙，生产的酒就叫"明光仙"了。不管怎么说，"明光仙"的名字在崦嵫山周围很是响亮。每逢哪家婚丧嫁娶，或者宴请朋友的大小事，凡能打上一壶"明光仙"招待客人，算是最最体面的了。现在有些瓶装的酒贴着精美的商标，拿在客人面前貌似排场，其实不然。在青岗叔、牛主任、黄村长他们的嘴里，就是茅台和五粮液，也比不上山村土法酿制的"明光仙"。如果李村长来上二两，他更会吹得头头是道。"明光仙"光中药材就有四十多剂，再加上心灵的感悟，手上的技艺，还有天爷的照顾，才能酿造出醉倒仙人的美酒来。"明光仙"头淋叫头曲，二淋叫二曲，三淋子再不能卖，那叫坑人。

每到年前年后逢集日，李村长便生起炭火炉来，带上他的"明光仙"和酒具，在望天信用社门前的大柳树下，边烤火边卖酒。原先是两毛钱一茶罐，有些赶集的人冷了，累了，喝上一茶罐两茶罐，通身热乎乎的，立马就精神起来了。更有些酒鬼便聚上三五人，围着李村长的火炉，猜拳行令，或是说些荤话放个响屁，喝得醉醺醺的，摇着沉重的红头，踩着迟钝的碎步，拉着长长的涎水，哼着不成调的曲子，抚摸着空气擦黑回家了。

牛主任来到李村长家时，李村长正忙着往酒缸里倒酒，老远就是一股"明光仙"的酒味扑鼻而来。牛主任进院子的时候，村长老婆正抱着一捆木柴去酒坊烧火，便对迎面而来的牛主任说，今天老汉会给你倒一酒海，看你的肚子有多大。

嫂子，这几天叫收贷任务逼得我没个老鼠洞钻，哪有时间喝酒。牛主任正说着，从酒坊里传来了李村长的声音：你躲刀子，我一人弄不成。明明是

在骂他老婆。

明光仙人，我给你帮忙。牛主任进了酒坊后，只见李村长身穿一件油光光的大褂，在酒囊里拌酒料。牛主任过去帮忙，三两下就把酒囊填满了，两人便进了堂屋的门，李村长说：

上炕。

哪有时间上炕。

任务差不多了吧？

还差一些，急得我上火了。

你上炕，我今天给你收一笔去。

啥？你个李村长又在笑话我。

真的，咱村的李木匠今天要给分水岭他亲家去还款，他亲家那年贷的两万元其实就是给李木匠的。

太好了，我俩现在就去。

不，来，尝尝我今年的酒再去不迟。

一向慢悠悠的老女人却如风车一样，在他们说话间端上来了一盘炒鸡蛋，热热的还在碟子里颤悠。

嫂子，你今天咋这样麻利，我还没坐稳当哩，你的鸡蛋就来了。

你就是会开玩笑，好脾气。哪像这死老汉，成天板着脸。老婆边说边往外走。李村长看着她的背影对牛主任说，从城里捎来话了，二儿子石头今天就要回家，你看她屁颠屁颠的。大儿子也来信了，大儿媳又怀了身孕，天知道又是个啥？

男女都一样，你看看我，就月儿一个。

你是公家人，老了天上掉腊肉。再说，我还有酒坊，得往下传呀。

现在是啥时代，我们这里还有重男轻女的思想，在南方，人家一直爱生女孩。

对，南方人想得开。二儿子石头就在南方打工，他从职业技校毕业后，学了一门技术，在南方一个厂子上班，一年也就来一两次，工资也不是太高，一年花销下来也没几个钱。我一直劝说，叫他干脆别去了，把老祖宗留下来的酿酒手艺传下去，比什么都好，还能照顾上媳妇，老婆也是成天盼着儿子想孙子。但是，年轻人自有年轻人的想法，他们要看看外面的世界，包括儿媳妇雪花都被石头惹逗得心里潮注注的，这倒又成了我的一块心病。

你也别在心里去，好男儿志在四方，男子汉就要创世界。说不定哪天出人头地，你家的祖坟除了冒酒气，还真就冒青烟了。

狗屁，他能出个毬。李村长虽这么说，但听着牛主任的话，很熨帖也很受听，不觉猛往嘴里倒了一大盅烧酒，憨憨地笑了。

牛主任执意要去张家山，李村长说，这么厚的雪，天又黑，明天早上去也一样。

雪是一盏灯。我的任务还很艰巨，不敢耽误，晚上收贷款最好。

对，但你一人，要不我给你做伴儿去。

嘿嘿，就两个小时的路。不怕不怕。

牛主任告别了李村长，向张家村走去。雪路上，走起来很是费劲。冰雪路滑，摔一跤爬起来再走。有厚厚的棉絮铺着，摔不疼，就是样子滑稽可笑，不过，有夜来掩藏。上山比较好走，摔一跤爬着。下山就不太好，摔一跤蹾了屁股不要紧，最怕摔着后脑勺了。

牛主任费了好大的劲算是爬到了山顶，虽然没有月亮，有雪的衬映，山对面的张家村隐隐约约就在眼前。村子里有狗的叫声，还有人的吵闹，他们还没有睡，他得赶紧过去。他没有停留，挂着一截树枝，从下山的路豁口慢慢走去。他看着面前曾经的小路变成了一道雪沟，便轻轻地、试探着迈开脚步，往前只走了一步，"唰"一下滑了下去，他也就趁势仰卧在雪沟里，一骨碌滑到了拐弯处才停下了。这时，只见他双手抱着头，蜷曲着身子，躺在雪地上。他的挎包还在，半截树枝不见了。倒是没伤着什么，只是把大衣和毛衣都翻在身后，雪装了他的一裤腰，冰得他赶紧站起，打了一个激灵，又解开皮带一抖，雪从腰里钻进去，从裤管里出来了，好凉快！牛主任站起看了看，还在半山腰，继续高一脚低一脚地往前走……

35

鸡罩的日子简直难熬极了，他的家里可真称得上门庭若市。在鸡罩家要钱的全是在家里能做得了主的娘们，手脚麻利，能说会道。一句话，就是些平地不卧的妖精。这些在望天精选出来的巾帼英雄，简直把火炉子沟闹翻天了。一向闭塞、冷落、偏远的火炉子沟，怎能经得起这些人物的折腾。一时间，把原本安静的火炉子沟捣鼓热闹了，这些长相怪异，穿戴时髦，行走如风，声音或洪亮如钟，或尖如锥子的望天女人，组成了一支"尖刀连"。她们不是无理取闹，而是很有正义感的维权者。她们在鸡罩家吃喝拉撒。如果有人敢站出来说她们不讲理，或者实施简单的阻拦，她们会很感激，求之不得。她们个个摩拳擦掌，一双双贼眼睛搜寻着施展本领的机会。她们会把鸡罩丑陋的字迹拿出来，给他们一个响亮的回击，叫他们脖子塞嘴有口难言。

她们从望天结伴而来，走了近四十里的山路，又渴又饿又气又乏。她们拥挤在鸡罩的三间小房子里吵闹，才发现鸡罩媳妇是个蔫蛋蛋，除了哭，再没有别的本事。于是乎，她们原本准备周密、严谨、暴力的所有计划，一无用处。她们初来时那气势汹汹，甚至于杀气腾腾的阵势，都像见了钉子的气球一样蔫软得飞不起来了。她们原本准备打砸抢的杀手铜，就这样被一个弱女子一串又一串的眼泪泡化了。这些气焰嚣张的女人，这些粗暴的女人，这些在望天人看来无所不能的女人，终究有一天败下阵来，带着饿肚子从四十里外的火炉子沟收兵回营，垂头丧气，灰溜溜地摸着冬天的黑夜回来了，并悄无声息地钻进了各自家门。

而正在这时，躲过了一劫的鸡罩，在漆黑的夜晚悄悄地贴着传单。他放不过望天的每一面显眼的墙，每一棵大树，更放不过信用社门窗两面的砖墙，甚至在秋子家的石碾盘和碌碡上，也都贴上了。传单的内容只有一桩，就是牛若谷和秋子的绯闻。但他又增加了一些叫好事者耐看的细节，如具体地点：崦嵫山下的分水岭，信用社门前的小河边，还有秋子家的碾盘上等等。

这一张被白雪反衬得格外惹眼的传单，把在多雪的冬季，赖在火炉边的闲人一个个引了出来，三五人凑在一起，交头接耳，神神秘秘，有说有笑。

乡政府早放假了，只留下几个人值班。王乡长正了正他的呢子大衣，将左手叉在腰间，右手把帽子往正戴了一下，一步一步地走到派出所，敲开了王所长的门。他对正在刷牙的王所长说，王所长，昨晚望天又贴传单了，到处都是，就差我俩的脸上还没来得及贴。

还是那些事？

大概吧。

这狗东西。

你要抓不住这坏蛋，就别放假过年了，在望天值班。

这⋯⋯

要不望天的年能过消停？

也是，一定抓到。

这不光是坏蛋，这是挑衅。看望天有没有派出所，有没有乡政府。王乡长换了一只手叉着腰说，所长，你派人去，抓人的抓人，往下撕传单的撕传单吧。你要是抓不住，就请你们搬出望天去。

王所长惊诧地看着慢慢出门的王乡长，半晌，才把牙刷从嘴里拔出来。

李大姑和两个女儿围坐在炕上，猛然听见院子里人声吵闹，她从窗外瞥了一眼，只见几个大男人进来了，把俩孩子吓得直往被子下面钻。这几个男人进来后，一个质问李大姑：

这是徐飞家吗？

大姑点点头。

这就对了。徐飞呢？

大姑摇着头。

一个男人把另一个男人拉到自己身后，笑嘻嘻地说：我们是给徐老板干了一年活的人，他拖欠了我们的工钱，我们要过年，要还账。噢，还要给老

婆孩子买过年的衣服，买过年的酒和肉，可我们没钱！

大姑被吓得魂飞魄散，不知如何是好。

另一个男人生怕叫赶在前面的人把钱抢走，他便挤在前面说：

是这，妹……子……我是个……老……老实人，话……不多……我的钱……钱……钱……还多着哩……

这个结巴正在费劲地说着，身后又窜出一个小矮个子来，在地上活像一个陀螺，但说话声音很大。他不是说，是喊叫：

拿钱，别装蒜！不给钱，我叫你白刀子进……

这个人说得脸上都变了形，铁青的脸上滚动着杀气，大姑吓得叫了一声，妈妈……她赶紧像母鸡一样把两个孩子揽在身边。

这时，从后面来了个老成人，他一直站在最后面，手里掌着个精致的铜水烟锅，把屠夫一样的浑小子让在了他身旁。他站在了离大姑最近的炕边前，用右手的食指从水烟锅里掏出来鼻痂子大小的一点烟丝，在手里捏成了个小球球，装在了烟锅里，然后点燃了火柴，把火柴凑到烟球球上，一张松软的、薄薄的嘴唇吮吸着弯弯的烟枪，狠劲地吸了一口，猛然间，脖子上的两根青筋暴凸起来，一个喉结在空空的皮囊里上下滑动着，眼睛更是可怕得惊人，两颗瘦小的眼珠子仿佛要挣脱眼皮的管制，几乎要掉出来了。他吸烟的动作很在行，吸得直摇头，浑身都在打着激灵，并伴着吱吱的响声。几分钟内又不见响动，大概是晕过去了或者是舒服死了。好一阵子后，才把所有吸进去的烟吐了出来，哗啦啦扩散开来，弥漫在整个屋子，把所有的人都包围了。

孩子被呛得哭了起来。这个人说，上炕。地下站着的人早就被冻得直跺脚，都抢着上了炕。但是他们很人道地把大姑和孩子围在了中心。

大姑低着头，双手捂着脸，一个劲地哭。

你男人呢？

她仍旧摇着头。

他不来，我们就不走。

对。我正好打光棍二十几年了。

你妈的头，有事说事。一个人冲这个嘴馋的光棍头上扇了一巴掌。

这时，从被子下面传出一个大屁。

大姑这时只有一个念头……

就在李大姑很无奈的时候，牛主任和她叔李村长进门来了。

你们是来向徐飞讨债的吧？牛主任说。

就是的。对着哩。

你们这样威逼一个弱小的妇女良心何在？

我们的良心被钱儿逼死了。我们不怕讨债的坏名声。我们没钱过年。

你们就是杀了她，她也拿不出一分钱。

我们不杀她，我们只要我们的工钱。

你们有本事去找徐飞，她又没请你们去干活。

找不到，能找到这会儿就把他的筋抽了。

你们看这样行不行？我是望天信用社的主任牛若谷，你们谁有困难，这两天随便什么时候到信用社来找我，我给你们贷款，你们先过了年，再找到徐飞去要钱行不行？

行。牛主任，我认识你。

只要有钱过年，我也就不受女人的冤枉气了。

36

望天信用社得了两个奖牌，小吴抱着一个扭亏为赢的奖牌，小丁抱着一个"信用村"建设的奖牌。牛主任又从兜里掏出了一沓钱，递给了小唐说，两个奖牌，还有四千元的奖金。大家听到奖金时，不由在营业室跳着鼓掌。高天听到动静也在宿舍待不住了，来到了营业室，看着奖牌不好意思起来。牛主任笑着说，今年确实把大家难为了。我们在短短的三个月内实现了存贷款的"双百"，确实不容易。我在联社大会上介绍经验时，也很自信。荣誉是

大家辛勤劳动所得，同时，也是望天乡老百姓和乡干部、村干部积极支持的结果。所以，我提议在奖金分配上不要忘记这些人。联社奖了四千元，从中取出两千元，给一些乡村干部也奖一奖，促进我们明年的工作，大家说咋样？

好！

牛主任这才坐下来，喝了一口小丁递过来的茶说，我到班车上还思量着，有个想法想和大家商量，奖金这样分行不行：小丁是个女同志，又是城里娃，在咱们望天乡生活多有不便，就给她奖六百元；小吴在内部管理中能够认真负责，在业务上精打细算；小唐在清收不良贷款工作中积极努力，在徐飞的官司中也没少出力，他们俩各奖五百元；高天同志也算是我们的老主任了，以前的事再不提，但他能够主动工作，尤其在后三个月的任务完成中，他也是想了些办法，最终完成了任务，就给他四百吧。我已经被评为全区农村信用社先进个人，已放过了光，再加上，家里老婆常年有病，回家几次耽搁了好多工作，奖金我就不拿了。

不行！

不行。你得第一，我一次乡都没下，我没资格拿第一。小丁不好意思地说。

大家能拿上工资全是你领导有方，你得第一才对。小吴说。

你得第一，小吴第二，小丁第三，呃……高主任第三，小丁第四，我第五。小唐说。

牛主任，不管从哪方面讲，我都不能拿，我今年在工作中很消极，也请了好长时间的假，说什么我都不能拿奖金了。高天说得很是诚恳。

牛主任最后挥了挥手说：我是主任，民主还有个集中。这点钱算什么呀，只要大家齐心协力，以后还会有更多的奖金等我们去拿。今年的就这样，明年的再听大家的意见吧。

又是大雪纷飞，到处白天白地，风呼呼地刮着。牛主任和小唐穿着大棉袄，弓着腰吃力地走着。小唐不小心掉进了雪窟窿里，牛主任笑着拉他出来。小唐看着大雪，诗兴大发，想作一首，结果哼哧了半天，还是没有憋出来，最后看着眼前的雪花，大声朗诵起了毛泽东的《沁园春·雪》：北国风光，千里冰封，万里雪飘……

牛主任看着小唐笑着说，没看出这娃娃还有点墨水，等小唐把《雪》朗诵完后，他便接着朗诵起了毛泽东的七律《长征》：

红军不怕远征难，

万水千山只等闲。

……

牛主任仿佛是在爬雪山，表现着一个军人的英雄气概，只几步就到了李村长家。

李村长家炕头生着一盆炭火，李村长靠墙打着盹。牛主任和小唐进了门，李村长被惊醒后，急忙跳下炕用笤帚给牛主任和小唐扫身上的雪。

这么大的雪，有啥事，等不得天晴了？李村长说。

今年不知老天爷咋了，雪一场比一场大。

快快上炕。李村长赶紧说。

牛主任端着茶盅，从小唐手里接过五百元的现金说，这是联社给咱今年的奖金，也有你的一份，你也不要嫌少。

我咋能拿信用社的奖金？你这是骂我。李村长说。

不是，明光村是信用社的第一个"信用村"，经验在全区推广，还没有你的功劳？牛主任说。

都是你这领头羊有法子，我是个粗大炮，跟上你跑了个腿，咋能分你们的奖金。过了年，给我们明光村再贷些春耕的款就是了。李村长不好意思地推辞着。

现在望天信用社不再为农民的化肥款发愁了。你这是老皇历，老眼光。来，快快拿上，奖金是信用社会议上定的。

就是。小唐说。

这不是水倒流了？李村长笑着说。

牛主任又从小唐手里又接过两百元说，李木匠家困难，他今年能还上两

万元，真是难为他了，咱去慰问一下，礼轻情意重。

李村长笑呵呵地说，啊，你太周到了，这……

李木匠的儿媳妇就是从分水岭娶过来的，结婚不到一年，就在医院做了手术，到现在还没个小孩子，愁肠得不行。一家人也没个盼头，医院的钱还是李木匠儿媳妇娘家给贷的。生活没了希望，劲也使不到一起，一直就背着债过着穷日子。

年前，李村长开导李木匠说，你放着个金手银胳膊不用，把斧头刨子都锈成灰了，但是你的贷款一天不停地给你生着利息，哪怕你跑到天尽头，哪怕你死了，你儿子还要继承这笔债务。你不如趁早鼓起勇气，把那些烦恼事抛到山背后，把贷款还了，也不要难为你亲家。谁不想生个赢人的娃，这事也怪不得人家，等有合适的抱养一个也是很好的一家人。从此，李木匠就起来了，拿着他的看家本领，走了出去，连挣带借把两万元凑齐了，还清了亲家名下实际是他的贷款。

牛主任和小唐跟着李村长来到了李木匠家。他老婆李小琴包得紧紧的，睡在炕上，一头灰白的头发露在被子外面，只听见从被缝里喘着咝咝的气。地上被冬天的冷气吹出了一些大大小小的裂口，风把满地的灰尘刮得七零八落。从门里吹进来的雪渣渣像撒在地上的白糖，不均匀地散落着；炕头放着失去了一个爪子的泥火炉，里面有些没有完全燃烧尽，但已经熄灭多日的木柴，炉台上的灰被门口吹来的风又吹到炕上和被子上；屋子后墙上摆放着李木匠的杰作——卷桌和八仙桌，上面有一层陈年老灰，把曾经发光的桌面弄得黑不溜秋的；中堂两边的一副对联缺失了半截，剩下的半截也在风中呼呼作响，给清静的家略微带来了一点声音……

李村长和牛主任他们进门后，不见李木匠，李木匠老婆卷在被子里没听见。李村长生气地叹了一声说，给这瞎关心哩，我看就差一锹土了。

牛主任站在李木匠老婆前，把她紧裹着的被子拉了一下说，大嫂！

李木匠的老婆根本就没有睡着，其实她冷得睡不着，想把被子裹紧不让风钻进去。一听有人来了，她"哗"一下坐起来惊叫了一声：谁？

一天老想着睡。你看看，人家牛主任来了。

她一听牛主任，便又倒下了，边拉被子边说，贷款又还了，找我干啥哩。

我们不是来收贷款的，是来看你的。

我有啥好看的，我又不是一张画儿。

人家给你们送钱儿来了。

送钱？李木匠女人摇了一下，慢慢坐了起来。

我们来慰问你。牛主任痛心地说。

李木匠呢？李村长问。

黄村长叫去箍台鼓了。

还不谢谢人家牛主任。李村长没好气地说。

她光着一只脚跳下炕低着头说：谢谢牛主任。给牛主任鞠了一个躬后，又给小唐鞠了一个躬。

牛主任把两百元双手递给了李木匠老婆后说，大嫂，这是我们信用社的一点心意。钱不多，牛主任还没说完，李木匠老婆赶紧说，多得很，多得很，够炸油饼了。

牛主任他们走出李木匠家院子的时候，雪已经停了，风把落在地上的雪又刮了起来，旋风一样到处乱飞……

走出门后，牛主任折过身来又看了一眼李木匠的家，长长地叹了一口气。

37

三郎回来了。三郎怀揣着棉花寄来的钱，和黄村长一起来到了秋子家。秋子不在，她这几天每天都要去村边等着棉花。三郎把几个房子都找遍了，就连五儿也不在。黄村长说，你去村边小桥那里看看吧。三郎顺着小河走着，脚下的积雪踩上去吱吱作响。堤岸上的柳树在黄昏中显得无精打采，根本没有过年的喜气。出了村子，三郎老远看见秋子站在小桥边，五儿蹲在一旁。他看着她的背影，不敢靠近。三郎总觉得是他害了棉花，要不是为了他的学

费，她肯定还在学校上学。

天气干冷干冷的。汉阳河凝固了，成了一个银色的太极图案，在他眼前闪着青光。秋子身旁的小桥其实一进入冬季就成了摆设，人们可以很随意地从任何一个地方越冰而过。

秋子站在那里，眼睛盯着前方的分水岭，她一直幻想着棉花能高兴地从山上跑下来，并向她招手叫妈妈，或者提着大包小包，调皮地怪怨她没有上山去接她。

暮色苍茫，崦嵫山禅院的钟声再次敲响，在空旷的望天回荡。五儿摇了一下头，轻轻地叫了一声。秋子看着分水岭那棵久经风霜的酸梨树，无奈地回过头来。这时，三郎站在她面前。

三郎？她想问的话便收住了。秋子看着眼前的三郎，半晌才说，啥时候回来的？

刚到。

噢！

……

回吧。

三郎点着头。

五儿看见三郎有些激动，一阵跑在秋子前面，一阵又窜到跟在秋子身后的三郎后面，像一条无形的绳索把秋子和三郎缠裹在一起。

秋子回到家门口，黄村长靠在碾盘上抽着烟。

秋子进了门，拉着了灯。秋子说，三郎回来就好。

你也不要过于伤心，棉花或许这两天就回来了。黄村长说。

三郎看着秋子，不敢说话。屋里只有黄村长抽烟的声音。黄村长给三郎使眼色时，他才记起了身上背着的包，便把给秋子姨买的礼物掏了出来，黄村长趁机说，你看，这是娃给你买的，一点心意。

好吧，我收下。

姨，这是棉花几次寄给我家的钱，钱我不能……

这是给你的，你就拿着。秋子强装着笑脸说，你就好好上学吧。秋子的脸上活泛了。

你看，是这。你看，这样，你家为了棉花的病有贷款，就把这钱先收下还贷款，我来……黄村长还想说下去，被秋子打断了。

不要再说了，这是棉花的意思，只要三郎好好学习，她回来后会高兴的。

那是，那是。黄村长不住地点头。

三郎低下了头。

百灵鸟听到三郎回家了，立马寻上门来了。百灵鸟给三郎找了个对象，是她娘家的侄女。

一篓油一见到百灵鸟就格外热情，她趁黄村长和三郎不在，把三郎带来的一包点心用百灵鸟的头巾包了送给她。

这怎么好？怪难为情的。百灵鸟边收拾着一篓油给她的礼物边说，不过，嫂子，我侄女可俊俏哩，比那妖精女灵活多了。百灵鸟向门外看了一眼，便把嘴凑到一篓油的耳朵上说，听说那妖精女是牛若谷的。

不会吧。白平和在世时可把秋子看得紧哩。

百灵鸟瞪了一篓油一眼，这事么，嫂子。

两个人会心地笑着。

不过，这事要抓紧。我侄女在外打工也刚回来，听我侄女的心思，她是想在外找个南方娃。百灵鸟紧捏着她今天收回的礼物说。

可不是。今天三郎回来，我还没来得及说，人家爷儿俩就出门去了。一篓油又拉住了百灵鸟的手说。

趁过年人都闲着，把这事给定下，不是就保险了？

两个人都在笑。

黄村长一进门，一篓油就憋不住了：我这几天给三郎定了门亲事，是百灵鸟娘家的侄女。

胡闹毬啥哩！黄村长气愤地说。

死老头子，这是娃的大事，上大学也得要个婆娘吧。一篓油睁大了眼睛。

三郎有媳妇了。

谁?

棉花,还有谁。

她是个妖精。

你这乌鸦嘴。

老东西,她妈是妖精,再给我的三郎找个妖精。

三郎前腿刚迈进院门,就已经听出了里面吵闹的原因。一篓油一见到三郎,便委屈地哭了起来。

黄村长坐在炭火边烤着茶喝,他看着三郎像卧不安稳的兔子一样出出进进,他也没理身旁揉眼窝儿的一篓油,想着自己的心事。最近他老琢磨着牛若谷给秋子贷款的事,这叫他一村之长的脸面往哪放。他毕竟是堂堂的村长。他喝了一口茶,把茶杯捏在手上又想,要是他的好友白平和还在人世,他也就不操这份心了。可是,秋子一个寡妇……

黄村长想得脑仁儿都疼,原本他照顾秋子是理所当然的,他和白平和是发小,但……牛若谷偏偏又回来了。黄村长把手放下来,也没心思喝茶,一心想着心事。黄村长把手在火焰上燎燎,搓着手继续想,秋子也不太领情,他把老黑吆上耕种,也不见秋子关心过他。想着想着不觉有些来气,把刚倒到茶杯里的半杯茶泼在了地上,烫得冰冷的地"嘭"地响了一声,冒了点热气后马上就冻在了地上,明光光的一片。黄村长觉得自己有好多不如意,公事上,一个信用村的头筹叫李村长拨了,一贯公事走在前面的他觉得不够体面了。乡政府、信用社等单位毕竟在他望天村,望天就好比北京,怎么李村长就……难道他没本事了?难道他的运势不行了?黄村长摇着头,他不服输,他是望天乡的第一村长。他看着炕墙根哭泣的猪女人,心里说,秋子家棉花不是妖精,她是我儿子三郎的媳妇。今天的秋子又不是昨天的秋子。他朝身旁的猪女人冷笑了一声就出门去了……

38

蒋行长任天台农村金融体制办副主任以来，几乎把人行的工作抛到一边，甚至连办公室通知他参加人行党委会都推脱不去。这位老爷子对农村信用社太有感情了，一心扑在了农村信用社的改革大潮中。在诸多的会议或无法推脱掉的应酬中，他总是先大把大把地吃一些药后再开会或者碰杯。曾在好几次会议上，他总是带着极度的热情，纠正农村信用社永远纠正不完的错误。说到动情处，他会泪流满面。有一次，坐在前排的一联社副主任也被他感染得流泪不止，蒋行长对这位和他一样对农村信用社有着强烈情感的副主任当场进行了表扬，不几天就提拔他为主任，把原主任内退回家了。他就像一位特别爱国的将军，觉得文官谏死、武将战死，才是爱国情怀的最佳表达方式。

蒋行长在短短的两个月内，把天台市九个联社的二百一十五个网点几乎全跑遍了。他奔赴在农村信用社的最基层，亲自了解农村信用社的现状，为最底层的金融工作者服务，他觉得，这是他一个党员、研究生出身的行长应尽的神圣职责。蒋行长是天台市的唯一一个注册会计师领导，被市政府聘为高参。他参加过全国性的金融经济论坛，这是他有生以来最为自豪的一件大事。每当开会讲起这段辉煌经历，他总会兴奋地站起来，一只手叉在腰间，一只手挥向前方，像《列宁在十月》里的列宁那样，单臂高呼。每当这时，总会有人识时务地带头鼓掌，接下来，便会有雷雨般的掌声在会场内外滚动。这时的蒋行长大脑里是一片喝彩声，根本把持不住时间，在激动人心的跑道上越跑越远，也没人敢拦这匹脱缰的战马。兴奋过头，他的五脏总会显现出超人的毅力，各个脏器都会精诚协作，战胜饥饿和干渴。当下面的人不自觉地掏出手机或不住看表的时候，蒋行长会突然一个急刹车，有时他也会大发雷霆。所以，掌握蒋行长的情绪变化，成了天台各联社领导的一门必修课。另外，更叫领导们尴尬的是，他常在会上大骂：你们总是想法给老板贷

款，谁敢说没受过贿赂？没人敢站起来吧。为什么我们的农民还在求贷款，几千元都贷不上，老板一顿马尿就是几百万几千万？你们能不能把贞洁保持得长久一些？我们要为农民着想，我们都是农民的儿子。每当大骂到这时，他很自信，他像一位农村信用社的守护神，总想着把眼前的联社领导挡在腐败之外。当然蒋行长的行事风格联社领导不待见，但农村信用社基层的员工却赞扬他是一位干净的领导，威严的长者。

为了彻底改掉农村信用社在农行带来的一些不良风气，蒋行长几乎每次都要在大会之前数落一番农行，尤其是对农行培养起来的一些干部，他总是带着偏见，甚至对个别领导很是反感。因此，他在全市农村信用社大会上高声宣布，各联社要重视来信来访，要让职工说话，要让受过委屈的职工说话，更要让退休职工说话。很快，他就在体改办安排了专人，定期或不定期地收集匿名信件。如哪个联社或个人胆敢扣留这些重要信件，蒋行长的处理结果会给你一个意外的"惊喜"。

这样一来，告状信便如雪花般地在各联社飘飞。天台联社的告状信引起了蒋行长的极大关注，状告于理事长的信虽然少，但内容却是五花八门，如受贿、感情贷款、乱提拔干部、甚至还有男女关系等等，应有尽有。蒋行长对于理事长进行了一段时间的明察暗访，确实也没调查出什么，便放了他一马，他毕竟因为农村信用社而被明清法院作为人质扣押过。另外，告状丁主任的主要是不良贷款的事，其他领导都是些鸡毛蒜皮，提不上串的事了。就这些零七八碎的小事，但被蒋行长看过后，无不一一记在心间。他的记忆力是惊人的，尤其是对一个人产生了不良印象之后。

春节过完了，天台联社要召开春训会，这是农村信用社多年的惯例。于理事长对这次会议很是重视，他的五年计划虽然还没得到体改办的审批，但他还是按计划悄悄进行安排。会前他亲自与丁主任到市里请了蒋行长，蒋行长安排了天台联社春训会的时间，又新增了一些内容。于理事长再次按蒋行长的安排进行了调整，蒋行长也很给面子，本来天台区就在天台市，天台联社离人行天台市分行不到三公里，但蒋行长却提前一天与体改办的同志来天台联社了。晚上，于理事长及所有班子成员到天台宾馆为蒋行长一行接风。当蒋行长看到桌上摆着的茅台酒和中华烟时，他变脸了，大骂开了：

你们这是干什么？我们的农村信用社能经得起你们这些人的挥霍？你们在座的大概都是党员吧，就这样对党不负责任？

于理事长赶紧赔罪说，领导批评得对。平时我们也不这样。主要是领导来我联社开会指导工作，我们很是感动，给领导敬一杯酒，这是大家的心愿。你老也不要过于生气，我们换了就是。

其实对于这次招待蒋行长一行的烟酒及饭菜的档次，于理事长和丁主任他们商量过，办公室有个标准，但上茅台和中华烟是丁主任硬争取的，他说这是对一个老领导的尊敬。于理事长也就依了丁主任，结果惹得蒋行长当场大怒，这叫于理事长极为不快。

丁主任为了弥补过错，赶紧解释说，其实这是我提出来的，主要是我们这些年来，没见过像您这么大的领导和我们一起吃饭，您给我们一次机会吧。

蒋行长听到了基层同志的心声，确实他在未管理农村信用社之前，没有和他们共同欢宴过，也就笑了起来，大家觉得气氛活跃了，大笑中的蒋行长说，你们真是用心良苦，给你们一次机会。但仅限于这一次，还有，酒控制在两瓶以内。

太好了。于理事长站起来说，今天，我们很荣幸地请来了蒋行长，这第一杯酒先敬给尊敬的蒋行长，祝您老人家身体健康，阖家欢乐，万事如意！请。

蒋行长端着酒，大发感慨：这次你们确实也很幸运，我除了明天上午有点闲时间，明天下午又要到北京开会，这也就说明是你们和我的缘分了。

大家看着脸上放光的蒋行长鼓掌。

蒋行长端着酒杯，往后座上靠实后说，北京的这次会议，主要议题是针对美国次贷危机对中国经济市场冲击的大讨论。我最近一直忙着准备，市人行也有会议，我都不能参加，市政府的会就更没时间去了。另外还有其他地

方的邀请函我也懒得去理会。我的主要心思在我们的农村信用社，我明天在会上要展开讲，你们也可以把参加会议的人员范围扩大，也可以请领导来参加。

于理事长说，应该这样，叫大家来听听蒋行长的演讲。但是我们条件有限，会议室也小。

蒋行长脸色变得严肃了起来，他从椅子的后靠背上往起坐了坐说，这么大一个宾馆难道没个开会的地方？

也是，也是，我怎么没想到。于理事长赶紧说着，把头转过来给丁主任说，你赶紧安排。

不忙，叫你们农村信用社凡能参加会议的人都来参加，留个看门的就行。蒋行长笑嘻嘻地说。

好吧。于理事长把丁主任叫出去了。

这咋办？于理事长一出门就对丁主任说。

就按老爷子的吧。丁主任不假思索地说。

那些偏远信用社明天一早都赶不到。

争取吧，我看老爷子的兴致，我们推迟会议时间他应该不反对。

那怎么行，我们的会议只安排一天，会后要赶紧下乡，进入工作状态。

老爷子的脾气你不是不清楚，不这样，他这一关不好过。

于理事长气得用攥紧了的右拳把左手掌打了一下说，好吧，你进去给蒋行长请示。

丁主任进去后看见蒋行长正讲在兴头上，等了好半天，才等了个插话的机会。他便说，蒋行长，我们的工作确实太粗糙了，您看这样行不行，为了叫偏远山区的职工也能听到您的精彩讲演，最大限度地发挥会议的效能，能不能把明天的会议推迟两个小时？

好！蒋行长把酒杯放在桌子上，拍了一下桌子说，你这做法我赞成。

那好，那好，我安排。

丁主任出来后，于理事长站在门外说，你去安排吧。说完他赶紧笑着进了门，对蒋行长说，这样就太委屈您了。但也好，我们就有充足的时间给您敬酒了。来，请蒋行长先喝了这一杯吧。

先不忙，我给他们正说到一半。你坐下。蒋行长继续说，那天分管金融的副市长也在，我们的行长只说了句客气话，其余的时间都是市长听我讲。我走到哪里，只要我一张口，基本没其他人说的。我大学毕业后，又一口气拿下了研究生。我当行长没有一点背景，全靠自己刻苦钻研。冰无一日之寒。于理事长去过我的办公室，你看见那些书。那算少的，家里堆得老婆打扫卫生都不方便。厕所里有，阳台上也有，就连床头柜枕头边到处都是。嘿嘿！

总算把健谈的蒋行长安排着休息了，于理事长深感不快，在办公室郁闷地坐着。快晚上十点了，见有人敲门，他不耐烦地问：谁？

我。牛主任推开了门说，不好意思理事长，打扰了。

于理事长用手往沙发上一指，双手把脸捋了一下说，这么晚了，你来什么事？

明天会完，肯定找你的人多，我怕没机会，另外我要赶往信用社。牛主任不好意思地说着，明显感到了于理事长的不快。他不想打扰理事长了，想要退出，但理事长叫住了他。他勉强说，还是秋子贷款的事，那二十万元丁主任还没叫放款，我怕……

拖什么拖。我明天一早就给他说。

那太好了，秋子她们正准备开工。

于理事长点着头。牛主任知趣地起身要走，于理事长挥了挥手，示意他坐下。牛主任也就坐下了，慢慢说，我们望天信用社的会早就开了，这次会后我再补充安排。于理事长点着头，没有说话。等了好长时间，于理事长说，牛主任，你回去休息吧，明天的会改到十点了。

怎么改时间了？

休息吧。

牛主任关门的时候，见于理事长用一只手摁着头坐着。

丁主任负责把有些醉意的蒋行长送到了宾馆，丁主任也喝得不少，但他

的大脑很清醒，这就是他的长处。他去卫生间把水烧开，给蒋行长倒上，又给他剥了个橘子，关心地说，首长，您吃一个解解酒。您是我见过的知识渊博的平易近人的直言不讳的最好最好的领导。您的敢说敢干真叫我佩服。我真遇上了一位英明的救星，我们的信用社马上就要腾飞起来了。我一定要好好活着，亲眼见证您创造的奇迹。原先农行的领导从没有这样体贴过农村信用社，一直把信用社当作抢他们饭碗的对手。马行长既当农行的行长，又兼联社主任……丁主任还没把话说完，蒋行长就抢先说，他马行长，哼！我要叫他们看看我是如何管理农村信用社的。

要不是于理事长和马行长关系密切，那我们还要吃大亏哩。

啥？马行长和于理事长什么关系？

于理事长是马行长一手提拔起来的，亲弟兄一样，难道您没察觉？丁主任神秘地说。

噗——只听见蒋行长长长地吹了一口气，好像把一肚子的酒气都喷了出来，一下子清醒了，并说，我说这个于……

明清法院本来抓的是马行长，结果把于理事长抓去了。他等于替马行长受了委屈。

原来是这样的。于福民……

这事您知道就行了，我看您是位很有正义感的领导才敢给您说。

好。以后有事可以给我单独汇报，不必通过于理事长。

一定，首长！

第二天于理事长早早就起来了，他在去宾馆的路上对丁主任说，赶紧把望天大地公司的款放了，人家正在等着。

不是早就放了？

你去落实吧。

于理事长看了一眼布置得很气派的会议室，他对丁主任说，弄这些干啥嘛？

蒋行长的脾气你也清楚，我怕他又给我们寻麻烦。

于理事长看了桌签上有刘副区长的牌子，问丁主任说，你请刘区长了？

昨晚就请了，蒋行长安排的。

蒋行长提前几分钟来到了会场，并习惯性地坐在了主席台的中间位置，他翻着一沓厚厚的材料，从中寻找着什么。这时，于理事长给蒋行长耳语了一阵后，把刘区长的桌签取了。于理事长这才宣布：

现在开会。首先让我们以热烈的掌声，向前来天台联社指导工作的市人行蒋行长，表示热烈的欢迎和衷心地感谢！

待掌声安静下来后，于理事长继续说，本来我们给大家下发的会议日程，是由我和丁主任先汇报，最后再请蒋行长做指示。但由于蒋行长今天下午要去北京开会，就先请尊敬的蒋行长为大家讲话，大家欢迎。

在又一次掌声过后，蒋行长站起来用双手阻止了还在继续的掌声，他说：

同志们！我来天台区农村信用社参加这次会议，要与大家进行深入的交流，如果按我的设想，除值班的员工外，要求能参加的全部参加，另外再请来区四大组织及市上的分管领导，让我们一同来商讨天台农村信用社的改革和发展，这样可以扩大我们的影响，提高我们的知名度，最最主要的目的是要让每一位员工从农行代管的阴影中走出来。市政府成立了农村金融体制改革办公室，分管金融的副市长任主任，我任常务副主任，也就是主持工作。同志们，我下午要坐火车去北京，参加由美国次贷危机影响世界经济的论坛。有好多省市的会议我都没时间去参加，但我要把时间留给信用社。不知为什么，我唯独对农村信用社感兴趣，也有感情。我在市人行当副行长，包括工农中建等，哪个不属于我管，但我都懒得去管。我决心要管农村信用社。我要管好它，我要爱护它！

又是一阵激烈的掌声。

我要把农村信用社当成自己的家，不管什么事，都要为农村信用社让步。今天的会议如果我们探讨的事情太多，我可以放弃参加北京的论坛，来与大家一同研究我们的农村信用社。我把全市的网点几乎跑遍了，但是，同志们，给我留下的印象是什么？是破败，是散乱，是粗野，是期待，是……

蒋行长终于说不下去了，流下了眼泪。

丁主任赶紧把一张餐巾纸递给了蒋行长。蒋行长说，失态。失态。又接着说，这样吧，我先听听于理事长的汇报后，再结合实际展开讲。

于理事长向还在擦眼泪的蒋行长点了点头后说，好，我先把去年的工作给大家通报。于理事长开始念着。

蒋行长把手一挥说，于理事长，你不要念文件，你讲就行了，我最讨厌讲起话来就拿文件一个字一个字地念。

于理事长难为情地说，好吧，去年我们的存款突破了历史记录，贷款投放超于往年，不良贷款有所下降，利润上我们实现了唯一的减亏……

认真记录着的蒋行长猛然抬起头说，你们还在亏损？

于理事长说，对。我们去年经过大家的共同努力减亏二十六万元。

蒋行长说，不说这些了，说存在的问题。

好。于理事长只好说，在与农行的财产分割中，虽然马行长为我们争取……

啪！蒋行长的手拍在了桌子上，把桌签都打翻了。你们怎么就这样舍不得农行，马行长怎么了，无非就是你替马行长坐了一回牢吧！

于理事长正说着，被蒋行长拍了桌子，惊得他张着大口在看蒋行长，他想这是怎么了？他一提到农行或者马行长就……他总不能这样偏见吧。下面的人无不被蒋行长的举动弄得莫名其妙。只有丁主任勾着头，认真地记着笔记。

你们这些从农行过来的干部就是离不开这个"娘"，依赖习惯了。老观念，老思想，老做法。把这么好的一个联社交给你们，还在亏损。你们如何对得住党和人民？如何对得住农村信用社的职工？

不知是谁先带了个头，下面又是一片掌声……

39

秋子的大地公司终于开工了。经王哲东乡长与区二建公司联系，由区二建作为扶贫项目来承建，整个预算下来为五十六万元，六万元作为扶贫，最后以五十万元签订了合同。秋子、牛若谷和王乡长都很高兴，请来了区上的领导，举行了开工仪式。由于正好凑上逢集，把前来赶集的人都撤到了明光村。李村长穿着一件过年新添的大衣，戴着墨镜，忙前忙后。秋子今天打扮入时，绾着头发，穿着一套蓝西装，越发好看了。在远处和半仙站着的青岗叔一直揉着他那只潮湿的眼睛，他今天越看秋子越像他的七太太了，活脱脱就是七太太转世。他抬头看着人群中穿梭的秋子，口里不停地说：

还魂了，还魂了！

黄村长领着望天村的夹板舞，他身后的几十个男人，都是清一色的白毛巾扎着的"虎抱头"，身穿黑色外衣，腰间系一根由他亲手编织的麻丝腰带，很是威武。李村长把他的宝贝墨镜一摁一摁的，不知是怕掉下还是怕人们不注意，总是不忘记这个动作。他披着一件新大衣，正忙着招呼明光村的秧歌队。

仪式开始了。先是领导分别讲了话后，待秋子讲话的时候，下面秧歌队的女人们已经急不可耐了，也吵闹了起来，就连站在不远处的牛若谷也只听清了一句：我一定要干出对得住大家的事。紧接着由百灵鸟领着的秧歌队在鞭炮声中上场了，这些平时腰粗歪腿的女人，走起路来都没有个姿势，一着妆，脸上抹了粉，把那些长短不齐的皱褶和保留至今的垢痂遮掩得不见踪影，现出了惹人的面容。她们舞着还是当民兵的时候学到的"花花棍"儿，摇着铃铛，迈着精神的步子，转着柔软的身腰，把妖精一样的脸面笑得很是灿烂，得意得不想下场了。跳夹板舞的男人简直是等不及了。他们还没等秧歌队的女人完全下场，就由贵成子领着队急促上场了。这些男人迈着矫健的步伐，用两块木夹板在空中很有节奏地划着半圆，跳出了男人的雄健，跳出

了男人的豪迈，跳出了男人的阳刚之美。狮子是由青岗叔顶着。这是他要求要顶的，也是这位老军人为大地公司庆典仪式的热情献礼吧。狮子先是慢慢地在后台人群中左右摇头摆尾，往前走了两步，又退回去了，再出来，再退回后，猛然上步跳至场地中间，哗啦啦几下大摇头，由黄村长牵着踩了四门给大家叩了头后，便奔跑了起来。狮子看着场子中央放着的两个架起来的八仙桌，从四面看着摇头，又蹲在前方好像懒惰得不想动了。黄村长将右手拿的绣球往空中一挥，只见狮子"唰"一下向桌子扑了过去，一跃立在了两层的八仙桌上，高扬着头，在上面雄伟地转动着。这时，四下里响起了雷鸣般的掌声，大家不住地喝彩，狮子在桌子上向四方摇晃着点头致谢，紧接着从两层高的桌子上一跃而下，在地上打了几个滚后，随着又一阵震天的喝彩和掌声，狮子便退回到人群中。秋子看着蹲在场外满口喘着粗气的青岗叔和黄二愣，不由流下了滚滚热泪……

二建公司的车拉着脚手架、混凝土搅拌机等设备开进了工地。徐飞也来了，由他负责这个工地的土建施工。王乡长和秋子拿着合同找了工地的总负责人李工。李工说，工地由他总负责，徐飞只是项目经理。徐飞笑着说，秋子，你不要怕，我挣的是公司的钱，不是你的。你我都是和公司打交道。

总负责李工的一双眼睛很小，在高度近视的镜片后好像一直睁不开的样子，但看上去很是精明。他说，你们不必担心，你们对的是二建公司，又不对哪一个人。

这时，牛主任也来了，黄村长和李村长都来到施工现场，听到了李工的话后，他们在一旁和王乡长商量了一下说，看看进度和质量再说吧。

徐飞很客气地给李村长说，爸，我这次来主要是给您看的，叫您重新认识一下我这倒插门女婿，是铁是铜您再敲打。徐飞给李村长和黄村长敬上一支烟后说，我的工程队只来了我一人，我这次来，主要要把这里的人招来干活。

黄村长和李村长他们对视了一下，听徐飞又说，请你们放心，我现在有钱了。相信我。

秋子走到徐飞面前说，好，徐队长，我相信你，希望我们相互配合，给望天村民有个满意的交代。

牛主任也说，那你的户得开到信用社，我们要对村民的工资进行监督，要求你如数付给干活的人。

徐飞没有说话，不住微笑着点头。

冷月寒光，微风漫地。棉花感觉到了前所未有的悲凉。自从掉进入魔窟后，她就一个念头，等给三郎哥积攒够了学费，她就会……她今晚漫步在这个城市的河堤上，猛然想起了家门口河堤上的柳树，现在正是柳豆爬在枝条的季节。在望天的时候，她常和三郎哥在河堤上散步。谈人生，谈理想，偶尔还会谈及婚姻。每当这时，她总会追问三郎哥，你要找一个怎么样的姑娘？被她逼急的三郎总是害羞地说，像你一样，像你一样的。棉花在轻轻捶打着三郎胳膊的同时，还会娇滴滴地说，你又胡说，你不要乱说。

棉花此时对天长叹，今晚的棉花，已不是从前的棉花了。那个纯洁的棉花早已死去了，而现在漫步在异地他乡的棉花只是个躯壳而已。棉花走着走着，看见一个女人抱着个小孩子，她猛然间想起了妈妈秋子，妈妈肯定很急很生气。她不能再没有女儿，她只有这么一个宝贝女儿。她已经经受了失去丈夫的痛苦。但是，她现在确实是有家难归。妈妈，请您等着我，我会回家看您和爷爷的。

在望天曾经猖獗一时的以鸡罩为首的民间借贷终于被牛主任给彻底铲除了。鸡罩走到哪里行骗，牛主任就到哪里揭发和阻止。这一对冤家真正是对上了。牛主任在明处，鸡罩却在暗处，两人各有手段。牛主任为挽救鸡罩吃了不少亏，而鸡罩也因牛主任挨了不少打。牛主任把鸡罩的财路给断了，鸡罩觉得没有了活路，他对牛主任采取的手段都采取了，明的暗的没一个能见效的，这让鸡罩极为苦恼，很是伤痛。好在派出所又放了他，这些日子村民们又在忙着农活，他便关了门大睡了三天三夜，善良的老婆白雪娃怕他寻短

见，就安慰他说：

钱咱俩慢慢还吧，但你要吃喝。雪娃把一碗荷包鸡蛋放在鸡罩的眼前，鸡罩把头埋在被子里，动都不动。雪娃把被角拉开，她看见鸡罩满头大汗，就用毛巾给他擦干，摇了摇他说，要不你到城里打工挣钱儿去。

鸡罩没有动静。

听说棉花在城里……

啥？鸡罩坐了起来，睁大眼睛看着老婆。

雪娃看到鸡罩涨红的脸便低下了头。

你说棉花在城里干啥？

听说她在打工挣钱儿。

鸡罩又睡下了。当鸡罩听到老婆说棉花时，这时他很后悔。他不应该把棉花卖给人贩子，他更大的仇人是牛若谷牛大胆，又不是秋子。他惶恐地一骨碌从炕上爬起说，我要去城里，我要去城里！

鸡罩当天去了城里，买了火车票去了他原先去过的城市，他怎么找也找不见那个曾经和老板做过生意的地方。他每天在找，他每天在打问，但终究没能找见。他甚至在人多的地方等，到商场去看，都没有棉花的踪影。他猛然想起他在望天贴过传单，于是，他又写了些传单，在电线杆上，在马路边的墙上，在车站等地方都贴上了"棉花回家"的字样。他到火车站、汽车站都去了，没有见到棉花。他觉得把事弄大了。他在车站的长椅上睡着哭泣，坐着做梦……

鸡罩垂头丧气地回家了，刚走到望天村头小桥边时，迎头碰上秋子，来不及躲闪的鸡罩便说：

我……我见棉花了……

啊！她在哪？

在……在西安……我叫她她不来。还说叫给你捎个话，不要操心她。她在上班，年底就回来了。

真的？秋子急切地说，你带我找她去吧，鸡罩兄弟。

当鸡罩听到秋子称呼他兄弟时，心里一阵酸楚，但又勉强抑制着眼泪没渗出眼眶。他内疚地说，棉花专门说不要让你找，她常搬地方。噢，她给我也没说地方，只是碰见。

我一定要找去。我一定要去。

鸡罩看着秋子急切的样子，便笑嘻嘻地说，我哄你哩。

你为啥这样哄我？

我想叫你给我借点钱儿。

秋子看着鸡罩，鸡罩低下了头，这时，秋子身旁的五儿便向鸡罩吼叫，吓得鸡罩连连后退。

40

大地公司的工地上热闹起来了。徐飞把工地上的事托付给了李村长，李村长组织了明光村和望天村的劳力来到工地上干活，技术工人是徐飞从城里工地上调来的，不到一月，车间主体已经起来了，就等打圈梁的混凝土。总负责李工给李村长安装了磅秤，叫他把砂和石子的比例掌握好，要过磅称，把好关，质量出现问题公司会追究责任。李村长当然会严格把关，他有时还会背着李工多放些水泥。

秋子来在工地上，看着工程进展这样快，心里不由高兴起来。这几天她正和巧姐儿商量招工的事，还有进货等一系列事务都要操心，她一天也忙得不亦乐乎。

区联社于理事长来望天了，他想看看大地公司的工程进展情况。牛主任陪着于理事长来到了大地公司，给他介绍了工程的进度。于理事长很高兴，他对牛主任说，这个企业与望天村民息息相关，这样的企业我们应该好好扶持，等工程进度到一半的时候，再给秋子贷二十万元，除了建设厂房，还要进材料，把这个企业彻底扶持起来，不要半途而废了。

牛主任很是感激，他拉着于理事长的手说，理事长，我正想给您汇报这

事，秋子为后续款一直发愁，我还安慰她说，只有到时求理事长了。

他们从大地公司出来后，又顺着河堤边走边聊，于理事长说，这个秋子也是个干事的人，只要她想着村民，我们就全力支持。我们的信用社本来就是农民的，这一点必须要认识清楚，我们的目的是为了农民脱贫致富。再说，你我都是老信合了，农村信用社走到现在不容易，艰苦朴素和勤俭节约的优良传统不能丢啊！

更不能丢掉老信合人的"鸡爪子"精神。

职业道德和信合精神是我们的法宝！

现在的年轻人，太缺少这些了。

我常给职工开会或闲谈，老讲这些道理。唉！我有好多想法，但是蒋行长的讲话叫我很是……

这个行长听说水平很高，但一听他讲起话来总是不着天不着地的，不实在。什么研究生？什么国际论坛？离我们太远了。

人家是领导嘛。

有些事他不同意我们就去找人行的一把手，叫大行长表态。

嘿嘿，你不知道，蒋行长在行里……说这些干啥，这是人家的事。

他在会上从来都是护着丁主任，牛主任有些不平地说，天台的不良贷款丁主任的责任最大了，蒋行长不了解实情，乱发脾气。

唉！我多灾多难的信用社……

牛主任和于理事长正说着，小唐跑过来说，联社找于理事长。他们便来到营业室，于理事长抓起电话打到办公室，办公室说市体改办通知，蒋行长明天要来天台联社调研。于理事长从电话里听说蒋行长来调研，拿着话筒迟疑了一阵后说，好，你叫丁主任准备汇报材料，我往回赶。

于理事长放下电话，向牛主任笑了笑说，按你们的计划搞，有事随时联系。

牛主任没有留于理事长吃饭，怔怔地看着远去的车，只见车后拖着长长的尘土，像一条怎么甩也甩不掉的长尾巴……

232

蒋行长说来就来了，第二天九点，蒋行长仍然准时坐在了天台联社的会议室。会议室里坐着班子成员和各部门的负责人，背墙上挂着"欢迎市人行领导来指导工作"的横幅。

蒋行长一进门就抬头端详起了这条横幅，倒没吭气，但当他发现在座的只有这区区十几个人时，便对于理事长说，把你们机关和城区的主任都叫来，另外，把横幅撤了，记清楚，我们现在是体改办！

于理事长连忙点头，给丁主任说，赶快通知城区的主任。

能参加的都叫来。蒋行长说。

丁主任笑着对蒋行长说，是是是。一定。最大限度。

机关的同志陆续进了会议室，蒋行长早就等不及了，开场白已经讲演到一半，只听他说：

我在北京的这次论坛上发了言，时间最多。如果不是一个工作人员干扰，我会给他们讲一下午的。一个国家级的号称专家的教授发言时间才五分钟。我看他们多是有职位没水平，教授的讲话也不切合实际。我在基层工作多年，曾经是市行最年轻的一位行长，无论资历、工作经验、业务水平……这不是吹。

于理事长笑着点头。丁主任给蒋行长说，您走到哪里，哪里就有掌声。

我说话比较实际，无论哪个知识层面的人都能听懂。不像有些人只说空话，说大话，放响屁。做人要实，做事更要实。

就是，我们要把人做实，把事做实才能对得住党和人民。

蒋行长，人能来的都来了，开会吧。于理事长说。

行，我先讲，讲完你再安排你们的工作。

仍旧是一阵掌声后，蒋行长以洪亮的嗓门开始了他的讲演：

同志们，你们很荣幸，我是参加了国家级的经济会议后带着专家的肯定和余热来和大家见面的。美国的次贷危机严重地影响着世界的经济发展，尤其是欧洲一些国家还有……（蒋行长用左手食指敲打了一下头）还有其他一

些国家，但是，我们中国早有预防。我们的中央领导人组织专家积极应对，因此，对我们的冲击是较小的。这是世界范围宏观的经济动态；而国内经济，正面临着世界冲击波的考验，我相信经过一些高素质高水平高学历经验丰富并有责任感的学者专家的共同协作和积极配合会很快很平稳地过去的。丁主任赶紧递给蒋行长一杯水，蒋行长伸手挡住了，他用手一挥说，我这人讲话有个最大的好处就是口不干。他又接着说，这是国内经济形势；我市的经济状况很是低迷，金融市场比较混乱，一些银行，尤其是我们农村信用社各自为政，山高皇帝远目无王法乱放人情贷款。我敢肯定，你们在座的每一位不论多少都会有人情贷款。谁敢说没有站直了，让我认识认识。他扫视了会场又说，丁力群，你敢说你没有？不敢吧。丁主任左右看了看，脸红脖子粗的尴尬着，他在极不自在中听到蒋行长继续说，这是什么问题？这就是为啥经营不好我们的信用社，这就是农村信用社胎带的毛病。这些问题，也是今天大家值得思考的大问题。我们要把农行带过来的一些不良习气彻底洗刷掉，我们现在成立了自己的组织，有爹有娘，再不是社会上传说的农村信用社是一个年轻寡妇，谁想占便宜，谁都不想承担责任，所以生下了畸形的怪胎。

大家一下子笑了起来。

不要笑，就是。于理事长你说说，是农行的领导关心还是人行……

于理事长难为情地说，其实农行也不是像您听到的那样，农行马行长确实为了农村信用社尤其是在与农行分家……

停！你就是崇拜个马行长，你们的私人关系发展到了为他坐牢的地步。他能分什么家？这是国家的政策，不是他马行长的功劳。蒋行长气得站了起来，直指着于理事长的鼻尖大骂。

于理事长也沉下了脸，他回击道，蒋行长，我不是为马行长私人坐牢，也不是为天台农村信用社，其实就是我们原营业部主任不懂法规，才造成的。实际我是为营业室主任去的，也没有坐牢。

好，你解释得圆满。你们当时怎么管理营业部的？主任不行立马就换呀。

也是。但是，当时农行……

停！你一口一个农行，一口一个农行，不要看着你是个老同志，不要看在你去明清受了些委屈，我现在就免掉你。

我不违背良心说话蒋行长，你总要让我把话说完吧。

你说！

没有农行管理的这一段历史，也就没有现在的农村信用社。也可以说，没有马行长对天台农村信用社的偏爱，我们的业务可能还要差一些。但是……

好了，像你这样思想陈旧的顽固分子还能继续当天台的一把手？我早就想换了你，给你留着改变观念的机会。谁料想你一直还是这样的守旧。对不起！你在明清也受了些惊吓，这样吧，我宣布，天台联社的工作暂由丁力群负责，于理事长暂时回家休养吧！

偌大的会场出现死一般的静寂，大家谁都没想到会是这样的结果。于理事长把文件和笔记本一拿就出了门，蒋行长又站起来大喊：

你回来！你回来！

大家盼望着于理事长能回到原座位上，更盼望蒋行长说的是气话。但于理事长没有回来，他走了。

丁主任赶忙走到门口，他想拉住理事长，只听见蒋行长说，你叫他先去吧。

丁主任胆怯地看了看蒋行长，蒋行长说，你要是把天台的工作搞不好，我继续免你。丁主任尴尬得不知如何是好，一丝傻愣愣的笑僵在他的脸上，活像一只受过惊吓，但又听到了母鹅召唤的公鹅，展开翅膀站在水面上，四下张望着……

41

青岗叔的北山上，到处都是盛开的槐花，树枝上像堆积了厚厚的春雪，把枝条压得弯了下来，拥挤在一起，仿佛在交头接耳地讲笑话一样。微风吹

来，鼻孔里滑溜溜的，把人的心肺弄得痒痒的，嗓子眼好像被这些香味扩充了，沙沙的香气吸进去贯通全身，叫人舒坦得受不住了。槐树干撑不住偌大的白色树冠，在蓝天下晃来晃去地蠕动着，像翻腾着的白云，更像西北风下的雪浪。春风漫过的时候，把这些香味儿赶得满山满洼乱跑，整个望天都被北山上的槐花搅动得香香的，爽爽的，叫人奈何不得。就在这片槐树林中间的平台上，一座建有茅草房的小院子，被槐树林紧紧地围在其中。院子里盛开着牡丹、芍药、百合、马兰花、丁香花等，把坟堆包在鲜花丛中；坟墓前，由三块石头顶着一块光亮的石板桌，桌两边是两块自然天成的石凳，一只被屁股摩擦得明光光的，一只看上去像没坐过人一样；在不远处的树林里，横放着几只用树桩挖出的圆形蜂巢，两个小洞里不住地有蜜蜂出入，在院子的上空，在槐花中盘旋着，嗡嗡地叫个不停；五儿乖乖地卧在半仙的身旁，半仙正用一只干瘦的手抚摸着它的头。青岗叔掌着一根足有二尺长的烟杆抽烟，眼睛呆呆地盯着花园里的坟墓出神……

半仙记着这个日子，他常对青岗叔说，今天是七太太升天的日子。七太太是嫦娥的童子转世，她离开青岗叔后又回到了月宫。青岗叔看不见七太太，但七太太能看到青岗叔。半仙掐算过，七太太升天的日子正好是四月八，也就是佛诞生的日子。人间少了个七太太，月宫多了一个童子。

七太太本是福建人，她是岐山堡武老爷在福建做官时带回来的第七房姨太太。1949年前青岗叔在武老爷家是一个羊倌，自然见过七太太。1949年后闹土改，把青岗叔从武老爷家土改了出来，同时也把七太太给青岗叔土改过来了。当时人们都在高兴地分着胜利果实，把武老爷家的牛羊拴在树上，等待着新的主人。那些从福建运过来的红木家具，油光发亮，沉稳大气。比如紫檀的插屏，上面雕着八仙过海的图案，人物个个栩栩如生，很有神韵，尤其那何仙姑的头发，雕刻得一根一根的，看上去柔软如丝。还有那红木的卷桌和八仙桌，都是当地人从来没有也不可能见到的。但这些贵重的家具再精美，七太太再漂亮，大家还是抢着去牵牛和羊。最后那些没牵到牛和羊的人一气之下把紫檀插屏和红木家具都砸了，说这上面沾满了人民的鲜血，是地主剥削人民的罪恶之果，就像它原先撕碎了人民的心一样，以牙还牙把它砸碎。而七太太在那儿和牛羊一起站了多半天，只有人唾弃，没有人敢碰她。青岗叔一直守到天擦黑，当大家还沉浸在分到果实的喜悦中时，他把七太太像扛了一麻袋粮食一样扛回了家。这个家其实就是武老爷家的羊圈，羊圈就是青岗叔曾经和羊住过的家。他给武老爷放羊时，七太太在这里见过青岗叔。羊圈是给青岗叔分来的果实，也就是他和七太太的家了。

七太太被青岗叔扛回家的第二天，他把羊圈翻新了，墙壁上重新抹了一层泥巴，再把地上原有的羊粪挖去，换上新土，门和窗都洗涮了，房顶的茅草也重新归整一新。在用自然材料和力气的巧妙结合下，一个新家，出现在了七太太的眼前。从此，她打消了死的念头，与青岗叔开始了新的生活。

其实七太太是一个活泼可爱的南方女子，被武老爷带回来后，她对北方的民物风俗一点都不习惯，整天愁眉苦脸哭闹着要回家。但她这样一只笼中的小鸟怎么可能逃脱？几次欲逃不能，几次欲死不休，就只有忍受了。武老爷进士出身，是个地地道道的读书人。七太太也读过书，武老爷便教七太太学习唐诗宋词。七太太可最喜欢元曲了，她会唱昆曲，最拿手的是《牡丹亭》和《游园》，她给武老爷唱，武老爷也爱听极了。武老爷对昆曲颇有研究，他还给七太太解说昆曲和秦腔的内在联系与区别。七太太不懂秦腔，武老爷就给她唱《游西湖》里的"鬼怨"和《火焰驹》里的"游园"唱段，这时的七太太就像一个小孩子一样活泼可爱，扭动着她的小蛮腰，醉倒了武老爷。武老爷还给她教写毛笔字，临古帖，教她把玩文房四宝，如水盂、鼻烟壶、镇纸、扇子和熏炉等雅致的器物，这些文玩珍藏都是从南方带来的，独具匠心，非常精美。有瓷器、青铜器、陶器、玻璃等等。瓷器的光亮，青铜器的沉稳，陶器的古朴，玻璃器的晶莹剔透无不闪耀着传统文明的光芒。在七太太眼中，武老爷不光是一位呵护她的丈夫，更是一位老师和长者。对于武老爷，她从胆怯到熟悉，从熟悉到尊崇。而在她房间琳琅满目的所有器物中，有一把人物仕女团扇是她的最爱。她把这件东西一直带在身边，有时睡觉前或者失眠，她都会拿出来欣赏。在武老爷的雕琢和熏陶之下，她的文化知识面也

逐渐拓宽。她常看着这件手柄和边框雕漆刻花的团扇，一仕女拿着一个花瓶，花瓶里插着几朵小花。仕女在一个围墙下朝外观看，慢慢她发现那个眼神是偷看，这叫她恍然大悟，这不是《西厢记》里的莺莺？她再仔细端详，墙下的萱草，一旁的太湖石，墙上镂空的花窗，还有仕女柔软的纱衣，头上的青丝和发髻，胭红的樱桃小口，细细的柳叶眉，手执的团扇，都是那样的清丽典雅，非大师而不能。武老爷送给她的珍奇细软，包括珍珠和象牙的项链，翡翠和羊脂白玉的手镯，玳瑁的玉簪等等，都比不上她对文玩的喜爱。武老爷是个传统文人，琴棋书画无不精通，他画的山水、花卉、人物，他写的真、草、隶、篆无不精湛，均留传于世，馈赠乡友之多，不胜枚举。武老爷还是个很有情调的人，弃官回乡之后，他在老家修的房子，既不是飞檐走兽，又不是亭台楼阁，更不是雕梁画栋，而是当地风格的民间土院。他在较大的院子中间建了个草亭，上悬一匾，书写着"天地一草亭"。亭子周围，自然是花草了。每当他和七太太在山上散步时，都会挖一些野花回来，种在院子里。他最爱家乡的野花，如野百合、山丹花、马兰花、野棉花、苜蓿花等等，五颜六色，千姿百态。这个草亭，也成了他的琴室，他总喜欢在这里弹奏古琴。他对古琴的造诣很深，弹奏的《渔歌》《忆古人》《渔樵问答》最有韵味，七太太一听这几首曲子就醉了，她也得到武老爷的真传，能弹出不少的曲子来。她对古琴也是情有独钟，武老爷送给她的一张明代"正希"古琴，她总是爱不释手，每当皓月当空的夜晚，她总是在弹琴、品茗、赏月……

在七太太和青岗叔生活的一段时间，她第二次感觉到了生活的快乐，日月星辰，春夏秋冬，田间地头，乡野山风，蓝天白云，雷电雨雪，都叫她重新认识了大自然的和谐和亲近，连山林树木都成了她的朋友。粗壮的青岗叔和柔弱的七太太也是恩爱有加。青岗叔有时候也吼两句不完整的秦腔，但每次都惹得这个江南女子大笑不止。而七太太的一段昆曲，却足以把青岗叔融化。每当青岗叔听到她的昆曲《游园》时，他就像抽去筋的猫，软软地躺在地上，如一堆烂泥，再也动弹不得了……

但好日子不长，马上运动就来了。"三反"本是个经济运动，但望天没有经济案，只好把七太太——当年的地主婆作为专政的对象，不论青岗叔如何辩解和阻拦，都不能阻碍轰轰烈烈的运动，他们给七太太脖子上吊上了一个大牌子，上面写着"地主婆"，上街游行了。他们还要强迫青岗叔提着一面大铜锣，边敲边来揭发在她家扛长工的罪行。他们说青岗叔最有发言权。青岗叔给他们分辩说，武老爷他不是你们说的那样恶毒，其实他很是善良，也很厚道。那一年的天花，是他从福建寄回家乡的药才救了好多孩子的命。每次闹饥荒，也是他给山前岭后的穷人施舍，才度过了灾年。结果就是这一句话把火烧大了，他们把青岗叔也给绑了，整天和七太太一起游行。一天晚上，他俩被锁进一个磨坊，青岗叔用磨沿儿磨断了绳子，解开七太太，准备一块儿逃跑，可七太太说啥也不跑，她怕连累了青岗叔……一个美若天仙的弱女子怎能受到如此沉重的打击，她将一双绣花鞋留给青岗叔，趁着青岗叔出去找食物的时候，用绑过她的绳子上吊了。当青岗叔双手端着一碗热气腾腾的饭回来时，看见悬在房梁上的七太太，他一抱抱住她大喊着扯掉了绳子，但一切都为时已晚。这一天正好是农历四月初八。悲痛欲绝的青岗叔不忍离开，把她抱在怀里三天三夜，才将她葬在北山上后，他便趁着黑夜跑了。后来参加了抗美援朝，打跑了美国鬼子，又回到了七太太的身边，从此，再也没有出过远门，终日守着她的同时，在北山上栽种槐树，因为七太太最爱槐花。七太太在世时曾给青岗叔说，她老家的院边有好多槐花，一到槐花盛开的时候，妈妈就给她做槐花饭，烙槐花饼。这话烙在了青岗叔的心底，不管七太太看不看得见，闻不闻得着，他都一年一年地栽，一年一年地给七太太献上他亲手做的槐花饭和槐花饼……

就这样，青岗叔一直住在望天的北山上，在七太太坟墓旁搭建了草房，常年守候着她的坟墓，陪着七太太。秋子对青岗叔的真情很是敬佩。白平和也很敬重这个钢铁一样的男人，他活着的时候曾多次和秋子商量，把孤孤单单的青岗叔认作亲人。青岗叔起先绝对不答应，说他不能连累任何人，后来在好心的半仙和黄村长等人的说和下，才勉强答应了。但他提出一个条件，就是不能搬家，他要守着七太太。白平和和秋子当然都很能理解，就这样他

们成了一家人。

今天又是一个四月八，这是一个叫青岗叔既高兴又伤心的日子。青岗叔大清早就把院子清扫了，把火炉生着后端在了七太太的墓前。火炉上面架着熏得黑黑的壶，炉台上放着茶罐和茶盅，火炉里有一丝烟袅袅上升，炉盘上放着锡酒壶和两个小酒盅。坟墓前的石板桌上立着一包冥钱，点着三支香和两支蜡。旁边放着一双绣花鞋，上面的颜色非常鲜艳。鞋面上的一朵苹果花像刚绽开的一样，两片绿叶上面似乎还有露珠。

牛若谷气喘吁吁地爬上山来。看见半仙陪着青岗叔坐在院子里。

牛若谷轻轻地走了过去，跪在石板桌前，将特意带来的苹果和点心献上，点了香蜡，磕了头。

坐吧。青岗叔脸上没一点表情，他说，我晓得你会来。去，在你七姨的冥钱上写个名字吧。她是己巳年生人，今年整七十了。

牛若谷取过来石桌上立着的一包冥钱，在上面写道：

七太太田苹果千古夫白青岗己卯四月初八日叩送

青岗叔把一杯酒献在石板桌上，给半仙递过一杯，又给牛若谷递过一杯酒，三人默默地对饮着。青岗叔仰起脖子喝了一杯，好像把酒洒在了眼眶里，湿湿的。牛若谷看着山上的槐花，如一片片白练，从山顶垂了下来，悬挂在七太太的坟墓前。半仙听着天上的流云，睡着了一样。这时，秋子提着一只篮子走了上来，看着他们在喝酒，她说，我给七姨做了一只鸡。说着献在了石板桌上，又看着牛若谷说，你今天不要欺负叔叔。

我咋就欺负叔了，我正在看七姨的绣花鞋，想着叔当年的两片大粗臭脚，好意思和人家的绣花鞋比？你就上来打扰了。牛若谷假装着叹了一口气又说，真不知你什么时候能做出另一双绣花鞋来？

本来还想呛一句牛若谷的秋子，一听他这样说，便羞得赶紧把脸背了过去，慌乱地过去折来了一枝槐花，敬献在了石板桌上。

青岗叔开始笑了。他从石板上取过来绣花鞋，掌在手中说，你看看，你七姨的这只脚，真正的"三寸金莲"。你再看看这上面的苹果花，还水灵灵的。你七姨长啥样子，就不难猜了吧！青岗叔双手捂着绣花鞋又说，我这辈子虽说清苦，也不寡淡，尤其是后半生能整天陪着你七姨，也值！青岗叔说着说着，高兴了起来了，给一旁不说话的半仙说，瞎子，还不给你七妹子吼两嗓子，要不她听不见，错怪我把这日子忘记了。

这时，半仙斜躺在青岗叔的身旁，向天张着大口唱了起来：

头上青丝如墨染

柳叶眉毛赛弓弯

杏仁眼睛憨赞赞

线杆鼻子端上端

樱桃小口一点点

耳垂儿上吊金环

……

42

大地公司的厂房到了封顶的节骨眼上，偏偏资金跟不上了，秋子急得不知如何是好，再无别的办法，只好和牛主任商量，牛主任也急得团团转。本来于理事长答应好要支持大地公司，可是现在他被蒋行长免去了职务，在家彻底地休息了。牛主任只好去了联社找丁主任，丁主任对他说，大地公司无非就是个做麻鞋的，还能有多大的作为，一双麻鞋能给当地带来多大的经济效益。牛主任解释说，它能带动村民种植大麻，还能解决当地一些劳务用工。

丁主任又质问牛主任：你原先不是反对乡镇企业，现在怎么这样积极？

这个企业和原先的不一样。

有什么不一样，说来听听。

徐飞的制药厂本来就是骗局，没有能力制药，国家对私人制药管理得很严，许多指标他达不到。再说，他一直没办下来营业执照和许可证，属于违法经营，另外他也没有销路。

大地公司有什么前景？不就是个做鞋的。

他们已和外国人签好了协议，只要外国人能验收上货，人家按合同收货付款。

可我们要支持的不光是大地公司一家，还有比大地更需要资金的乡镇企业。我们要对全区通盘考虑，不能只顾望天的大地公司。

也是，但是……原先于理事长也答应了，说好要全力支持。

那好吧，我说的不算数，你去找于理事长吧。

丁主任……

我还有事，希望你把信用社的事办好，不要咸吃萝卜淡操心，更不要越位多管闲事！

牛主任从联社出来后，气得一只手把裤兜都撕烂了，但他还是强忍着怒火，为了秋子的大地公司，他不得不气在心头，笑在脸上。毕竟人家是联社主任，现在又是全面负责。丁主任的做派他早就领教过了，不能再惹怒了他。还有什么办法？他想，干脆去找一趟蒋行长，他原先和于理事长来过望天，他对大地公司也说要支持。

牛主任匆匆来到市人行，找到蒋行长的办公室，蒋行长正在批阅着文件，两个体改办的同志站在一旁等着。他进去后先自我介绍了，蒋行长叫他坐等一等。牛主任看着蒋行长身后书架上的书都像砖头一样码着，一本挤着一本，放不下的在地下堆着。牛主任想，这些书要从头至尾看一遍，恐怕一辈子的时间是不够的。又想，既然读不完，他要这么多书干吗，这不白花钱？他朝书架后看去，套间里面还堆着一些书，整捆整捆的连包装都没打开，他想，蒋行长怕是孔夫子孔圣人转世吧。正想着，蒋行长批评起体改办的同志了：

你们一天是干啥吃的，一个文件这都几天了你才报来？能干就干，干不了往回滚！错别字满篇，我看你还真像个土匪！

一个同志还想解释，蒋行长把手一挥继续说，天台联社连续亏损几年你们都不管。这个老于，真是的。我把他给免了，老传统的管理方法不如回家抱孙子去。这样，把天台联社的工资全部扣下来，每人每月只发三百元生活费。去！

牛主任被吓得连忙从沙发上站了起来，当年在老山前线打仗时他一点都不怕，这会却被蒋行长惊得像木偶一样，他真正领教了官大一级压死牛的这句老话。他正在傻愣愣地站着，只听蒋行长说：

你不在望天好好收款，在城里逛毬啥？

我是来求您老的。

我老了？

不老不老。我是来看望您的。

好，有事说事。你看看，这一摞文件等我批阅，还有几个会，根本没时间参加。另外……给你说没用，你想干啥？

对对。您太忙，您的精力真好。

你说对了。我的精力还可以，尤其记忆力我不是吹。你是望天的牛主任吧，家在火炉子沟，老婆常年有病瘫在炕上，有个姑娘叫月儿，成天想着到城里用自来水洗头发，对不对？

太对了，谢谢领导的关爱。您的记忆力好得惊人。

这几年叫公事把我缠得不行了，尤其你们这烂信用社，从农行过来的恶习改不了。你看看你们天台，拿着人民的这么多钱还连年亏损。好，我叫你们亏损，给你们这些不听话的"犟驴"今年每月发三百元，明年不盈利只发二百，后年你们自己算。

您……

有事说事，别啰嗦了，我还有这一摞文件。

蒋行长，我有事来求您。望天不是现在办了个大地公司，正在建厂。您上次也看过说要支持，我们也很是感激，但现在资金跟不上，停工了。

没资金找我干吗？缺少理论知识我可以给你补一课。

您能不能给丁主任说一说，叫他给再支持一下。原于理事长给人家公司说好要支持的。

噢，我想起来了，丁主任给我汇报过，大地公司就是个做鞋的。我们要支持的是有科技含量的乡镇企业，比如航天育种、无土栽培，还有……大地对科学发展意义不大。

大地公司能带动当地村民种植大麻，这几年大麻销路不好，村民都着急得很。公司投产后包销这里的大麻都不够，另外能解决一些闲散劳力去公司上班，会给望天及周边的村民带来经济效益。

一个小小的望天算什么，我考虑的是天台全市。

全市都是由一个个小望天组成的首长，请您再想……

想什么想，我把脑子都用在你个小望天，我还当什么行长和市体改办主任。你去吧，找找你们丁主任。

我找了，他不同意，我才找您的。

知道了。我一有时间还要到天台区去调研。去吧，你看这一摞文件。

牛主任出来的时候，眼睛都气麻了。他进了市人行大楼的电梯，已经上下几趟了，也忘记了走出去。突然电梯门开了，进来一姑娘说，请问您去几楼？这时，他才发现自己进电梯后就没有按电钮，他心慌意乱地说，一楼！

工地上，秋子看着二建公司已停工了，李村长他们也是干着急。秋子与二建公司总负责李工协商，叫他们先垫付上材料，她想办法尽快把款贷下来。但李工说他和公司经理联系了，现在欠账确实太大，公司也转不开，工人工资拖欠几个月了。秋子无奈，只好去找王乡长，而后他们两人一同去找了分管经济的刘区长，刘区长当场就跟丁主任打电话联系了，丁主任说他们现在资金很紧张，等稍微宽松一些再考虑。一定……

秋子和王乡长都觉得这是丁主任在故意推脱，他们又去找了妇联和财政局，两家都很客气，但没有能力解决。王乡长也没办法可想了，一副垂头丧气的样子。这时秋子猛然想起了徐飞，他对王乡长说：

王乡长，徐飞是工地的负责人，他在二建时间长了，也和丁主任有关系，干脆找一下他吧。

也是，不过……我一乡之长……

现在我们是没办法，委屈一下您，正道上办不了的，说不定他能办了。

也是。王乡长无奈地说。

秋子他们在一家饭馆见到了徐飞，他穿扮时髦，西装领带，紫色皮鞋锃亮锃亮的。徐飞很是客气，给王乡长和秋子上了好几个菜，要了一瓶酒。看他现在的派头活脱脱已是一个大老板了。

徐飞笑着说，什么风把你俩一起吹来了。我平时找招待你俩的机会，连个门也没有，今天太阳从西边出来了？这我可不能轻易放过。说着给王乡长敬了一杯酒。

我吃中药，不能喝酒。

别吃中药了，我有伟哥。伟大的伟，大哥的哥。伟大的大哥，一粒见效，根治你那个病。徐飞笑着说。

别闹了，我们有正事要谈。秋子说。

正经事能找我？看来天上要下腊肉了？我倒盼望下一天人民的币！

秋子把央求他给丁主任说情贷款的事说了后，徐飞拍了一下胸部说，小事，来喝酒。不信吧，你见识一下，我一个电话，他要在十五分钟不到，我从您乡长大人的裆里钻过去。

千万别这样。王乡长欠欠身子说，还是老板有神通。这年头老板就是财神，我一个乡长算个锤子。

你要是吃上伟哥，就是铁锤子。

别闹了，说正事。秋子红着脸说。

我和丁主任是铁杆朋友，我说他多少就是多少。支持谁不是支持。

我公司的情况可能下面的人给你这大老板也说了，都停工了。再说，也是你负责的工地。

这算什么，我还有城里的工地。

也是。但大地公司正处在为难的时候，你有关系就用用，我们会记着你的情。

是这样吧，公司如果算我俩的，以后的资金我全包了，你要多少我给你贷多少。徐飞举着一杯酒说。

这个不行！

王乡长猛然从椅子上站起来，看了一眼秋子后，径直走了出去……

牛主任晚上回到办公室，一听王乡长和秋子找徐飞的经过后，肺都气炸了，徐飞分明把王乡长和秋子给耍弄了。他这两天也想好了，就等自己下最后的决心。他对王乡长和秋子说，咱也不求他徐飞，咱们的信用社总不能再次控制在徐飞这些人手里吧，他丁主任也不可能一手遮天。我大小也是一个信用社的主任，我这是为村民办实事。王乡长听牛主任这样说，一个劲地直点头。牛主任又说，他蒋行长丁主任既然这样，我也给他来一手，叫他们再认识认识我牛大胆，我先从望天给大地公司贷二十万元，除建厂房的十万外，再贷十万元的周转金。明天就放款！

不行！秋子有些慌乱地站在牛主任面前说，难道你不记得上次是怎样审查你的了？

我不怕，我也是个人。

王乡长端着茶杯在牛主任办公室打转转。

这是望天村民的存款，用在望天犯什么法。就这样，大不了再去烧锅炉。

不行。我不能再叫你受委屈。

委屈？我不怕。老山我都下来了，怕这些人干吗。

秋子叹着气，摇着头说，我们再想想办法。

有什么办法，要是于理事长在，就不会是这个结局，现在，只能这样。先把工程搞完，叫公司营运起来，这才是大事。

王乡长定睛瞅了牛主任半晌后说，我看也行。一锹是动土，两锹也是动土，干脆把太岁头上的土给动了。有事我再去找刘区长，我也瞎好是个乡长！

好！有你这个态度，那我还怕什么。

43

自从于理事长停职以后，丁主任主持了天台联社的全面工作，高天也在望天不怎么上班了，牛主任也拿他没办法。因为有丁主任这张虎皮，加上徐飞的工程队也在丁主任的悉心护佑下创造出了效益，丁主任、徐飞和高天他们常在一起娱乐，自然小小的望天就放不下高天这么一个人物了。当高天给丁主任汇报了牛主任私自给大地放贷款的事后，联社又组织稽核工作组对牛主任进行稽核审计。办公室通知牛主任马上到联社，牛主任面对自己的处境，做好了最坏的打算来接受丁主任对他的处理，他就像一个奔赴刑场的人，什么都不怕了，倒显得轻松自如。

丁主任在小会议室召开了处理牛主任的预备会议，虽然班子成员意见不一，但丁主任还是坚持他的意见，他说这次要是免不了牛若谷的主任，那今后联社的工作就没法展开了，要是其他信用社的主任都这样肆意妄为，那还要联社干什么。连个牛主任都管不了，其他人怎么管，我倒是要看看他的胆真有多大？

牛主任没有敲门，直接推开了丁主任的门就进去了，丁主任正和一女的在说笑，很暧昧的样子。丁主任怪怨他没敲门，接着他给牛主任介绍说，这是刘董事长，这是望天的牛主任。刘董事长站起来要和牛主任握手，见牛主任并没有和她握手的意思，就尴尬地说，你们聊，我先走了。

女董事长出去后，丁主任把刚才的尴尬换成了严肃的表情。牛主任坐定在沙发上，抬起头等待着丁主任的批评和处理。

说说怎样处理你？丁主任坐在一只崭新的能转动的真皮老板椅子上说。

这是你们领导的事，我服从就是。

虽然你这两年在望天做了些工作，干了一些成绩，但和你这次的严重违纪是不能相互抵消的。早上我们党委会研究，决定免去你的望天社主任职务，调你到远坡信用社工作。

我不去。

为什么?

你免主任可以,调出望天我不服从。

理由?

在望天放出去的贷款,我给大家写过保证,我要收回,我不能连累望天社的同事。另外,我发过誓言,我要完成望天信用社的五年计划。即使你免了我的职,我也要作为一名共产党员去努力实现。

哼哼!既然是党员,服从组织分配是天职,难道你不懂?

看什么情况,我想调动和党员关系不大。

那就停发你的工资。

好。哪怕不要工资,我也要在望天信用社干好工作。大概你为这二十万元的违规贷款也开除不了我,我找过律师。

你能保证你的贷款按期收回?

保证。如三年到期收不回来,即使你不开除我,我会自动辞退工职的。丁主任,这是我三年后的辞退工职申请,现在就交给你。

丁主任接过一看,果然是牛主任写的辞退工职申请,看来这家伙是有备而来。丁主任想着,只要先把他的主任职务免去,叫他收贷款也行。于是便说,那你再写个保证吧。

好。牛主任站起来把丁主任办公桌上的空白纸拿了一张,在上面写道:

保证书

如不能按期收回由我做主发放给大地公司的贷款,我自愿辞退工职,绝不拖延一天。

保证人:牛若谷

牛主任把保证书交给了丁主任,丁主任也拿他没有办法。就说,好吧,我尊重你的意见。

丁主任看着牛主任的背影出神,办公室打来电话说蒋行长在城关信用社西关分社,叫他马上打电话过去。丁主任赶紧把电话打了过去,只听蒋行长在电话里大发雷霆：

丁主任，把你们所有班子成员都叫来，我在西关分社等着，看你们几分钟能赶到！刚一说完，蒋行长就把电话挂了。丁主任看着电话听筒便傻眼了，怎么回事？他问了办公室，都说不知道。他赶紧叫上在家的许大山坐车赶到后，见蒋行长正在营业室大骂低头站着的小张。他们一进去，蒋行长便说，这就是你们的职工，把营业室的门大开着在外面看下棋的，并且就这一人上班，其他的人呢？你现在就把他开除了，要这样的职工等于在给贼引路。你再看看，这是猪圈还是营业场所？许大山你给我今天把地打扫干净，谁也不许帮忙。丁力群，你现在把他带回联社开除。我给你们值班。

蒋行长，我们工作确实没做好。丁主任尴尬地解释着。

你身为联社主任，就这样带头？你听好了，你还没有任理事长！

那是那是。我……

这就是你们的职工，叫叫……

您别生气，我们一定严肃处理。丁主任说着，开始批评小张：

你这混账，连最起码的制度都不清楚？我不开除你我不姓丁！

许大山马上停下手里的扫帚，赶紧过来想给城关的主任打电话，可是蒋行长说，你打扫你的卫生。许大山只好又乖乖扫地去了。丁主任赶紧打电话给总社，总社一员工说主任去外地收款了。

连主任一起处理！蒋行长还在发火。

开除！开除！丁主任气得脸上的青筋都鼓胀起来了。

联社当天晚上就发了文，把小张辞退了，连城关的主任一并免了，调望天社的高天任城关社主任。丁主任拿着文件抬手看了看表，已是晚上十点，他与许大山坐车去了市人行，把文件从蒋行长办公室门缝塞进去后，这才松了一口气，像办完了一件大事一样。

晚上，牛主任他们还在灶房吃饭，听着外面一辆车停下了，牛主任心里咯噔一下，想着又是哪个领导来寻毛病吧。结果高天唱着《纤夫的爱》进来了。他说，牛主任，本人今天也给你带来了一份文件，请你收下。

牛主任没有去接高天手里的文件，他说，你的主任是大家早就料定的，不过，你可得感谢我，要不是我这次撞了太岁，望天的主任恐怕没这么快就轮到你吧。

牛主任，你是用小人之心度君子之腹，你看看文件再说吧！

牛主任笑了笑，没理高天。

小唐，快替牛主任看看吧。

小唐见状，只好接过这份红头文件，一排鲜红的字迹映在了他的眼前，他先是惊得大叫了一声，然后说，高主任，你真走运，调城关当主任呀！

高天笑着说，门外车等着，你们帮我把行李搬上车，以后牛主任叫我，我再来移交吧。

哈哈，高主任，你真高看我了，我被你们的丁主任免职了，恐怕我再也没资格叫你了。但是，有一点你可记好了，望天社你所放的贷款，你要收不回，你若变成鬼，我就是掘墓人。

好。或许……噢，牛主任，不早了，我也没时间和你说些闲话。不过，我也有一点，你可记好了，你如能到烧过锅炉的联社大院去，可千万别忘了在城关我办公室喝一杯茶吧！

黎明前的天肯定是黑的，谁也不能一手遮天，更无法阻挡黎明的到来，自然不可违！

你成了大哲学家了，比蒋行长学问还大。不说了，拜拜！高天说着笑嘻嘻地出门了。

牛主任看了一眼高天的背景，苦笑着……

联社办公室迟迟没有下发免去牛主任的文件，这事好像也不了了之了。

牛若谷去城里给扁豆买药，想顺便看看老领导，结果在一片树林掩映的茶园里找见了马行长和于理事长，马行长像一位道士，白发苍苍，精神抖擞，硬朗的身体显出了他的道骨仙风；于理事长则发福了许多，红润的脸庞上总挂着和善的笑容，犹如弥勒佛一般。他俩在悠闲地下着围棋，随意地玩着棋盘上黑白纯粹的棋子……

经过数番周折，大地公司总算竣工了。这次秋子和牛主任商量，没有举行什么仪式，便把王乡长请来，和黄村长李村长他们一起放了个炮，算是开业吧！外国人也派来了技术指导，李村长把他的儿子石头叫了回来，去大地公司搞设备维护。从其他村子招来的妇女，秋子早就培训好了，由巧姐儿带领着，进入车间，一切准备妥当，工人们全部上岗。秋子也腾出手来，在家里做了几个菜，把王乡长、牛主任、黄村长、李村长、青岗叔和半仙叔请到家中感谢感谢，同时，也作为小范围的庆贺吧！

王乡长最近老是出汗，吃了好多服中药也不见效，牛主任他们也就不便劝酒，但是，王乡长想起这一段时间大家确实都不容易，尤其牛主任为大地公司的贷款被免了职，想借这一杯酒来安慰安慰他，王乡长也就不顾及身体了，他主动端起酒杯说，我们今天能坐在一起喝大地的庆功酒，实在不容易。看来，正如半仙叔预言，一定能成功。好，我们就先给秋子董事长敬一杯。

不不不，我要先给大家敬。秋子跪在炕边上说，为了望天的大地公司，大家受尽了不该受的委屈，我也再没说的，先敬大家一杯水酒，表一下我的心意。

好！大家先干了这一杯。牛主任说着一口喝了。

半仙点着头说，不容易。青岗叔也叹着气说，不容易，不容易。

只要大家齐心，就没有过不去的坎。牛主任说着也给大家敬了一杯。

可惜把你的主任又免了，好在你身上的肉没少斤少两。黄村长笑着说。

李村长也抢先说，你看看倒肥了，不操心，光长肉。

也是，能吃能喝。牛主任说着举起杯给王乡长说，大乡长，你是个好乡长，能为人民服务谋幸福。

戴高帽子吧，来，我喝了就是。王乡长端着酒说。

首长，这杯敬给您。

蹴在炕上的青岗叔耸了耸肩说，来，战斗！一口就灌进嘴里了。

半仙叔，你看不见天，却能听见大地的心跳，你是我们的吉星。困难的

时候，是你给大家打气鼓劲，来，敬你一杯。

我说你是秋子的贵人，你看看。半仙笑着说。

快快喝，把你个瞎半仙还越说越能了。你要预言得中，你说说我啥时候死。青岗叔不服气地说。

我说中了你喝多少酒？

我喝一瓶。

好。老天收你的一天肯定死。

大家抬头大笑。青岗叔像个小孩子一样扯住了半仙叔的耳朵要灌酒。

黄村长，你这次又出了不少力。来，敬你一杯。牛主任端着酒说。

哎——老牛，你又成了主人了。黄村长笑着说。

秋子不好意思地下炕去拿了热水瓶给大家倒茶。牛主任笑着说，难道不是？大家在笑。牛主任又给李村长端着酒说，大地在你明光村，你比谁都操心多。一下雨，你第一个站在工地上，天一亮，你也第一个在工地上。从心底里敬你一杯。

我的脑壳不行，就得靠腿。李村长接住了牛主任递过来的酒，指着自己的头笑着说。

脑壳不行了？我刚缺个舀水的马勺。黄村长又和李村长干上了。

用你脸上的麻子炸的油，容易坏，粘在一篓油的篓底马勺舀又不出来，得用一把铲子。铲子要把握不好，会把油篓铲成两半，那不就是个现成的瓢了。

大家一阵欢笑，就连半仙叔也被李村长说得抖了起来。

快别这样闹了，说得怪吓人的。秋子说着。

黄村长哪能吃下这个亏，他端起一杯酒，硬是灌进了李村长的嘴里。

李村长边擦着嘴边说，你看看，都洒了我一脸，这是钱买的呀，你不惜疼我的脸，总要惜疼钱儿吧。

钱是狗屁胡子！钱是你爷爷，但是我孙子。

你说对了，我觉得它永远是我爷爷。这些日子大家不就为了这个爷爷？

李村长说得似乎很沉重。

秋子一听到钱，她的头皮都发麻了。这一段日子，一直为钱发愁，从女儿的病到公司的建设，哪天没有为钱而到处奔波呢？为了钱，牛主任被几次免职；为了钱，一乡之长的王哲东看尽了脸色，被无赖的徐飞当场羞辱；为了钱，女儿棉花差点丢了性命。她该的这些人情债，将用什么来偿还？想到此，她不禁内疚地流下了泪水……

44

棉花和一个姑娘合住在一栋单元楼里，她的床头柜上搁着一封信和一沓钱。

打扮得这么漂亮是去相亲？小姑娘说。

给妈妈寄信，好长时间了，我妈一定很急。

怕不是给老娘的吧。

不告诉你，棉花又说，给我哥，他上大学。

哟哟哟，多神气。

这离西安多远？

坐火车四小时，汽车也就是六小时吧。

干吗？

我哥在西安。

哟呵！快去，要不叫女狐子勾引跑了。

棉花给小姑娘努了一下嘴就出门去了，她要去找在陕师大上学的三郎哥。棉花一上火车，猛然间觉得鸡罩就在车厢里，一激灵周身的鸡皮疙瘩都起来了。她左右看了看，没有可疑的人，倒是一铁路工作人员过来了，她看着他戴着大盖帽，肩膀上佩戴着绿色的菱形牌子，上面印着"列车长"三字，她就不害怕了。棉花隔窗望去，外面的田野绿绿的，有人在地里忙着农活。这里没有山，全是一马平川，这大概就是陕西的八百里秦川吧。小时候常听

爷爷说，他少年时在陕西赶麦场，他就是头人。头人就是挡场的人，要是主人把价压得太低，他就会站出来阻拦麦客，不能出工。主人看着麦子成熟了，万一要是下雨，只好和头人商量。头人觉得价格合适了，才叫大家开镰刀。爷爷高兴的时候只说他出五关，说他和陕西人抬杠的故事。陕西人说在他们的八百里秦川上，一个母牛刚怀上犊子，一直走到川道边上才把犊子生下，你说这川大不大。爷爷说，你那算什么大。就在我们家的崦嵫山上，有一个小马驹刚生下，不小心从半山上滚了，到它长到三岁还没滚到沟底，你说高不高。陕西人说，崦嵫山真高！

这是爷爷到陕西赶麦场回来常讲的笑话，他一直讲得很自豪。棉花望着窗外这片爷爷曾经荣光过的地方，而她却……

到了西安，她没有直接去学校，先到这个城市逛一逛，认识一下古老的城市。西安的古城，由四座城门连接着四面城墙，四四方方的。城墙上比望天的马路还宽，她走在上面，风吹过来轻飘飘的。她看着城内的一片繁华，熙熙攘攘的人们都在急急忙忙地奔走着。他们在急什么？他们在吵闹什么？在家乡的望天，总会有一些人蹲在树荫下，坐在小河边看着永远看不够的山。而城市里却不见这些闲人。城市里都是些相互不认识的人，即使认识了，也不敢认得太深，就像楼房对门的邻居，虽然不过三尺的距离，见面只好点个头，生怕多说一句话。而在望天，杀一头猪或宰一只羊，总会把河对岸的人喊过来，坐在一起吃肉喝酒，是再也平常不过的了。城市里的人形形色色，三教九流，花花石头五色怪都有。棉花站在城墙上，望着神秘难测的这座古都，猜想着古都里发生的人和事，肯定是千奇百怪，暴力血腥，要不建这样宽厚的城墙有何用？它和家乡的篱笆墙可大不一样。城墙的主要功能是防人，而篱笆墙只不过是挡住野猫野狗而已。城墙中心的钟楼更加雄伟，红墙碧瓦，飞檐走兽，显示着它的庄严和霸气。这些都是乡村远远不可企及的。这就是城市，一个显示人、钱、物的地方，一个炫耀尊贵的地方，也就不是穷人待的地方。而没有了穷人，这座城市的齿轮就无法转动。因此，穷人来了，他们就奋力挣扎在城市链条的缝隙里，把自己渺小的身躯粉碎成这根链条上的润滑剂，来维护城市的齿轮。

棉花忽然觉得有些饿了，这是她很久以来一直没有感觉过的饥饿。她随便进了一家饭馆坐下，找了个角落面壁而坐。

学校的宣传栏里，贴着三郎的一篇散文《水贵如油》。宣传栏下围着好多学生，蓝灯芯也挤在人群里认真阅读着。

三郎穿着棉花给他做的麻鞋，也舍不得买一双丝袜穿在他粗糙的脚上，索性用蓝墨水画了一双世界上最薄的"丝袜子"，配上麻鞋倒是很轻很凉快。但是，这双袜子却经不起穿，在毒毒的太阳里，被脚上的汗水蚀烂了，尤其是指头缝里和麻鞋勒着的地方，渐渐露出了肉的本色来。三郎看着，惬意地笑了。

蓝灯芯在荷花池边找见了三郎。她蹑手蹑脚地凑了过去，准备要吓他。但当她看到三郎别致的凉鞋时，便在他身后仔细端量着，三郎的袜子分明磨出了几个洞，露出了肉来。就这一双破烂不堪的丝袜，不如不穿更凉快。再说，蓝丝袜配不上灰色的麻鞋。她心里想着，慢慢发现蓝色丝袜有点怪，那些破了的洞里露出的肉怎么都是淡淡的蓝呢？她好奇地弯下腰来，大胆地用手摸了摸三郎的袜子，惊叫了起来。没吓着三郎，倒使他很尴尬。

三郎，艺术家、发明家，要申请专利呀！

别笑了。三郎不好意思地低下了头。

你这凉鞋真好，你的水墨丝袜时髦到家了。给我也画一双吧。

别……我……

我以为你只有散文写得好，谁知还会画……当她看到三郎的脸一直红到耳根时，才意识到是她伤害了三郎的自尊心，便不好意思地站在三郎身后，赶快扭转了话题说，三郎，你这篇散文非常好，比上次那篇小说更有味道。你赶紧投出去吧，肯定能获奖。

三郎从兜里掏出了一张纸给了蓝灯芯，蓝灯芯一看，是一张全国散文大赛三等奖的通知书。蓝灯芯高兴地跳了起来。

蓝灯芯拍了一下三郎的肩膀说，你真行，这么的大喜事，竟然独自分享呀？好，咱一同庆贺庆贺吧。

这时的三郎不敢看蓝灯芯，因为他的脸还很烧，心还在跳。待他看到远山上的一片绿绿的松树后，才揉了揉眼睛，半晌才说，你交了我的班费，我才知道。真不好意思。

不要提这个了，这算得了什么。

等家里寄来了再还你吧。

不要提钱的事行不？人总不能只为钱活着吧！

但……这是钱。

钱才是最不值钱的东西。值钱的是……

这……尽管蓝灯芯说钱是最不值钱的东西，但他还是不敢怠慢。从他记事起，好像望天人总是看着钱的脸色。他这样想着，便低下了头。

你要再提钱的事，我就挠你。蓝灯芯说着，从地下摘了一棵茅草，往三郎的脖子上挠。

三郎躲不过，脸倏地又红到了耳根，只听他小声地说，蓝灯芯，我的生活费一直是同村的同学棉花给我寄的，妈妈常年有病，学费是父亲从信用社贷的款。

棉花？她现在干啥？

我上学来后，她就不见踪影了，听说到外地一家期货公司打工，工资也很高，就是每次寄钱寄信都没有地址。她还在信中说，由于商业秘密，老板不叫给家人告诉地址。你说说，她不会有啥意外吧？三郎说完，把头抬了起来，看着蓝灯芯。

恐怕是她在骗你吧。期货公司要的都是专业人员，棉花她高中都没有毕业，干不了这工作。蓝灯芯思考一会后说。

我也常这样想，我真怕她出事。三郎顿时着急了起来。

现在大城市很乱，农村来的打工妹被骗的太多了。

这……你说咋办？其实我这些天没课的时候，一直在附近转悠着找她。

我似乎觉得她就在这个城市。

我说最近常常不见你，还以为你在宿舍写作呢。你要感觉她就在这里，咱可以找一找。蓝灯芯看着三郎说。

三郎点着头说，我要去找她。

咱俩去吧。你的棉花不见了，我怎能袖手旁观？就当我给你做个伴。

这……三郎有些不好意思，但他又特别感激蓝灯芯。

三郎和蓝灯芯一直从中午找到下午，什么音信也没有，蓝灯芯也觉得饿了，和三郎来到一家饭馆门口，同时也想着借机庆贺一下三郎的作品。三郎见饭馆太高档，就推脱说他还不饿。蓝灯芯觉察到了三郎的心事，便说我请你，花不了多少钱。三郎执意不进去，蓝灯芯只好又和三郎往前走。来到一家面馆，三郎站住了，便说，去这里吧。蓝灯芯苦笑了一下，和他一起进门找了个空位子坐下，点了几个菜，要了两瓶饮料，相对而坐。三郎没有阻拦得了，只好由她去了。蓝灯芯给三郎打开饮料，三郎刚喝了一口，猛然想起了棉花，他拿着饮料瓶子出神，便看见棉花向他跑来，他明显看清她的嘴唇上结了干痂，口干舌燥的样子……蓝灯芯从洗手间过来，看到三郎伸长脖子发呆，不觉好笑，便说，在构思？三郎听见蓝灯芯在问他，这才回过神来，只听蓝灯芯又说，你的文学基础这么好，你喜欢读哪些作家的作品？只要一谈到文学，三郎就把话匣子打开了，像倒豆子一样，哗啦啦收不住了。

三郎激动地说，我最喜欢外国的一些作家，像歌德、福克纳、海明威、杰克·伦敦、卡夫卡、卡佛等等，更喜欢如马尔克斯、博尔赫斯等人的作品。波兰作家显克微支的《灯塔看守人》写得真好。

蓝灯芯像听音乐一样专心地听着，不住点头。

三郎继续说，我写小说写着写着就成散文了，我认为是小说，结果人家编辑就当散文发出来了。我想写一篇关于野棉花的散文……

棉花只要了一碗面，翻来翻去就是不想吃，她刚要起身走时，便听见了一个非常熟悉而亲切的声音，把脸转过后，发现一个时髦的女学生坐在三郎对面，他们很开心地谈论着。棉花一下子热血沸腾，猛然要站起的时候，一

股强大的冷气将她的火苗熄灭了，她——又慢腾腾地坐在了板凳上。棉花倒吸了一口凉气，脸色唰一下白透了，像一张白纸一样，头大得浑身都支撑不住了，本能地用双手托住了大脑袋，半晌之后，她才勉强恢复了知觉，才觉得她还活在人世。听觉也渐渐恢复了，因为，那边传过来了更爽朗的笑谈……那边传过来了更亲切的细语……那边又传过来了……她默默地坐着，只觉得洪水又冲开了她的堤坝，又一次将她抛进了黑色的漩涡之中，又一次令她丧失了知觉……

棉花终于醒过神来。她看着眼前墙壁上紊乱的龟裂纹，很自然地网住了这片已不再洁净的白墙，一只小蚂蚁趴在上面，像一只年幼的蜘蛛，走走停停，仿佛很胆怯的样子。棉花捋了捋头发，她的头影使这片白墙变换了光线，这只蚂蚁好像受到了惊吓一样，在这片空荡荡的被裂痕分割的白墙上，惶恐而盲目地奔跑。棉花看着这只蚂蚁，清醒多了。她努力回忆着刚才看到的时髦姑娘的脸庞，但始终不能清晰地再现，但可确定的是，这位姑娘深爱着三郎。她默默地闭上了双眼。啊！上帝，我身戴枷锁，满身疮血，蓬头垢面。我已不是一个村姑，我是一个妖孽，我是一只怪兽。我身上流淌的不是鲜血，我身上流着污浊的脓汤。头发已是毒草，肌肉早已腐朽，躯壳已无法包裹溃烂的脏腑。我将会像一粒发霉的种子，随风而去，寻找的土壤不是为了发芽，而是寻求埋葬！如果洁净的大地容不下我，我便随风飘去，在乌云翻滚的天空，哀告接纳食腐的空腹苍鹰……

蚂蚁走了，龟裂的白墙显得宽展了，棉花仿佛轻松了许多。她笑了。她笑得自然而和悦，她笑得真切而痛快，她笑得从容而淡定。她如果真爱三郎，何不成全他？她如果真爱三郎，就得给这位时尚的姑娘让开位子。看到三郎有了今天，难道不该高兴？因为她不再是棉花了！

就在三郎和蓝灯芯畅谈得最热烈的时候，棉花慢慢走出了这个叫她终生难忘的小饭馆。

她没有回头，只有她的头发飘在身后，还有从不嫌弃她的身影，永远地伴随着她……

蓝灯芯所在的女生宿舍，一共住着八个姑娘，四个已经收拾行李走了，还留下蓝灯芯她们四人，迟迟不肯离去，难以割舍的，当然还有她们的男朋友。一块儿生活了四年，突然要离开学校，就好像割肉一样难受。晚上蓝灯芯看着她的一个舍友，已卖好了明天的火车票，本来人家在流泪，蓝灯芯仍放不过她，还在挖苦她，便笑着说，HONEY要使出看家本领，叫那小哥儿泪奔才对，急着走什么走。蓝灯芯这样一说，另外三位舍友都笑了起来。

哪像你白娘子戏弄乡野牛郎，玩够了，还不让人家走？

人家才不走，还要吃最后的"晚餐"！

呵呵，别说人家，那个不是馋猫。唯独小天使，要去北京，到天安门广场发一份传单，找一个兵哥哥，看一次长城长……

为何要发一份传单？

每天能看天安门升国旗呗。

不是为了看升旗，是为了看兵哥哥吧。

当——然然——啦——

我想上WC，谁为小天使做伴？

哈哈哈……

千万不敢再笑了，一笑我也想上WC了。小时候我妈叫我去村里的小卖部打酱油，我到小卖部后见没人，正要出来，却听见两个小哥哥怪怪地笑了一声，返身进去，他俩正在专心地看录像，我也凑过去，竟然把打酱油的事给忘记了，从此落下了一激动就想尿的毛病。

大家都狂笑了起来，那个带着泪花的姑娘也笑弯了腰。

你把内容具体说说，大家分享一下。

填空吧！

蓝灯芯看着她们在闹，她确实也高兴不起来，但是伙伴马上就要走了，赶忙从床下取出来几瓶RIO举过头顶说，来，痛饮三百杯。

以酒浇愁愁更愁！

五花马，千金裘，呼儿将出换美酒，与尔同销万古愁！

　　三郎和蓝灯芯又在寻着棉花。

　　蓝灯芯拉着三郎的手说，现在几乎跑遍了这里的餐厅和招待所，也没有一点收获，你说咋办？

　　只能再找，还有啥办法。

　　我看再到歌舞厅找找，看……

　　没等蓝灯芯说完，三郎就打断了她的话，并有些不高兴地说，不可能！棉花的脾气我清楚得很。她开个玩笑都脸红，咋会去这些鬼地方！

　　蓝灯芯说，就当是试一试吧。

　　不去，不会的。

　　蓝灯芯看着三郎生气的样子，也就依着他了。她和三郎走着，看着三郎说，我们都毕业这么长时间了，我妈要让我把你领回家看看。

　　我有什么好看的？

　　不，人家就是要看看嘛。蓝灯芯呶着嘴，显出一副极可爱的样子。

　　等找见了棉花再说吧。

　　蓝灯芯有点不情愿地说，要是这两三年都找不见呢？

　　三郎抬起头，看着浩瀚无垠的老天，深深地叹了一口气说，怎么能找不见。

　　去一趟我们家再来找，好不好？

　　三郎不作声，半晌他说，我想回家了。

　　那我怎么办？

　　你也回家吧，你爸催你几次了。回家后我们再联系。

　　蓝灯芯听着三郎无情的话语，心想着他对棉花的痴情和对她的冷落，心里的委屈猛然翻滚了出来，控制不住了，眼泪哗哗地流了下来……

　　蒋行长责令给天台信用社所有职工每月只发三百元，其余被扣留的工资，要求弥补历年亏损。这样一来，大家倒没有一点工作积极性了，个别人悄悄在外干着自己的营生来创收，要不，根本养活不了家。于是，丁主任的公事可就难干了。一月三百元，他能指挥动谁？加之徐飞的贷款弄得他脑仁儿都疼。徐飞也是个精明人，不仅是经营不善，他的运气可真是糟糕透了。一想到徐飞的贷款，蒋行长从告状信中得知情况后，像一只饿狼一样一直紧追着这只猎狗不放。无奈的他只有再次叫徐飞高天弄了较"真实"的假手续，勉强把蒋行长锐利的眼睛暂时糊弄过去了。

　　不过，丁主任在蒋行长的调教下，对人生也有了新的认识，花白的头发启迪着他，人不是石头，更不是钢铁。当年的呼风唤雨，英雄气概，终究被兑换成了一头白发，到最后，自己还不是黄土一堆？他当过爷爷，也当过孙子。他风光过，也龌龊过。尤其在与蒋行长的周旋中，把他历练得更奸猾了。蒋行长的怒骂和发号施令，把他的弹性也渐渐消耗完了。再说，天台联社的烂摊子他也不想再倾注过多的心血。他年轻时，从书本上看到过那些弃官归田的隐士，总认为是假扮清高，装腔作势。现在他感觉到了，也看透了，隐士就是比谋士高明。为了能使他平安降落，有意放权于他人，好叫自己多一个朋友少一杆枪；通过精心策划抛弃一些包袱，好叫自己眼前的路宽展一些，为做一个不闻世事的闲人铺平道路。

　　为了使农村信用社这片田地里尽量少些杂草，多几株禾苗，蒋行长始终要从众多的告状信件中得知狼的踪迹，结果他被狼玩了起来，假象使他的眼睛高度近视，他的行动都有些不灵便了。几年下来，他没有逮住一只狼，时间老人却给他无情地盖上了一个个不大不小的戳记——老年斑。当省分行的领导来宣布他离职的时候，全行职工包括门卫临时工都知道了，但他还在忙乱地准备着一个紧急会议。他要在会议上把九个联社中最后一个不听话的理事长免掉。正当他提笔甩袖准备在拟好的文件上签字时，办公室通知他马上去参加会议。蒋行长拉着官腔说，你没看见我正在处理公文吗？

　　蒋行长极不情愿地走向会议室，省分行的领导已伸出了友好的双手，准备和他亲切地握手。这时的蒋行长还在激动地说，我忙得连你们来都不知道，这时间简直太不够用了。说着，他把抱在怀里的一摞文件让省分行领导

看。领导很热情地让他坐在了指定的位置，并向他亲切地点着头。他还想说什么，会议在他还站在座位旁纳闷的时候就开始了。省分行的领导对蒋行长的工作给予了高度评价，听得蒋行长浑身的血液再次沸腾了，脸红得如鸡冠，他打断了领导的话说，我从没干过一件对不住……蒋行长您稍等，蒋行长才把伸在半空中的一只手不情愿地落了下来，听这位领导接着说，蒋行长有一定的理论知识和学识水平。蒋行长又站了起来抢着说，我去年参加过因美国次贷危机……领导又给他招了手，他真不想坐下，但是，当他听到了省分行领导对他的免职文件后，他觉得是不是听错了，是自己的耳朵被这一片掌声震坏了。他向左右看了看，其他人都像没有看见他，或者说他这位堂堂的副行长在别人眼里就根本不存在一样。就在他慌乱之时，只听见楼外边响起了刺耳的鞭炮声……

领导的宣读声、大家的掌声、楼外的鞭炮声没有阻止得了蒋行长的请求声：

我的身体还能胜任。我对农村信用社很有感情。我死在农村信用社的战场上都无所谓！蒋行长已经泣不成声了……

你也该歇一歇，工作一辈子的老同志了。

蒋行长还在不甘心地想说什么，就在这时，大会无情地散了。偌大的会场里只有他一个人站着，显得多么的空空荡荡……

蒋行长的工作由年轻的王行长接任了。王行长是从基层一路干上来的行长，没有蒋行长那耀眼的研究生学历，更没有花时间去研究美国因次贷危机引发的后遗症。他上任后，正好赶上对农村信用社票据置换的政策，因此，他就一门心思地上下联系，只做着这些看似单一的工作。

在短短半年时间内，全市共处置呆坏账近八千万元。加之农行、工行和建行网点撤并，把他们的信用社全部移交给当地农村信用社管理，同时，也将一些网点和办公场所处置给了农村信用社。王行长几经周旋，力所能及地争取来了其他行的资产，壮大了农村信用社的资金，拓宽了阵地。农行把乡镇的网点也撤并了，等于整个天台的农村都叫信用社占领了。

在年底的决算会上，王行长给大家透露了一个重磅消息，国家银监会已正式成立了，接下来，各省市要成立银监局，人行要与银监局分家，农村信用社要归银监局管理，但很快就要成立省联社，也就是说，农村信用社又要交与地方政府管理。王行长强调说，政策已出台，很快就要进入实施阶段。不过也不影响农村信用社的业务经营，希望大家努力工作，创造出更大的业绩，迎接省联社的到来！

散会了，大家都很激动。农村信用社改革了几十年，摇摇摆摆，省联社的成立，能否给信用社吃一颗定心丸呢？这是大家最关心的话题。

大地公司的车间里坐满了做麻鞋的女工，她们一边干活一边兴奋地说笑着。百灵鸟说，世事真怪，眼瞅着黄土埋在了半腰上，没想到四十岁上还放起光来，当起工人来了。

晓得咱要有今天，压根儿就不跟那陀螺过，嘿，亏死了。五朵梅说。

离去，最少还有二十年的活头。一朵牡丹插在牛粪上了，多可惜！百灵鸟抢先说。

到城里捎些雪花膏，咱把脸给擦得白白的，免得叫那些色鬼挑三拣四。五朵梅抬高嗓门说。

百灵鸟笑得不行了，她怕别人插话，急忙说，你还嫌一个男人不够？你多少给点钱，把我的老汉让给你。

大家又是一阵哄笑。

秋子拿着新做好的几只麻鞋走进了自己的办公室，要给麻鞋注册一个商标，设计一个什么图案好？正思索着，牛若谷进来了，她看着牛若谷站在自己的眼前，赶紧给他边倒茶边笑着说，这几天你不在，忙啥去了？

我去看了看扁豆和月儿。

噢，嫂子怎么样？

老样，倒是月儿急着要到你公司上班。

其实，你现在完全可以把嫂子动员一下，接来望天，要么住在巧姐儿家

也行。叫月儿来，我正好缺一个帮手。

关键是扁豆的脾气你也清楚，比驴还犟。

秋子还想说什么，转眼又想，各人有各人的活法，再说扁豆嫂子确实也是一个自尊心很强的女人。人越是有点不方便，就越是自卑。另外，如果鸡罩仍从中挑唆，或许一提起望天她就会犯病。

你在看什么呀？

要注册商标，选一个什么图案才能代表大地公司呢？

噢，真要动动脑筋。我看，大地……望天……天地之间……牛若谷像古代的文人雅士觅诗斟句一样，双手交叉着，一只手拧着下巴上的肉。要是他有胡须，肯定会捻断几根的。

天地之间有什么？什么最大？禾苗。对！就来一枝禾苗吧。

好呀。就是，禾苗好。秋子又在想，什么禾苗？

大麻！牛若谷脱口而出。

对，还是牛大学士有文化。秋子满眼含着兴奋的激情，深情地说。

哈哈，我也是瞎说。

秋子叫来了石头，把想法告诉技术总监杨工。

杨工也觉得大麻图案有代表性。于是他画来画去，画了好多幅图案供秋子参考。秋子看着第一幅图案是一棵刚发出两瓣芽的麻子，但不能明确地认出就是大麻；第二幅图案是一棵较大的麻子，肯定不行，太繁琐；第三幅图案是一棵五个瓣的叶片，秋子眼前一亮，说，好。秋子递给牛若谷看了，两人眼睛对视了一下，都在轻轻地点头。杨工又重新把图案进行了艺术处理，这片麻叶更加精神了。

他们正笑说着，王乡长来了，秋子说明了商标的事后，把杨工设计的图案叫他看。他看着这一片麻叶像伸出的手掌一样，突然大笑起来说，乾隆皇帝在率群臣下江南的途中，见一池塘里的荷花含苞待放，犹如举着红拳，忽有所感，于是出一上联让纪晓岚对：池中莲苞攥红拳，打谁？纪晓岚抬头见池边有一棵绿叶大麻挺拔，便随口对道：岸上麻叶伸绿掌，要啥？大家又高兴地笑了起来。

啊呀，王乡长就是王乡长，真是一个大文化人。秋子说。

牛若谷看着一贯不说笑话的乡长说，我也给你们文一联：

掌权的乡长打谁？大地的老总要啥？

46

望天信用社的沉淀贷款凡符合票据置换的都处置了，牛主任觉得很幸运。在贷款处置上，方一天副主任从中做了好多工作。方主任和牛主任可以说是无话不说，在支持大地公司的贷款中，他立场坚定，觉得企业很有前景，以后必将给望天乃至天台农村信用社的发展会起到很大的作用。他年轻有为，人也随和，牛主任烧锅炉时，他任联社办公室主任，两人也合得来。在于理事长被明清法院扣押一事上，两人意见一致，但当时得不到领导采纳，也感觉愧对于理事长。

方主任来到望天信用社检查工作，还有一件事，就是他这次来，要把牛主任的职务恢复了。因为本来就没有免去，所以他召开了望天信用社的职工会议，把牛主任的成绩简单总结后，当着职工的面宣布恢复官职。说实话，望天的职工一直把牛主任当主任，恢复不恢复都无所谓。

方主任看着望天信用社只有四个人，对牛主任说，你们望天社人太少了，我去建议一下再给你调几个人过来。

牛主任说，只有四人，还是夫妻店。

什么夫妻店？

小唐和小丁恋爱了几年，准备要结婚。

在你的领导下能出现一对鸳鸯也是你的功德一件。他们要一结婚两人就不能在一起工作了。牛主任，我这是棒打鸳鸯。

铁打的制度。不过我得给你趁早求个情，能不能把小丁调进城，以后要是人家有个小孩子总不能住在乡里吧。

小丁业务怎么样？

没问题。你看她的一双小手，点起钱儿如风车一样。

也是，强将手下无弱兵。

哪里哪里。这姑娘也聪明好学，跟着大地公司的秋子学会了做针线，也学会了做饭，以后她可是个好媳妇。小唐真有福气。

都是你一手培养的。小唐最近咋样？

现在可不是原先的小唐了，办事干练，处事分明，业务水平也有很大的提高，尤其对电脑很熟练，他比小吴还强一些。

牛主任，这一段时间，虽然把你的主任又给停了，但你对望天社的工作很是负责，也没闲着，这点叫我很是佩服。

嘿嘿，就是个爱操心的命。我虽然又被免职，但是我不能因为自己免职不工作啊，他免了我的职，但免不了我干工作的热情。

牛主任，这就是你牛若谷，你真是我们学习的榜样。

不要笑话我，戴啥高帽子。确实你得给丁主任建议建议，我这里人太紧张。人家娃娃都回不了家。现在就连我也很少回去。

嫂子咋样？

就那样。老病。

唉，命运，真是……

扁豆的病只能这样了，也没办法，但单位的人少确实影响工作。

就是！你们望天人员少，工作量大。按望天当前的业务量，需要几个人就能转动？

再增加四个我们就不加班了。

我给你们建议最好增加四个，大地的业务量也多，以后还要增加人员，你们社的发展很有前景。

那太好了。其实大地的业务我们主要是靠晚上，说实话这些年轻人跟上我也很累。大将无能，累死三军嘛。

方主任笑着说，他们才不亏哩，跟上你学了好多东西。另外，你们如有八个人，你考虑从外面请个做饭的大师傅，望天常有人来参观，大家都很忙，再不要叫职工轮流做饭了。

要是有八名职工，我为大家做饭也行，当年烧锅炉，原先都是两个人，我去后一人就承包了，我有的是力气。牛主任说着用拳头砸了两下胸部。

我们的信用社在发展，慢慢走上正规化，总不是包工队。

也是，也是。不过小丁的事你真得考虑。

如果她业务精，就放在我分管的业务股吧。

方主任，我先替小丁给你敬个礼。正说着，牛主任一个正步后，站在方主任眼前，端端立着，敬了一个军礼！

方主任和牛主任到了大地公司后，秋子早就在门口迎接。牛主任笑着说，又是小丁给你通报了吧。

那当然，我准备把小丁聘请到我公司来。秋子握着方主任的手说。

我们可是老熟人了。方主任边说边进了大门。

他们说笑着来到车间，车间内是紧张的工作状态，每个工人看上去都很精神，面带微笑，动作娴熟，很是投入。方主任感叹，一个农民能达到这样的水平确实不容易。

老板，方主任也不是外人，我看今天的饭就安排在你公司吧。牛主任笑着说。

不要你操心了。小丁和我们的大师傅已经在我家里做着哩。秋子像小姑娘一样把牛主任瞪了一眼。

不不不，我们还是到信用社吧。

今天信用社停火！

您也别客气，家常便饭，现在你们城里人不是要吃农家乐。

好吧，客从主人便吧。

老板，我还要酒。但是要"明光仙"。

没有，有面汤。

他们说笑着就到了秋子家，小丁早把凉菜端在了炕桌上，一切准备好了。

小丁像个饭店的服务员一样站在门口迎接。牛主任笑着说，小丁，你这情报员，方主任把你调到远坡信用社去了，那里有个瓜女婿等着你。

我哪也不去。你如不要我，我就到秋子姨的公司去。秋子姨早就答应我了。

从明天开始你去大地。牛主任说完又对方主任说，请上炕吧。

好，坐炕才能感觉到进了农家屋。我也是农村出来的，我一回家就要坐在炕上，坐在妈妈的身旁才踏实。

对，有妈的家更踏实。牛主任指着秋子家的火炕又说，这是地地道道的、祖传的、环保的、绿色的，既有历史价值，又有文物考古价值的一盘火炕。

牛主任，你处处为我们农民唱赞歌，说得比唱得好。

来，战斗！

47

人行与银监局分家后不到一年，省联社正式成立了。新当选的理事长为张牧云，监事长为宋指针，主任为李洁冰，副主任为陈宏和张文悦，总审计师为王晨光。农村信用社历经沧桑，在艰难岁月中走过了一段段曲折的历程，直到省联社的成立，才彻底告别了几十年的代管和挂靠生涯，而今迈步从头越。省联社一成立，便招贤纳士，引进人才。从其他专业银行聘请了一些既有工作责任性，又有高学历；既有专业知识，又有工作经验的年轻干部充实到各个部门。在建立健全机构的同时，制定了适合农村信用社的各项制度，为接管全省农村信用社创造了条件。

这一天，是天台农村信用社值得庆贺的日子。省联社在天台市成立了"省联社天台办事处"，办事处主任是由在联社当过理事长的马万里担任。天台办事处举行了隆重的挂牌仪式，各大媒体相继报道了这一盛况。

农村信用社有了自己的组织，猛然间感觉不一样了。县区联社领导见到省联社领导后，好像失散多年的亲人重逢一样，无比激动。多少年的奔波，多少年的心酸，多少年的委屈，都无法用语言来诉说。农村信用社在不尴不尬的夹缝中生存了五十多年，但艰难窘迫的状态，也练就了广大干部职工坚韧的毅力和吃苦耐劳的精神。五十年来，农村信用社一直秉承着艰苦朴素的优良传统和作风，以信合人特有的"鸡爪子"精神——也就是从土里刨食吃的勤奋精神，一代又一代信合人默默耕耘着这片热土。历经漫长的渴盼，终于迎来了自己的母亲——省联社！省联社在各市均成立了办事处，开启了全新的事业。省联社的成立，是农村信用社的里程碑，也是农村信用社走向辉煌的起点，标志着农村信用社将进入了改革和发展的快车道。

农村信用社的春天真正到来了！

省联社班子成员分头奔赴基层调研，尽快摸清了农村信用社的家底，弄明白存在的实际困难和制约农村信用社发展的瓶颈等一系列重大问题。经过调研，叫新当选的省联社党委书记兼理事长张牧云感到十分震惊。他发现，农村信用社的经营各自为政，"一言堂""一支笔"现象极为突出；制度不细致，责任不分明，也没有监督措施；人员的构成也多以裙带关系为主，文化及年龄结构差距很大；基础设施建设更是远远滞后于时代发展，土木结构的营业网点普遍存在；更严重的是"二级法人"的管理，则是一片混乱。一些信用社主任官小权大，内外勾结逃废债务的违纪违法行为比比皆是。在一个信用社，竟然发生了给一个南方做沙发的人用假身份证贷款七十万元的荒唐事——结果，这个商人一贷上款如同泥牛入海，在人世间永无踪迹可觅了。

省联社召开了班子成员会后，张理事长他们陷入了无限的烦乱和困惑之中，万万没想到农村信用社会成这个样子。发现的问题形形色色，各具特色。有些事古怪得叫你不能想象，有些事幼稚得叫你哭笑不得，有些事棘手得叫你毛骨悚然。

尽快扭转全省农村信用社的混乱情状，成了摆在省联社第一届领导班子面前的头等大事。一段时期以来，张理事长总是盯着办公桌上密密麻麻的数据出神……每个乡镇都有农村信用社，也就是说，凡有土地的地方，就有农

村信用社。这么大个摊子，实施怎样的管理才能叫它尽快走上规范化的道路，并让它走在全省金融行业的前列呢？张理事长这才觉得，自己接过了一个很是烫手的山芋。他习惯了一言不发地站在窗前，看着不远处路灯下滚滚的黄河水奔流不息，让他猛然想起了孔子的名言：逝者如斯夫，不舍昼夜！是啊，问题在一天天地堆积，时间却在一天天地流逝。对于如一盘散沙的农村信用社来说，什么地方才是最佳的切入点呢？他低着头，在办公室不停地转着圈子……好！突然，他激动地大叫了一声，在案头的空白纸上写了个大大的"一"字。他默默地说，要在"一"字上做文章、下功夫。只有统一，必须统一。他很快写下了"五个统一"：统一思想，统一制度，统一法人，统一管理，统一形象。面对这"五个统一"，他释然地笑了，但很快又陷入了沉思，光这"五个统一"还不行，要实现这些目标，还要倡导良好的职业道德，大力地培养员工的敬业精神。用职业道德和敬业精神来支撑，让职工真正热爱农村信用社的这份工作，充分调动起员工的工作激情，形成上下一心，精诚团结的局面，这才是实现"五个统一"的根本保障。现在农村信用社最为急需的，不仅是资金，而是制度；农村信用社最需要提升的，不光是业务水平，还有认识和理念；农村信用社最为缺乏的，不仅是人才，还有职业道德和创业精神。

张理事长把他的整体方案拿出来，在班子成员会上进行了讨论。他明确提出，让员工充分解放思想，从禁锢守旧的理念中彻底走出来。班子成员对张理事长提出的"五个统一"经过几次商讨，按照农村信用社的现状，以及服务宗旨和企业性质，又确立了"诚信、创新、敬业、兴农"的八字方针。会议决定由李洁冰主任牵头组织成员，按此方案，尽快制定出省联社今后三年的发展规划。大家积极性很高，决心要把农村信用社打造成绿色银行、阳光银行、现代化的银行。

李洁冰主任带领他的经营班子，清楚地认识到，要实现以上目标，关键是要解决好县（区）联社管理层的问题。农村信用社由人行和银监局代管后，他们为了求得稳定，对联社领导班子变动很小，管理层普遍存在严重的年龄老化、文化层次低、理念陈旧等问题。为了解决这些问题，省联社人力资源部门按照德、能、勤、绩、廉的干部任用标准，制定出了能者上、庸者下的管理办法。在对每个联社领导班子进行了逐一考察之后，按程序进行了公开透明的竞聘和选举，通过近三个月的努力，各联社终于改头换面，产生了全新的领导班子。

天台联社新一届领导班子是这样的：方一天任理事长，从天台农行聘请来的原农行纪检书记肖默然任监事长，从天台区建行聘请来的原建行副行长陈道任主任，牛若谷任副主任兼望天信用社主任，杜光忠任副主任。省联社的阳光政策和新一届领导班子的组建，给天台联社注入了新的活力。一支新型的农村信合队伍以崭新的面貌和高昂的激情，站在了全省农村信用社改革的最前沿。

为了实现三年发展计划，省联社张理事长来天台调研，顺便去望天考察一下大地公司。他们一行的车到了分水岭后，张理事长被望天的景色给迷住了，便叫司机停车，和方一天一起看着这座传说中的聚宝盆。张理事长放眼望去，从分水岭流出的西汉水，在望天村与明光村之间，优哉游哉地拐了两个大小相似的弯后，又乖巧地向西流去，从铁堂峡慢慢流走了。川道里种植的大麻像绿毯一样平平展展地铺在上面，沿河两岸的柳树像两道绿墙，把汉阳河夹在中间，画出了一个闪着金光又镶嵌着翡翠的太极图。半山上是一台一台的水平梯田，梯田里是繁茂的玉米、洋芋和其他农作物。北山上是一片盛放着槐花的槐树林，浓郁的香味到处都是，空气里迷漫着潮潮的、甜甜的气味。闻着槐花的清香，张理事长感到浑身都清爽起来了。他对槐花并不陌生，可是见到这样连片的、茂密的槐树林却似乎还是第一次。他抬起头，见那一穗穗的槐花在树叶中垂吊着。盛开的槐花，仿佛白蝴蝶的花瓣自然翻卷，花瓣的根部带着淡淡的嫩黄，这黄分明是从绿色中蜕变出来的，那淡黄中仍泛着一丝丝的绿线。你若再仔细些，会发现这花瓣又像一个小托盘，由这托盘托起的一朵小白花，粉粉的，张开的花瓣在炫耀着。花萼由绿、黄、红、紫等几个颜色组成，并把这朵小槐花紧紧地咬着，酷似一只白天鹅被一

只丑陋的海蚌吞住了头，小天鹅越是可劲儿挣扎着往起飞，它就越是用力咬住不放。这分明是鹬蚌相争，渔人得利。还没有来得及开放的花骨朵儿，像一串串可爱的小灯笼，稍微大一点儿的，成了茄子的形状，朝一边弯弯地翘起了大肚子，好像噘着个不会说话的小嘴，煞是逗人。

最让张理事长惬意的是这醉人的香味，浓浓的、醇醇的、甜甜的。他深深地吸了一口，整个人像是沐浴在了香水的海洋之中，全身的毛孔似乎都在吸入了这大自然赋予人类的最纯净、最甘甜的清香之气，把近日工作中的烦乱彻底融化了，留下的只有兴奋之情！

抬起头来，便看见耸立着一座大山。啊，这就是崦嵫山。这就是西汉水的源头。张理事长感叹了一声说，这里有好多传说，有道是轩辕的出生地，有道是唐高祖李渊出生于此，但均无可考，但这些传说却给这个地方平添了一种神秘的氛围和底蕴。这地方确实不一般，果然名不虚传！

也是。想不到张理事长对这里很了解。方一天说。

只是听说，一直没来这里。今后就有机会了。

那是那是。方一天又指着山下的聚宝盆说，川道里还修过"胜天洞"，现在却看不出一点儿痕迹来。

什么"胜天洞"？张理事长问方一天。

农业学大寨那时，有个公社干部突发奇想，想把这条河从地上转为地下，干脆把汉阳河这一段的太极图也取直了，让它端端从地下流走，再用石头砌出一个石洞来。当时的口号是："下流水，上种地，打起仗来好战备。"结果，调集全公社的劳力，趁冬天把"胜天洞"突击修好了。谁料一到开春，雪消冰开，哗啦啦全塌了，好像还压死了一个人。

走弯路是自然界的一种常态，走直路是一种非常态。因为河流在前进的过程中，会遇到各种各样的障碍，有些障碍是无法逾越的。所以，它只有取弯路，绕道而行。也正因为走弯路，让它避开了一道道障碍，最终达到了遥远的大海。其实，人生也如此……张理事长感叹着。

方一天用敬佩的目光看着眼前的理事长时，天上一声惊雷从天而落！

轰——轰隆隆——

这一声雷响过后，只见乌云从南向北翻滚而来。闪电如一条金龙，腾空穿梭。又是一声脆响从崦嵫山上滑落，震得方一天下意识地捂住了耳朵，待睁开眼睛时，天空已黑压压一片，如黑夜袭来，把整个望天包得严严实实的，密不透风。惊起的鸟儿到处逃窜，乱飞起来，各自寻找着逃避之地。一阵狂风过后，从地上刮起来的黑塑料袋像一只燕子，在同是黑色的天幕下盘旋，刚要落下，一股风从地而起，又把它托了起来，送上了翻腾的黑浪里，不见了踪影……

赶快上车吧，张理事长，暴雨马上就来了。方一天说。

怕什么，老待在城市里，很少见过这样的闪电雷鸣。

他们正说着，雨——哗啦啦倒了下来，在他们眼前像一条条银色的雨鞭，从天而落，无情地抽打着大地。

就在方一天和张理事长准备上车的一瞬间，雨已打在他们的身上，张理事长看着倾盆大雨，激动地说，好大的雨！

暴雨在望天的聚宝盆里，溅起一片白雾，想托住密实的乌云，怕跌落下来砸坏了聚宝的金盆。分水岭的酸梨树上，飞来了从雨的缝隙里逃回来的鸟儿，拍打着沉重的翅膀，一只只挣扎着攀上了那伸向远方的枝条，那枝条好像展开手臂的老妈妈，随时等待着儿女的归来。看到箭杆一样的雨齐唰唰落下，侥幸逃来的鸟儿这才后怕地站在树上鸣叫不住，庆幸它们的勇敢和机敏。它们回到窝里，哪怕天上下刀子！

又是一声雷，远远地响了一声，雨明显小多了，并能看到远处的光亮。一阵风过后，雨点又大了，打在了他们坐的车顶，大有穿透之势。

分水岭酸梨树上的鸟儿不住地鸣叫开了，北面出现了太阳，斜照了下来，把乌云紧逼着向南逃去。张理理事长打开了车门，看见那急急败退的乌云镶着金边，仿佛是火烧过似的，煞是好看。他下了车，站在被雨淋湿的路上时，已是晴空万里，没有一丝的云彩了。

被雨洗刷过的聚宝盆更加精神了，鲜嫩出一片的绿，变成绿色的聚宝盆，

盛满了金色的阳光。村子房屋的墙上，半截明显被雨打湿，屋顶的瓦片上隐隐地显出如雾的青黛，一切在暴雨的喧闹声中安静了下来，掩映在如画的聚宝盆里……

　　车子经过盘山公路，下了山就到了望天信用社，张理事长下车后，站在信用社门口小河边的大柳树下，看着眼前的百年古树：一棵枝繁叶茂，一棵像是太湖巨石。

　　牛主任正在厨房擀面，听见后院大门响了，出门一看，是方一天陪着一位不认识的领导进来了。牛主任摊开两只粘满面粉的大手说，方理事长，你看看我……快进屋。

　　方一天介绍，这是省联社张理事长。他又给张理事长介绍，这是牛若谷主任。

　　噢，牛主任，已经听人说起过。

　　感谢领导来望天。牛主任激动得恨不得把手上的面一口舔干净，以方便和张理事长握手。

　　看来你常做饭？张理事长笑道。

　　我们的四个职工都会做饭，谁有空谁做。牛主任边说边打开了自己的房门。

　　张理事长和方一天进了牛主任兼作卧室的办公室，看到被子叠得棱是棱，缝对缝，像一块砖头，很是整洁。

　　牛主任，你参过军？张理事长说。

　　嘿嘿，上过老山前线。

　　哎哟，那可不简单，大英雄啊！

　　不是不是，只是打过仗。

　　好男儿就要参军。

　　牛主任倒上茶后说，你们喝茶，我去擀面。我擀的面长得很，这不是吹，你们吃一口就晓得了。牛主任说着就出去了。

张理事长觉得，刚出门的汉子和自己听说的一模一样，粗中有细，从气质上一看就知道是个干事的人。他问方一天，牛主任为何被免职的？

方一天有些不好意思地说，他免职停职都三次了。第一次，他反对给徐飞办制药厂贷款；第二次，他给一个叫秋子的女儿做手术贷款；第三次是他私自给大地公司贷款。都是贷款的事。

张理事长听着，慢慢拧紧了眉头。

牛主任第三次解职时，我也是副主任，我在会上反对丁主任的意见，但他的态度很坚决。

任免干部就这样随意，就这样不负责任，说免就免。

当时于理事长也被蒋行长在大会上当场免了，然后叫丁主任主持工作。后来……丁主任大概是在效仿蒋行长那雷厉风行的工作作风吧。方一天赶紧说。

张理事长的脸一下子阴沉了下来。

他是个有责任心的人，会笼络人。虽然免了职，但对工作一点都没懈怠，一如既往。方一天难为情地说。

嘿嘿！你们把他的职免了，还好意思说人家不懈怠。张理事长冷笑了一声。

……

一阵工夫，牛主任叫吃饭了。

牛主任，你的饭香不香还没尝，只看你这干净的灶具，还有这几盘小菜，很能看出你的手艺了。张理事长一进厨房的门便高兴地说。

就是就是，男人把厨房灶具弄这么干净，确实很难得。方一天接着说。

不就多扫几下，多抹几下。这有啥？

听说你给蒋行长在老家杀了一头小猪，是吧？

不是杀猪，我只想割它不听话的耳朵，但这小家伙一瞅见刀子就响开了。这事儿把我笑话了多少年。嘿，我老家火炉子沟你没去，就一个字——穷！去个人确实没啥招待。

那你这回给我杀个什么呢？张理事长笑着说。

烹羊宰牛且为乐，会须一饮八百杯！

不简单。比诗仙李太白都多喝了五百杯。猛看你是个大老粗，还有牵着骆驼过针眼的本领。张理事长笑着接过来牛主任捞的面条，这时，营业室上班的小丁进来了。她见方理事长和张理事长在这吃饭，惊得脸都红了。她赶忙说，方主任，您来了。她正要纠正口误，还没来得及，就听见方理事长介绍道：

噢。这是省联社张理事长，这是我们的出纳小丁。

张理事长，您好。小丁说。

你好，快快吃饭。张理事长和颜悦色地说。

他们轮换着吃饭，营业室中午要值班。牛主任往锅里边下面边说。雾气升腾了起来，罩住了他的上半身，一时间，只听见他的声音，不见他的人影。

你这面真长，也筋道，多少年没吃过这样的面条了。张理事长夸赞着牛主任。

城里人吃的面粉都是机器粉碎的，我们这是买的麦子在铁堂峡的石磨上磨的。纯天然，没添加毒药。哈哈。牛主任笑道。

吃完饭后，张理事长和方一天一前一后，进了牛主任的房子。张理事长想听听牛主任对农村信用社改革与发展的看法，了解一下基层信用社对省联社的需求和期望，便问道：

牛主任，作为基层社的主任，你谈谈如何才能把农村信用社的工作搞得更好？我们想听听你的看法和想法。

张理事长，我一个大老粗，不会说，说也说不到点子上。不过，我们农村信用社吃苦耐劳的"泥腿子"精神，和艰苦朴素、勤俭节约的优良传统不能丢；我们为农民、为农业、为农村服务的职业道德不能丢。

当张理事长听到牛主任的"精神"和"道德"几个字时，正好说到他的心坎上了，他不住点头，心想着：我们不缺少文化，更不缺少技能，但我们缺少对历史的敬畏与理智。"泥腿子"精神就是农村信用社最基本的基因。

老一辈的信合人：他们艰苦朴素，他们勤俭节约，他们吃苦耐劳。他们的物质是贫乏的，但他们的内心是强大的；而现在的人，好多都忘记了根本，养尊处优，恰恰内心是脆弱的。他看着这个貌似粗大的汉子，不由得多了几分亲近。张理事长继续说，我们省联社应该怎样服务基层，才能尽快改变信用社的现状？

牛主任给他们倒上了茶水说，现在体制顺了，我们也不担心什么，主要就是人的问题，人员要合理搭配。尤其是信用社的主任和会计，必须要选准选好。我当主任也断断续续二十几年了，主任最重要。说实话，我们的信用社主任权太大了，如果没有严格的制度约束，会给信用社捅出大娄子的。

张理事长点着头说，你说吧。

一些主任不仅手握重权，还常常滥用，对信用社根本不负责任。因此，管好和用好基层信用社主任事关重大。当然，省联社更要管好联社一级的领导，他们才是我们的蜂王。牛主任看了一眼方一天又笑着说，我胡乱说，方理事长，请你不要计较。

你现也是个蜂王了。方一天抬头笑笑。

在费用开支上，虽然县联社有审批权限，但个别基层社主任可以化整为零，常常在他们的权限范围内想办法大肆挥霍。唉，信用社这些年怪点点多得很。林子大了什么鸟都有。我听说城关信用社，一年光业务招待费就是十几万元。这十几万元按当时的存贷款利率换算，就等于几百万元的贷款在没有风险的情况下，才能挣来这些招待费，这这这……

对！这是个大问题，也是个大漏洞，我们要坚决制止，决不姑息迁就。绝对不能允许一个老鼠祸害一锅汤了。如果这样下去，我们的农村信用社会是什么样子？我们又如何向党和人民交代?！

他们大把大把地花着信用社的钱，一点儿都不疼惜，因为他们是法人。一个小小的信用社主任，可以叫你一夜暴富。

对。二级法人的弊端太大了。张理事长在笔记本上写了一阵后，说，接着说，你们的信用村建设和农户小额信用贷款情况怎样？

其实最早我是从报纸上看到信用村建设的，给当时的于理事长汇报了我的想法后，他很赞成，我们已悄悄搞的时候，上面的政策才下来，就把明光村当成了试点。我深有体会，农户小额信用贷款最适合农民脱贫致富了，很见效。这个政策最好近几年不要变，直到他们彻底脱贫。

好，农户小额信用贷款政策我们要在全省农村信用社全力推广，搞出成绩来。牛主任，你说得很在理。另外，你说说省联社应如何服务基层？

那我就打开窗户说亮话吧！其实省联社刚一成立，我们还是等待观望，持怀疑态度的。因为我们被折腾过好多次，每次都想着抱大腿，结果……张理事长，我们农村信用社现在最怕的就是折腾！

张理事长深深地叹了一口气，转脸对方一天说，我们再不能瞎折腾了。我们有党的政策这片蓝天，有广阔的农村这块大地，有天有地，就差管好中间的人了。只有这样，我们才能一心一意抓经营，聚精会神谋发展。

方一天不住点头。

我没文化，胡说乱说的。不过，这是我一个基层员工的心里话。牛主任笑着说，不对不要见怪。我这大老粗舌头底下不压话，有一句会说两句。

很好，我们下乡调研就是要听听像你这样的心里话。这样吧，我们再去大地公司看看。

张理事长他们来到大地公司，已然闻讯的秋子早带人在门口迎接了。秋子上前握着张理事长的手说，欢迎领导来大地参观指导。

向你们学习，向你们学习！张理事长笑着说。

秋子握着方理事长的手说，先到办公室喝茶吧。

不不不，我们先看看吧。张理事长说。

好，秋子把他们领到了车间，女工穿着浅蓝色的工作服，一个个高挽着发髻，虽然大多是年龄偏大的妇女，却打扮得干练而利落。张理事长赞叹：这全都是农村妇女呀！

秋子拿出一只麻鞋说，张理事长，这是我们刚推出的新产品，保健鞋。

张理事长接过来看了看，激动地说，这哪是麻鞋？我小时一直穿着母亲做的麻鞋，硬邦邦得有点硌脚。以前大家一提起麻鞋，就觉得是农民脚上穿的破鞋子。看看你们把它做得有多精美。看来，你们是叫它不登大雅之堂不罢休！

秋子办公室的墙上挂着各种规章制度以及生产和销售的进度表。秋子高兴地指着进度表说，我们的生产和销路都很不错。不过，这点小小的成绩，没有信用社的支持，就没有今天的大地公司。

我们支持乡镇企业，企业回头又支持信用社，本来就是鱼水关系，实现双赢是我们大家的目的。张理事长说。

对对对。方一天说。

我们有了今天，确实也难为了这位牛主任，他为大地背了黑锅，一个主任免了几次。秋子激动地说。

我们的工作有失误，我们会改进的。方一天说。

张理事长说，这都是过去了。放心吧，我想今后再也不会出现这样的事情了。

肯定不会。方一天应和着。

张理事长又关切地说，你们大地要有资金困难，我们会大力支持。我们两家都是为当地经济发展服务的，不，其实，我们本来是一家。把当地的经济搞上去，是信用社与大地公司共同的目的、共同的职责吧！

48

棉花惨白着脸，坐在一家小诊所里，大夫摘下老花镜说：姑娘，你是干啥工作的？

传销。

你对象是发什么财的？

传销。

你得的是"那个"病。大夫从抽屉里拿出一张单子给棉花看着，神秘地说。

棉花先是一惊，后来就说，不可能吧。

现在的男人，吃了五谷想六谷。你敢打保票？你要快快治疗，要不，这病发展快得很。

棉花听大夫这样一说，心头一片烦乱，坐在了椅子上，双手揪着头发，好半天没有说一句话。

我治这类病快一千例了，百分之八十的人都能治好，少数的人半路就不治了，剩余的就转移了，谁都没办法。

大夫，我是农村来的，叫一个老板……我要活。我要见我妈，我要见……

你的病，没问题我能治好。丑话先说在前头，就是药费太高，一天要三百元。我给你说，你要把那个老板抓住，多要些钱，他把你害成这样，你要捞些精神损失费。

棉花一听这么高的药费，猛然一惊，什么话也说不出来了。

药不能间断，一个疗程后就有好转。

这药咋这么贵？一共下来要花多少钱，你给我大概算一算。

大夫又鬼鬼祟祟地说，这些药都是我一个同学从厂子里偷出来的，比出厂价还要低。你要是到别的诊所，一天至少要五六百。要到大医院，哼！你能受得住？我看你是个老实娃，实话给你说，你这病潜伏时间短，现在你要咬着牙治，坚持就是胜利。

棉花简直要崩溃了，她无法接受眼前的事实……

三郎回家了。一放下行李，他便火急火燎地去了棉花家。走到了棉花家门口，他看到楸子树上藏在树叶缝隙中的一枚青果，猛然想起了棉花吃青果时被酸得龇牙咧嘴的滑稽怪相，霎时，他的牙也被酸倒了，满嘴流着涎水……

进了院门，发现没有一丝动静，心想，秋子姨肯定去了公司。三郎站在院子中间，才看见房门紧锁着，这是从没有过的安静。太阳已照到了花园前的木凳上，他不由自主地坐在上面，随着记忆回到了那个端午的早上。

几年前的一个端午，三郎和棉花约好一大早去崦嵫山踩露水。踩露水是当地的一种风俗，要赶在太阳出来前到有青草茂密的山顶去，让挂满草叶的露水将鞋子打湿。老辈人讲，端午的露水有一种神奇的驱蛇功效，只有被端午的露水打湿过的鞋，当年的蛇才不敢碰到它，也就是不怕被蛇咬。另外，端午的一天还要在手腕和脚腕上系上五彩丝线，过了端午之后，可在任意一天把丝线割断，放在一种叫荨麻的毒草上，这样本年就不怕被毒草伤了。三郎和棉花向崦嵫山走去，青岗叔看见他俩上山来了，早已站在院边等着。

爷爷，你看啥？

等小偷。

我们怎么是小偷了？棉花不服气地说。

我是怕你来偷爷爷的好吃的。

你有啥好吃的？

不说。

爷爷，我要。棉花把爷爷推到一边，自己闯进了房间，一眼看见一大碗樱桃，粉嘟嘟像玛瑙一样，她抓起一撮丢进嘴里，激动地说，甜！

青岗叔双手把门按住，将棉花挡在了门里边，说，不给了不给了，是留给你七太太的。

好爷爷，叫七太太先吃吧。这时，青岗叔才把门让开，棉花端着这碗樱桃走到七太太的坟前一看，那里早就献着一碗樱桃和几个水萝卜，还有一朵芍药花插在一个酒瓶里。

棉花折身看着爷爷说，你骗人，七太太早有了，还有水萝卜，我要吃。

不行。小姑娘吃了萝卜，青岗叔指着自己的嘴说，臭！

不怕，不怕的，我要吃。棉花撒娇说，我就要吃。

给你留着哩，你俩先上山去，山上的佛爷可不喜欢吃过葱蒜萝卜的人哟。青岗叔惹逗着棉花。

那好，你可不要一个人悄悄吃完，爷爷。

走在路上，三郎说，青岗爷爷真好。我爷爷也很疼我，可是我妈妈对我爷爷一点都不好。

姨姨她再这样，以后我就不要她了。棉花说得满脸通红。

羞羞羞！三郎伸开双臂，挡在棉花的前头，然后，用食指戳着她的脑门说。

羞啥羞？人家和你玩呢，你以为真这样，看把你美的。

说笑间，就上了分水岭。三郎站在分水岭向西望去，山川到处是一片的绿，像是刚从水里洗过一样。再向西，山峦起浮，仿佛一群狂奔的野马……

看着三郎神情专注的样子，棉花说，又要作诗？

这地方真神奇！三郎说。

走吧，山上才神奇。

正走着，身旁的草丛中，扑棱棱飞起一群鸟，把棉花吓得站住了。三郎说，胆小鬼，一群鸟都把你吓软了。

你看看，走到跟前了，它们才飞起。

不知是你吓了鸟，还是鸟吓了你。

棉花努了一下嘴，继续向前走。快到山顶时，寺院里传来了浑厚的钟声。他们略略停留，待钟声彻底响过，又往前爬。

进入寺院，第一院供奉着弥勒佛，憨傻地笑着，大肚子一览无余豁露在外，两只大耳朵向下垂着，一双大眼睛笑得好像听见了他俩说话似的，一副亲热的样子。

他俩收住了嬉笑，立在佛像前站着，双手合十，心里都在默默地替自己，也替对方许一番愿。

第二院供奉着"三霄娘娘"，姊妹并坐一排，头戴凤冠，身着霞帔，面容丰润慈祥，各持宝物，文雅端坐。他俩又是双手合十拜了，又是默默地许愿。

从寺院出来，棉花说，三郎哥，你许的什么愿？说来听听。

我……我……三郎没准备回答棉花。

说。棉花紧逼着。

我……许的……叫我爷爷的眼睛什么时候能看见。

还有？

还有……没了。

棉花瞪了他一眼，哼！把辫子一甩，向前大步流星地走了。

三郎立马紧步追上说，那你许的是什么？

不说给你。

好妹妹，我许的是……

什么？棉花猛然转过身来问，什么？

我许的是什么时候给你找个瓜女婿。三郎说完，一把推开棉花往前跑了。急得棉花在后面追赶着说，你坏，你坏坏坏！

三郎跑了几步便蹲下了，棉花的胆子大了起来，追过去趴在了他的背上说，压死你，看你再敢胡说。

三郎背着棉花不停歇地转着圆圈，急得棉花求饶说，快放下来，我晕，我要吐了。

三郎放下棉花，一番嬉闹挣得他直咳嗽。棉花小巧的拳头雨点似的砸着他的背说，我让你调皮，我让你调皮！

三郎站起身来，棉花从兜里掏出一根五彩丝线，对三郎说，伸出手来。三郎乖巧地把手腕伸给棉花，棉花认真地系好后又笑着说，来，给你的脚腕上也绑一个，以后就不乱跑了。

不行不行，那样成女娃娃了。

不，我就要绑，要不你就跑了。

……棉花的笑声还在三郎的耳畔响着，但他却慢慢退出了熟悉的院子。

三郎来到秋子的办公室，惊得正在埋头看鞋样的秋子瞪大了眼睛，猛然叫道：

三郎！

姨。

……你什么时候来的？

刚来。棉花还是……

秋子看着眼前的三郎，也不知说什么好。

姨，我对不住棉花和您。三郎说着跪下了。

不知过了多久，三郎才听见秋子说，起来吧！

三郎流着眼泪，低着头。

男子汉不要轻易流泪。你也不要再找了，她可能遇上难事了。秋子又叹了一口气说。

可我……

秋子把三郎扶了起来说，坐下吧，你回来准备干吗？

找到棉花再说。三郎含着泪花说，她会有什么难事？再大的事，也得回来商量。

女娃娃的心事你是不会懂的。秋子低着头说。

那……您说我咋办？

等着吧，她会来的，我的女儿我知道。秋子看着三郎说，如不嫌弃你就先到大地公司来，帮我干些事，我这里正需要有知识的年轻人，你也可以边干边等着考公务员。

在没找到棉花之前，我不想考。参加工作就不自由了。

这是你一生的大事。

我上学时觉得是，现在觉得不是。

不要这样想，这样想你父母会受不了。

我的事我做主。我已经成了罪人，他们会理解的。姨，我听您的。等两天我来上班。

好吧，三郎。

看着三郎离去的背影，秋子再也忍不住了，悄悄地哭了起来……

49

高天在丁主任的提携下真可谓鸡犬升天，一个皮包挟在腋下上蹿下跳，在徐飞等一些老板中很牛，俨然一个很忙的大领导。一个老板贷了城关信用社的款，因无力偿还，无奈，在丁主任和高天的谋划下，眼睁睁地将他花了血本拍卖到的一块土地转让给了徐飞一半，徐飞借此暴富。徐飞从一个工程队的小老板摇身一变成了向天开发公司的董事长；徐飞从一个负债几百万的穷鬼一夜变成了拥有几十亩土地的土豪。徐飞的财运来了，他要建大楼，他要建小区。看来人要发财靠的就是机缘，有时与人的能力没有太大关系。一个人要是靠力气挣钱儿，只能奔波在生活线上。你要挣一套楼房，或许要用一生去奋斗。你要是靠机缘就简单多了，或许，抓住一个小的机缘，就会轻而易举地赢得一套楼房；而抓住一个较大的机缘呢，就会有一个单元或一栋楼；如有更大的机缘相随，就会有一个小区或者一个城市。看来，机缘这家伙如鬼魅一样，漂浮不定，又如神仙一般力大无群。一个傻子或者瞎子，如果捡到一块金子，弯下腰的时候还是个穷人，站起来后就成富人了。说机缘来自有准备的人，这倒不一定。捡到金子的人可能是个乞丐，他在捡到金子之前毫无准备，或许差点儿被饿死。这运气真不好说。运气来了不富不由人啦！

徐飞成了房地产的老板，丁主任心里的石头总算是落下了。近年徐飞在生意场上越陷越深，做什么都不如意。由丁主任和高天贷给徐飞的几百万元眼看着是还款无望，就在这时，一个妙计在丁主任头里面诞生了，徐飞很轻松地拿到了几十亩的土地，可以理所当然地搞开发了。丁主任长长地叹了一口气，他要在退休之前把这块冰化解不了，肯定不得消停，为此，他与高天简直是绞尽脑汁，又给徐飞通过各种手段贷款几亿，他要建小区了。

徐飞和高天大喜过望，兴奋若狂。徐飞觉得不光是丁主任和高天等人的提携，好像冥冥之中有一只无形的大手——那就是上帝之手——向他频频挥

舞！虽然前几年办制药厂、搞工程等生意都失败了，但现在他徐飞又获得了成功。兴奋之余，他又回忆起了过去的艰难岁月：他曾被一帮女人揪过衣领；他曾在老家销售假化肥被人打得鼻青脸肿；他曾因不能按时还上贷款被牛若谷上门怒斥，又被推上了被告席。他曾经的曾经有个多少不如意的事。现在好了，现在不比从前了。他要活人，他要活一个体面的人。让曾经不如意的日子，见鬼去吧！

徐飞承建的小区起个什么名字好？锦绣家园？万福楼？天上人间？都没感觉。就在他苦思冥想之时，一个很有诗意的名字跳了出来，那就是——望天村！他要把望天攥在自己的掌心里，叫望天所有的人都切切实实看到，他这倒插门女婿建成的现代化的高楼，插进云里，这才叫望天！

望天村从此在天台城区落户了。

向天在丁主任和高天的支持下，成了天台最大的房地产开发公司，天台的房价毫无规则地疯长，行政之手根本无法阻挡市场的经济规律。一时间，购房者看到房价几乎一星期一个价，他们也慌了神，不顾是否超出自己的承受能力，只要把房抢到手，一倒手就能赚钱。当时人行一位副行长在一次会上说，农村信用社在天台的房价上起到了推波助澜的作用，并要求农村信用社尽快扭转贷款投向的问题。会上，丁主任与这位副行长争辩不休。随后，人行天台市分行组织了专项调查工作组，对天台金融系统的房地产贷款进行了一次大检查，结果，天台联社竟然有二十多亿的资金都流向了房地产，光徐飞的向天公司近十亿。并且几个大的房地产商全是联社的股东。因为是股东，就要享受股东的优惠政策，贷款优先，利率也远远比"三农"贷款低好多。人行要通报，丁主任以支持城市建设为由，向分管的市上领导极力解释，也就不了了之。

丁力群现已退了下来，想起他与徐飞的合作，简直是在钢丝绳上跑马，美美地惊险了一场……

省联社在班子成员会上，重点讨论了"二级法人"组建为"一级法人"

的问题，最后决定把全省县（区）联社由原来的"二级法人"统统组建为"一级法人"，同时，将在全省选出四家县（区）联社作为组建合作银行的试点。另外，着重要在全省农村信用社大抓农户小额信用贷款和妇女创业贷款，充分发挥党委党支部的作用，把此项工作提高到了政治的高度。经过半年的努力，这项工作取得了优异的成果，得到了省委省政府的高度赞扬。就在这时，省联社接到了通知，人总行要来检查信用村建设和农户小额信用贷款落实情况。省联社召开了视频会议，针对现状进行了安排部署，做好检查前的准备工作。

天台联社方理事长传达了会议精神，要求各信用社对农户的贷款证进行核对，创建了第一个信用村的望天信用社，更要逐户认真核查。会议结束后，方理事长又把牛主任叫到他办公室商量。

牛主任说，望天的信用村都是由我一手搞起来的，农户小额信用贷款我都清楚，但还要再逐村核对。

另外，如果到望天来检查，需要不需要购置些办公用品，比如办公桌椅等，人家来了都没个地方坐。方理事长担心地说。

先不考虑吧，他们检查的是业务，办公设施我们就这现状。再过两年，等经营上去了我想申请盖办公楼房，那时再统一配置设施吧。

也好。先这样吧。

牛主任到秋子的办公室刚坐下，三郎拿着图纸进来了。

牛主任惊讶地说，这不是三郎？

牛叔叔，您好。

什么时候来的？

有一段时间了。

噢，好好。把你在学校所学的知识，放展往这里使，要不就荒废了。

嘿嘿，我会努力工作的，叔叔。

牛主任看着三郎，自然又想起了棉花，不由得心里一阵酸楚。

三郎先到公司锻炼，再等着考公务员。秋子说。

考什么考，一个公务员一月多少钱，还不值一个车间女工的工资。就在这好好干，还能照顾你父母和你爷爷。

三郎顺从地点了点头。

城关信用社给徐飞的向天开发公司又申请了五千万的贷款，原主任丁力群央求信贷部提交了贷前调查材料。上会后，方理事长说，我们的资金投放要面向农户小额信用贷款和妇女创业贷款，对向天公司的贷款，我们只收不放。

晚上，丁力群觉得方一天在他手下当过副职，应该有点人情吧，于是他从外地赶来找到了方一天说，徐飞的贷款你不必担心，向天的楼盘很抢手，他们为了降低风险，把房价压成全市最低价，生意很火。

而方一天，这次给丁力群一点面子也没给，他对丁力群说，我们的职责是支持"三农"。

但更大的职责是支持当地经济发展呀，方理事长！丁力群辩解说。

别忘了，丁主任，我们的职责是支持当地农村经济发展，我们要把信用社建成发展农村经济的主力军，办成农民自己的银行。你可千万别搞混淆了。方一天有意把农村和农民说得很响亮。

要说把农村信用社办成农民自己的银行，那是那是，徐飞也是望天乡望天村人，你说是不是？

原先由你审批的徐飞贷款，都用到"三农"上了吗？丁主任，我今天没时间和你争论，省联社力促我们发放农户小额信用贷款，要把有限的资金运用在为"三农"服务上。不说了，一句话，这笔款不能放！

50

考察团如期来到了天台，主要来望天乡考察"信用村"建设和农户小额信用贷款一事。这是一个阵容庞大，规格很高的考察队伍。考察与陪同人员有人总行吴副行长一行，还有分管金融的李副省长、省人行行长、省联社张理事长和李主任，以及天台市区的领导等。考察第一站就是望天乡明光村。这下可把方理事长和牛主任忙坏了。这件事事关重大，不能出现任何闪失。市区两级政府领导、市人行领导事先来望天仔细检查过了，都做了非常周密的安排。他们也抽空去看了大地公司，大家无不由衷赞叹，同时也对望天信用社能够支持这样一个乡镇企业给予了高度评价。这无疑给牛主任壮了胆。其实牛主任这次心里也没底，这么大的检查团他还是第一次接待，生怕给领导出个娄子，所以，他一直把弦绷得紧紧的，心里也慌慌的。

此前，牛主任和秋子商量过，这其实是宣传望天信用社和大地公司的大好机会，信用社的面貌短期内很难出现大的改观。而秋子则做了精心的准备，无论从厂容厂貌，还是员工服饰，都包装得更文化了。她笑着说，我们也装一次洋蒜，叫他们看起来不是那么土。

好，这样也是对上级领导的尊重。不愧是董事长，就是懂事。

别笑话我，尽管不知道他们在这里用不用餐，但我们要准备一些与麻子有关的小吃，最少叫他们知道大麻的价值吧。

牛主任听秋子说着，微闭着眼在笑。

行不行？秋子说。

太好了，看来你已悄悄准备了。

秋子默不作声地微微点头。

工作组说来就来了。市区的领导早就在望天安排了人等着。市委对考察团的吃住行都做了周密安排，哪个地方出现意外就得马上与市接待办联络，不得有误。

人总行领导的车上了分水岭，隔着车窗看着山下的聚宝盆。时下正是六月天，川道里的大麻长得如绿色城墙一般，足足有两三米高。有人说，这可比得上山东高密的红高粱了。

　　五辆中巴车整齐地排在小河边。简陋而敞亮的信用社，只有吴副行长、李副省长几人由张牧云理事长和李洁冰主任陪着，在营业室转了一下，便来到后院里，吴副行长说，这里好干净，土院子很接地气。人总行吴副行长是个女的，穿着大方，儒雅而又朴素，态度十分亲和，这叫牛主任悬着的心多少有些放松。

　　张理事长给在场领导介绍说，这是望天的牛主任，回头又给牛主任详尽介绍了其他领导。牛主任咧开大嘴笑着，但是表情有些僵硬，他的两只大手不知放在什么地方好，倒显得很是多余。

　　吴行长与牛主任握着手，她微笑着说，你们辛苦了。

　　不辛苦，不辛苦。望天百姓把这里叫聚宝盆，今天领导来到这里，望天才成了真正的聚宝盆啊！

　　吴行长笑着问他，当前你们社有多少存款？

　　昨天是一亿三千一百六十八万元。

　　噢，这么精确。李副省长说。

　　每天的数据我都有记录。牛主任说着，从兜里掏出了一个笔记本，递给了吴行长。她接过来翻着，见上面除了每天的记录，还画着好多起起伏伏的抛物线图形。

　　其他领导也都轮番看了，都在点头。吴行长说，你们的存款在全区信用社应该是比较高的吧？

　　方一天理事长赶紧说，望天社前几年属于倒数第一，现在全区排名第六位。

　　不错不错。李省长说，那我们去信用村吧。

　　好吧。区委书记对王乡长说，你带路。

　　谢顶的王乡长赶紧跑在前面，不知怎的，他头顶的头皮今天很亮。身后的领导跟着他，好像在跟着一只不断弹跳的篮球。各位领导三三两两地说着话，在河堤上走着，走到小桥边时，吴行长说，这是真正的乡村，小桥流水，很有诗情画意。

你看看，从这看过去就是一幅油画。张理事长对李省长说。

多美的乡村！李省长感叹着又陷入了沉思，什么是最美乡村？我们应该如何建设最美乡村？

地方虽然不大，但很精致。张理事长说。

我参观过好多乡村，都看不出来是乡村了。李省长说，其实，新农村建设要有个性有特点，要建设最具人性化的乡村，不要搞一刀切，我想，这才是农民真正想要的。

对，就是，李省长，我们应借自然地貌的山光水色来建设新农村，因势利导，把农村建得自然、和谐，这才是他们最想要的。张理事长说话间，他们已来到了桥头，看着眼前这座古朴、简单而富有诗意的小桥，不知哪位领导深情地朗诵了起来：枯藤老树昏鸦，小桥流水人家……

穿过小桥就是大地公司。秋子率领她公司的部分女员工早就穿戴整齐列队等候，夹道欢迎了。

假山和一片墨竹相映的雅致，抑制了宣传栏里欲言又止的炫耀；一排阴凉的紫藤架两旁是盛开的鲜花，竞相争艳，仿佛张大了小口或者伸长了脖子，热烈而激情；办公楼前的一棵高大槐树，偌大的树冠像一把巨伞，撑开在烈日之下。一坨儿黑黑的潮气聚在黄澄澄的阳光里，悠悠颤动，叫人顿感阴凉的沉稳和亲近。秋子谨慎地对吴行长说，行长，我们进去看看吧。

好吧。

大家进了大地公司的车间。秋子一边介绍着，一边拿出麻鞋让大家看样品。

一双麻鞋能做得这么精巧，大家都感到很惊讶，想不到这山沟里还深藏着这样一个亮灿灿的企业。吴行长拿起一双女式凉鞋，瞧了又瞧，爱不释手的样子，还在脚上比画了一下说，精致、朴素又大方。想不到这么精美的鞋，竟然出自这些普通的农村妇女之手。吴行长笑着说，看来，绝活来自于民间，一点都不假。

除了定型外，几乎都是手工做的。秋子笑着说，这纯属绿色环保产品，

如您能穿上我们大地的麻鞋，就是对我们最大的抬爱和宣传了，也是对我们这些农村手艺人的最大奖赏和安慰。

那好，我挑一双，不过一定要付钱，这可不能含糊。

车间参观完后，秋子说，请各位领导在楼上看看我们这儿原始的制鞋工具，有不少是平时难得一见的"老古董"。

大家跟着秋子进了二楼的会议室，这里陈列着：纺车、挑车、轧麻机、线陀螺等纺织工具，还有麻袋、麻毯、麻褡裢、麻背衫等纺织物品。至于麻绳样式和种类就更多了，从镰刀把粗的刹车绳，到细如头发的绣花线，还有裤带、麻鞭、麻坐墩等非常稀见、用途单一的麻制品。另外，就是与麻子有关的小吃：如麻麸饼、麻花卷、麻子汤圆、麻油炸干果、炒麻子等。在众多的陈列品中，黄村长编制的一条裤带引起了大家极大的兴趣，李省长拿着它仔细地看了说，这么精致的工艺真叫人佩服。你们看看，中间一段就是现代皮带的样子，两头收成四方四棱的一段后又是一段圆柱形，末梢又是俩小辫子，还染上了一点淡淡的粉色，系上它会是什么感觉？大家听着李省长的讲解觉得非常了不起。这些带有古朴气息的物件，充分证明了这里产麻的悠久历史，也体现了这块土地上编织文化的丰富与厚重。所有来宾都应邀品尝了一些农家小吃。

大家对秋子很赞赏，很佩服。她干练，有气质，打扮得也很得体，像一个现代企业家。

秋子激动地说，这些都要感谢党的好政策，另外要感谢我们农村信用社，要不是他们的大力支持，就没有我们望天的大地公司。

参观完后大家又去了明光村。吴行长和李村长、黄村长等见面后说，我们简单地座谈一下就行了。来，大家随便坐吧。

众人或站或坐，围拢在吴行长的周围。吴行长对李村长说，你觉得信用社近些年对你们支持得怎么样？

前些年……噢，牛主任很能干，人粗心不粗，把一个没钱的信用社张罗得有钱儿使了。我们现在贷款没麻达，要多少就贷多少。

你对支农贷款还有什么要求？

没有没有。信用社现在好得很，支农贷款满足了，利还低。牛主任好随和，和我们老农没啥两样。上前年还和小唐给我种过洋芋。李村长把帽子取下来，边挠着头边说。

他怎么给你种洋芋？李省长说。

他们来我村收贷款，看见我在地里种洋芋，他的手也痒痒的，帮我把洋芋种上后，晚上我才带他们去挨家挨户收贷款的。

黄村长赶紧说，你不要看他是个公家人，种地也算个把式了。

噢！吴行长对牛主任说，很好，要与农民打成一片。你们发放的贷款证……

都有。都发了。李村长还没等吴行长说完，他抢先说着，便把他的贷款证交给领导看。

大家相互了解了一阵，说笑自如，牛主任感觉很融洽。临走的时候，吴行长握着牛主任的手说，你们的精神值得我们学习。你们辛苦了！牛主任激动得差点流下了眼泪。

一番简单的座谈之后，吴行长一行便告别返程了。张理事长在上车时拍了一下牛主任的肩膀，给他竖了个大拇指。牛主任悄悄地给张理事长敬了个军礼。

牛主任他们看着远去的中巴车，齐刷刷长长地呼出了一口气，李村长说，我的个爷，把我的脚汗都吓出来了。

你个炮筒子，当你说到前些年的时候，把我吓得咬舌头哩，生怕你踩我们原来的疮疤。牛主任说。

差一点拐不上犁沟了。哎哟哟！李村长拍了一下自己的脑袋，装作后悔地说，应该把你们信用社的"烂包袱"给抖一抖，放放毒，把那两年老农民憋着的一口臭气放出来。

有屁你放呀？你有本事你说说。你鬼得很。黄村长说。

不过，你也说得好。王乡长说。

我不知说了啥，犯错误了没有我再不管。李村长说。

怕啥？越大的领导越好接待。这么大的领导都变成神了。牛主任说，秋子董事长，你今天也放光了。

要是没有黄李村长在场，她可能像往常一样会挖苦他两句。这次秋子倒没理牛主任，她对黄村长说，我想聘请你为大地公司的技术指导，拿出你的绝活来，编一些像裤带这样既稀见又紧俏的精细麻制品，我包销，不会亏待你。

好！其实一看到你们做，我的手也痒得很。黄村长说。

我也痒得很。李村长大笑着说，我会炒麻子。炒麻子和炒酒料一样。

不过你的"明光仙"我可以代销，我送客户。

说实话，我那点小酒儿也不愁卖。我就是想叫山前岭后的望天人每年都能喝上它，不要忘记了这一带老祖宗传下来的土手艺。

你完全可以把它做大做强，建一个酒厂。牛主任说。

李村长摇着头说，做大了，难保这个味。要把它的真味儿丢了，就等于丢了先人，亏了后人。

51

棉花老远看见有几个人在和大夫吵架，她不知发生了什么事，慢慢走了过去。

你这些假药不知害了多少人，一支就二百元，你说说，赔我多少钱？小个子姑娘气愤地说。

不光是赔钱的事，我来的时候刚刚发病，这不，你越治越严重了，损失咋赔？大个子姑娘既生气又怨恨地说，

给五万吧，还有精神损失费哩。

棉花的脸上立马变了颜色，也扑了过去说，大夫，原来你是个骗子！你怎么这样坏，你的良心叫狗吃了？

妹妹，你去到正规医院检查一下，不要再上他的当了，很可能没什么。大个子姑娘对棉花说。

棉花有些胆怯地说，我怕……

做个体检，怕什么怕？小个子姑娘说。

棉花感激地点着头，热泪流了下来。

棉花赶紧去了医院，挂号检查后，果然没有什么。待治疗室只有女大夫一人时，她便鼓足了勇气说，姨姨，我被一个老板强暴了，我一直怕得了性病，就找了一家小诊所，那个大夫骗我说是性病，很严重，就一直吃他的药，花了好多钱，结果今天又去取药时，看见有两个姑娘和他吵闹，才知道他是个骗子。女大夫说，再不要上那些骗子的当。没什么，不要怕，忘记过去吧。别再去那些不洁净的地方。

棉花流着泪水，轻松地走出了医院。

如释重负的棉花，再次来到这座古城的城墙上漫步，这几年所遭遇的一切像电影一样一幕幕从她眼前闪过，那个恶魔，那个冰窟，那个地狱……虽然身体已无大碍，但给她的心灵留下的创伤已经难以愈合了。这几年三郎已渐渐远去，这几年棉花已……她看着城墙内如蚁的行人，虚幻不实的楼房、汽车，还有闪烁的霓虹灯，这些都在一瞬间变成了城市垃圾……

棉花太想妈妈了。她要回家！

到省联社开会回来的牛主任，站在院子里给小唐讲着这次会议的内容，一是省联社要在全省加大网络建设投资力度，下决心解决结算渠道不畅通的问题。二是要成立合作银行，还把天台联社确定为合作银行的试点，要求尽快上报材料，进行清产核资，以后我们就成为望天支行了。听说以后还要成立农村商业银行。他兴奋地说着，鸡罩慌慌张张从后院大门跑了进来，上气不接下气地说，快快，姨夫……

小唐上前指着鸡罩的鼻子说，又想干啥坏事？

快快，姨夫，快！姨去世了！鸡罩弯着腰，揉着肚子说。

啊呀！牛主任听到这一噩耗，惊得张着大口，好像要把乌鸦嘴的鸡罩吞下肚去一样。

慢慢说，慢慢说。小唐便友好地扶着鸡罩说。

牛主任走在鸡罩面前，像从不认识他一样呆呆地看着。鸡罩接过小唐递来的一杯水喝了一口，刚要说，又喝了一口，好像才换过了气，他又伸了几下脖子，说，姨夫，前天我还过去看了她一趟，好好儿的，今天就……真是天有不测的风云，人有当日的祸福呀！

小唐你这几天把门看好，叫新来的同志按联社申报合行的报表帮小吴统计数据，联社估计要来人，不要说我家里的事，我可能得几天才能回来。

好的主任，你快去吧。小唐说，要不我跟你一起去。

不了。你把门看好，最近要申报合行，事很多，你不能离开。牛主任说完马上就走了。

走上火炉子沟对面的山顶，牛若谷老远就看见院子里聚了好多人，他一屁股坐在了地上。他原想，若是鸡罩在使坏就好了，这一下子他觉得真的天塌了。看来，扁豆确实走了。

牛若谷慢慢拐到通向自己家的小路上，院子里的人迎了上来，没有一个人说话。牛若谷的腿不听使唤了，人想往前，腿却往后扯。他几乎是由两个膀大腰圆的人架着半步半步地挪进屋里的。

扁豆睡在桌子上，前面一个小方桌上摆着供品并点着香蜡。地上铺着一层麦草，月儿披麻戴孝的在乱草里跪着，一见到父亲她更是伤心地大声哭了起来。牛若谷紧紧地抱着月儿，看着停在桌子上的扁豆，脸上盖着一张黄纸，他心里说：宁隔千座山，不隔一张纸！更刺眼的是她身上穿着的一套新衣——那就是亲人赠予亡者大限将至的寿衣。而他的扁豆在弥留之际没等他亲手穿在即将永别的肉体上，真是内疚万分！几个人围抱着脸色蜡黄的牛若谷，他额头上生出一层细密的汗来，又从纵横交错的皱褶里凝结出几颗豆大的汗珠，与泪水交融后，在他干裂的嘴唇上颤抖着、蠕动着。这时，他才哭出了声来……

　　牛耕道抹着眼泪拉起牛若谷说，止住吧，若谷。这不还要等你主事，亡人盼土如盼金。你没来，也没处下手。月儿没经过这事，也不理事。听月儿说，你连棺板都没置下。

　　牛若谷一把眼泪一把鼻涕，连哭带说，谁晓得她这么快就走了？我原以为这病一半年要不了她的命呀！

　　黄叶落，青叶掉，黄泉路上无老少。天阴了，要夜夜防雨，心虚了，要夜夜防贼呀。我看叫几个人到望天村去，看能不能买上棺板。牛耕道说。

　　好好，挑最好的，不要惜疼钱儿。牛若谷说。

　　鸡罩在望天村一出现，又被几个女人围住了。只见一个女人放声大骂，鸡罩，我的钱你说好上月给，又过一月多了，你这是嘴还是……

　　鸡罩装作可怜的样子说，没问题。我牛若谷姨夫说好早就给我贷，这不，我扁豆姨正好在这节骨眼上没了，办完这丧事就给你。我正要给我姨买一副好棺板哩，你家有多余的？

　　你家才有多余的哩。你可不敢早走，你一走，我的钱找哪个鬼。你的话鬼都不信了，你今天不给钱就别想走。

　　鸡罩给这女人作了一个揖，说，嫂子，你看我亲亲的亲戚死了，在桌子上还停着哩，我能哄你？你难道连个死了亲戚的人都不放过？我想，你也是个刀子嘴豆腐心的人。这样，月底，月底我就是从老鼠窟窿，也要把钱给你抠出来。

　　我等你。你变成鬼，我到阴曹地府尿一泡都要把你冲出来。

　　大地公司的女工刚下班，从门口一出来，这些女人便又开始说笑起来。

　　大家正在没深没浅说笑着，小丁气喘吁吁地跑来了。百灵鸟说，下班了，你还来逼账？

　　秋子姨呢？

　　她在楼上。百灵鸟说，这娃今天咋了？疯疯癫癫的。

　　小丁急急地上了楼，一见秋子就说，姨，扁豆姨昨晚去世了。

　　啊！她——咋说没就没了？秋子惊得从椅子上站了起来。

家里派人来买棺板了，打问了一上午也没有，现在正在信用社吃饭着哩。小丁喘着气说。

我家有给青岗叔准备的，先叫拉去，青岗叔的以后再说。走，去看看。秋子和小丁说着慌忙下楼了。

鸡罩赶着毛驴车，拉着一副棺板，坐在车上高兴地唱着：

哎一辆毛驴车哎——

在山路上飞奔哎——

我扬鞭喜盈盈

我扬鞭喜盈盈

哎一辆毛驴车哎——

向火炉子沟飞奔哎——

雪中送炭哎——

我扬鞭喜盈盈

……

牛若谷家院子里乱成了一窝麻，忽听一阵铃铛声传来，大家寻声望去，只见鸡罩赶着驴车，拉着一车棺板洋洋自得地进院了。

牛若谷有些信不过，狐疑地问，鸡罩，这？

幸运！姨姨可怜了一辈子，临终了还算运气，背了一副好棺板。你看看真正的柏木，三寸厚，这在山前岭后不多见吧。鸡罩神气地说。

这时，几个老人凑上前去，张开手指，认真地拃量着，嘴里惊出羡慕的啧啧声。

这得多少钱？恐怕三头牛也换不来吧？牛耕道说。

不贵不贵，买卖争分毫，人情一匹马。姨在世时对我最心疼，三天不见我来看她，她就担心我。我拉下了她的人情债，还她一副好棺板，看能不能消了我的孽。鸡罩得意地说。

鸡罩，太阳从炕洞里出来了，你妈过世后在屋里停了三天，你兄弟俩差点打起来了，不就是为了给你妈置一副棺板？你今天咋这么大发？看来，你不是你妈的亲儿子。牛耕道说。

你才不是你妈的亲儿子。

大家笑了起来。

牛若谷看着鸡罩，知道他葫芦里卖的啥药，便说，鸡罩，你这副棺板哪来的，多少钱？

鸡罩把头一扬说，嘿！姨夫，你这就见外了。哪来的，你不要管，多少钱你更不用管。就一副棺板，这点人情世故我还不懂？其实，我看到姨最近不行了，也知道你正忙着公事走不开，我就得殷勤些，她咽气前还给我说，她一生没个想头，就想走时背一副好棺板。其实我早就等她这一天着哩。哈哈，不瞒你说，我早就给她老人家找问好了，定要遂她一个心愿。

你不要钱，难道我给她连一副棺板都买不起？

看看看，又不是给你买的，她是我姨，前几天，我和老婆商量好了。

牛耕道说，若谷，是这……

牛若谷拦住了牛耕道的话，对鸡罩说，你要是今天收了我的钱，就算你给你姨遂了一片心意，要不收，我另想办法。就在这时，小唐、黄村长和李村长他们来了，贵成子用架子车拉着一副棺板。

牛若谷先是一怔，马上就明白了。

黄村长一见牛若谷就说，这么大的事，你就不给我们打个招呼。

牛若谷说，天不防就塌了，也来不及。

小唐给牛若谷说，这是青岗叔的，秋子姨叫先拉过来，完了这事，再给青岗叔置办。

也好。牛若谷看着大家说。

牛若谷看着鸡罩蹲在一边吸烟，就过去说，鸡罩，你的好心我领了，是这样，你就给人家拉回去吧，我晓得你手头也没有。

哼哼！好，你有人送就好。人家秋子是女老板，有钱！鸡罩蹲在地上，

故意把秋子两字说得很重。说着说着就大哭了起来，姨，你给人家把地方腾宽展了……

牛耕道拉着鸡罩说，难得你一片孝道，你姨也可怜，早脱身早脱孽。你也不要为难你姨夫。鸡罩，是这，棺板得多少钱，干脆……干脆我放下吧。

鸡罩站了起来，没好气地说，五千。

牛耕道说，不要吓人嘛，好好说，我真要。

鸡罩瞥了牛耕道一眼，气哼哼地说，你今天还有脸面要这副棺板。你抢去了我的村长，你还要抢这副棺材吗？说着，猛地将车子调过了头，在驴的耳梢上抽了一鞭子对牛耕道说，尿脬箍香炉，把你估得太高了。你没这命！

大家看着鸡罩的背影，解气地笑了。木匠师傅开始在院子里给扁豆打棺材了。

转眼间，扁豆已入土三天了。待烧了"服三"的纸后，牛若谷再也在家待不住了。牛若谷扛着行李，月儿提着包袱，在山顶上一前一后地走着。月儿送走了妈妈，老觉得空荡荡的，一下子感到这个世界上她什么都没有了，即使还有爸爸。妈妈已经走了，就在妈妈还没发殡的这几天里，她总能恍恍惚惚看到妈妈在炕上的影子，有时，甚至还能听到妈妈呼唤她的声音。现在要跟着爸爸匆忙地离开，叫她更加伤痛。有时她会认为妈妈是要来看她的，妈妈的脾气她再熟知不过了。要是妈妈一旦回来，不见亲爱的女儿，她将是多么的伤心啊。常听人说，就在人去世的第三晚上，亡人是要回来"投灶"，亡人"投灶"要是哭了，就意味着对家人的牵挂，就会在灶膛的灰里留下泪水。月儿为了等待妈妈早日"投灶"，已把灶膛里的灰弄得平平整整的，一直和爸爸在炉灶旁边等到天亮，却不见妈妈的踪影，更不见炉灰里泪水的痕迹。月儿想，怎么没有？难道妈妈这么快就把她忘记了？不！她要等妈妈，她不会忘记伤心的女儿。因此，就更舍不得离开和妈妈睡过的大火炕，还有那烟熏火燎过的老屋……

月儿慢腾腾地走着走着又停下了，猛然间折身向后跑去。牛若谷赶在前面拦住她，劝说着跪在路上的月儿。牛若谷扶起月儿劝慰着，禁不住也流下了一把老泪。等月儿哭了一会儿，他说，走吧，过几天到坟上烧"三七"纸再来。月儿还是不肯起来，月儿看着被山梁快要遮住的自家小院，好像孤零零地在看着她。她挣脱开来，折身又跑了过去，又在地上磕着头，大声喊叫：

妈妈——妈妈——

这时的牛若谷好像散架了一样，也瘫软地坐下了。此时，他觉得他是世上最心硬的父亲了。毕竟扁豆才送走三天，他就要把她唯一的亲骨肉带走；毕竟他的女儿月儿一直依赖着瘫痪在炕的妈妈，生活了十几年。现在他要把这根苦根扯断，让她在别处发芽，这合乎父女之情吗？唉，人死不能复生，信用社又有一大摊子事，他不能留在家里，他更不能把孤单的月儿丢在阴森森的黑屋里。他也没有办法，不违背着良心还能怎么样呢？

月儿恓惶地看着流泪的爸爸，她强忍着，止住了哭声，伸出粘满泪水的小手，抹了一把爸爸满脸流淌的眼泪，哽咽着，紧闭着小嘴，不住地向他点头。此时的她似乎容让了爸爸，不是月儿拗不过爸爸，而是温顺的她必须忍住悲伤，只能依着爸爸了……

就在牛若谷双手撑在膝盖上刚要站起来时，听见月儿向他小声地请求：爸爸，让我再哭一声吧！

牛若谷把即将站起的身子又蹲下了，向着女儿频频点头，禁不住老泪纵横……

月儿面向老屋跪下，头在地上不住地磕着，瞬间，额头上流下的血像几条蚯蚓，吮吸着她满面的泪水，只听见她撕心裂肺地喊叫：

我可怜的妈妈叫大风刮走了！

52

申报合行的四家联社，其中就有三家不够条件，一家也很勉强，这不得不叫张理事长深深地吸了一口凉气。怎样才能把业务搞上去？他又想起那天

在望天信用社吴副行长对牛若谷说的话："你们的精神值得我们学习。"不知怎的，这句话近些日子一直在他的耳畔回响。是啊，只要信用社的精神在，就是战胜一切的法宝。但是，我们要的是"泥腿子"精神，可不要"泥腿子"的面貌。

张理事长又拿起了银监局的数据分析报告，农村信用社排在倒数第二位。一个很大的蛋糕，被工农中建切完后，又被其他几家金融单位各切去一块，这样，农村信用社只剩下一小块，猥琐地镶嵌在上面，像个胆小的小楔子。他翻着这些不争气的报表，心里在说，怎样才能在短时期内，让这块小楔子健康成长，变成蛋糕家族中的主要成员呢？张理事长猛然收回了目光，啪！两只手合拍在一起说，抓存款！

就在张理事长的红蓝铅笔勾画下，一场存款"百日竞赛"活动发起了。省联社领导班子包括各部门、处室参与包片。在由李洁冰主任负责制定的具体方案中，确保完成存款八十亿，力争达到一百亿的奋斗目标。

省联社班子成员庄严而又凝重地坐在主席台上，会议由李洁冰主任主持，他对全省农村信用社面临的严峻问题进行了通报，接着又分解了"百日竞赛"活动的具体任务后，会场上一片哗然。李洁冰主任讲完后，张理事长作了动员讲话，他说：

同志们，今天把大家请来，一同研究全省农村信社遇到的困境，主要是李主任前面讲的存款和不良贷款。这个问题像一个瓶颈一样紧紧地拿捏着我们，叫我们农村信用社喘不过气来。我们的业务网点和从业人员均占全省金融系统第一，业务却是倒数第二。这个问题就是我们今天要讨论的主题。这说明了什么问题？我们不需要找那么多的客观原因，也不需要找那么多的理由，大家只要冷静地想一想，人家的员工在干什么？我们的员工又在干什么？另外，再想一想你们在干什么？你们应该怎么干？你们都是联社的领导，当然应该明白怎么去干了。省联社不要过程，只要结果。哪个联社的任务完不成，现在就提出来。现在不提出来，就意味着认可，你们得无条件服从，没有商量的余地。如不能按时完成任务，对不起，请放下这个担子，叫有能力的人挑，我们也可以聘请其他金融单位更有能力的人来完成。如遇特殊情况，马上汇报省联社。省联社领导班子成员也一样，与部门一道包片，如完不成任务，向省政府提交辞呈。在这个问题上我要带头，请大家监督我，我说到做到。话说得严肃了些，但我想只要大家齐心协力，没有过不去的火焰山。我们依然要发扬信合人的精神，只要精诚协作，就一定能够完成任务！

会后，大家坐在会议室里，不想散去。他们既感觉到任务的巨大压力，又感觉到省联社的凝聚力。好长时间没有开过这样激动人心的会议了，虽然肩头的担子很沉重，但没有理由向组织谈条件，没有理由退缩。只有想方设法，齐心协力去完成任务了。他们深深地感到了：农村信用社历经沧桑，终于有了自己的父母教他们安家立业，教他们健康成长，教他们长成一棵金融大树！

陈道拿着笔在纸上分解着任务，不论怎么分都让他感到很为难。天台联社的存款任务是一亿五，平均每个信用社要增加近八百万，这个数额远远超出了以往的分配。陈道为难地说，我们光依靠信用社在各乡镇组织资金肯定不行，就拿远坡信用社来说，全乡只有六千多人，他们拿什么去完成？任务如果按比例分下去，最后就把我们拖进去了。但望天社牛主任肯定有办法，他们有大地公司。

这回可不能轻饶了他牛大胆，我们五个班子成员，一个人包四个信用社，远坡社就分给他。我们不要求分解给他们各社的任务，只需对班子成员考核总量，各人包的片完成就行。东南西北中五个片，你是主任你分吧。

陈道拿着笔思量着，过了好长时间后他对方一天说，理事长，你对这里很熟悉，还是你分吧。

好，那就这样吧。你负责中片；肖默然负责西片，他这两年一直包着这个片；杜光忠负责北片，他近年也是负责这个片的；牛主任自然就是东片了；我负责南片。你看行不行？

陈道一看方一天负责的南片是几个最穷的社，便说，你的南片任务最重，理事长。

谁叫我是理事长呢? 方一天笑笑说, 其实牛主任也不轻松, 他的四个社中除了望天, 其余三个都不行。

也是, 这样下来可能我的任务相对轻松些。陈道说。

这只是字面上的分解, 你想, 万一哪个片出了问题, 到头来还不是我们班子成员的事, 说到底就是咱俩的事。

你说得对, 理事长。

我们还得留一手, 方一天理事长翻着他的笔记本说, 我们五个班子成员除了完成本片所包的任务外, 应力争额外完成一些任务。我们是领导, 我们有客源, 尤其分管信贷的领导。你说是不是?

不论怎么说, 我们总要比员工活便得多。

因此, 我们不能与员工等同分配, 尤其在完成任务上, 要吃苦在前, 带好头, 做表率, 才能受到尊敬。

好, 应该, 我听你的。

这样, 我们班子成员每人再完成五百万, 这样就是双保险。你说是不是?

啊呀, 这五百万确实是个大数字。

是, 但是, 不这样分配过不了关。

这也是班子成员应该享受的待遇吧。陈道笑着说。

回去后我们班子先讨论, 后天召开信用社主任及部门经理会议, 你分任务。班子成员会上, 我分配。

麻子林郁郁葱葱, 鸟儿欢快地争吃着已成熟的麻子, 鸣叫不止。小丁和小唐在小河边的麻子林旁, 手挽着手亲昵地走着。小丁来望天好几年了, 现在说走, 说句心里话, 她真有点舍不得。这里环境真好, 人也熟知了。不要说信用社, 就是秋子姨和公司里的阿姨, 还有青岗叔、半仙爷、黄李村长等都叫她离舍不下。要不是……她真不想去城里。小唐呢, 听说小丁要走了, 也觉得心里空荡荡的, 他猛然尝到了离别的伤痛。但又一想, 小丁能回到城里, 也是他俩的一大喜事。他呢, 自然应当替她高兴。这次也多亏牛主任给方理事长说人情，要不，好多年在乡里的姑娘都调不进城。这么想着，他有些激动，看着麻子树上的小鸟便唱了起来：

　　树上的鸟儿成双对……

　　小丁本来就很郁闷，一听见小唐唱，便生气地说，你是不是急着让我走？小唐委屈地解释说，我的宝贝，我怎么能……小丁也觉得冤枉了小唐，便改变了话题说，小唐，牛主任和秋子姨的事咋又不见动静了？

　　就是，是不是叫鸡罩给……

　　不会吧，感情是不可摧毁的堡垒，这算啥。小唐，我昨天在秋子姨家帮忙时，正好牛主任也来了，我还仔细留意着，没觉察到有啥亲密的样子……不会有啥闪失吧？

　　不会。你别看牛主任成天阴着脸，其实，埋得深着哩。看似粗枝大叶，其实是个感情细腻的人。

　　秋子姨也是个重感情的人……怪了，你看看她都四十多了，又不化妆，还是那么秀气。

　　青岗叔坐在半山腰的地埂子上，余晖照在他的脸上，更显温和慈祥。他抽着烟，笑眯眯地瞅着他俩。

　　人家两个都是事业型的，不像我，没一点长进心，光想着生活。小唐说。

　　你的坏气还没倒尽。一天净想着……你应该好好向牛主任学习才是。

　　其实，我真希望他俩早日成了，你看看秋子姨也怪可怜的，一个女儿还没音信。

　　棉花也是，一点都不理解妈妈，不管秋子姨的感受。秋子姨给我说着说着就流泪，所以，我在她跟前一点都不敢提棉花的事。

　　走着走着，他俩就到了青岗叔的院边上，只见院子里的青石板上摆上了好几种水果，有苹果、红枣、核桃等，香案上立着两支蜡烛和三支香，还未点燃。

　　青岗叔笑着说，你俩小鬼偷吃蜜了？

　　爷爷，您不也想七太太？

噢，小鬼，今天是啥日子？

中秋节呀！我来偷吃您给七太太的神仙果。小丁调皮地说着。

不给你吃，小馋嘴。

不，我要吃。

要吃就给你七太太磕三个头。这是规矩。

还要您提醒？给您也要磕哩。说着，小丁把小唐的手拉了一下，说，来，磕！

小唐心里暖融融的，亲亲热热和小丁双膝跪地，磕着头，只听见青岗叔说：

一拜祖宗，二拜爷爷和奶奶，夫妻对拜！

青岗叔正喊着，小丁和小唐笑得抱在了一起。这时，李村长、牛主任和秋子一同进院了。牛主任说，首长，您在主持婚礼？

这娃娃给我和七太太磕了头，等于是拜了月老，干脆今晚就在这给娃娃闹洞房吧。

爷爷，其实最要紧的一场婚礼等着您主持，现在就看您这位月老的了。小丁噘着小嘴说。

秋子听得耳朵烧了起来，只恨没个老鼠窟窿藏身，便有意往后退了一步。

好你个调皮鬼，你俩都拜过了，还欺负爷爷主持啥。牛主任说。

小丁把嘴噘得老高，娇滴滴地说，我还要看您拜，我的大主任叔叔。

我拜啥？牛主任不解地说。

李村长笑开了，说，小丁说得好。这时，旁边的秋子更不自在了，她的脸上蓦地飞起了一层红晕。

你们笑啥，拾银子了？黄村长拖着半仙叔也来了。

青岗叔看着半仙说，你没拿三弦？

你的眼也不行了？在这。半仙叔把三弦往半空中举了一下说。

我还以为是棍子。李村长说。

你的眼睛应该好着哩吧。黄村长说。

我的要没了，又给你多一个叔叔。

好得很！来，我一刀子挖了立马就叫你叔叔。

叔叔快别说了，好恐怖哎！小丁说。

说笑间，月亮从崦嵫山上升了起来，大得像碾盘一样，它在故意逞能，显摆在中秋佳节的天幕上，把平时被周围树影笼罩着的小院子，照得亮堂堂的。五儿和黄村长的欢欢在一旁较上劲了，一个追着一个的尾巴咬，在月光下转着圈儿，一黑一白，酷似山下静静摊开的太极图。

牛主任从他的军用挎包里摸出了两瓶酒，秋子从竹篮里取出了一包点心和两只烧鸡，献在了七太太墓前的青石板上，恭恭敬敬地点燃了香蜡，就在大家叩头的时候，黄村长给牛主任做了个鬼脸。牛主任憨憨地笑了。

敬完七太太之后，他们围着石板桌坐了个半圆，小唐和小丁最小，自然就是他俩倒酒。小唐执壶，小丁端杯，一一盛满了，每个酒杯里，都泊着一个月亮。小丁看着酒杯发了一会怔，便默默地说，真不忍心将它喝下去。

你倒是看看，把月亮的脸都挣红了。你快快喝下去，心里不是更亮堂？一旁的小唐说。

大家笑着抬起了头，月亮发疯似的放着光，亮得连一贯耍滑的黄村长都不敢捣鬼了，生怕酒杯里剩一点儿，叫人家抓住后罚他。

这娃娃磨蹭啥哩，快快喝酒。人逢喜事精神爽，月到十五放豪光。牛主任对端着酒杯的小丁说。

牛主任还没说完，只听黄村长说，月到十五分外明，今晚不拜就弄不成。

大家一听，全都哄笑了起来。

八月有个八月半，不喝酒了别捣乱。李村长说。

大家笑得更厉害了。

呵呵，都是大诗人。小丁平时不敢喝酒，今晚她一高兴自个儿又喝了一杯，说，我既然大家这样尽兴，我给大家唱一曲吧。

好！快快唱。

月亮走，我也走

我送阿哥到村口

天上云追月

地下风吹柳……

大家鼓掌后，黄村长笑着说，娃娃的声音就是嫩，你个李大炮一叫就是个驴的声响。

李村长猛然站起来要讨伐黄村长，不料被身旁的牛主任挡住了，他赶紧说，半仙叔，该你了，我们信用社的节目完了，下来是望天，望天黄下来就是光明李……

快快快，说说说。还有谁？黄村长逼着牛主任，硬要把秋子从他嘴里掏出来。

他们正在闹腾着，王乡长来了。他在院门外早就听见牛主任的笑声，一进院见他正揉着肚子，便憋住笑装出很严肃的表情说，你咋了？肠子拧住了？

大乡长，刚轮到我上场，我不晓得要耍啥把戏，你来了就有了。牛主任对着黄村长说，麻子，我给大家说个笑话好吧。

黄村长本来脸上长了些"苍蝇屎"，只好笑着用抽得正热的烟锅烫了一下牛主任的屁股，便由他去了。

小丁和小唐高兴得拍起手来。

牛主任一本正经地说：

话说有一年的八月十五，一个麻子和一个秃子住在了一个店里。

王乡长说，我就知道狗嘴里吐不出象牙。

你叫他说。我就是个麻子，咋来，不服气吗？有本事你也长一脸。黄村长说。

牛主任喝了黄村长灌进他嘴里的酒又说，明月从窗户照到两人的头上和脸上，两人一见忍不住都笑开了。麻子说，今天的月亮可真亮，把你的头发都照得一根都看不见了。秃子说，就是，今晚的月光要不填你那满脸的大坑，就把这房子憋破了。

哈哈，两人同时大笑。

黄村长给牛主任倒了半碗酒说，我的脸就是麻子坑。你喝了再叫王乡长罚你。

牛主任硬是把半碗酒举到了嘴唇边，他边喝边说，快，半仙叔，你若再不唱，就把我灌死了。

秋子从没见过这帮男人这么疯地在一起欢闹过，也忘却了一切，便在月光中偷偷地笑。

这时，半仙拉开了架势，扯开三弦，张开大口，脸向圆月，唱开了：

月亮光光

照到房上

房上没草

照到沟垴

沟垴有狼哩

照到闺房里

闺房有个娇娇女（mi）

戏得月亮淌涎水

……

53

陈道在"百日竞赛"活动动员大会上，先是通报了前八个月的任务完成情况，就在分解"百日竞赛"活动的任务后，在座的好多信用社主任都觉得不自在了，虽有些人在左顾右盼，但没有一个人敢发言，个个都在装死，只有高天憋不住了，他说，这任务也太邪乎了，怎么完成？信用社自打历史上就没有这样分配过任务。要从实际出发，真把弹簧扯展了就没了弹性。城关的任务肯定完不成，我提前向领导汇报。

那你说怎么办？陈道主任说。

我没办法。高天说。

你不是有徐飞的向天公司？

嘿嘿，向天和信用社早就不打交道了，人家去了农行。

那向天的贷款呢？

高天不说话了。

好，高主任，你是多年的老主任了，也是天台最大的社主任，你要是完不成，我们天台的任务就泡汤了。我再问你一遍，你是肯定完不成？

我……我……可能完不成。

你能说出来也好，就怕你今天不说，到时间完不成会影响整个天台的任务。这样吧，存款就不用你管了。限你一月之内把徐飞的逾期贷款收回来，总可以吧？

这……恐怕也……

恐怕什么！陈道站了起来说，存款你完不成，贷款你收不回，要你这样的主任干什么？我现在就停你的职。不是我独断霸道，会上当场解除干部职务在天台是有先例的。

高天把头抬了抬，向左右看了看，面红耳赤，不知怎么是好。

天台有的是人才，你听清楚了，我当着大家的面宣布，存款不让你完。贷款我查了档案和会议记录，都是你和丁主任放的，你不收谁收？你以为我坐在这个位置上是吃闲饭的？他徐飞现在翅膀硬了，不和我们打交道，我们也不稀罕他。陈道主任把手一挥又说，好了，哪个社还有困难，当场提出来。有的举手，有没有？陈道主任睁大眼睛扫视了几遍会场后说，那好，既然大家没有提出来，就说明认可联社的分配方案了。我希望大家马上行动起来，齐心协力完成任务。我不希望年底决算会上，站出一个检讨的主任来！陈道把脸转向方理事长，对他点点头，然后郑重地对大家说，请方理事长再做补充和总结。

方理事长说：

今天给大家分配的任务是比以往要重得多，什么原因？就是因为我们原先没有好好工作，把本该完成的任务拖欠下了，所以，大家才感到任务重。

我们要成立合作银行，各项指标都不符合要求，但我们不能放弃这次省联社给我们的机会。我们要生存、要发展，就得想方设法，把以往的休息和闲散时间尽快利用起来，动员亲戚朋友的力量，不论想什么办法，要把这块硬骨头啃下来。大家的任务重，我们班子成员的任务比你们还重。我向大家明确表态，天台联社的任务完不成，我们班子成员集体向省联社请罪辞职，你们也一样。同志们，考验大家的时候到了，希望大家不要泄气，更不要畏惧，只要振作精神，发扬老一辈艰苦奋斗、吃苦耐劳的优良传统和作风，团结协作，真抓实干，我想，就能够圆满完成任务！

大家听了方一天理事长和陈道主任的讲话，感到这两位领导既有水平，又有魄力。尤其对城关高天的批评，叫大家心服口服。高天在丁主任的庇护下一直很嚣张，根本不把别的领导和其他信用社主任放在眼里，今天陈主任才替大家出了一口气。大家听着班子成员都这样凝重地下了最后决战的死决心，也就不敢质疑，不敢抱怨，更不敢懈怠了。

陈主任一到办公室，高天就红着脸进来了。他一进来就说，陈主任，对不起，我今天太冲动了。请您原谅我，我一定完成任务。

不行。我当着大会上讲的，收不回来，你把机会错过了。

请您再考验我一次，要是完不成任务，我辞职。

哪有第二次。到时间完不成，你辞职有什么用？这样，我考验你的就是对徐飞贷款的收回，限你一月收回来。

这个……那好吧。高天见陈道的口气比会上还强硬，也就不敢再说什么，只好悻悻地走开。

陈道看着高天的背影，生气地瞪了一眼，他抓起电话给方理事长说，理事长，好，我过去。

方一天看到刚进办公室的陈道说，你今天做得好，对高天这样的人决不能再心慈手软。

他刚刚到我办公室里来道歉，说他能完成任务，我说，迟了，大会上宣布的不能收回。如他这次收不回徐飞的贷款，我要杀鸡儆猴！早就想免他了，

鉴于有徐飞的贷款，准备在起诉前先叫高天最大限度地收回，所以这是暂时先不动他的原因。陈道主任也想着，徐飞的贷款该下硬手了。

对，要杀邪气，树新风。他原先有丁力群撑腰，现在是算他们账的时候了，但凡欠信用社的，要一律讨回来。

另外，城关社主任的人选，你看谁合适？

你选吧。选年轻有为的，特别是要有正义感，这是个大社。

我看叫牛若谷过来吧，他兼联社副主任，我们商量工作也方便。陈道不假思索地说。

牛若谷的确是难得的干才，可年龄有些偏大，合行成立要面临调整。这次城关要把人选对，轻易不要动。

也是。另外是不是考虑信贷部经理徐磊？

徐磊倒是个人选，但信贷上刚刚有了起色，他那一摊子也很重要，恐怕……方一天站在地上打转转。

分管信贷的杜主任还能监管，但城关更重要。

对！城关社叫徐磊去，还能把高天和丁主任的一些违纪贷款弄清楚。就徐磊吧，你尽快找他谈话。方一天说。

好。现在就叫他去上任，待他稍有空再移交。

我们已经有了良好的开头。方一天说着，和陈道对视了一下，一齐笑了。

54

鸡罩被两个肥大的女人挤夹在中间，她俩一手把他的胳膊折在身后，一手揪着他的头发，像押犯人一样押着。后面的几个女人还觉得不解恨，有往他脸上唾的，有在他屁股上踢的，还有一个拿着她的烂裤头，不住地打着他的头。鸡罩在惶恐中被这些女人扭到了派出所，她们联名报了案。鸡罩又铐在了派出所院子里的一棵梧桐树上，哭喊着求饶，谁理会他呢！

太阳已老高了，派出所门口围满了赶集的人，无不像看怪物一样。

王所长出来了，把鸡罩解下来，带进他的房子，站在鸡罩眼前大声说：啥名字？

鸡罩。他心想所长真把他欺负到家了，真连名字都忘了？

为啥把你铐了？

这是把我当猴耍哩。鸡罩这么想着，你逞啥能，抽我的烟，喝我的酒时怎么不逞能。于是，他把脖子拧了两下，不开口。

不说算了，我瞌睡得很。

放了高利贷。

还有？

没有。

看，看，不老实吧。

鸡罩眼巴巴地看着王所长，摇了摇头。

王所长一看鸡罩的眼神，凭他的经验，觉得这家伙可能还有其他案子，心想不能忽视，便加大了对他的审讯力度。

鸡罩，你老实交代，你所干的勾当我们已经掌握得清清楚楚，就看你的态度了。

贴过传单。牛若谷和秋子乱搞时我碰上了几次，牛若谷怕我坏他俩的菜，就一直踩我的脚后跟，我就想臊一下他俩的皮，没想到把事情给弄大了。

啥事情弄大了？你说。

原想贴一次传单，可牛若谷这次又给我不贷款，我就又贴了一次。

就这么轻巧？

鸡罩不住地眨眼，不言语了。

你放老实一点，你想糊弄过去？我们是干啥吃的？为了查清你所犯的全部罪行，我们也吃了不少苦。你老实交代，会给你留一条后路的。

鸡罩一听，先是一怔，但又很快平静了下来。他略微停了停后又急切地说，没有，再没有。我在你老佛爷手里攥着哩，三头六臂也跳不出你的掌心。

王所长和一位干警交换了一下眼色，说，鸡罩，你还是不老实，你再想

想，给你最后立功的机会，你要是现在交代，我们就按自首上报，那样，性质就不同了，如再对抗，没有你的好果子吃。

王所长和这位干警出去了。

鸡罩装出一副茫然无辜的样子，待王所长他俩出去后，便向左右鬼鬼祟祟地看了看，从兜里摸出一个硬币，向空中一抛，暗自算起命来。

不料王所长突然又折回来了，他装作没看见鸡罩的举动，很严厉地大声喝道：想好了没有？

有，偷过牛若谷家的鸡。

哼！这对你来说算个狗屁。你再拖延，表现了你的认罪态度，但掩盖不了你的犯罪事实。我再警告你，如果你没有其他事，我们不会这样浪费时间，我们正要抓你，望天的这些女人就把你送来了。现在就看你的认罪态度，给你十分钟的考虑时间，如你还不老实，我们就将这个案子交到局里。你的案子嘛，我们根本压不住，将你送到局子里，嘿嘿，吃不上的可要叫你兜着走。

闻听此言，鸡罩惊得把头一抬，身子往上一耸，眼睁睁地看着王所长。

王所长冷眼观察着他的反常现象，和气地说，在所里咱们抬头不见低头见，也算是老相识了，你把事情交代了，我会掂量轻重，按自首就轻多了。要不，我真没办法，如果进到局子里，说不定进门的那一顿饭，就会把你撑个半死！

鸡罩被吓得瘫在了地上，抱着王所长的腿，把贩卖棉花的事全交代了。

张理事长坐在办公室，看着市场发展部送来的这一月的报表，各项数据虽然有所增长，但离目标任务还差得很远。他放下报表，深深地叹了一口气。第一个月可是催雷雨啊！没有起色，什么原因？是任务确实太离谱，还是大家的积极性没调动起来？难道他倡导的"百日竞赛"活动眼看着就要自打嘴巴了？这时，张理事长靠在椅子上，微闭着双眼，眼前又浮现出深入基层调研的一幕幕情景，发现的一些问题真可谓触目惊心，尤其是前几天检查的马蹄信用社，短款、白条顶库几年了都没人管。只见他紧拧了眉毛，仿佛又回到了那个不愉快的下午：

张理事长在督促任务的同时，顺便也检查了一些社的安全情况。他进了马蹄信用社的营业室，见一女员工正在吃麻子，嘴角堆着的麻子皮如一只马蜂窝，一半口红被掉下的麻子擦去了，另一半还红得鲜艳。一个男员工则蹲在营业室擦着摩托车。女员工看见了张理事长，便吃惊道，主任，来人了。

谁？

你过来吧。

主任慢悠悠地站了起来，见张理事长若无其事的样子，便又蹲下继续擦他的摩托车去了。

女员工一看主任不理来人，便有恃无恐起来，把嘴角精心营造的马蜂窝一把捋下，顺手甩在地上，只听见像下雨一样哗啦啦落了一地，紧接着，她又麻利地往嘴里丢了半把麻子。

张理事长看着墙上的电子利率牌，上面的数据显示还是前年的，里面跳跃着断裂的数字。柜台上的灰尘一层，只有办业务的窗口处，分明能看出是客户的袖子打扫过的，酷似一片变色的地图，或者像婴儿尿床留下的图案。柜台外面的地就更不会有人打扫了。

你们今天的利率是多少？张理事长问。

你看一下，上面闪着哩。吃麻子的女员工说。

你回答我。

你说的是存款还是贷款？

一年存款多少？

三点七八。

那你这牌子上是多少？

牌子上的是……噢，你……女员工把头抬起想了想说，你是人行蒋行长？

张理事长把自己的"检查证"拿了出来，递给了和他一起来的保卫部小王。小王生气地说，这是我们省联社张理事长。

张理事长？噢，领导……

315

把门打开我们检查一下。

这个主任用抖抖索索的双手接过了张理事长的检查证看了一眼，赶紧把门打开，只听张理事长说，小王你先和他们的理事长联系，叫他安排，你们先把库查一查。

一会儿电话就响了，张理事长没接，只翻着尘土中的登记簿。小王和这个女员工在盘库的时候，张理事长问主任说，你们最近在干些啥？

我们……我在……收贷款。

知道联社最近下给你们的任务吗？

知……知道，理事长，存款，还有贷款。

你完的怎么样？

任务太大根本完不成。

那你准备咋办？

尽我的本事完吧。

完不成咋办？

完不成我也没办法，这个乡就这么多人。现在又不是存款的旺季。

什么时候才是存款的旺季？

腊月。外面打工的人一回来，他们才有钱。

那你平时就没事干？

平时……平时……事少些。

这时，小王盘完了库，一出来就气愤地对张理事长说，短款一万六千元，白条顶库两千元。

这是怎么回事？张理事长问。

短款已经几年了，从我接上主任就这个数，领导说叫我们查，也没查出来，就再没管。白条是……有些费用还没报账。

什么费用？

检查的工作组吃下的。

……

张理事长从地上转了一圈，又坐回办公桌前，烦乱地翻了一阵"百日竞赛"活动的方案后，便又把脖子枕在椅子的搭脑上，抬起头看着天花板想着，眼下全省农村信用社正在如火如荼地大搞"百日竞赛"活动，而这些信用社主任竟然置若罔闻，依然故我。想着想着，他感到脑仁一阵生疼，不由睁开眼睛，双手扶在桌案上，呆呆地瞅着办公桌上一匹扬蹄奋飞的水晶马出神：一匹马若被拴在槽里精心饲喂，它会膘肥体壮，但时间长了，也就变得压抑起来，开始对饲料挑三拣四，甚至可能会甩头尥蹶子，破坏它吃草料的木槽或者挣断缰绳，试探着发泄脾气；如果换一个主人，每天不停地役使它，让它驾辕拉车，疲劳而饥饿的它根本不会挑剔草料，甚至会非常感激主人体谅它的饥渴；若再换一个主人，给它备上鞍鞯，鞭策它驮上勇士驰骋疆场，它会冲锋在前浴血奋战，甚至可能会为慧眼识英才的主人献出宝贵生命。同样的一匹马，在不同的环境和条件下，面对着不同的主人，它的表现大相径庭——这大概就是"飞马现象"了。想到这里，张理事长忽然笑出了声来。他猛然站起来继续凝视着这匹透明的水晶马，心想，如何才能把这些蹲在营业室擦摩托车的主任架上马鞍？他在办公室边踱步边想，摊子太大了，也太散了。摊子大不怕，大了才能广聚资源，才有力量。但散了就不行。太散意味着什么？而散漫是谁造成的？这是个主要问题，也是个关键问题。我们的干部如果连这都搞不清楚，就不是单纯意义上的责任问题，那就是职业道德的问题，更是党性原则的问题！

张理事长又召开了班子成员扩大会议，要求相关部门一起参加。会前，几个包片的领导分别汇报了各片的任务完成情况，李洁冰气愤地说，有个理事长把任务分给别人，自己呢，优哉游哉地出外旅游，赏西洋景去了。

张理事长当即打断了李主任的汇报，说，这个理事长今天必须通报，打电话叫他马上来省联社，来时带上检查和辞职报告。把他在外旅游的情况彻底查清楚，要严肃处理，从严追究责任，决不姑息。这不是简单意义上的旅游，而是对省联社"百日竞赛"活动的挑衅，是对抗。办公室抓紧调查，查

实后立刻拟文，用传真下发各联社，要求各联社转发各信用社及所有网点。张理事长说完，然后，又把他前天在马蹄信用社检查的情况细细讲了一遍，最后，还讲述了他的"飞马现象"。大家早就听说张理事长在省政府任职时的领导风范和水平，但这次他所提出的"飞马现象"叫大家感慨良多，感触颇深，不得不佩服。

张理事长略微停顿了一下又说，这样不行。不要说完成任务，就连人心都收不回来。现在，摆在我们班子成员面前最关键的问题，就是我们是否还有能力继续领导全省农村信用社。大家好好思考思考这个问题。另外，通过下乡，我看到了我们的极少数职工虽然消极，养成了一些不良习惯，但他们思想单纯，有憨厚诚实的一面。现在他们就是一群羊，而我们就是牧羊人。我们有辽阔的草场，并有很瘦弱但相当数量的一群羊。我们将他们赶到青草遍野，甚至鲜花盛开的肥美的牧场，这是我们的职责，也考验着我们的领导才能和责任心。我们的牧场很大，但我们的羊群很散乱。这是羊的问题还是牧羊人的问题，在座的好好想想。我们现在面对羊的调皮和陋习，不要怕，要像调教子女一样耐心地进行帮教，投入感情，叫他们在最短的时期内转变过来。我们要选好各圈的领头羊，把责任交给它，我们这些牧羊人才会轻松，才会腾出手来扩大我们的牧场，提升这群羊的素质，更好地建设自己的家园。是不是这个道理，同志们？今天面对这样的结果，我深感痛心，各片的领导采取了什么措施？还是那句话，那个领导包的片完不成，先在全省农村信用社进行通报，再向省政府提出辞呈。李洁冰主任，你是经营班子的主任，那个一直短款和白条顶库的信用社就在你包的片里，你的任务如完不成，我以理事长的名义，先在全省农村信用社通报批评你，再勒令你辞职。李主任早已熟悉了张理事长的行事作风，他明知这是张理事长鞭打黑牛，警告黄牛，深领其意，便和宋监事长不住点着头。只听张理事长继续说，要不，省政府不答应，我们的员工不答应，我们的老百姓更不会答应！

55

秋子正闲坐着和月儿说话，牛若谷推开院门进来了。

秋子一见牛若谷有点不大正常的样子，先是一怔，转眼又说，你来了？快坐吧。

月儿说，爸，姨姨给我教会做麻鞋了，你看，这是我给你做的。

牛若谷接过月儿递来的麻鞋，强装着笑脸说，好好跟你姨学，你姨的手可巧着哩。说着，牛若谷把自己的皮鞋脱掉，换上麻鞋试试说，这么合适！一上脚，他就觉得是秋子的活，他穿过好几双秋子做的麻鞋了。

牛若谷看着秋子，犹豫了好一阵说，棉花最近来信了吗？

秋子说，来了。说着把信从席垫下面取了出来，给了牛若谷。牛若谷看着信，强装着高兴的样子说，我昨晚梦见棉花，说她很好，叫你不要操心。牛若谷本来还想说啥，但没有说出来。秋子意识到了，也没有多问，脸上又添了几分忧愁。牛若谷想安慰他，结果又挑起了她的心病。便想缓和一下气氛，一时也找不到话题，他忽然想起了一个谜语，便装作若无其事的样子说，有个谜你俩猜猜：

快说，爸。

山不高，雪不消，路不远，走不到。

月儿双手托着下巴说，山不高，山不高肯定低……

秋子低下了头。

月儿说，雪咋能不消？她看着秋子说，姨，哪有不消的雪呀？

天太冷，消不了。

噢，路不远，咋能走不到呢？

有些路永远都走不到……

啥路永远走不到，姨？

天路……

听姨的话，月儿。牛若谷说着，只好出门了。

月儿点着头，她看着爸爸穿着新麻鞋，慢慢地走了。

牛若谷躺在床上，双眼盯着天棚，茫然地看着，心慌意乱的他不停地抽烟，房子里烟雾把他埋在了里面。床头上放着的烟缸里，已经结结实实堆满了烟蒂。隐隐约约，传来了鸡的啼叫。他在床上坐了一会，又点了一支烟叼在嘴里。

秋子无论怎样翻来覆去，就是难以入眠。借着从窗缝里漏进来的月光，她看见身旁月儿的鼻翼，随着她很有节奏的呼吸，均匀地扇动着，月光亮得能看见她鼻尖上的绒毛。鸡叫了一声，隔壁巧姐儿家的老黄牛长长地打了个响鼻。她仍然没有睡意，索性从炕上坐了起来，双手插进了头发里揉搓着，然而深沉地垂下头后，又揪着头发。

牛若谷从王所长口中听说了棉花的遭遇，他万万没想到鸡罩这样残忍。人怎么能坏到这种地步？这不是衣冠禽兽是什么？不，不是衣冠禽兽，是猪狗不如！牛若谷在心底用最恶毒的话咒着鸡罩。但是，还是那个问题——鸡罩为什么会堕落得没了人性呢？突然，牛若谷打了一个寒战，要不是自己……

天亮后，牛若谷随便洗了一把脸，就出门了。当他来到河堤上时，不由得放慢了脚步。他心慌意乱地走着，已经来到了秋子家的石碾旁，只见秋子家的大门紧闭着。一贯勤快的秋子难道还没有起来？他朝门缝里看了看，不见里面的动静。他不想站在大门前等候，便悄悄地又回去了……

棉花站在院门口，手把着楸子树，惴惴地向院子里望着。院子里挂满了麻丝，像一道道白幡，使她的心咯噔咯噔地跳了起来。房檐上站着一排鸽子，仿佛一眼就认出了她，咕咕地叫着，听起来很是忧伤。

棉花往门里刚迈出一步，猛然间像一个胆怯的小偷终止了行窃一样，她又把那条腿收了回来，倚在门框，目光呆滞地看着这个小院，一切都变得很陌生了。

院子里极为安静，太阳在挂着的麻丝上闪动着，仿佛刺伤了棉花的眼睛，使她眼前出现了大团大团的黑雾，在银光灿灿的麻丝上翻滚。大脑里塞满了乱麻，麻木得什么也想不清楚。棉花再次迈出一条腿，院内的强光好像拒绝了她一样，使她无力挤进。不知是冷还是惊恐，使她战栗了一下，却弄响了门扣，倒把她惊得站直了身子，瞪大眼睛向里张望……

秋子一眼看见了棉花，便从房门里冲了出来，差点在挂着麻丝的过道上摔倒，却被扑过来的棉花扶住了。两人相互紧紧地抱在一起，同时瘫坐在了地上，像从来不认识一样……

秋子抱着自己的女儿，说不出一句话来，只是把这些日子积攒的满满一肚子苦水，一个劲儿地往出倒。她没有哭出声来，不住地拍着女儿的肩膀，用嘴啃着她的衣领，像个饿疯的孩子找着了奶头一样，觉得一旦丢开怕永远再无法找到一样死死地咬着、吮吸着。

棉花把头偎进妈妈的怀里，一直抽泣着，浑身随着抽泣声而有节奏地颤动。照在麻丝墙上的一堆影子也在阳光里不停地颤抖着……

秋子的眼泪顺着棉花的脖子往下流淌，她把这几年的心酸和凄楚全盘倒出来，也不解心头的焦躁和伤痛。即使她流尽所有的眼泪，也诉不完心头的悲苦。她想着她的遭遇，她渴望着把浑身的血和肉都化成泪水，一滴不剩地全部流出！

棉花紧紧抱着妈妈，头脑里一片混沌。她不断地哽咽着，也不想说话，只想哭泣，永远地哭下去……

两人不知抱了多久，也不知道哭泣了多久，天就黑了。若不是有人进门来，拉亮了电灯，她俩好像永世都不想分开……

棉花看见牛若谷，先是一愣，接着一头又扑进妈妈的怀里，哭了起来。

叔对不住你呀！牛若谷说着，眼睛里也潮洼洼的。

秋子本想下炕去给牛若谷倒水，见女儿又抱紧了她，不由得又掉了眼泪。

回来就好，这是天大的喜事！牛若谷说完就出门走了……

晚上，秋子一直小心试探着想和棉花说话，但棉花并不理会妈妈的心思，

只是从胸腔里抽噎出一声一声的叹息……

夜像一堵墙，把近在咫尺的母子俩无情地隔开。

天麻麻亮，秋子起来收拾利索了，她给棉花烙了麻麸饼，煨好了女儿爱喝的杏茶，刚端上来，青岗叔就来了

我的娃，你咋不来看看爷爷嘛？青岗叔一进门就喊。

爷爷。棉花抱着爷爷的脖子，甜甜地笑着。

我的娃，你再不来，爷爷就给你七太太做伴儿去了。

爷爷，您不是一直陪着七太太？

也是，我的娃把爷爷的眼都望麻了。你妈的眼泪差点把崦嵫山都泡塌了。青岗叔拉着棉花的手说，以后再不敢这样了，出门人一到逢年过节都要回来的。

棉花好像不好意思地点着头。

秋子端来了麻麸饼和杏茶，棉花和青岗叔吃着，秋子在一旁看着他爷俩的亲热劲，不由心里热乎乎的。

吃完早饭，棉花穿上了一件洁白的连衣裙，悄悄站在秋子面前。秋子蓦然一惊，这是她第一次发现自己的女儿这么漂亮，洁白的连衣裙使她更显得活泼动人，天真可爱。

妈妈快说，我漂亮吗？棉花急切地问。

秋子没有说话，深情地看着女儿……

好久没见过野棉花了，我想到山上去看看，到底是野棉花漂亮，还是你的棉花漂亮。

野棉花哪有我的棉花漂亮。好，要去，妈妈陪你去。妈妈也想出去散散心。

棉花假装不情愿地说，妈妈，我想一个人和野棉花说说话，明天我再陪你去吧。

连妈妈也不要了。好吧，你就长到野棉花的花骨朵上去。秋子嗔怪地说。

棉花向妈妈深情地点了点头，走出房门，在院子里左右看了看，便慢腾

腾地走了。

棉花站在崦嵫山顶，微风轻抚着她洁白的裙子。她望着山下妈妈公司的厂房，好久好久之后，又回头看着爷爷的草房。多么美呀，一切的一切都是这样的美好。可就在这时，那黑色的一幕，又像过电影一样清晰地展现在她面前，此时，她紧闭着双眼，想拒绝一切黑暗来侵扰她。三郎慢慢地走来了，伸着双臂，快步跑了起来，但后面紧跟着那个时髦的姑娘——蓝灯芯；她的妈妈秋子走来了，双手捧着她爱吃的麻麸饼，不住地笑着；爷爷也走来了，并揉着他昏花的老眼……

棉花并没有伸开双臂拥抱她的这些亲人，而是紧紧地抓住了头发，不住地摇着，好像要拔出来一样。过了好久，她又大笑起来，从地上折了一朵野棉花捧在手上，不住地流泪，并看着山下石碾旁的小院喃喃自语：

妈妈，您的养育之恩只有靠来生报答了。您就当从来没有过这个女儿，您就把我当成是一场梦幻吧。三郎哥，我不能带着肮脏的身子去见你，只好将它带回生我养我的黄土地中，让风雨侵蚀，让草虫吸收，再长成一朵纯洁的野棉花，等着你来世采摘……

棉花缓缓地躺倒在野棉花丛之中，慢慢张开了双臂。她看见蓝天上一丝一丝的白云轻飘飘地游动着。一群鸟儿从她头顶叽叽喳喳掠过。一只蝴蝶落在了她的脸颊上吻了吻，又蓦地飞走了。

她从容地拿起刀片，刚刚要挨到手腕上的时候，牛若谷一把攥住了她的手腕，豆大的眼泪一颗接着一颗滚落了下来……

棉花，你怎么能这样？牛若谷说着，扑通一声跪下了，紧紧地抱着棉花说，我哀求你，万万不敢走这条路，你妈妈太可怜了。她已经失去了你爸爸，再不能失去你呀！

棉花木然地坐在野棉花里，脸色苍白，目光黯然，沮丧到了极点……

三郎闻听棉花回来了，赶紧跑到棉花家去看她，结果，月儿说到崦嵫山上去了，便疯也似的跑上山去，都好几年没见棉花了，三郎恨不得插上翅膀，

立马飞在棉花的身旁，恨不得……

三郎跑上山顶，转动着身子四下里瞅着，大声喊叫：

棉花——

棉花——

只有山的回音，没有棉花的身影。

牛若谷听见是三郎来了，便出了庙门，对三郎说，你来得正好，棉花在里面，你一定照顾好她。一定……

她……她怎么啦？三郎看着牛叔叔的神态，觉得很是怪异，也不多想，便急切地说，你说说，牛叔，她怎么了？

照顾好她就是，不要离开她。牛若谷严肃而认真地说。

三郎似乎觉得出什么事了，他用牙咬着下唇，向牛叔叔不住点头。

牛若谷把棉花交给三郎，才稍微放下心来，便不由自主又向崦嵫山的树林走去。

三郎进了庙门，看见棉花跪在佛前，他不由得叫了一声：

棉花!

棉花听到三郎的叫声，已是潸然泪下……

56

天台市农村信用社是省联社总审计师王晨光所包的片。这天，他来到天台区联社，只有方一天一人在家，其他班子成员都催任务去了，机关也只有几个人在值班。方一天拿出近四十天的报表给王总看，王总一看任务已达70%，有点意外，但更多的是兴奋。他说，看来你们下了真功夫。

方一天向王总笑着说，不想办法不行，不动真的合作银行怎么能成立起来?

快说说，你们是怎样完任务的。王总拍了拍方一天的肩膀说。

这是我们的方案，您看一下。

王总拿着方一天递过来的方案看了看说，快说说你们的具体做法吧。

我们先把任务分解到了每个社，再由每个社分配给每个人，或者每个组。

怎么分给组?

王总，多数员工都上正常班，但蹲在柜台守株待兔很难完成任务。所以一些柜台人员便自由组合成为一个组，这样一来，就可以抽出人手来，寻上门去动员存款，这样就灵活不少了。下班后，他们还可以分头行动，或者一起动员存款。

好，这办法好! 就是要创新，要想办法嘛。

嘿嘿，人多点子多。方一天笑对给王总说，我们城关有一个女职工，把她的任务又分解给了她对象、她对象的父母、她父母，还有她的几个好友和同学。这个女职工很有办法，她的任务早就完成了。

看来群众的力量是无穷的，这话永远不假。城关主任徐磊现在把几个有办法的女员工调整了出来，专门吸收存款，发挥她们的特长。

这就是群策群力。好! 还有什么好办法?

望天的牛若谷，他也是天台的联社副主任兼望天信用社主任，他把村上的干部都调动起来了，并分配了存款任务，他还和大地公司的董事长商量，把大地的职工也动员起来了。望天社的存贷款任务早就完成了。

好，牛若谷我见过。在省联社开理事会时的发言我印象很深，是个有魄力有能力的人。

他当过兵，上过老山，是个军人。人很正直，就是一遇事有点急躁。

百人百姓，瑕不掩瑜。

大地公司这次给我们的支持力度很大，我给牛若谷说了，大地公司的存款先压着，作为储备，年底哪个社完不成任务，也好填补窟窿。

你还有这一手。王总用手指着方一天笑着说。

但是，牛若谷包的片，整体核算任务拖欠还较大，除了望天社，其他几社任务还很重。在班子成员分包的五个片中，他的排名最后，他最近急得像热锅上的蚂蚁，说话都粗声粗气的，操起电话就骂人。

我估计他会有办法。王总的反应很乐观。

王总要求到偏远一些的网点去看看。方一天说，那就去远坡吧，它是最偏的一个社。

约两小时的车程之后，王总一行终于来到一个村子。虽然已是初冬季节，但山坡上的松树依然绿绿的；在一个向阳的弯道里，一大片未完全落叶的阔叶林黄灿灿的，好看极了；靠村边的柿子树，火红的叶子全部落下，铺在了地上，厚厚的一层，好像随时等待着柿子呱呱坠地。枝头吊着的柿子，又像是一盏盏红灯笼，点亮了死气沉沉的村庄。村子基本都是土房子，还有几间茅草房，但看上去倒很是和谐。

这里的风景多美呀！王总摇着头说，就是太落后了，要不可真是人间天堂。

又翻了两座山，眼前看见的就是远坡村了。他们下了车，只见路边的麦场边上有一个篱笆围定的小圆屋，王总走近小屋才看清里面有一个头发散乱的女人，眼睛呆滞无光，似乎精神有点不正常。王总刚想问话，跑来了一人喘着粗气说：

领导，我的这件大衣还是上前年你们发的，里面的棉花结成了铁疙瘩，现在都没温气了。这回还有吗？

没想到碰上这种情况，王总一时间不知如何是好。方一天赶紧解释说，我们不是扶贫的，你……

不扶贫你们凑啥热闹嘛？这人傻愣愣地笑了一下就走了。

王总和方一天看着他慢道逍遥的背影，都有点尴尬。这时，又从不远的小路上急匆匆跑来了个女人，怀里抱着的小孩光着一只脚，眼泪和鼻涕和在一起，粘在一只小手拿着的馍馍上，并扯着长长的丝线。这女人火急火燎地喊着，领导领导，我的儿媳妇跑了，把两个碎娃娃丢给了我，我能养活得了？说着便哭了起来。王总还没反应过来，就被几个女人团团围定。

方一天说，大嫂，我们来看看。篱笆屋里的人是怎么回事？

这几个女人刚要张口，一老汉从旁边的草垛里钻了出来，懒洋洋地摇了摇头，好让头上的几根麦秸掉下来，他披着一件烂棉衣说，她是个疯子，你们要吗？领走。

她怎么被关在这里面？王总不解地问。

不关在笆笆窝里她就被野猪吃了。

她家的人呢？

我就是。我是她大，她是我的疯女子。老汉说得很平静，好像篱笆屋里的不是一个人，而是一头猪或一只狗。

乡政府没有对她扶贫？

扶了。政府不给钱儿，只给我们挖地道修水渠，我们不缺水嘛，河里的水一年四季都淌不完嘛。我们缺的是钱。你看看，上水的管子，能挖掉的，都挖出来卖了。卖光了，也卖不了几个钱儿。

哦……难怪，半山腰上裸露着几处铸铁水管的断茬，王总和方一天感到非常痛惜，但又不知说什么好。

她吃低保了吗？过了好久，王总问道。

低保？哼！她不会吃。她只会吃冷亏！

低保叫狗吃了。狗吃到肚子就变成了狗宝。

你们村上有人去信用社贷款吗？

嘿嘿嘿，我的爷爷，信用社的人一来，就都被吓跑了。我大手里买下棺板的都没啥还。再说，人家不贷，也贷不来。就是贷了，用啥还？你看我穷得只剩下这副骨头架子，阎王爷都不想收购。

王总和方一天上了车，这些人还在惊愕地看着他们远去的背影，只有这位神仙一样的老爷爷，闭上了他的眼睛，重又钻进草垛里，修炼去了……

王总坐在车上不住叹息。方一天对王总说，这地方的自然条件太恶劣了。政府最近有个整体搬迁的项目，要求他们整村搬迁，但一动员，几乎都不情愿，宁死也不愿离开这鬼不下蛋的地方。

故土难离，也在情理当中，说服动员工作肯定还没到位。

车在盘山公路上慢慢行驶。那个篱笆屋深深地烙在了王总的脑海里，挥

之不去。

车到了山顶，见一块很大的石头上面写着：三棵树村。

他们把车停在路口，车子进不了村。村子在山顶上，村口就是一个牛圈，牛圈前面是通向村子下坡的小路。小路旁边的民房挤得很紧，因为山顶的地方很有限，房紧挨着房，并且基本都是土房子，院子也很小。路上和院子里到处是牛粪。对于牛粪，这里人从不嫌弃，好像不闻这股草腥的味道倒不习惯。

村长是一个中年人，脸膛黑油油的，看上去倒很精神。他一见王总和方一天就说，领导，快快进屋，说着，从门边一个小屋顶的瓦片下摸出钥匙打开了门。他家院子不大，但很干净，廊檐下摆着几盆盆景，一群蜜蜂在院子里恣意欢谑，狂飞乱舞，有一些则在蜂箱巢口盘旋。

再过几天你们来就有蜂蜜吃了。村长说。

你怎么把蜂箱放在房廊上？本来就很拥挤。

暖和。东西多了不显冷。村长明显说着笑话。

方一天怕蜂把王总蜇了，就用手掌扇着。

没事的，没事的。我的蜂不蜇财神。村长拿起了个空水瓶说，没水。

你不要客气，不要客气。王总叹了一口气说，你们这里经济条件确实太差。

穷死了，全靠打工。男的说不上个媳妇，女的留不住，都嫁出山了。你看看，老光棍的小光棍，一帮光棍。你刚路过晒太阳的那些都是光棍，只有光棍聚集到一起，才觉得踏实，不困。一个村子要说一个媳妇，全村子就得卖牛卖猪，还把人家的彩礼凑不够。也好。光棍少了，穷鬼就多了！

你们村的贷款多不多？

不多。贷不上。

信用社的人到村子里来不来？

不来，来也没钱。

噢？

方一天说，你们有没有考虑贷款搞个啥？

有！想贷款娶个媳妇。村长瞪大了眼睛说。

有没有想法办个养殖场啥的？

有！贷不上款。

我是天台区信用联社的理事长，叫方一天，你们要是有打算，可以到当地信用社去找他们。

太好了，我的财神爷爷！我下午就去。村长激动地说。

不要这样急，慢慢考虑好，适合你们的你就搞。我们信用社的门始终为你们大开着，方理事长答应了的不会变，你想好了找他也行。王总诚恳地为村长打着气。

太好了，太好了！我们马上和村主任商量，其实我早有个念头，就是怕搞不上钱。我们的土蜂蜜、野猪肉、枸杞可都是个好东西，大补！

57

望天乡的好多人都外出打工了，大多数村子里只留守着老弱病残，学校也眼看着办不下去了。望天乡最大的望天中心小学，原先有七八百学生，而现在只有二百多了，其他村的学生就更是少得可怜。火炉子沟小学五年级只有四个学生了，并且这四个学生都有着特殊的家境，一个没有双亲，两个家里父母信奉天主教，顾不上管孩子，一个是残疾儿。家里条件稍微好一些的都转到城里去了。在望天乡，好多人都想着再苦再累，也要把孩子转到城里去上学，同时，也是一种荣耀，一进城上学，好像跨进了大学的校门一样。一个个争相效仿，就形成了一种时尚。男的在外打工再辛苦，也是为了下一代吧。有一个村的老师面对这种现象，大大挫伤了工作的热情，往城里调，进不去，无奈，他们把学生合并在一个教室办起了复式班，把教室腾出来养了几只狐狸，在增加收入的同时，驯化它们的野性。这个小学的校长也挺无奈，招不来学生，他有什么办法？就这样顺从自然了。男的外出打工，一直

到过春节才能回来。女的在家也不种地，纷纷进城陪孩子上学。刚进城的时候，她们还能按时给孩子做饭，但后来就懒惰了，压一些"牛筋面"，做一顿"懒疙瘩"和孩子随便一凑合，把业余时间全用在城市广场的空地上。不少农村妇女很快参加了广场的草台班子，和一同来自乡下的女人们唱起了山歌和社火小曲。这些乡下的山歌野调，正投合了城市里退休老人和一些闲散人员的心病。他们围着这些乡下女人喝彩骚情，打发剩余的体能和时光。白天的日子一般是这样打发的，晚上呢？凭靠自己浅薄的文化知识又不能给孩子辅导作业，也不情愿像以前那样做些针线活。于是，大多数女人们就跟在城里大妈的屁股后面跳健身舞，而且一跳就上瘾，认识的朋友也多起来了。那些城里的老男人，情愿把平时捏得汗水快渗出来了的一把钱，很大方地给这些乡下来的年轻妈妈，叫她们买一些劣质但包装精致的化妆品，以换取她们的芳心。而这些年轻的妈妈，则总是把脸涂抹得非人非鬼，作为进入夜市的"名片"。就这样一来二去，他们很快走上了互助合作的道路，共同玩起这个城市来了。上午一同上山锻炼，下午一同唱小曲扭秧歌，晚上跳广场舞。他们这样简单的一结合，便会生出始料不及的效果。广场一到晚上全由这些女人掌控，能跳双人舞的老男人倒成了新宠，那些秃头男人或白发长者和农村的年轻妈妈不停地划着圆圈。这些年轻女人虽然腰腿不和，但很用劲，一曲下来，总会把一个个西装革履的老人折腾得满头大汗。一曲还没终结，又一个年轻妈妈的双手高高举起，早就等不及了，并争抢不休。一个女人拉着秃头男人的左手，另一个女人拉着他的右手，酷似长途车站抢客的司机。这时，听到一个女人似乎带着愤怒的声调喊道：

二牛子妈，我今晚连一次都没轮上，你太霸道了，你要拴到叔的腿上？

怨谁？怨你没本事，踩不上点子。

……

好一个城市广场，就这样被乡下来的年轻妈妈们炒得沸腾了起来。只要音乐一响，她们的双脚在地上就像捶洗衣的棒槌，狠劲地敲打着广场的水泥地面。

　　乡村生活的踏实和温馨，被这些年轻妈妈带走以后，一个个沉重的包袱便无情地扔给了家乡的老人。这些老人挂着拐杖坐在村头，他们会准时的被黄昏淹没。老弱病残者们不指望用低保取来的药物治疗肉体的痛苦，更不指望延年益寿，只盼望儿孙们平时能到家里多看两眼，至少能减少一直到年底才能享受的短暂团聚的空虚。村子里人渐渐少了，野狗倒是多了起来，一窝一窝地产仔，一群一群地在村子疯窜，把原先单枪独斗的狗仗也就变成了一个家族或者一个群体的战争。这一群群的狗，从天黑到天亮不停地在破败的村子里奔跑、狂吠、撕咬，使得本来恐慌寡淡的老人变得更加心烦。不得了，他们晚上想心事，白天硬装着睡觉。睡不着了，结伴来到山顶或者沟洼里，唠几句闲嗑，谈论些往事，共同寻找和追忆逝去的年华。他们不住感叹：农业合作社时期的"大会战"，为了粮食；包产到户时期的精耕细作，为了粮食。土地，永远是农民的命！可现在不一样了，农村出现了土地大荒废的怪象，更可怕的是，一些人觉得今后再也不会挨饿了，永远不会。粮食不再是金贵的养命之物。粮食被科学之手拉下了神坛。不要说粮食，就是原来只有逢年过节才能见到的肉，也和垃圾一起被毫不留情地随同泔水倒进了臭水沟。这些老人抹着眼泪连声叹息，他们别无选择，只有靠回忆来治愈自身由老化形成的又一道伤口。他们等不来黎明前的收尸人，还得又挣扎着去在黄昏里遥望至今未归的子孙们……

　　当王乡长带着沉重的心情，再次和驻村干部握手告别的时候，他面对着空落的村庄，面对荒废的土地，一筹莫展。他从农村一路走来，在农村工作了大半辈子，一直在努力解决着农村人与土地的各种矛盾。他是中央"一号文件"精神最基层的传递者和践行者，他觉得不能让这柄光明的火炬熄灭在他这个最后的传递者手上。他要用这柄火炬来点燃这片长满野草的土地，来照亮迷途的羔羊。他多么想让逃离土地的农民重新回归到厚实的黄土上来，泼洒汗水，辛勤耕耘，来收获他们的希望和快乐……

　　王乡长站在山顶上，望着长满野草的土地，大声呼唤：我亲爱的农民兄

弟，我以一乡之长的名义，向您拱手相邀，来耕耘土地吧！不要嫌弃土地，它是我们的母亲，更是我们的生命。我们大家要为子孙留下一颗属于这片土地上的纯种子，把根留住。只有用这一颗种子种在这片黄土里，长出的粮食才是我们的养命之物，才是希望之灯！

王乡长在分水岭的小路上走着，汗流不止。他患的"大虚症"越来越严重了，看了多家医院根本不见效。后来只好找稀奇古怪的验方，结果把他的胃口都给吃坏了，现在吃什么都觉得没味道。他吃力地在山路上挪动着脚步，两条腿子软如面条。他想着自己的身体，不是被老婆掏空了，而是自身的免疫力在下降，降伏不了进入身体内的病毒。他的头发也脱得所剩无几，在脑后最低处留下的半圈也像绒毛一样，常常被汗水粘在上面，只能作为头与项的分界了。有时候，他矛盾重重，也会产生出一些怪念头，但仅仅是从脑海中一闪而过，因为他是一个平凡的、光明之炬的传送者。他有他的做人原则，那就是为人民服务！尽管他做得还不够好，他也内疚过，也默默地忏悔过，但这绝对不是做作。他有自己的良知，他一直坚守着自己的道德底线。而今，面对大片大片荒废的土地，整村整村的村子被掏空，他心急如焚。他用国家的政策和真诚感情来劝说，都没有起到较好的作用，这叫他更加痛苦。作为一乡之长，把土地守荒了，把村子守空了，把自己也弄成了"大虚症"。他是一个什么样的人呢？拿着党和人民的俸禄，却没能解决好"三农"中最基本的矛盾。他内疚地低下了头，心想着：他——在这个即将丢失土地的年代——成为一个真正的历史罪人！

王乡长把望天四村的干部召集起来，想着首先要鼓动他们，把聚宝盆保护好，让聚宝盆里的村民看到土地的重要，再带动周边村子。会议在望天乡政府小会议室进行，参加的只有望天四村的村干部。王乡长说了土地的荒废，讲了土地的重要性，最后的目的，就是要和大家讨论，如何把山上荒废的土地重新利用起来。

王乡长所讲的一席话，戳到了大家的疼处，大家都感觉到了农村最疼的问题——就是土地的荒废。作为农民，不和土地打交道怎么能叫个农民？三十六行，农人为王！这个问题，也是大家最关注的问题了。这几个村的村长年龄都偏大一些，都知道土地的重要性，一下子都想说话了。

黄村长一听见王乡长说起了土地的荒废，他马上一改往日不先发言的态度，站起来说，要说土地有多金贵？我们那些年，为了一犁沟的土地，竟然把牛喝住，把犁铧插进土里，先是吵架，后来就动手了，有时候打得头破血流……

分水岭的赵村长抢着说，你们望天和明光川道里的地还宽展些，我们的地大多都是山坡地，那些年学大寨，上头说我们土地少，叫学大寨精神多造田，王乡长你晓得在哪造？我们把八仙桌下挖了种着葱，把窗台上的土铲起浇上水种上蒜。土地真是稀贵！

铁堂峡的曹村长也激动地说，你们上河里学大寨改了河道里的水，却把我们的地淹了，我们就那一点地，常被水吹得肋条都在外露着哩。我们把山上的傻黄土拉来填上，那山土没养分，就把村里的几座老房子都拆了，把老房墙土当肥料铺在川里的地上面，才种上了麻子。被拆了老房的四爷急疯了，到闭眼的时候还不咽气，用仅剩的一点气力说，那是明洪武三年的房子……都好几百年了……

明光村李村长听大家再次提起学大寨，把他的心病翻起了。他哥就是学大寨造田而送了命的。那是一九七五年，来了个年轻人当公社书记，恨不得把全望天所有的沟沟坎坎都变成能种粮食的土地，他看到太极河弯弯拐拐的，觉得对土地浪费太大了，心想，若把它裁端取直，不就多出了土地？晚上公社干部进行讨论，有人受到了《地道战》的启发，提出，如把这条明水埋到地下，用石头砌了，顶上用石头发成旋箍了，再填上土，不就能种地了？但当时也有人反对，说要是发成旋得用水泥才能箍，水泥又费钱儿。这时又有人争辩说，延安的窑洞哪个用水泥了？公社书记不假思索喝断争吵，喊道：人定胜天！就用"地道战"的土法办，这样，一场声势浩大的"胜天洞"工程在望天开始了。为了不影响春播，公社书记调动全望天所有的强壮劳力，几千男女老少搭起了帐篷，挂起了灯笼，在望天川道里搞起"大会战"。一时

间，高音喇叭、大小幅的彩条标语、学生宣传队都在高呼："上种地，下流水，打起仗来好战备。"一眨眼，就这样在短短三个月的冬季，不知流淌了多少年的太极河从望天人的眼底下消失了。冬季的一线水，像眼泪一样从地下流走了。一条"胜天洞"就在望天川道里笔直地隐埋在地下，被厚厚的积雪覆盖后，好像太极河就在望天从来没有过一样。等雪水消了要种地时，这条"胜天洞"露出了些瞎窟窿，有好多地方都塌陷了。李村长哥就在修补"胜天洞"时被埋在了里面，等第二天把他挖出来时，太极河又出现了，他没了。

李村长想着，当年为了土地丢了命，今天的人却轻而易举就丢了土地，他的心里无比酸楚。他对王乡长说，我想把山坡上一些荒废的土地利用起来种苹果，还能卖钱儿。我在山上种过，就是产量不太高。

也是，但是我们这里的气候有点太凉。王乡长说。

我们原先种过苹果，叫冬果，个头虽然有点小，但吃起来脆脆的、甜甜的。

嘿嘿！你说的是陈谷子烂糜子，现在没那个苗子了。黄村长说。当年有好多品种都因产量低而弃种了。你看看，这些年城里来的苹果哪个不像娃娃的头一样大，但不如我们小时候的冬果好吃。

听说是转种了。

大家哈哈大笑了起来，王乡长微闭着双眼挥了一下手说，你们的意见是？

我看种经济林，上面提倡。

你种啥都没有种粮食踏实。

就在王乡长和大家讨论要开发望天经济林的时候，区委召开了会议，要对部分村进行支部合并，还要成立合作社，对闲置的土地也要合并流转。支部合并，有利于加强党支部的凝聚力。土地合并流转，有利于更好地利用那些被荒废的土地。望天四村最适合这个政策了。经过乡党委与四村党支部的商议，决定将望天的分水岭村、望天村、明光村和铁堂峡村进行合并，要选举一名敢于担当，能为当地经济发展服务的党员任党支部书记。经过无记名投票选举，大家一致推选了田秋子为望天支部书记。

秋子当选的当天,她深感责任之大,也没有过多地推辞,但她的表态,让大家眼前为之一亮。

秋子面对乡党委成员和望天四村的部分党员神情庄重地说,既然大家把这么重的担子压在了我的肩上,我也本着良心表个态,一心一意为聚宝盆里的老百姓服务,尽我的本事,带领大家发展生产,尽力提高生活水平;同时,我想把大地公司办成望天四村的集体企业,逐步把大地公司交给望天四村的村民,由村民委员会管理;我要与望天四村村民一道,走上共同富裕的道路。我说到做到,这是我的愿望,也是我的目标。

大家对她的发言感到很惊讶也很感动,前面一条觉得悬悬的,后面的表态是最有实质意义的,但愿她能这样做,这是大家的期待。

秋子把她当选为望天支部书记的消息告诉了牛若谷,牛若谷其实早就听黄村长说了,他很是激动,也为秋子的发言感到自豪和敬佩。秋子第一次约牛若谷上了分水岭,秋子觉得自己肩挑的责任大得叫她心慌,她就把牛若谷约上了分水岭,说说她的想法。自从棉花回来后,她那颗伤痛的心也慢慢平静了下来,她曾不止一次地回望和总结前半生,坎坎坷坷,但已过去。而现在呢?她要怎么做,很是盲目,但她总有一颗鲜红的心,一直在闪动。她有了今天,很是欣慰,一路走来,也全靠大家的帮衬,她没有过高的物质追求。自从公司创建以来,效益一直很好,她深知这不是她一人的本事,而是乡党委、信用社、黄李两位村长及村民们关心和支持的结果。她想,自己要懂得报恩。她更想到,如果报恩王乡长牛若谷他们,那是小恩。只有回报人民,回报社会,这才是大恩。她常常在夜深人静的时候,忆念起那些在战争年代为党为人民牺牲的先烈们——秋瑾、刘胡兰等等巾帼英雄形象,深深地激励着她。她的男人在向那团黑云开火时送了命,他死后,是牛若谷在第一时间把他从暴雨中背回家的,是好几个村子的人含着热泪送走他的,这动人的一幕让她永生难忘。而她的棉花虽然曾被鸡罩贩卖进了魔窟,给了她精神上的摧残,这些她都归于命运,这也是她慰藉自己的理由。棉花大了,人各有志,

她最近对佛学特别感兴趣，就由她去吧。她受过很深的伤害，思想一时很难转过弯来，也许，按她的意志行事是最好的，何况她也是个大人了。

秋子被推选为望天四村的党支部书记后，对自己的人生有了全新的规划，兴奋之余，她有些惶恐，甚至有如履薄冰之感。困惑之时，她想起最多的还是牛若谷……

秋子和牛若谷站在分水岭，两人看着山下的聚宝盆，看着远处的山浪，心情很是激动。他们从困境中已经走了出来，作为大地公司老总的秋子，感激的第一人当属身旁的牛若谷了。每次遇到麻烦，他总是挺身而出，毫不犹豫，他是她志同道合的唯一伴侣。有他这样一位大哥一起长途跋涉，这叫她倍感幸福。为了望天，他俩走在了一起；为了能叫望天的村民富裕起来，他俩能想在一起；为了改变望天，他俩能拼在一起。她今天能够胜任望天的书记，她有了新的想法，要实现这一宏大目标，却是永远离不开他……

58

张理事长和王总坐在车上，热烈而亲和地交谈着，司机觉察到这是理事长最近一段时间来兴致最高的一次。车到了黄河边上，张理事长对王总说，咱俩干脆在这下车，去看看黄河吧。

好的，理事长。王总应和着，理事长对司机说，你把车开到单位去，我俩散散步。

好长时间没到黄河边上来了。王总说。

黄河之水天上来，奔流到海不复回……张理事长看着滚滚的黄河，随口说道。

时间多宝贵。

黄河——母亲！

我读过您写的《母亲河》，听说这首诗是您在农总行挂职时写的。

那时还年轻，有时写一写。

跟上您的这些日子，总算领教了，您的知识很渊博。

哎——你什么时候学会恭维了？快说说你下乡的感受吧。

王总看着黄河，低头沉思了一会，叹了口气，把他到远坡和三棵树村的所见所闻详细地说了一遍。理事长听后，好长时间没说话，只听到他轻轻的脚步声。

要不是亲眼所见，我肯定不会相信。

那里是我的家乡。理事长说着，眼眶早湿润了。

是您的家乡？王总惊讶地问。

我上中学的时候，作文的结束语常常是：长大了要为建设美好的家乡添砖添瓦。可是，多少年过去了，但又替家乡做了些什么呢？想起来真是违心，也很心痛啊！

唉！王总叹息着，和张理事长并肩走着。

张理事长也不再多说什么，只注视着眼前的黄河……那一个个阳刚的漩涡，那一朵朵柔美的浪花，都代表着黄河的率真与纯粹。带着泥沙的黄河，表现着它的朴素与可亲。这就是黄河，这就是伟大的母亲河！

王总听了张理事长的一番话，大脑里突然闪现出了家乡的一件怪事，他说给理事长听：在我的家乡，有一个村子叫老鹰嘴，这个村由三个自然村组成，自然条件很差，不通车路，去一趟乡政府要花两天的时间，如遇天气变化会更长。包产到户以后，上交的提留款乡政府作为对村上的报酬，叫村长自己支配。其实，这个村长也收不了多少提留款，很穷嘛，大多数是收一些粮食。由于闭塞，也没有什么文化娱乐，只能听一听会说古经的老人说一些老戏文，什么宋徽宗李世明之类的。谁料想时间一长，这个村长对皇帝很感兴趣，就在村子选了大臣、妃子、太监等，又给自己做了蟒袍。在家里设置了"宫殿"，封了文武大臣，逢年过节他都要上朝，还要叫这些被敕封的文武大臣给他三叩六拜，妃子还要侍奉他喝酒。他所宣读的"圣旨"，其实就是简单安排一下村上的工作或者调解一下民事纠风。

张理事长听得云里雾里，觉得王总在说古今。便笑着说，后来呢？

乡长知道了这件事，觉得很荒唐很滑稽，也没在意。有一天，一个副区长来乡上检查工作，在饭前的玩笑里无意间提及此事，副区长觉得这件事涉及政治，不能忽视，要求乡政府赶紧报案，同时，写一个汇报材料，向上一级汇报此事。

再后来呢？

派出所来人抓走了村长，关了半年。但是，他也没有对社会造成多大危害，就放了。另选了村长后，乡上和派出所到村上去进行了宣传教育，并且定期来这里宣传党的政策，教育他们积极向上，脱贫致富。

张理事听后，眉毛越拧越紧，过了好长时间才说，这就是我们的农民。他们憨厚、诚实、朴素，但他们往往又很无知。他们愚昧起来，让人不可思议……这就是农民，这就是农村。中央"一号文件"为什么总是"三农"问题？可见问题之多，影响之大啊！

王总点着头。

在我们的党员干部中，有多少人知道这些事？又有多少官员研究过这些事，想方设法解决好这些事呢？中央脱贫致富的政策实施了十多年，到如今还有这些怪事。话说回来，不是他们太穷太愚昧，而是我们的一些干部太官僚！

当我看到远坡村那个篱笆房里的女人时，我的心一直被一只无形的大手揪着。那一幕就像一个噩梦，叫我永远都无法忘记。我们穿的一双皮鞋就够她一年的生活费啊！

如果一个官员对老百姓的痛苦没有切肤之疼，那他对过去就不会有记忆，对未来也就不会抱有什么希望！

对！

但是，我们只给他们一双鞋或者一碗饭是远远不够的，那只能解一时之难，救一时之急。更重要的问题是如何叫他们永远不被一双鞋困扰，永远不为一碗饭去愁肠。

对！

我们不是一般的老百姓，我们是全省农村信用社的领头雁。我们这些人能在一起工作是缘分，要珍惜，知难而上，勇往直前。我们应深深体会到为农村信用社工作，是我们的荣耀和福祉。

王总陪着理事长，低头走着，用心体会着。

我们的农村信用社不像人家专业银行或者其他银行一样只是个企业，企业追求的是利润最大化。而我们却肩负着广大农民脱贫致富的大任，不能只想着单纯意义的盈利而发展企业。也就是说，我们更大的义务和责任是如何帮助农民走上共同富裕的发展之路。这是农村信用社的目的，也是农村信用社的宗旨，更是人民的心声！

我们要这么想，也应该这么去做。您是我们的领头雁，我们跟着您走。

我是领头雁，那你就是啄木鸟了。理事长笑着说，你是总审计师，发挥啄木鸟精神，把农村信用社这棵大树中的蛀虫彻底地啄出来，让这棵饱受风霜的大树健康成长，更好地为发展农村经济开花结果。

张理事长和王总还在说着，李洁冰主任的电话来了，宋指针监事长的电话也来了，理事长接听后兴奋地对王总说，今天是捷报频传。

看来这次的"百日竞赛"活动已经达到了预期的目的。理事长这一招对农村信用社来说，简直就是挽狂澜于既倒，扶大厦之将倾。

别这么吹我了，你们费的劲我心里最清楚。不过，大家确实努力了。

走，陈宏和张文悦他们都来了，到我办公室去吧。

晚上，张理事长的办公室里灯火通明，班子成员都到齐了，个个像双腿沾满了沉甸甸花粉的蜜蜂那样，兴冲冲地前来报到了。理事长拿出自己珍藏多年的一瓶陈年老酒——"杏花村"，笑着说，这还是我高考中榜后，一个女同学从她爸那儿偷来的。当时还是个学生，见这么好的酒也没舍得喝，一直随身珍藏至今，今天拿出来犒劳大家，再合适不过了。

借问酒家何处有，牧云拿出杏花村。监事长笑着说，噢哟，想不到理事长还有这么一段罗曼史。

啊呀，美诗美酒忆美人，这才叫分享。就算大家对理事长温情岁月的共

同怀恋吧。李洁冰主任笑着说。

粉红色的回忆总是镶嵌着伤感的花边。今天理事长把它拿出来，说明理事长想从此了断一场情债。陈宏副主任也笑开了。

给你们酒喝，你们还要取笑我。

是不是又舍不得了？王总说着，从茶几下拿出了几个杯子。

张理事长听着他们的打趣和玩笑，一一斟满了酒，自己也端了一杯，站到中间的空地上说：

首先感谢大家对我的信任和支持，使我们能在这里共饮这杯庆功酒，我们先碰一杯吧。说完，他一仰头就喝干了。待大家喝完后，他又斟上第二杯说，第二杯，为我们取得"百日竞赛"活动的胜利干杯。他斟上第三杯后笑着说，还望大家在今后的工作中精诚合作，去克服和战胜摆在我们面前的一切困难，为我们的农村信用社走向辉煌干杯！

大家坐下后，张理事长语重心长地说，我们虽然取得了"百日竞赛"活动的胜利，并且超额完成了任务，这叫我很受感动。但是，摆在我们面前的任务还很多。我们现在面临着资金实力不济的问题，业务不畅通的问题，硬件设施改造这个事关安全保卫的大问题，还有人员不足和人员素质较低的问题等等。这些问题都在严重困扰着我们的发展。我们的资金很有限，不改造硬件设施，怕安全上出问题，若改造，改造到什么程度，是一次性投入到位还是逐步改造；再如宣传方面，专业银行已经占领了黄金位置，他们甚至把广告打到了我们农村信用社的围墙上。这些问题都需要我们亟待解决。我们不能陶醉于"百日竞赛"活动的喜悦当中，而要马上转入下一个工作目标，要尽快拿出工作方案去应对。

宋监事长说，我分管安全保卫，当然我下乡了解得更多，但安全设施要按公安部门的要求达标，我们一次性投入不起，我叫保卫部拿出了方案，先按公安部门的要求，让部分有能力的社一次到位，免得再次返工，给联社造成损失。

李洁冰主任提出了反对意见，他说，按公安部门的要求，我们的社投入不起，就是一些经济状况较好的社，也不能把资金全押在这上面去，再说，多少年这样过来了，要按我们的承受能力较为妥当。

如果安全上出了事呢？宋监事长反诘道。

好了，你们两人各有自己的侧重点，这样很好，都是为自己分管的工作负责，这就是个矛盾。改革就是要解决矛盾。这样的问题我们总能想出解决的办法，既不要影响我们的业务发展，也不能不顾及安全保卫。

我们大兴宣传，统一形象，工会拿出了总体宣传方案，设计出我们的社徽和大小型广告牌，要把有利的位置抢回来，每个联社可以按自己的力量做，但必须要按我们的图式做到全省统一。王晨光说。

好。逐步搞，不统一时间。张理事长说。

"飞天卡"正在积极筹备中，力争在明年"五一"前投入使用。陈宏说。

时间比较紧，你和李主任给我汇报过，如果明年"五一"能使用，那就太好了。张理事长激动地说。

张文悦副主任也汇报了信贷上的事。张理事长说，信贷上要和王总联系，在加大审计稽核的基础上，还要做好贷款的营销，这是我们的吃饭工程。

最后，李洁冰主任汇报了四家合作银行的申报事宜，要求他们尽快与银监局联系，积极筹备，力争"五一"前挂牌。

59

方一天看着决算报表，存款任务完成得很好，超额完成了省联社下达的任务。但贷款收回只完成了任务的一半，不良贷款下降幅度很小，尤其城区的两社一部，反倒有增无减。分配给高天的贷款收回任务，只完成了百分之二十，而徐飞的贷款分文未还。更糟糕的是，高天又神秘失踪，他老婆一天到晚缠在方一天的办公室要人，说是从单位出走的。尽管方一天反复向她解释，她就是不听，缠在办公室耍赖。方一天要上车，她就跟着车上，方一天回家，她就跟着去他家。后来陈道和办公室主任费尽了口舌，她才说七天内

如果不见高天，她要死在方一天办公室。

办公室主任无计可施，只好去公安局报了案。立案后，高天老婆被叫到公安局谈话后，一下子老实多了。

方一天刚把高天的事交到公安局，正准备要召开决算会，那个在丁力群手里开除的小张来找他了，说他咨询了律师，要求联社赶快恢复他的公职，另外还要求赔付工资及所有津贴福利，然后还要赔偿精神损失费、医药费等。

方一天对小张的事比较清楚，那是人行蒋行长主政时处理的。说实话，对小张的开除决定他早就觉得不够妥当。因为小张只是在上班期间到门外看了一会下棋的，再没有其他事。要是只因这件事就决定开除一个人，确实有些太重。再说，当时这样的事太多，他曾经到一个网点去检查，进入营业室后，发现营业室的通勤门、库房门都大开着，就连保险柜也没锁，甚至钥匙都没拔。除柜台外站着一个人以外，再没有其他人。方一天看到这个"空城"后，吓了一跳，他以为保险柜被人盗了。他问柜台外的这个人，信用社的人去哪了？那人说，出去了。方一天正在纳闷，值班的员工回来了，讯问之后，才知道这个客户要取存款，库里没有，他到供销社借钱去了。当时气得方一天批评他说，你这样把所有的门都大开着，甚至连保险柜的门都不锁，没一个人值班你就走了，要是有个贼闯进来怎么办？

想偷还没有！这个员工的回答叫方一天哭笑不得。

这就是信用社当时的现状。这次小张来告状，确实也在情理当中，绝对不是无理取闹。但怎么解决这一历史遗留问题？

方一天对小张说，你当时为啥不起诉？

你们都是当权派，谁能为我说冤枉？

这么些年你都干吗去了，咋想起这时候来呢？

实话实说吧，自从你们把我开除了，老婆也离婚了，儿子也被她带走了，我还有什么心思呢？成天流浪他乡，喝酒浇愁。在外有一顿没一顿的，有时真想找你们一拼了之；有时又想，大概是我的命吧，和我一起在信用社工作的小李，被煤烟打死了，可我毕竟还活着，这样想着，也慢慢解气了。小李好可怜，小张边哭边说，他父亲去世早，他爷爷在你们这些当权派的手里要孙子的人命价，你们迟迟不给。蒋老头子说的话，凝固在我头里了，即使变成鬼我都忘不了。他说：你是个临时工，要是正式工就好了。正式工国家有死亡赔偿标准。他爷爷面对孙子的死亡，因没有赔偿标准，不知是更加痛苦，还是他把头染了。第二次他来的时候，相隔不到十天，他的头全白了。当时我想质问蒋老头子去，按死亡赔偿标准就应该死正式工，为啥在你们没有采取安全措施的情况下，让没有赔偿标准的临时工死了呢？按你们的说法，就得死我。那一夜是由我和他两人守库，可当时他死了，要是我死了多好。我是正式工，死了也不为难你们，按标准好赔偿。可偏偏我活着，他死了。小张说着说着，禁不住大声哭了起来。

方一天赶忙扶他到沙发上坐下，安慰他说，小张，你的事很特殊，我们研究，总归要给你一个明确答复。你说好不好？

好，你给我个时间，我得等多少天？

最多十天吧。

要是十天我等不到你的音信，那我第十一天就来找你。我谁都不找，你是一把手。

好的。你就来找我，我绝对不推辞。

方一天看着小张的背影，这个曾经活蹦乱跳的小伙子，如今胡子拉碴，满脸皱纹，活像一个老头了……

棉花自从回家后，好像变了个人一样，本来就内向的她更加少言寡语了，也很少与妈妈交流，成天坐在北山青岗叔的院子里。青岗叔千方百计逗着她说话，她也是有一句没一句的，常常瞅着七太太的坟墓出神，这叫青岗叔非常不安。有时，她会跑到崦嵫山上，一去就是老半天。秋子想，可能是把她伤害得太严重了，只能由着她的性子，先稳定一段时间再说。三郎更是无计可施，他想方设法要接近棉花，但她却有意躲避，或者干脆藏起来。越是这样，三郎越是感到不安和内疚。

这天下午，棉花把自己的头发盘了起来，结成一个漂亮的发髻，穿上她最喜爱的那套浅蓝色连衣裙，坐在七太太坟墓前的小石板桌前发呆。青岗叔扛着镢头从山上下来，老远看见他的七太太就坐在石板桌前，惊得他打了一个趔趄，险些翻倒在地。等他站稳后，定了定神揉揉眼睛，仔细一看：就是她——久违的七太太！他慢慢放下肩上扛着的镢头，蹑手蹑脚地走了过去，生怕吓飞了胆小的七太太。到了近前，他压低声音叫道：

小七。

"七太太"没吭声。

青岗叔又叫了一声：七儿。

七太太没有转身。几十年不见了，他的七儿肯定生他的气了……不怕，他轻轻拍了一下她的肩膀叫道：

七儿！

谁？棉花猛觉身上被刺了一刀子一样，吓得她转过身子，发现是爷爷时，惊魂未定的她还在颤抖着。

青岗叔听到棉花的尖叫声，这时才看清是棉花，他揉着昏花老眼，不住地流泪。棉花扶着即将倒下的爷爷说，你怎么了爷爷？只见他惊恐得嘴都合不上了……

噢！是你，棉花。青岗叔顺势坐在地上，微闭着眼睛看着棉花，一句话都说不出来了……

在王乡长的鼓动下，黄村长和李村长在南北两山上的闲置地里挖开了一窝一窝的"鱼鳞坑"，准备种上苹果树，要把南北两山建成花果山。园艺站的技术人员早就被王乡长请来了，说北山阳光充足，较适合"红元帅"这一老传统品种的栽植。而南山，则较适合"绿富士"，这是个新培育的品种，虽产量不高，但价格挺高。黄村长已在外联系了优良品种的树苗，把适合南山的分给李村长，适合北山的则留给自己。

自从见到了七太太以后，青岗叔几乎是夜夜失眠。他老看见七太太坐在武老爷家的草亭里弹琴。正好半仙上山来了，他想好好儿地问问这个老伙计。他把火炉端在石板桌前，拿来了茶具，和这老伙伴捣开了罐罐茶。

一时间，火焰从干裂的柴火上像红锦一样撕扯起来，青烟袅袅，犹如一支神笔向天书写着人间万象。干柴在火焰里爆裂着，啪啪作响。烟灰升腾而起，在空中曼舞，点点轻薄的灰烬雪花般落在两个垂暮老人的身上，它怕把两个老人打扮得过于苍老和凄凉，便又知趣地随风飘起，把这温馨的雪花——返还于天上。

青岗叔把烤热的茶罐从火旁退出来，抓一撮陕青茶放在茶罐里，倒上水，再往一堆红透的炭窝里一靠，炭火一挨上茶罐，便咝咝地叫了起来。茶罐里冒出白色的气泡，一个挤着一个，一个攥着一个，眼看茶罐口沿儿箍不住了，青岗叔赶紧用茶棍儿往里拨拨，茶水便从中翻滚起来了，硬把这些气泡里的气一个个放了，使它们变成了一个个空皮胎的白沫，退在了茶罐口的边沿。它们像捣乱的学生被体育老师罚站在操场边上一样，不停地在原地踏步。这时，青岗叔一手端着茶盅儿，一手端着茶罐，只见茶罐在他手上往上一扬，随即轻轻一翻，把茶罐嘴儿又返折回来，就像书法家玩回锋的功夫，紧接着，一条琥珀色的弧线便跨过火焰，一泻而下，精准地落在了另一只手掌握着的茶盅里，弹跳出一圈一圈的波纹，在盅儿里颤抖着晕开。青岗叔这是在显摆自己的手艺，可惜半仙一点儿都没瞅见。

喝！真是个瞎子。

听茶落杯的声音，还有这么大的兴致？你怕真是个老不死。半仙笑着说。

半仙刚把端到手里的茶盅举到嘴边，青岗叔一把从他手里抢了过去说，哟，差点忘了，小七还没喝，老尖嘴！他边说边端着这盅茶走过去奠在了七太太墓前，然后，把杯子里剩下的一点儿"吱"的一声一口咂干了。半仙听着青岗叔醉死的样子说：

亲了一口？

青岗叔听得出半仙的不满，便笑骂着说，我早上看见三郎娃在河畔饮驴，结果没饮饱，一见水就抢着喝，就不怕烧了肠子得个呛食泡？

那是驴渴过头了，一晚上饥渴得没眨眼，一见马尿都忍不住。

青岗叔赶紧递给半仙一杯，论骂，他远远不如这老家伙。半仙接了过来，还在说，你喝，你喝呀。

半仙，我这几天老梦见小七，哦，不是梦见，是看见。

想了？

这几天一直看见她。

想了去找。

唉，我最近老是……

死不了，今天保险着哩。好好吃，好好喝。

不光是想小七，还有……我怕……

你今天咋了？神神道道的。

我不光想小七，还想五谷了。

你这是咋了？半仙敏锐地觉察到，这个刚硬了一生的汉子，变得软塌塌的了，难道这家伙不牢靠了？不知为啥，近日他也格外想念这老伙伴……莫非……莫非这老东西要闪人了？那可……半仙只好支吾，好好活。想吃就吃，想喝就喝，有啥上心不过的。

怕倒不怕。当年抗美援朝时，美国鬼子的飞机擦头皮飞着哩，大炮在眼前炸着哩，子弹从耳根子穿梭着哩，我都不怕。

不怕就吃喝。

你当我是饿死鬼转世？我倒是不想吃也不想喝，就想和你说话。青岗叔又递给给半仙一盅茶说，不光是想着七太太的事，你看看，黄村长和李村长在地里挖"鱼鳞坑"，要种苹果，还说要把山上的荒地全种成苹果。这世事是咋了……

半仙听了半晌没应声。

你看看，这么好的地说荒就荒废了，这么好的地又种啥苹果嘛？这世事……

望天这样翻变下去，迟早要吃亏在五谷上。现在是吃饱了不觉得粮食的金贵呀！一旦有了灾荒……半仙说。

人家说不怕，灾荒来了没五谷可以吃肉。

吃肉？肉不养人，肉养狼。

不要说灾荒，要是第三次世界大战打响了，上战场背一袋子苹果吗？

你看看现在的老农手里有种子吗？

对。这是个麻达事。一个农民手里没种子，这是个大麻达。天爷爷……

他们说老仙人的种子不好，没产量。种子公司的才有产量。半仙用一只手揉着他枯瘪瘪的眼窝说。

产量高顶个屁用。产量高白面馍馍都在垃圾里丢着哩。

五谷杂粮也不全了。当今的肉也不是肉了。还说是发展——不可能！

60

刚到八点钟，十天前找过方理事长的小张来了。方理事长早就调查清楚了小张的事，他直截了当地说，小张同志，你的遭遇我们很是同情，人事权在省联社，但已将你的事呈文上报省联社了，就请你回去等着省联社的答复吧。

你的意思是你没权利吧。好，总要给我一张二指宽的纸条吧，要不我白等了十天。小张说。

你要什么东西？

不论什么，只要见联社的公章我就走。

方一天想了一下，把办公室主任叫来说，你给他开一个证明，内容写小张同志所反映的事实已查清楚，我们的报告已上报省联社。

小张当天进了省城，直接推开了省联社张理事长办公室的门，把证明给了张理事长，并用一张看似笨拙的嘴，陈谷子烂糜子地倒了一堆。张理事长听完后说，噢，这样吧，你去找人事部，我给他们打电话。

小张说，不，我哪也不去，我就等着你给我解决。我什么都丢了，只剩

一张嘴。你们灶上也不差我这一口吃，晚上我就睡在楼道里，早上我会按时起来。现在不怕丢人，我原来不是穷人。我也不想吃你们的灶睡楼道，就在我来的时候，也有人给我钱，他们还说，如果我给你带上告天台联社丁力群的状子，他们会给我管吃管住管钱儿。但我不要他们的饭，我只要我的饭碗。

张理事长听着小张结结巴巴地说着，从他颤抖的声音和慌张的神态中，张理事长能看得出，他一定很饿了。张理事长把他让在沙发上，倒了一杯茶，从套间拿出来了一块面包，给小张说，这样吧，看样子你大概饿了，先吃点。

小张惊得站了起来，但又被张理事长按着重新坐下。张理事长坐到离他很近的地方说，把这个面包吃完，我再安排你去人事部，他们会接待你的，好吧。

小张手里拿着面包，傻愣愣地看了一会张理事长，说，其实我进来的时候很饿，但我现在不晓得咋了，一点儿都不饿了。

人事部把今天第三个告状的人领走后，张理事长盯着这个"小老头"的背影，想着农村信用社怎么这么多难缠事？前几天一个信用社的职工刚把库款背走了，昨天又一个信用社被盗了。看来信用社职工队伍的肃整和人员素质的提高是迫在眉睫的任务，再也不敢推迟了。

成立合作银行试点的批文下来了，省联社领导分头去蹲点督促挂牌。张理事长来到天台联社时，联社班子成员正在开会，就没有去打扰，而是在城区的几个网点去看看。一进入城关联社营业室，只见工作人员统一着装，白衬衣，蓝西装，红领带，利利落落；营业室内外干干净净，门口的电子屏幕上翻滚着红色的大字：

您的笑容，就是对我的肯定。您的再次归来，就是对我们的信任。

一位女员工微笑着，引领顾客愉快地办完了业务。张理事长刚要离开，这位女员工快步走过来问：

您好！请问您办什么业务？

我来看看你们信用社。跟随的秘书想说什么，被理事长挡住了。张理事长说，你是什么时候参加工作的？

我是刚招来的大学生，还在见习阶段，目前担任大堂经理。

你对这份工作的感觉如何？

很好。我很热爱也很珍惜这份工作。大堂经理，就是客户与柜台的桥梁。我要尽我所能，引导和帮助前来的每一位客户，让他们在轻松愉快中尽快地办完每一笔业务。大堂经理也是营业室的一个小窗口，同时，也代表着单位的文明程度。因此，我要带着感情去工作，用我的实际行动去赢得客户的认可、柜台的认可、领导的认可，这样我才有可能留用的机会。如得不到留用，说明我的工作能力和服务质量还存在着不足和欠缺，也就算是学习和锻炼吧。

好好工作，祝你成功！

谢谢您！她显得大方而又得体，轻轻地向理事长微笑。

方一天他们的会议结束以后，他看到张理事长的车怎么在院子里停着，一问司机才说理事长出去了。方一天赶紧和陈道走出联社门口，张理事长和秘书小李走来了。方一天和陈道急忙迎了上去，握住理事长的手说，我的工作没做好，失职。

我难得去逛逛街，你们就监督我。理事长笑着说。

不敢，不敢。方一天怪怨说，你看看，门卫也不给我们说一声。

是我不让打扰你们，你们正在开会。我并没有什么很紧急的事。张理事长说。

他们来到了方一天办公室，方一天热情地说，您很忙，来关心天台信用社，我们很受感动。

要感动就尽快把合行筹建的事做好，争取按时挂牌。

银监局审查过了，我们已按他们提出的建议整改完善，估计不会有什么问题了，请领导放心。

你们的丁力群怎么回事？理事长问。

理事长，是这样的，方一天坐在理事长对面的沙发上说，丁主任原先一

直分管信贷工作，就在于理事长被人行蒋行长停职以后，天台联社就等于他一人当家，在这期间，这儿的贷款管理极为混乱，主要是从城关信用社放贷款。城关的主任高天是原望天的主任，被于理事长免了后，又被丁主任从望天调到城关当主任，大多数不良贷款都是从城关放出的。

陈道翻出他的笔记本说，尤其是丁力群签发的徐飞等人的贷款，甚至是先放款，后补手续和记录。陈道越说越来气，徐飞的逾期贷款收不回，不是他没钱，是有人在后面指使，恶意抵触。

你们准备怎么办？

今天会上定了，准备依法起诉。

张理事长听取了方一天和陈道的汇报后，又翻了一会报表，发现不良贷款占比很高，觉得他们这样一笔一笔起诉没有震慑力，也没有宣传力度，社会影响面也不会太大。他从沙发站起来，又对方一天和陈道说，你们看这样行不行。要依法收贷，就要动大手术，把沉淀资金的外壳彻底砸烂，把它的真相全暴露出来。但这样做光靠你们自己的力量不够，还要得到政府和司法部门的大力支持，在全区集中火力大规模搞一次。要做到有目标、有宣传、有方法、有震慑、有效果。

好！我们一定要动大手术。方一天听了理事长的指点，如醍醐灌顶，茅塞顿开。

我们已对全区前十大贷款户进行了摸排，又对丁力群所放的所有贷款进行了清理，有些责任还在分解，我们一定要做到心中有数。陈道说。

在不良贷款收回上，你们要下死决心打硬仗，才能让开步子谋取发展。否则，就是一句空话。

宁肯挣死牛，决不翻倒车！

经过一段时间紧锣密鼓的筹备工作，四个合行终于在同一天挂牌了。省联社除了宋指针和王晨光在家外，其他四位领导分别带领四个小组前往合行挂牌。这一天，农村信用社的"飞天卡"也正式投入使用，省各大媒体也相继报道了成立合作银行庆典活动和"飞天卡"启动仪式，这标志着全省农村信用社的事业又向前迈出了一大步。

农村信用社在省联社的带领下，逐步走上了规范化的道路。无论是支持农户小额信用贷款，还是妇女创业专项贷款，都对支持当地经济起到了其他专业银行无法代替的作用。农户小额信用贷款工作，被省委、省政府确定为为民办的十件大事之一，在全省金融工作会议上，省联社获得了省人民政府颁发的"省长金融奖银行业一等奖"。

61

天台合行成立后，方一天当选为董事长，肖默然当选为监事长，陈道当选为行长，牛若谷和杜光中当选为副行长。原来的二十个社部合并成立了八个支行。新一届领导班子一经成立后，马上把工作重心放在了清收不良贷款上。

通过一段时间的下乡调查，陈道发现农村信用社的信贷资产质量，比他原来想象的还差。好多贷款连债务都落实不了，相互扯皮。因内外勾结，出现了大量的冒名贷款和垒大户贷款。这些在农村信用社发生的贷款乱象真叫陈道行长不可思议。为什么我们的员工会这样胆大包天，他们难道不懂法？愤懑之余，他深感责任重大，还在下乡的路上，就急不可待地在电话里向方一天汇报了他所调查的情况。方一天也深感问题的严重性，约陈道一回来马上见面。

方一天赶回单位已经是晚上十点了，他刚洗了一把脸，陈道阴沉着脸进来了。方一天手里拎着毛巾，示意他坐下，边擦脸边说，先说说你了解的情况吧。

陈道一直沉默着，直到方一天把茶杯递过来后，他才猛然激动地说，与其说是贷款审核把关，还不如说是共同谋划作案。真正的内外勾结！冒名贷款和垒大户贷普遍存在，一些人视制度于不顾。这哪是个单位。哼哼！把别

人的身份证骗来贷款，不要说主任，就是把这样的会计开除了也不为过！

方一天看着怒不可遏的陈道，一时插不上嘴，便给俩人的茶杯分别续满了水。

还有一家人，在夫妻子女名下都有贷款，并且相互担保。这这这……陈道吹了一口茶又气愤地说，最典型的是徐飞公司名下的贷款，手续几乎没一笔合法的。没一笔啊！仅一栋楼房就同时抵押了三笔贷款，每一笔评估都超过实际金额，更叫人可恨的是，这栋楼又担保另外一家公司的贷款。陈道更加激动了，他站起来说，徐飞在我们信用社不是贷款，是取钱！利率比我们的"三农"贷款低得多。说他是股东，就入了五百万还用股金证抵押又贷了一千万。就这样的股东还要享受利率优惠。说完，他又回到原座位上，低下头，好像是他犯了错误在向方一天检讨。沉默了一阵，他把胳膊交叉后紧抱在胸中，脸偏向一边，目光涣散地瞅着茶几上的一盆兰草。一时间，空气像是凝固住了，过了足足有一刻钟，只听他又说，董事长，恕我直言，我冒昧地问你一句，你也是班子成员，有几笔是在你任副主任后放的，你当时的态度——

本在听陈道汇报的方一天，一听到陈道用尖锐的言辞质问他，便离开了自己的椅子，低着头来回踱步，半响，才高高抬起头，长长地呼出一口气说，你问得好。应该说，每一个班子成员在徐飞贷款事件上都有无法推卸的责任，虽然我当时分管的只是办公室和工会，虽然丁力群在当时不让我参加徐飞的审贷会议，但如果我能够去信贷部检查，并勇敢地站出来，或许能减少一些损失。

我也能理解你当时的困境，丁力群与高天合谋，有他们的攻守方略，恐怕你也很难主动发力的。

原省财政厅和金融办组织的工作组在一次检查中曾发现，徐飞公司的贷款一部分转移了用途。有一位女处长甚至在会上直言，对丁力群说，你们已触犯了法律。而对丁力群的辩解，女处长毫不客气地又说，你敢说徐飞的贷款合规合法？丁力群见女处长认真起来了，便软了下来，连连承诺在短期内收回后，并向领导汇报。但后来，也是丁力群弄了假手续了却了此事。这件事我与丁力群在会上争辩过，也有人给当时的蒋行长写过信，但是……

丁力群太霸道了，也不想想后果。陈道再度陷入了沉思。

他当时很活跃，高兴得忘记了自己。

有些事也是……唉！

不知过了多长时间，方一天把翻着的贷款清册放在案头，对陈道说，你的意见？

我好像都没意见了。

千万不要打退堂鼓，你可是省联社引进的人才。方一天笑着说。

陈道把头抬了起来，看着方一天，好像更是无话可说了。

问题全暴露出来也是好事，最起码说明我们这次选的支行行长还是尽职的吧。怕就怕问题反映不出来，包脓养疮自己哄自己，你说呢？

陈道点头不语。

我看还是抱着爱护员工的态度，再给他们最后一次机会，逐个约谈，叫他们抓紧落实催收，如到期限后无法收回，该怎么处理就怎么处理。到最后再进行依法收贷，但前提是一定要落实债务。

我重新设计清册，把债务责任落实到人，防止又造成新一轮的虚假。

这个太重要了。这次一定要严明纪律，要严查、要严管、严落实。在主任会上你再强调。

对丁力群和高天的贷款要重点查，而且要查个水落石出。想不到连我们建行的老行长也给我说人情，哼！天王老子说都不行。

把天台合行违规贷款的这块冻土层挖开，彻底打碎。叫大家看看，不按规章制度办事，法律法规是不能容忍的。撞高压线要付出血的代价！

好！董事长，我现在通知会议吧。陈道说。

方一天点头的时候，天已经大亮了，阳光掀开了窗帘，把清晨第一缕阳光送在了他们眼前。

陈道走出方一天办公室，心里总觉得慌慌乱乱的。这些日子他一直下乡调查核对贷款，本来就很郁闷，想起昨晚对方董事长过分的言辞，更叫他懊悔莫及。可他不把心窝子话掏出来憋得更慌，心想着，方董事长那么大度的人，想必不会计较吧。但他又想，不管怎么说，人家是一行的董事长，是自己的顶头上司，怎么能轻易冒犯呢？想来想去，唯一的补救方法，就是一心一意地工作，以出色的成绩向他道歉。

天台合行传达了清收不良贷款的会议精神后，按照会上讨论的具体方案，全体员工积极行动了起来，迅速掀起了轰轰烈烈清收不良贷款的高潮。

一直在外地隐居的丁力群，本以为从此可以过上悠闲日子了，万万没想到方一天和陈道向他开了一刀。当他再次接到高天的电话时，心里不由得嘀咕开了：看来，他们动真的了。他想，自己不能坐以待毙，得想想办法。他叫高天打探消息，及时向他汇报。高天可不这样认为，他觉得有丁力群这棵大树，即使不在位，他的影子也能压死人。丁力群在天台一直是个呼风唤雨的人物，两个小丑又能把他们怎么样？在这种心理作用下，他不紧不慢地写了恐吓信，笑了笑，分别寄给方一天和陈道。

丁力群预感到方一天和陈道这次要动大手术，便给徐飞打了电话，要他尽快还一部分贷款，尽量配合人家，不能惹恼他们。徐飞只是答应着，但是，这么大的资金缺口却让他一筹莫展。他把电话挂了后，面对手机做了个鬼脸说：

胆小鬼！

丁力群在三亚临海的别墅区买了房子，他借病假一直在此疗养。正在游泳池旁的躺椅上喝茶时，高天打来了电话，说合行成立了专项调查工作组，对……丁力群又得到了一个坏消息，这叫正在享受浴疗的他，好像落到了冰窟一样。旁边陪着他的姑娘"小四川"一看丁力群沮丧着脸，便关切地问，怎么不高兴了，群哥哥？

没事！

不会有什么事吧？

你说我？我能有啥事！

没事就好。"小四川"给他揉着背，温顺得像只小猫。

丁力群微微闭住双眼，眼前却不由得出现了当年那些热闹的场面，在今天看来，倒叫他有几分厌倦，甚至是恼火。不应该给那些人如此帮忙，也是有点太……

城关支行有个贷户叫李黑娃，常年在外打工，信贷员给他打通了电话说，他的名下有三万元贷款，已经逾期三年多了。李黑娃在电话里一听此事，肺都气炸了，大骂道，你们是黑社会，狗强盗，并扬言过两天回来要炸营业室。说着气势汹汹地挂断了电话。没过几天，李黑娃来到城关支行，要看他的贷款手续，信贷员把手续翻出来后，他一看签字不是他的，便三下五除二把贷款手续抢过去撕了，踩在地上大骂，你们这是敲诈勒索。信贷员正待解释，他又把墙上的镜框玻璃砸了。另一个柜员赶紧打了110，又给徐磊打了电话。当徐磊在派出所见到李黑娃后，他又大骂徐磊说，你们合伙骗人，这哪是信用社……

徐磊查清楚这笔贷款其实是高天用李黑娃之名给一个叫李三样的人贷的。他耐心地对李黑娃说，这次要把贷款落实清楚。不是叫你还款，而是要你配合我们把贷款收回。这事肯定与你有关，要不你的身份证怎么能到他的手上？李黑娃一听又气又急地跑回家，把老婆抓住揍了一顿，他老婆不得不承认，是她借给李三样身份证和私章的。但当李黑娃去找李三样时，李三样跑得无踪无影了。没处出气的李黑娃又把李三样家给砸了，李三样老婆哀求着给他写了条子，并按了指印。李黑娃这才放过了她，拿着条子去找城关支行的徐磊。徐磊给他说，我们要把李三样找到，动员他把这笔款还上。好，这龟孙除非钻到地缝里！李黑娃说。

天台合行这次彻底打开了清收不良贷款工作的新局面。在短短一个月的时间内，他们摸透了实情，追到了真正的用款人。不少人招架不住了，主动

去支行配合落实或还款。

陈道这次下了死决心，在他们夜以继日连续奋战之后，终于把徐飞在天台农村信用社的全部贷款弄了个一清二楚。仅徐飞公司名下的子公司就有六个，这些子公司根本没有经营，所办的营业证只是为了骗取贷款。另外，还有好几个小企业，都以不同的方式为徐飞贷款或提供担保。徐飞在天台的贷款累计十五亿八千万，已还八亿六千万，现余额七亿二千万。当陈道把这些数据送在方一天手上时，方一天倒吸了一口凉气。

丁力群和高天已被公安机关拘留了。陈道说。

这是必然结果！方一天从抽屉里拿出恐吓信说，当我收到这些信件的时候，就知道他们胆怯了。

可不是，他们连信都装错了，把咱俩的混淆了，并且错别字满篇，由此可见他们的紧张程度。

现在决战的时候到了！方一天和陈道默默地对视着，并相互点了点头。

当徐飞得知丁力群和高天被抓的消息后，他的第一反应是麻烦大了。就在徐飞惊恐之时，丁力群从里面捎出话来，叫徐飞想尽一切办法，哪怕把房价降了，也要最大限度地还款。这是救火，也是救人。

徐飞老觉得房子没涨到价位上，做梦都是涨价，哪能说降就降呢。再说，他贷款的目的是追求利润，要不贷那么多款干吗，何必享受这样的围追堵截，弄得人惶惶不可终日。现在说降价就像要他的命一样难受。徐飞干脆从新办了一张电话卡单独与公司联系，把原号关闭了，也就少了丁力群和天台合行的麻烦。

徐飞这几天又在玩失踪，这是方一天和陈道他们早就预料到的，估计他也是黔驴技穷了。陈道又通过向天开发公司内部了解到，徐飞将一部分资金流向了股市，这是方一天和陈道万万没有想到的，他们赶紧向法院汇报了这一情况。法院经查后，及时封存了徐飞向天开发公司所有未卖出的房子。经预算，根本抵不过天台合行所欠的贷款。

天台合行马上制定出了依法清收不良资产方案，方一天和陈道把方案报送区政府和区法院，详尽地汇报了此事。正是方一天和陈道他们的工作责任感感动了分管金融的刘区长，刘区长主持召开了由政府和司法部门参加的打击恶意逃废农村信用社债务的专项治理工作会议。除政府相关部门的负责人外，法院副院长和执行厅厅长等都参加了会议，他们听了天台合行的汇报后都很重视。刘区长在会上明确指出，合行的摸底清册很详细，但法院要按法律程序，积极配合依法清收，不要叫这些人骗取了贷款还逍遥法外。但是，更要注意的是，不能违法行事，这样会造成不良影响，适得其反。因此，你们法院要把好尺度。会完后，合行尽快与法院研究实施计划。

当天下午，方一天和陈道马上去法院，和执行厅厅长筹划下一阶段的工作。执行厅厅长在看完了合行起诉贷款户的清册后，又和方一天他们商量，为做到有的放矢，谨慎地选定了五十八名逃废债务的"钉子户"。最后决定，于春节前的元月十日，召开"天台区打击恶意逃废农村信用社债务执行大会"。为了达到宣传和震慑力度，在红川等四个乡镇同时展开依法收贷整治工作。

春节前，天台各乡的农民基本上都回来准备过年了，这也是农村信用社集中收回贷款的黄金时段。元月十日一大早，天台合行在这四个点配备了足够的人员，印制了传单，张贴了标语和彩条，拉起了气球和拱门，搭建了主席台。而就在前一天晚上，天台法院执行厅和合行的工作人员，统一出击，对李三样等恶意逃债并对执行厅的干警和信合员工威胁和殴打的四人，进行了依法拘留。主会场设在三乡连片的红川镇，主席台上就坐的有区上领导、法院的领导和天台合行的领导，他们分别讲了话后，陈道行长对逃债户的贷款金额、用途和逾期时间进行了公布，签订了还款计划，封存了一些门店，发放了依法收贷催款通知单，并要限期收回。

这次在天台全区举行的依法收贷工作，得到了省联社、当地政府和法院的大力支持，取得了可喜的成绩。市电视台等媒体进行了较为充分的采访报道，其震慑力和影响力是很大的。尽管有些贷款还没有收回，但是都已签订了承诺书和还款计划。

方一天和陈道去省联社汇报后，张理事长很高兴，他给李洁冰说，天台的集中整治，依法收贷工作的方法和经验，要在全省农村信用社进行推广，并要在天台召开经验交流会。这次天台依法收贷已造成了轰动效应，但违贷现象还要细品慢嚼，深入反思。我思考了很长时间，我们要尽快认真研究干部的异地交流，这样才有利于贷款管理和行业发展。如果丁力群还在天台合行的领导岗位上，这些贷款能收回来？还敢在全区轰轰烈烈地搞依法收贷吗？

对，很有必要。李洁冰主任说。

这个问题其实我早和宋监事长谈过，只是没有下决心，通过天台的依法收贷，干部的异地交流坚定了我的信心，我们要在短期内搞。陈道同志，你要做好异地交流的准备。

啊？陈道吃了一惊，他赶紧说，理事长，我和方董事长配合得很好，我是个直肠子，而方董事长遇事沉稳，也可以说，我离不开方董事长。

李洁冰笑着说，在诸葛帐下听差，就不怕埋没了庞统。现在有更大的担子等着你的肩膀！

再给你一个联社，这次你不在方一天的麾下，要更好地发挥你的才能。如果你做得好，省联社再次嘉奖你。

不要顾虑，等待通知。李洁冰轻轻拍了一下陈道的臂膀说。

把这样一个敢说敢干，并且有工作方法的好搭档调走，方一天确实有点舍不得。他不由得说，在这个节骨眼上叫陈道行长离开天台，就等于削去了我半个膀臂……但是，考虑到省联社的大局和陈道同志的前途，我不得不服从。

这就对了。这也是你方一天的功劳。张理事长笑着说，陈道同志，我们聘请你来信用社就是要叫你发挥作用，也叫我们的员工看，这就是我们选聘的人才。我们的用人制度就是这样，能者上，庸者下，但对一些不作为者，可降级或者"贬官为民"。哦，对了，那个曾经被开除的小张的事你们要慎重。

前天他来了，我也接到了人力资源部的电话通知，已和陈行长商量过了，只是还没上会。我们会处理好这件事的。

农村信用社无小事！其实这不仅仅是小张个人的问题，这件事的影响力和影响面都很大。一些信用社员工，尤其是你们天台的员工，都在紧盯着我们的处理结果，检验着我们对待历史遗留问题的态度。因此，一定要客观公正地处理好这件事。小张的事也真叫人痛心，一个随意地处理，却导致了一个家庭的离散，这个责任谁来负？这是我们的员工，也像我们的子女一样。另外，那个被煤烟打死的小李，我听说赔偿也不到位，你们再核实，这可是活生生一条命啊！张理事长说得很诚恳，也很动情。

这个事不敢忽视。要充分体现人性化的管理，这是我们的员工最想要的，也是我们必须做到的。李洁冰说。

方一天被感动得热泪快要下来了，刚要和领导握手告别，又想起了一件事，急忙说，还有个事差点忘记汇报了，就是关于望天支行申请盖办公楼的事。

陈道把文件从包里掏了出来，递给了张理事长。

李主任，叫他们不要等批复，先去搞，我们上会就是了，你说呢？

好的，理事长，一些网点确实太落后了，那些土坯房子早就不适应农村信用社发展的要求了。李主任说。

我准备在你们那里召开经验交流会的时候顺便去看看，现在新农村建设国家很重视。望天的楼怎么建，要结合乡政府的规划。好吧？

太好了，我们等着您。

青岗叔自那天把棉花错看成七太太后，就一直恍惚不定。有时常把棉花叫小七，并且还会叨咕些原先的事。有一天，棉花坐在石板凳上，听见青岗叔说，小七，我给你建一个草亭子，你在里面好弹琴呀。

棉花一听，赶紧说，爷爷，草亭子是什么？

小七，你……青岗叔迟疑了一会方回过神来，轻轻叹了一口气后又对棉

花说，草亭子就是用草搭成的亭子。亭子你见过没？

棉花回忆起她在西安见到的亭子，飞檐走兽，很有气势。她说，我见过。难道你会做？

噢，我会做草的。我想给你七太太做一个，好叫她有个弹琴的地方。

弹什么琴，爷爷？

古琴，诸葛亮演的空城计你晓得不？

晓得，他在城楼上带着两个童子弹琴，吓退了司马懿的十万精兵。

对对的，我的娃。诸葛孔明弹的那就叫古琴。

古琴很好听，我听过磁带。

太好听了，当年七太太弹得可受听了，音韵往人的肉里钻。我不光爱听，更爱看七太太弹琴的动作。青岗叔说着，双手在空中舞了起来，弹着他横放在空气中的古琴，看上去不知是醉了，还是疯了。

我要学古琴，爷爷。

啊？一句话把青岗叔惊得坐直了身子，他不相信自己的耳朵，也不相信自己眼睛……难不成，难不成棉花真是七太太转世的？

爷爷，你神神道道的，看来，古琴能把人引到天上，我还真想学。

学弹琴有个条件，你不能穿花花绿绿的衣服，你要穿上素衣素裙，挽起你的发髻，在你七太太的眼前坐得端端正正的，向她学习，她才能教你。你能做到？

只要叫我学古琴，什么都能做到。这时，在棉花的眼前，仿佛已看到了七太太弹琴的幻影。不，她已经看到了一个端庄清秀的七太太。

古琴不是随便说学就学的，它很挑剔学琴的人。

很难吗爷爷？

不是难，弹琴有好多戒律。

有什么呀，剃发吗？

不是，不是。弹琴要先净手脸，再焚香，不能吃葱韭大蒜，更不能饮酒。它是灵物，不是俗界的响器！

62

牛若谷和小唐他们把房子又粉刷了一遍，虽然是土房子，也要新来的员工住着舒适些。本应是八个员工，小丁调走后还剩下七个。房子住不开，只好把原先的一人一室改成两人一室，他和新来的小田住到一起，小白和小罗是女的，住小丁的房间，小金和小吴住一间，他有意给小唐安排了个单间，因为小丁也常来，她现在是望天支行的亲戚了，牛若谷叫她要常回"娘家"看看。其实小丁真舍不得离开望天，她和这里的人都很能合得来，尤其军人出身的牛若谷，对待她像自己的姑娘一样。对谁都发过脾气，唯独对她没发过。小丁走的时候还半开玩笑地问过他，牛若谷说，女娃娃脸皮薄，要爱，要惯，不能骂。而待男员工，尤其小唐，动手比动嘴更见效。

秋子早就想扩建厂房了，但有个想法一直在困扰着她，她原来给牛若谷只说过聚宝盆种大麻的地越来越少，如何才能拓展，当时牛若谷笑着说，那你除非把老君爷的青牛牵来，再踏两蹄子吧。今天牛若谷说起望天支行办公楼的事，她把想法再次说了后，便又把牛若谷约到了分水岭。这次她没有像以往那样柔情细语，倒像一个领导一样在牛若谷面前指指点点。秋子自当了村支部书记后，更是忙得脚后跟打后脑勺，牛若谷也很少见到她了。今天他看着兴致勃勃的秋子，故意欺负她，说，田书记，你把我带上山可别对我非礼。

别胡闹，今天正儿八经和你说公事。

牛若谷赶紧凑到秋子的耳朵上说，哪有过"母事"？牛若谷从没在秋子面前开过这样的玩笑，秋子的脸唰一下红了起来，半晌不敢看他。牛若谷怕惹怒了她，便举起双手说，向组织投降！秋子折过身来，深情地瞪了一眼牛若谷说，你这木头，竟然还开起带花边的玩笑了。一句话倒把牛若谷说得不自在了。

别开玩笑，今天有大事和你商量。秋子说。

好！我可一直在等着哩。

我们望天从历史上就有聚宝盆的美誉，你看看，其实聚宝盆从山上往下看是很小的，东面分水岭至西面的铁堂峡也就是十几里地，南北望天至明光也不到十里。从我记事起，周边村子的人都居住在聚宝盆的边沿上，中间的川道里全是大麻地，祖辈们都不敢把这点宝贝地用来建房子，都是依山而建。直到改革开放以后，乡政府搬迁到了这块风水宝地的中心，信用社和卫生院等单位也建在川道里了，这样一来，把本来就不大的盆子挤得更小了。要是我们现在还在盆底建大楼，用不了几年川道里就不见绿田了。你说说，聚宝盆关键是个"宝"字，这"宝"指的是什么？秋子很是认真地说。

这个"宝"……牛若谷挠着头半晌也没说出来。

这个"宝"难道是房子？聚宝盆难道是盛房子的？显然不是。我今天认真地告诉你：是大麻！如果川道里没有了大麻，那还叫聚宝盆？

牛若谷明白了，这个问题他确实没考虑过。但他一下子觉得眼前的这个女人不简单，让他不敢平视了；他一下子觉得平时文文静静的这个女人眼界怎么变得这么高，心胸变得比眼前的聚宝盆还要宽大了；他一下子觉得这个女人心中布了一盘大棋局，要干一件大事了！这时，牛若谷看着他熟悉又陌生的秋子，不由得更加敬佩！

你倒是说说你的意见呀？

你究竟想干啥？

我们要保护好聚宝盆，要不，它不会回报我们。

你的想法我……是不是设想太大了？

不会把你这老山下来的英雄给吓倒吧。我现在倒怀疑你在老山阵地上是往前冲，还是蹲在一堆茅草里了？

怎么这样辱没人，我是怕死的人？

那你怕什么？秋子看了一眼满脸不服气的牛若谷说，你说说，我代表望天党支部和望天百姓，向你们这些单位要回我们祖先留下的聚宝盆不过分吧。秋子非常严肃地问道。

若能要回，当然好。这……有些难……就是这……

这什么这，就因为知道难才叫你看，才和你商量，你却当了逃兵。

我可不是逃兵，你想怎么干，我一定紧跟你。

太好了，合作愉快！秋子伸过来了一只手，牛若谷笑着抓住了它，紧紧地握在了一起。此时，他的浑身热了起来，像通了电一样立马感到麻酥酥的。他明显感到他的手被她握得更紧了。牛若谷看着眼前的秋子，脸上红扑扑的，额头上有细密的汗珠，此时，他的热血直冲头顶，头发竖了起来，血管涨了起来，他的肌肉痉挛了……她扑了过来，他伸开了双臂，像《英雄儿女》里的王成双手抱着爆破筒那样抱起了秋子，并将她高高举起。这时的秋子在牛若谷的怀里轻柔地扭动着，弯曲的身子形成了一个大大的S形，其实，牛若谷觉得，抱在他怀里的就是恍兮惚兮，让人迷醉不已的太极图……

依法收贷经验交流会如期在天台区召开了。出席会议的各联社、合行领导，身着省联社统一制作的工作服，个个精神饱满，昂扬振奋。省联社领导和市区领导坐在主席台上，也都深感自豪，面含微笑。会议由李洁冰主持，陈道把天台合行依法收贷工作的具体做法和经验向大家进行了汇报，同时在投影机上放了上门催收的图片和相关影像资料，以及发放的一些传单。光从图像资料上看，这些内容和成果引起了在座的强烈反响。会上，李洁冰主任充分肯定了天台工作的经验和成绩，并对全省农村信用社依法收贷工作进行了全面部署，要求在全省迅速打响一场依法收贷工作的歼灭战，为今后农村信用社的业务健康发展打下良好基础。

张理事长的讲话很简短，他只讲了三点：第一，我们现在要抓质量，抓管理，提高工作效能，搞好优质服务。通过大家的共同努力，近几年的业务发展突飞猛进，实现了全省农村信用社存贷款"双过千亿"的好成绩。第二，由于加大了宣传力度，加快了基础设施建设，再加上银联福农卡和白金卡的上线，实现了农户小额信用贷款跨网点、跨渠道发放。虽然结算渠道现已畅通，但不少网点办公条件有待急需改造，各联社对改造和新建的网点要尽快

上报。原先我们是压缩，现在是提倡和扩大。尤其在安全保卫上我们不怕花钱，凡上报安全上的文件随报随批。第三，各行社要按省联社下发的方案，尽快行动起来，投入到清收不良贷款工作中，齐心协力打好这一仗。为农村信用社的资产质量松绑，是促使我们走上现代化银行的最有效途径。

会议结束后，张理事长和方一天来到望天商讨办公楼建设的事，张理事长笑着对牛若谷说，我们拔你的房子来了。牛若谷激动地说，我大半辈子人生播洒在这里了，现在真要拔了它，还真有点舍不得。

好哇，既然舍不得，那就给你们留下，当作农村信用社发展的历史见证吧。张理事长开着玩笑说。

我这两天已和乡政府王乡长、秋子书记商量过楼房选址的事，正准备上报。牛若谷说。

对邻居动员拆迁不行？方一天说。

不是动员邻居拆迁的事，这里的人都要拆迁。乡政府和村支部现在有了新的设想和规划。

噢，这么大的动作？怎么规划，说来听听。张理事长感到很意外。

是这样的。川道里原先并没有房子，就像分水岭村和铁堂峡村一样，房子全都在山脚下或者半山坡。现在居中的乡政府、信用社和卫生院等单位都是改革开放后建的。望天村和明光村有些人也逐渐把房子建在川里的中间位置了。前些日子，我和王乡长、秋子一起又上到分水岭仔细察看了一番，"聚宝盆"叫这些房子挤占了确实很可惜。经乡政府和望天四村共同协商，想着把我们的信用社建在望天北山下面，大地公司建在明光村的南山下面，至于其他单位，也要陆续搬迁。

这工程太大了，首先资金从哪儿来？

王乡长争取来了危房改造和道路硬化等项目，还有"最美乡村"建设正在争取，他们的设想是随着新农村建设的逐步推进，把川道里的房子搬迁到山脚下或者山坡上，把"聚宝盆"里的房子全部腾出来，打造一个绿色环保的望天，把"聚宝盆"完完整整地还给这一片土地，这一块河山。

太了不起了！太有远见了！

要在山脚下修一条环村公路，把这四个村连起来。环村路外是新农村，环村路内是大麻地。要把外面的人引进来旅游，看看这里的生态望天。

他们有这样的设想首先叫我很感动。这个设想不一般哟！张理事长说。

哦，对了，理事长，大地公司秋子被选为四村的支部书记后，她和王乡长又在极力争取新农村建设的一些优惠政策和补贴，可能还要贷一些款。

我们支持。张理事长回头对一直在身旁认真倾听的方一天说。

我们要支持，这个企业给望天人民带来的效益，超出了我们想象。方一天说。

我们去协商一下，看我们的社址选在什么地方合适吧。

张理事长他们去了乡政府。王乡长正和秋子及望天四村的干部商量道路建设的事。王乡长一见他们，赶紧请到他的房子说，大财神到了，我正准备要和田秋子书记去请您。秋子倒了茶水后，给张理事长摊开了新设计的望天发展远景规划效果图。张理事长极其仔细地凝视着，不时地向秋子问这问那，好像得到了一张通往宝藏的图纸一样，高兴得大声说：

噢哟！你们要把这里的房子全设计成仿古式的？这个工程好宏大。乡政府、信用社和大地公司都是仿古式的，就连新农村也是仿古式的。他看着环村公路以内是一整片绿油油的大麻地，太极河两岸是绿柳掩映的人行通道，一座美轮美奂的拱桥，像一道彩虹般飞架在太极河上。真是太美了。张理事长又说，这要好多钱，就怕有些村民掏不起。

我们早有考虑。大地公司要投入一部分，这四个新农村我们正在争取"最美乡村"建设工程。除这两块而外，再让村民集资一部分，当然，还得合行给予我们大力支持。

这自然就是分内的事了。张理事长笑着说，你们这么宏伟的设想，叫我很是惊讶。现在的新农村有些建得真不切合实际，一些偏远乡镇农村的土地在闲置、在荒废，他们却把新农村建成了高层楼房，连上下水和供暖都没有

解决好。其实，你们的村依山而建，阳光充足，通风透气，这才是真正的新农村，将来，我都想来你们望天养老了。

哈哈，张理事长，我们给您修一座单独的别墅吧。

那太奢侈了，要和老百姓打成一片。

但是，我们还要严格控制外村的人进来，因为我们的"盆"是有限的。

你看看，还是拒绝是吧，张理事长对牛行长说，你也没有资格来这里居住。

秋子赶忙应声道，不是不是。我们大地公司专门要建几栋"贤士"楼，对望天作出大贡献的社会贤达和引进的技术人才，要叫他们在这里安居乐业。

我们既不是贤达又不是技术人员，张理事长说，没有这福分。

王乡长抢过话头说，那就给合行建一座财神庙吧。

大家一起哈哈大笑起来。秋子认真地说，我们今天把四村的干部请来商量，除了基建外，为了保护原生态，我们准备向青岗叔学习，在山顶上做好退耕还林工作，山顶全要绿化，山坡地不能再种植经济林了。

秋子正说着，张理事长打断了她的话，那你说种什么，我们要鼓励村民种植经济林，发展林果业来提高村民的经济收入。

秋子赶忙说，是这样理事长，我们的经济收入要靠川道里的大麻，这不是把地全腾出来了。川里的地我们公司要从村民手里流转过来，统一种植大麻，低处的山坡地要种粮食。秋子略为停顿了一下，她有意把粮食二字说得很响。她说，我们不能忘掉粮食，更不能从外地买进粮食。特别要鼓励补贴村民种植五谷杂粮。现在我们吃的粮食太单一，是不是理事长？我们要替蓝天厚土保留作物的纯种子，再不能用种子公司的转基因种子了。

啊呀！了不起。张理事长睁大眼睛看着秋子，竖起了大拇指，不住赞叹。我们农村信用社就缺少像你这样的人才。

你干脆别当村书记了，请你当我们的董事长吧。方一天笑着说。

笑话我呀！我能有那么大的能耐？你们的董事长就需要方董事长和牛行

长这样的人才。

他给你提鞋你都看不上。方董事长又笑着对牛若谷说，是不是？

不对不对，我给她不提鞋。

是提携，是提携。

63

青岗叔砍来了北山上的几棵槐树，正在院子里搭建草亭。他用自己搓的粗麻绳扎绑住了八根木柱和两道横梁，再把木椽架到了横梁上绑了个结结实实，他问半仙，你看看梁正不正？

半仙在下面骂道，我的眼睛不行，你的好着哩吧？

别装蒜了，快看看，你就是不想干活。

我看吧。老家伙，你这是上梁不正，下梁都歪了。

叫你看你还真看呀，筑起的土台基上放着一根绳子，快给我接一下。

半仙从石板凳上坐了起来，走到青岗叔前两天刚堆起来的土台子上，他又摸到了柱基石和立起的木柱，有点诧异地对青岗叔说，你敢把这么粗的树砍了，这比你的腿子还粗。你砍了它，遭了罪，小心老天爷砍了你的脖子。

往右一点，再往右一点，青岗叔看着半仙快摸着绳子了，只差一点点，就是够不着，他心急地坐在梁上指挥着，又大骂半仙，你连绳子都摸不着了，以后非请我帮忙不可。

这时半仙摸着了绳子，他说，来，我给你绑好，把你的脖子借给我，套在绳圈圈里就行，我看你的能耐有多大。

再往上举，再举。其实青岗叔早就够着了，故意捉弄他。

半仙知道青岗叔有意欺负他，猛地拉了一下绳子，差点把青岗叔拉下来了，吓得青岗叔连连说，瞎子，你阴治我呀！

半仙听后张开大口，向天而笑。坐稳当了的青岗叔在椽头上掰了一块树皮，轻轻投进了半仙张着的没了门牙的大口里，高兴地说：

十环！

五八年早就过了，还要叫我吃树皮？

你这死皮不吃树皮吃啥？

老家伙，不把老青冈砍了，你倒把槐树给砍了。少一棵槐树少一树槐花，给七太太的槐花饼用你的眼泪花儿做？

这一句倒把青岗叔给呛住了，其实他在槐树前踅来踅去，几次都下不了手，但他太想在院子里建一座亭子了。他要在有生之年再看看七太太的影子，更想在有生之年看着棉花成长为七太太。棉花这些天一直待在他的小院子不肯下山，从不说话到说话，从说话到说笑，这叫他这把老骨头多少有些安慰。棉花是他的命，她想要个草亭子，这正好，也正合他意。就砍几棵吧，明年春来再多补几棵就是。

棉花从崦嵫山上下来后，一走进爷爷的小院，被眼前的这座草亭子惊得往后连退了几步。她仰望着这座高大的草亭，端端地立在一个圆形的土台子上，八根木柱顶着草屋脊翘出飞檐，八角屋檐上用茅草扎着八条龙，腾挪有势，雄健地向着八极昂首远眺，翩然欲飞。这一鬼斧神工的艺术神品，难道竟会出自爷爷这双结满老茧的粗糙的老农民之手？棉花有些不敢相信。如果爷爷是个文化人，从事雕塑专业，他肯定是一个非常优秀的大师级人物了。虽然是一座草亭，但在棉花的眼里，它远比城市花园中瓦兽悬檐的木结构亭子更雄伟，更艺术，也更有诗意。啊！这个小院她离不开了，这才是她灵魂安顿的理想之地。棉花在受到摧残之后，曾多次想要出家为尼，潜心向佛。此前她曾发愿几次，但又没有下定决心。今天，她站在这座亭子下，仿佛找到了进入佛国的通道。

这叫"八卦悬顶"，来，你坐到里面让爷爷看看。

好，爷爷。

棉花手抚在柱子上不停地搓摸着，当搓摸到下面的一道围栏时，才发现亭子中间的一张小木桌旁还有一只草凳。棉花欢快地走过去，坐到草凳上说，可惜没琴，要不这会我给爷爷弹你爱听的《忆故人》。

　　青岗叔看着坐在草凳上的棉花，在他昏暗的视线里，棉花渐渐变成了七太太……

　　棉花看着傻痴痴的爷爷，知道他又在想他的七太太了。棉花也不愿多打扰，听任他的思绪去追忆曾经美好的时光。这时，被惊醒的青岗叔便拉住了棉花的手，一同进了小屋。不知所措的棉花看着爷爷，只见他拿起一把铁铲，飞快地铲着窗扇后的土墙皮。一阵工夫后，窗扇后出现了一个洞，青岗叔轻轻款款伸进手去，从中摸出一只长长的木匣子，扫去灰尘，再把这只木匣子上面的一层紧紧缠着的布打开，一只油光发亮的黑漆木匣子出现在棉花眼前。青岗叔赶紧把手洗净了，打开木匣，一张黑色的古琴，闪着油润的亮光躺在里面。青岗叔小心地拿出它来，接给了棉花说，这就是你七太太当年弹过的古琴。棉花惊慌得差点叫出了声，注视良久之后，才用手轻轻抚摸着，又把细嫩的脸贴在了琴上。她抱着古琴，看不够，爱不够。当她看着一道道小裂纹时，再次心疼地抚摸着，她随意拨了一下松松的琴弦，竟然发出了低沉的声音。她翻过古琴，见底板上刻着两个字——"正希"。还有两枚印章，她不认识。

　　正希是什么意思，爷爷？

　　我也不清楚，噢，我想起来了，当年你七太太也是正希正希地叫。

　　可惜裂了。

　　青岗叔摸着琴面上不规则的裂纹，说，这不是裂了，你七太太把这叫啥子龟裂纹，说这是大漆自然形成的。

　　啊！这就是古琴，第一次见这宝贝。青岗叔明显感觉到棉花是爱不释手，就对她说，你晓得这张古琴年龄有多大？

　　棉花摇摇头。青岗叔竖起了五个指头。

　　你说是五十年？

　　青岗叔摇着头说，你再猜。

　　难道是五百年？

　　青岗叔点着头说，听你七太太说是明朝的。

这么金贵的古琴敢弹吗？

你七太太说古琴越老声音越好，越通透。他抚摸着棉花的头说，瓜女子，傻孩子，怎么不敢？再值钱又不卖它，再值钱还有我的棉花值钱？你要好好保存，好好爱护它，它可是你的好伙伴。

棉花点着头。

你要学弹古琴，这方圆几十里只有城里一中的张老师会弹，他好几次上门打问过这张古琴，我给他说，早在"文革"时烧了，他也就信了。因为他想着我这么个粗人，要这么个响器也没用。青岗叔长长地叹了一口气说，都说是花遇明主人，物随有缘人，没想到七太太之后，它又能和我的棉花相见，看来，你就是它今世上的又一个传人了。

棉花一听，禁不住微微战栗起来，这不可能。自己这样个俗而又俗的普通女子……待棉花把古琴要装回琴匣时，又看到了那块叠得四四方方的垫琴的信封，打开一看，是一封用隽秀的毛笔书写的漂亮信札，她情不自禁地念出声来：

武鹤年君鉴，刚念到此，只听青岗叔惊叫道：你怎么叫武老爷的名字？

哦，这是给武鹤……老爷的信。

你快快看都写的啥？

有一些字棉花并不认识，她断断续续地念道：

武鹤年君鉴，先生研究佛法十年有余……

棉花正要往下念，青岗叔说，对对的，武老爷就是个念佛的人。他把官丢了，后来一直在家念佛。再往下念。棉花又念道：

熊十力××在上海居士林××，欧阳竟无在××，拉卜楞寺和尚成觉×
×……弟王与揖和尚顿首，六月十七日。

这都说的是什么，爷爷？

这些好像都是佛书，对，那个拉卜楞寺的和尚成觉在武老爷家来过，是我用驴到城里把他驮回来的。王与揖可能也是个和尚吧，哦，不管他，和尚都归庙里管。

由于这些信札的内容与佛有关，使得棉花一直虔敬起来，后来，她从网上一查，结果吓一大跳。熊十力，中国著名哲学家、思想家，国学大师，被称为"新儒学八大家"。1949年以后，以特别人士身份受邀参加首届全国政治协商会议，被选为全国政协二、三、四届委员。后因反对文革，绝食身亡。欧阳竟无曾与梁启超、张太炎、李大钊等人共同研究佛学；王与揖为当时上海著名居士，与沈心师一同发起了上海居士林，一同书唱和往的还有武鹤年和张晴麓等人。

棉花看着这些信札，如获至宝，她想吃了它……她找到了通往佛国的天梯……

64

这几年，中央"一号文件"对农村的倾斜力度越来越大，无论是乡村的异地搬迁还是新农村改造，都得到了很大的扶助和支持。天台区的乡镇公路基本都硬化了。天台区政府打算在铁堂峡外的岐山堡汉阳河畔建设一个规模较大的新农村，把火炉子沟、三棵树村和远坡都列入了异地搬迁的计划，但是移民后的村民如何发展经济，这是王乡长和牛若谷他们最头疼的一件事。省联社召开了"精准扶贫"贷款动员大会，这是当前信用社的一项主要工作，这项工作量大面宽，扶贫款项要很精准地投放在真正的贫困户手里，需要做大量的工作。牛若谷召开会议，传达了省联社的会议精神，便很快雷厉风行地投入工作。牛若谷和小田一组，小唐和小金一组，分片下乡与村干部一道进行摸底排查，力求尽快造出清册，及时发放贷款。为了便于展开工作，合行这次给八个支行各配了一辆小车，望天支行也配了一辆越野车，但牛若谷一般不坐，他说小车走村串户不方便。小田骑着他的摩托车，带着牛若谷翻过了分水岭，他看到光秃秃的火炉子沟对牛若谷说，这里的地怎么全是白土。牛若谷笑着说，传说老君爷在这里炼丹时，不小心打翻了炼丹炉，把这里的土烫成了白灰，人没有办法，就只能靠这些白灰活命。今天政府要把这里的

人搬迁到岐山堡去，从此他们就可以告别这些不长庄稼的白土了。小田说，都怪老君爷不怜恤人，一次小小的失误，把火炉子沟人害了不知多少年。要不是政府的搬迁政策为老君爷弥补过失，不知还要叫当地村民受多少辈子的冤枉罪。现在，政府对农村的政策越来越阳光，想方设法叫农民富起来，这才是人民的政府——咱老百姓头上的青天大老爷！

农村发展，农民致富，不光装在政府干部的心里，也是咱们农村信用社工作的宗旨。我们和村民是鱼水关系，只有他们富裕了，我们才能有更多的存款，我们的业务才能做强做大。我们的业务壮大了，才能更好地支持农村发展经济。

这是一对矛盾。小田说。

对呀，妥善地解决好这一对矛盾，就是我们的工作内容。他俩边走边聊，不一会便来到了村长牛耕道家门口，发现大门紧锁着，牛若谷说，小田，干脆先到我们家去一下，我也顺便看看家。

小田把牛若谷带到他家院门前，一道篱笆墙上编了一个简易的小门，从篱笆的缝隙里看进去，院里全是荒草，两只老鼠正在期间追逐嬉闹，可把小田吓了一跳。牛若谷把篱笆门上的铁扣拧开，推开了这扇篱笆门，三间土屋像一个暮年老人坐在那儿，靠西的一间小屋，屋檐熏得黑黑的，好像是厨房。小田站在廊上，听见"咕咕"的声音，他抬起头寻声望去，发现有几只鸽子在房檐上走动着，墙上挂满了白色的鸽子粪，看上去像是一幅抽象派绘画。

老婆走了，月儿去了大地公司上班，家里就靠这几只鸽子看门了。牛若谷这样一说，好像把这几只鸽子表扬的得意起来了，"扑棱棱"地从屋檐上飞起，在蓝蓝的天空上盘旋了一圈，又绕屋暨飞，算是对他俩的欢迎吧！

牛若谷蹲下身子，把手从门下的"猫洞"伸进去，摸着了一串钥匙，这叫小田很是惊讶，他说，牛行长，这是专门藏钥匙的地方？

不是，这是猫道，要给猫留出洞口，它才好抓老鼠，要不它怎么出进，猫管百家！

小田说，管百家也算个村长一级的了吧。

他就像公安一样只抓老鼠，噢，还要繁殖后代，它们要是绝种了，老鼠不就翻天了？

你看过春节晚会上的小品吗？现如今，它俩可都成朋友了。

正因为前几年我们信用社的猫和老鼠成了朋友，才给我们的工作制造了那么多的麻烦。牛若谷笑着打开了门，屋子里黑乎乎的，几件简单的家具上很均匀地蒙上了一层尘土。炕上的席子倒是黑油油的发着亮光，中间的一块更黑，黑到中心却露出了下面的炕皮，大概是烧着后留下的伤疤。

你连一样电器都没有？

那不是？牛若谷指着一块尘土罩满的红布，像个老女人顶着的头巾，从红布的下沿可以看出小电视的黑边。墙上悬挂着一面镜框，里面排满了大大小小的照片，有一张牛若谷穿军装的照片，戴着军帽，扎着腰带，五星帽徽和红色领章很是鲜艳。军绿的军装，白嫩的脸庞，嘴唇上还点了红红的颜色，显得英气逼人，十分威武。

哇，大主任真棒！好帅哇！

你还以为光你们年轻人帅，我们曾经也臭美过。

小田还注意到一张黑白照片，是一个少年和一个清纯少女的合影，他端详了一阵后说，这是你和嫂子吧。

对呀，还能是谁？

一点都不像。这个姑娘是月儿吧。挺漂亮，么么哒！

啊？你说要摸阿达？

网络用语，首长，这你不懂了吧。

一说照片，倒提醒我了，箱子里还有一套军装，一直留着，没舍得穿，我正好把它拿上。

你要相亲，首长？

对。我要相亲！

天台合行的办公大楼竣工了。没有搞隆重的揭牌仪式，更没有举行欢闹

的庆贺宴会,而是举办了一场别开生面的文艺晚会,参加晚会演出的全都是合行员工。八个支行加上联社营业部和机关的十个单位全部都有节目参加。张理事长和王晨光主席等受邀嘉宾兴致勃勃地观看了文艺演出,天台合行的员工们尽情地展示了信合人的风采:男的阳刚雄健,女的阴柔婉约。一支支整齐的队伍,一曲曲精彩的歌舞,唱响了信合人的精诚和团结,也唱响了信合人的创新和敬业。这不仅仅是一场晚会,它更多地表现了新一代信合人的聪明才智和文化品位;它体现了现代企业的精神风貌。张理事长看着这场晚会,感触很大,也很感动。他回想起在这短短的十年中,辛勤的付出有了回报。就是这短短的十年,把一个"泥腿子"的农村信用社,领向了现代金融企业的跑道。虽然走过的道路是曲折的,流过的泪水是辛酸的,但成果是丰硕的。这场晚会,更加增添了他对农村信用社改革和发展的决心和信心。当他看到信合人那雄健而柔美的舞姿,当他听到信合人那优美而高亢的歌声时,激动地流下了发自肺腑的热泪……

第一次和秋子并肩而坐,悠闲地欣赏着文艺晚会的牛若谷也陶醉在激动的幸福之中。在观看节目主持人报幕的时候,他悄悄把脸转了过去,看到了秋子红扑扑的脸庞,一眨一眨饱含着智慧的大眼睛,以及卷在脑后的那个乌亮亮的发髻……他的心在扑通扑通地跳着……就在一个节目的间隙里,他被秋子的鼓掌声从遐想中惊醒,当他转去脸庞时,秋子正好转过头来,向他轻轻一笑。就是这一瞬间的一个微笑,被一个闪烁的镜头记录了下来,成了他俩最为含情的见证。此时的秋子正在回味着牛若谷惊慌的眼神,她也把思绪从激昂的舞台上收束回来,落在了身边的这个男人身上,她的眼睛盯着舞台,头脑中出现了那个上午的梦——他俩又一次骑在飞奔的牛身上了……

蓝灯芯找到三郎家门上来了。一篓油看到这个时髦的姑娘像画儿上的一样,水灵灵的,脸上的一层雾气就像她家桃树上的水蜜桃,毛茸茸的。蓝灯芯浑身散发着的香气把一篓油的鼻子都香坏了。她揉着鼻子,摇晃着笨重的身子,绕着圈子将蓝灯芯看了又看。此时的一篓油看不够,闻不够,爱不够。

当一篓油听到蓝灯芯是专门来找三郎的，她赶紧趴在八仙桌前给先人磕了个响头。蓝灯芯看着这个"阿祖妈"很搞笑，心想她是个佛教徒吧。一篓油爬起身后笑灿灿地问：

你是哪人？

杭州。

杭州的村子大得很吗？

那村子可大了。阿姨，三郎呢？蓝灯芯笑着说。

来来来，走，我把你拖上寻他走。一篓油上前一步，一把捏住蓝灯芯绸缎一样的一只小手，她借着太阳的光亮，看着这只白细得又像猪油一样小手说，绵软着，细嫩着。天妈妈哟！仙女，就是刚刚下凡的仙女！

蓝灯芯和一篓油肩并肩地走在小河边上，她被这里美丽的自然风景深深地吸引住了，不住地赞叹说，这是一幅风景画，我们江南都没有这么好的景色。好美哎！

蓝灯芯被一篓油领进了大地公司，她在一个车间看见了三郎时，不由大叫了一声：HONEY！

车间的女工循着这声鸟叫望去，原来是丑陋的一篓油领着一个天仙女进来了。三郎的脸刷一下红了，就像个熟透了的柿子，他赶紧迎上去，堵在了蓝灯芯身前，怪怨道：

你……你怎么来了……

我不能来吗？她瞅着尴尬的三郎说，我在天台有点事，也就顺便过来看看你。

噢。走，到办公室喝水。

三郎娃，我这就去叫你爸，娃晚上吃啥哩？我做去。一篓油怪声怪调说着，谁料三郎没有理她，一篓油着急地说，你倒是说话呀？皮绳拉碌碡（粉条鸡蛋）还是白马卧青滩（白玉米面浆水搅团）？急死我了，你倒是快说呀，我碎大！

三郎把蓝灯芯领上二楼时，刚巧秋子从办公室出来，只瞥了一眼，秋子

一下子就猜出是蓝灯芯了。她微笑着伸出手说，你是蓝灯芯？

噢，您怎么知道，姨？蓝灯芯惊讶地说。

三郎都说过好多次了。秋子把他俩让到办公室坐下，三郎倒着水，秋子把茶几上的一个香蕉剥开给她说，你什么时候到的？

刚到。蓝灯芯一边说，一边仔细打量着这位女老板。啊，她就是三郎描述过无数遍的棉花的妈妈……很不一般。这是她见过的为数不多的乡村女人。

我们这里怎么样？比你们杭州差远了吧？

不，阿姨，杭州美是美，但太喧闹了。

那就在我们这儿多住几天，叫三郎陪你好好儿地逛逛我们的望天。

那还得看人家留不留我呀？蓝灯芯瞟一眼三郎说。

他不留你我留呀。

您那么忙，我不敢打扰。姨，棉花呢？蓝灯芯搭讪着。

她呀，天天待在北山上青岗叔的院子里。去年青岗叔在院子里建了个草亭子，还送了她一张原来七太太弹过的古琴，棉花就中了疯魔了，一直痴痴傻傻地坐在草亭子里玩古琴。说完，秋子又长长地叹一口气说，有时也看看佛经。

古琴？她念佛？

不念佛，倒是常看佛经，还有与佛有关的书籍。

你能带我去见见她吗？蓝灯芯对三郎说。

三郎有点迟疑，秋子说，三郎，带她去吧。

秋子看着蓝灯芯活泼可爱的背影，猛然想起她的女儿棉花原来不也是这样。这个在她眼中久违的背影，应该属于棉花，但……秋子呆呆地看着窗外，心想着，蓝灯芯的到来，棉花会怎么想呢？三郎又会怎么做……

三郎和蓝灯芯快到青岗叔的小院时，便已听到了如泣如诉的琴声，他俩不知不觉放慢了脚步。三郎走在前面，他站住了。他像一只被洪水冲在河床里的羊羔，被浪涛逼得不能回头，只能随波翻滚了。蓝灯芯呢，也像被三郎赶着的一只绵羊，面对眼前陌生而又熟知的弹琴人，怎么能不胆怯。他俩站在小院门口，听着棉花悠悠的琴声……

这是一曲《忆故人》，但棉花弹得还不够味，蓝灯芯在家里跟上她妈妈学过古琴和古筝，江南的丝竹是很有影响的，一般女的都能弹几曲。而此时三郎的心里是十五个水桶打水，七上八下，哪有心情听琴曲。

略微站了一会，蓝灯芯才看清了眼前的全貌，也被这座小院的雅致惊呆了。小院泊在一面山坡的树林边，山坡下是几棵苍绿的松树，松树旁是墨云一般的竹子，竹林里掩映着一块大石头。啊！岁寒三友，多精美考究的布局。蓝灯芯禁不住赞叹着。再往前看，是一个偌大的土包，前面立着一方石碑，上面写着"苹果千古"四个字。石碑前是一个石桌，两旁是两个石凳。草亭立在院边，虽然是草木结构，但气韵生动，古朴自然。坐在亭子里弹着古琴，身着一件浅蓝色连衣裙的无疑就是棉花了。

突然，"嘎嘣"一声，一根琴弦从中裂断，棉花交叉双臂扶于琴面，待把头枕在上面时，不是困顿得枕琴而眠，而是伤痛得泪流满面……

65

大地公司已呈现出一派生机勃勃的繁荣景象，但也凸现了人才不足的急迫问题。秋子准备到天台市电视台和报纸上打广告，招聘一些层次较高的管理人员和年轻有为的大学生，充实到公司中来。她把三郎叫来商量这件事，正好蓝灯芯也在。秋子说了自己的想法，最近外国人要来续签合同，还有好多事要与他们交涉。三郎的英语也不太好，与外国人交流起来还是有困难。一旁的蓝灯芯听到秋子姨的顾虑，就毛遂自荐，说，姨，要是您不嫌弃，我先来试一下。再说招聘人员，也要有个过程吧。

那好，耽误不耽误你的事？

我也没什么大事，正好想找个平台锻炼锻炼自己。显然蓝灯芯是在附和。

太好了，那就请你帮我应付了这个外事活动再说吧。三郎，你俩这几天

就把我们的计划编出来，我要忙厂址搬迁的事。

其实蓝灯芯有她自己的打算，大老远来了，总得要弄清三郎现在的真正想法。她从前几天见到棉花后，看到了棉花的现状。棉花似乎也改变了对三郎的看法。因此，蓝灯芯打算在望天待上一段时间，再找个适当的机会想和棉花单独谈谈，听听她的心里话。

蓝灯芯被秋子安排在月儿的宿舍，月儿很是高兴，只上过小学的月儿看着这个大学生如此洋气，玩起手机来更是得心应手，把个笔记本电脑用得像她自己制造出来的一样。月儿这几天缠着蓝灯芯教她上网，教网购，教聊天。一时间，蓝灯芯也从月儿嘴里了解到了好多棉花、三郎和秋子的事。其实，蓝灯芯对棉花也很是同情，对秋子更是敬佩有加。再者，她感受到了这里的纯朴民风，感受到了望天人的诚实与厚道，也感受到了棉花的单纯和执着。但她主要关心的三郎，却变得更加深沉了起来……

望天四村总体规划效果图设计出来之后，秋子约了牛若谷一道把它拿到王乡长的办公室。王乡长异常兴奋，把这张图挂在墙上，三个人便一同兴致勃勃地观看了起来，好像作战前的将军，正在讨论着一场有把握的战争。从效果图可以清楚地看到，聚宝盆环村公路内是一片绿地，太极河两边的人行道旁是两排柳树；环村公路外按现有地址分布着四个村庄，仿古的民房最高是依山而建的三层别墅式庭院，显得整齐而又古朴。北山下的望天村中间是乡政府，最高是五层，这也是望天的最高建筑了；靠左边是信用社，最高处是三层；靠右是望天小学、幼儿园，最高也是三层；南山下的明光村和北山下的望天村呈对称布局。中间是望天四村合并后的村委会，东西两排平房是养老院和老年大学，最高是三层；靠左是大地公司，最高是三层，车间都是平房；靠右边是派出所、卫生院和健身中心，最高也是三层；东面是分水岭村，坐落在环村公路以上，和望天明光的格局一样，只是没有单位；西面是铁堂峡村，与分水岭村基本对称，格式也和分水岭村一样。这四个村背靠的山坡上全是农田，盘山公路四面贯通。山顶上呢，则是一片环山树林。崦嵫山上也有新规划，山顶的寺院保持原貌，要修一条通往山上的公路，再用青石板把原人行小道铺成台阶，两旁种上山花野草。从天台通往望天聚宝盆的路以后不再上分水岭了，而是要从铁堂峡直穿而过，这一阻隔了多少年的天堑终于要变成通途。而铁堂峡，也就成了聚宝盆通往外面的西大门，要在铁堂峡口建一座牌楼式的大门。

由秋子领衔的望天四村领导班子把自己未来的家园设计得如此美丽，使王乡长既惊讶又兴奋，他问，你们设想在几年内建成呀？

如果我们争取的"最美乡村"建设项目和环村道路硬化资金按时到位，不到三年就会建成。不过，要尽快报送区政府，要得到区政府的支持会更快。秋子对王乡长说。

我给何区长汇报过，还曾在私底下多次吹风，何区长笑着说，你要当神仙？我给你们写一篇《桃花源记》还是《聚宝盆记》呢？但我只是凭着想象，没有图纸给他说不彻底。现在图出来了，我明天就去找他，叫他也看看我们的新农村，这不是天宫还是什么？我只怕新农村建成后，王母娘娘的蟠桃盛会可能就要在这儿召开了！

大家一阵欢笑过后，秋子说，王乡长，我的车给您备好了，这会就去找何区长，我也陪您去，这事等不得明天。

好，动身。

我去可以不？顺便给方董事长汇报"精准扶贫"贷款的事。一旁的牛若谷说。

织女拿上她织的图跑了，还能少得了你牛郎？王乡长开着玩笑说，要是何区长定下来，还有资金的事要找方董事长。

牛若谷伸出了长舌头，给王乡长做了个鬼脸。秋子笑眯眯地瞪了他一眼。

他们驱车来到天台，直接去找何区长，办公室工作人员说何区长去云南考察新农村建设，可能还得十几天才能回来。王乡长硬着头皮给何区长打了个电话，简单地汇报了，何区长在电话里说，我这次考察了云南一些地方的新农村建设，感触很深，深受启发，我来了再说。王乡长挂了电话后傻眼了，

秋子听着王乡长免提的手机对话说，要是何区长把云南的经验借鉴到这里，变了图纸恐怕就不理想了。

王乡长一下一下狠狠地挠他的光头皮，秋子和牛若谷也着急起来。秋子说，王乡长，你照个图片发过去，叫何区长有时间看看。王乡长猛然把头抬起，看了一会秋子，便急切地把图展开，拍了照片发给了何区长。牛若谷说，干脆把图片给我们领导也发一发，叫他们也看看。王乡长二话不说，又发了一遍。

不一会儿的工夫，手机响了，王乡长一看是何区长，大家盯着王乡长的手机，紧张了起来。王乡长仍旧把免提打开，大家屏住呼吸听着。

王哲东，图我看了，确实是高端气派，但不要成为空中楼阁。我怕你们建不起，这要多少资金？你们能承受？

区长您听我说，大地公司要支持一些，我给您汇报过，申请了"最美乡村"建设项目，另外我们是分期，信用社要贷一些款。

贷款是要还的。设计方案确实有水平，我们一起考察的领导都看了，很是赞赏。这样的生态新农村确实是未来建设的一个方向。你们拿出一个具体的实施方案和意见，再请人把大概的预算做出来，我回来马上定。

太感谢了！区长。

就这样了。你要和大地公司沟通好，这牵扯到要掏一大笔钱的事。有些老板常这样，定项目时笑着拍胸部，掏腰包时像抽筋一样拍屁股。

大地公司老板也是四村的支部书记，就是她先提出方案来的。您不要顾虑。

你说的不就是田秋子，我当然知道，只要她掏钱，就好办。

王乡长挂了电话，三个人一齐把心放下了。牛若谷对秋子说，现在到抽你的筋，揩你的油的时候了，你千万别忘记了拍胸部只拍屁股。

三人说笑了一阵后，赶紧上车，再去合行找方一天董事长。

方董事长也不在，下乡去了。牛行长效仿王乡长的做法，也用免提通话给方董事长打了电话，方董事长说，我看了图片，很生态，很诗意，很农村。

要牛行长把望天支行基建的预算做出来，一起去给省联社汇报。

牛若谷把挂了的电话又接通，汇报了"精准扶贫"贷款的事。方一天在电话里说，这两天省联社又要召开视频会，"精准扶贫"贷款量大面宽，一定要做细了，千万不敢马虎，要抓紧搞。希望牛行长再搞出一个典型来。

我一定尽力。农民是我的亲人，我要做好这个儿子！

秋子一回到村里，立即召开了四村村干部会议，告诉大家，何区长和天台合行的方董事长对方案都很满意，也很支持。现在就看在座的大家了。但我今天必须说明一点，不是大地公司为了大麻地把大家赶出了川道里，秋子正说着，黄村长把低着的头猛然抬了起来，并将脖子伸向了秋子，眼睛也瞪大了。秋子继续说，我今天再把我的心愿说一说，大地公司是四村村民的，绝对不是我一人的私有财产。至于大地的财务，每个望天村民都可以查，我个人只用我的工资都用不完。再说，这两年每亩地的大麻收入近两万元，如果你的院窠占了半亩地，就等于你每年用一万元在租房住。对不对？大家想一想，住着新农村宽大畅亮的房子，自来水通在厨房，厕所不再是落满苍蝇的粪坑，是水冲式的，又在房子里面，多方便。既有新房住，有又从川道里获得的经济收入，有啥不好的？以后，我想等土地全部流转过来后，还要不断提高流转费，叫大家得到更大的收益。

这么好个事，谁要是不同意，谁就是跟受活有仇哩。李村长挽着袖子说。

我看了图纸，就是厕所在房子还真不习惯，没那个味还麻达。

对着哩，闻不到臭味就是下不来，我上茅房就是要用臭味往下惹哩。

城里人啥都好，就是厕所不好。我到外甥家上了一趟厕所，想尿的时候屁就出来了，外甥媳妇又在客厅给我包饺子，我硬是不敢尿，试了几次都不敢。把人憋得牙缝缝都疼，没办法，只好提起裤子进了公园，人家还收了五毛钱的门票，这才到公园的湖里面给痛痛快快地甩了一泡。天爷爷，差一丢丢就尿裤子了。铁堂峡的曹村长说得刹不住嘴了。

黄村长，说说你的意见吧。秋子看着一言不发的黄村长说。

黄村长的炮哑了，压到一篓油的屁股底下，在热炕上一暖就响了。

那是个屁吧！

你真是个炮筒子。黄村长瞪了一眼李村长后又说，这恐怕不是大家想的那样简单，有些人当然不同意，他们住得很宽展，并且在川里，离河道也近，生活起来又方便。

秋子说，就是要千方百计说服大家，转换脑筋，怕就怕我们一些干部的脑筋没转过来。各村干部负责各村的思想动员工作，党员干部尤其要发挥作用，千万不能放水，还可以动员我们的家属，叫她们也来说服动员。我在这里也认真表个态，我的院子在川道算是最中心的了，我带头搬迁。我们大地公司和信用社同时搬，南北两山各建二十套新农村样板房，叫有顾虑的人先看看。当然，我们要保证把房子盖好，把图上的房子扎扎实实落实到地面上，群众的眼睛自然是雪亮的，他们的心里亮堂得很。先把第一期做好了，后面就好办了。

黄村长说，虽然搬迁有难度，但我要保证好好动员，就是半山上种地的事我有不同意见，我和李村长的苹果树已经挂果了，现在突然说把它挖了，我转不过这个弯。你说是不是，李大炮？

李村长刚要张口，秋子说，先不急着挖它，我们的规划是远景，得分期来，你们先种着，但最终都得统一到规划上来，一定要实现。但是，即使挖了你们的树苗，也会赔偿的，不会叫你们受损失。

瞎操啥心嘛。快叫你的一篓油动员去，她能煽得很，两片薄板板嘴一煽就是一户，一煽又是一户。李村长给向他瞪眼睛的黄村长说。

黄村长窝在心里的气出不来，但他还是喃喃地说，当然要动员，这是村上的大事，也是喜事。

嘿，听说你家的三郎娃才有喜事哩，给你带来了一个黄头发的儿媳妇。李村长说。

黄村长偷偷瞄了一眼秋子，对李村长说，说正经的，你就没个正经。你的家什么时候搬？

你哪天搬我就哪天搬，我可不想拖后腿。

你的房子像猪圈一样快要塌垮了，当然想早点搬。你是想占便宜。可我的是新房子，再说……我的院子大，还有……

你敢说你的是新房子，也不怕揭了你的老底，还不是那年当村长给你划了个大院窠。

你这人，你这人。

大家别吵了，我想着要成立一个新农村建设搬迁领导小组，每个村都要有人参与进来，除了能干事的人外，部分有意见的人也应该吸收进来，意见先暴露在班子内部，对开展工作更有利。另外在小组内要选一个敢担当的任组长。

对着哩。黄村长说。

先把角长的、爱踢爱咬的都圈进来，叫相互撕扯着闹腾通妥了，就顺了。

不行，组长得你当。黄村长对秋子说。

我真不是谦虚。组长要小组选，但要叫村民大家先选出小组。如果没什么意见，就这么定。

66

王乡长打听到何区长考察回来了，赶忙约秋子去汇报了望天四村新农村改造的事，何区长对此事极为重视，马上和规划部门的技术人员一同来望天，他们到实地踏勘，并拿出图纸一一进行了核对。规划部门的人把道路的位置也确定了。他们把望天的环村公路定下来后，何区长指着图上的拱桥说，这个先不考虑了，既然要打造生态环保的新农村，还是保留这座木桥好吧，更乡土，更有历史沧桑感。总之，望天四村的新农村建设理念要突出生态环保，建设风格要突出土而不俗，古朴雅致。

大家也是这样想的。这和我们的想法不谋而合了。秋子高兴地说。

我在外考察期间，发现不少新农村确实建得很气派，但又有些却脱离了

农民的生活实际。新农村不能太现代，也不能土不土，洋不洋的。走，我们边走边说。待走到铁堂峡时，何区长赞叹这里锁匙一般的险要地势，对峙的两山就是两扇石门。沉默了一会儿后，他突然兴奋地说，你们看看，铁堂峡的北面是铁堂峡村，南面又没住人显得空空荡荡，两面有点不对称。不如在这里筑个堤坝，把水一拦，在铁堂峡的南面建一个人工湖，也可以养鱼。在聚宝盆里养鱼不是更好，金盆养鱼，也是一个景观呀。

您这想法太妙了。秋子笑着说，我们怎么就没想出来呢。

区长就是区长，要不怎么是区长。王乡长又在挠他的秃头。

对，深山藏玉山吐涧，山川抱水始为泽。这在风水学上说，有山有水有灵气，也讲究个平衡吧。规划部门的人说。

湖边上也建一座像北山老人那样的草亭，在雨天披上蓑衣，戴上斗笠，撑起一根鱼竿，这是什么意境呀！

很有诗意，很休闲，也很祥和。

何区长，铁堂峡的路什么时候能通，我们在这还要建个门楼。

会很快的，这个峡再是铁的，现代化的机器也会削了它，不就是十几公里。

图纸上的门楼总觉得有点……说不上的缺陷，等路开工了再说吧。

铁堂峡一直锁了我们多少年，现在要打通它，啊，真是不敢想。

曹村长听到铁堂峡马上要打通了，他急不可待地说，在旧社会，为这一条路还有一场口舌，从铁堂峡修路，要拆阎老爷家的好几座水磨和油坊；要从分水岭走，会破了武老爷家坟地的风水。最后纠缠了两年，不是阎老爷能耐大，而是武老爷让了步。1949年后，都说破了武老爷家坟地的风水，他不久就去世了。

你这老皇历。只要挡住人民的路，就要打！李村长笑哈哈地说着，涎水从嘴唇上扯出了丝线。

打日本去。一听就是个粗光光。黄村长最不能容忍的就是李村长逞能。

两个村长好有意思。何区长笑着说，这样吧，既然大家同意我的意见，就快快行动起来，至于你们担心的阻力，我想村民看到了愿景和实惠是会同意的。干事嘛，有些人反对是正常的，这样才能给我们一个反作用力，促使我们走上正确的道路。乡政府和学校搬迁，我们争取财政支持，只要你这个田总能全心全意为人民服务，我这个芝麻官要大力支持才是。要是我们天台一个乡有一个你田总，我们这一片山河的面貌就不一样了。

秋子激动地说，何区长，特别感谢您对我们望天四村新农村建设的支持，有了您这样的领导，我们还有什么好顾虑的？我们会抢时间，争取尽快开工。

王乡长，你要抓紧时间，我们乡政府和学校在年底也要开工，我叫规划部门的人按你们的要求，去找设计院设计图纸。望天支行叫他们联系，尽快搞就是了。何区长刚要上车，只见一辆车向这里急驰而来。慢慢才看清是望天支行的车，牛若谷下车后握着何区长的手说，原先我恨不得一夜就把我们的大楼建起来，生怕有个变动，结果那天听了您在电话里的安排，我把心稳稳当当地放在肚子里了。

只要大家得到认可的，我们只能好好服务才是呀。牛行长，我刚才给他们说了，叫尽快联系你们，现在定下来就要马上搞。何区长说。

您看看这是我们的图纸都出来了，我也很急，我们就等您来。牛若谷说，我是一天都等不及了。

好。开工吧！

望天四村新农村筹建搬迁领导小组已成立，最终选举黄村长为组长，其他三村的李村长、赵村长和曹村长以及意见很大的黄二愣均被选为副组长，还有七名小组成员。道路和新址征用土地事宜均由领导小组负责，前期疏通准备工作虽然颇费周章，但并没有影响按时开工。区交通局把机器开进了望天，一时间，宁静的望天喧腾一片。

望天新农村建设一开工，秋子觉得轻松了，她又把主要精力投入到公司事务方面。她让三郎负责公司规章制度，而自己则腾出手和蓝灯芯一起准备与外国人续签合同的事。这时，牛若谷打来电话，省联社要他俩去西部考察新农村建设及蔬菜大棚改造工程，秋子只好先把这事给三郎和蓝灯芯交代

了，把巧姐儿等几个中层干部叫来开了个短会，安排了各部门的事后，然后，秋子和牛若谷一同去省城了。

　　西部考察工作组一共二十几个人，由省政府、省联社、省农业厅、省扶贫办几家组成，李副省长带队。大家统一乘坐政府接待中心的大巴，风尘仆仆奔赴西部几个地州市。

　　省联社张理事长坐在车上，十分专注地看了秋子递给他的望天四村新农村建设整体效果图，然后，把它送给李副省长，待李副省长看过后沉思了一阵说，资金来源呢？

　　我们争取了"最美乡村"建设项目，大地公司要投入一部分，村民再集资一部分，还要从合作银行贷一部分，分批建设。秋子赶紧解释。

　　这次考察回去后，你可能就会产生新的想法。人家西部有几个乡村企业搞得很好，如前进牧业、红旗合作社等，在全国都排进了前几名。李副省长说。

　　尤其是前进牧业，那个马书记成功的秘诀，就是真正做到了为人民服务。张理事长说。

　　你还真总结到了点子上。的确，为人民服务，应该是党员干部的行事准则和永恒信仰，它也会是一个企业单位攻坚克难、战无不胜的精神法宝啊！

　　说得多好，秋子崇敬地望了一眼李副省长，心中默默地念着这五个字：为人民服务！牛若谷在一旁看着她，他想，这正好说在了她的心里。其实他一听到这五个字，心里更是激动不已。

　　秋子是第一次来西部，当她看到一马平川的戈壁被改造成了良田，塑料大棚鳞次栉比，如波如浪时，深受触动。她在小小望天待着，没见过这么大的世面。当她走进前进牧业后，被看到和听到的一切震惊了。马书记向大家作了介绍：

　　我们前进牧业现有资产总值三十六个亿，有这样的养殖场四个，每天向省城运送鲜奶二百吨；现有土地三万五千亩，其中从本村及邻村村民流转五千亩，我们自己在戈壁滩造田三万亩，全部用来进行玉米种植，奶牛饲料五千亩就够了，三万亩全部进行销售；我们现有职工共一百五十人，其中总部六十人；最高薪酬是总工程师，年底薪为三十万元，再加奖金、加班费和津补贴等，去年收入为八十多万元；最低收入的工人，年底薪为五万元，加奖金、加班费和津补贴等，去年收入为十二万元；大家肯定很关心我的收入，我毫不隐瞒，我的年薪为五万元，这也是公司最低标准，加上津补贴等，去年我的收入为九万二千元。财务总监最清楚。一旁的财务总监赶紧说，马书记还资助了一名贫困地区的大学生，先后共汇去了二万元，另外给养老院捐去慰问金二万元，自己也就落个五万元吧，的确是这样。

马书记接着说，前进牧业起先其实是我私人的企业，到了一定的规模后，我把它全部交给了村民集体，由村委会统筹管理，我只拿工资，跑项目；我们所有村民都买了医疗保险，住院除享受国家的医疗保险外，其余全由公司大病救助基金负担；学生上学按档次进行补贴，对返乡来前进牧业工作的大学生，除包他们的所有学杂费外还奖励五万元。当然有个前提是要与前进牧业签订返乡合同；另外对长寿老人、五好家庭、孝悌模范等，我们都有奖励制度。除此而外，凡前进村的所有村民在前进牧业都有股份，这几年，年底分红最低都在20%以上。但股份不能对外转让，也不吸纳外村村民入股。

秋子站在马书记面前，用心听着，生怕遗漏一个字。当马书记说完后，她的心里慌乱了起来，不知怎的，她想哭。这个看似很平凡的老头，却干出了这样不平凡的事。秋子还是没有抑制住激动的热泪。她没想到的是，她心里一直想做的，叫这位年近花甲的老书记早已实现了，这也给她带了个好头。前进的模式就是未来的望天。马书记就是她的榜样。她默默地想着，把两只手捏得紧紧的，扫了一眼对面站着的牛若谷。牛若谷的脖子伸得像鹅一样，两只眼睛睁得像铜环一样，两只耳朵竖得像兔子一样。不用说，他想把这里的一切都看进去，把这里的一切都听进去。

在参观访问期间，秋子瞅个机会，拿出了望天新农村建设效果图给马书记，马书记认真看后赞叹说，不愧为咱们省的小江南。另外马书记对她的设

想也很赞赏，他说，打造这样一个小区也不容易，因为大地和前进牧业没有可比性，但能看出来，大地在当地还是有实力的。秋子留下了马书记的电话号码，说以后还有好多问题要请教。马书记客气地说，都是为了大家的事，都是一家人，农村信用社就是我们联系的纽带，要是没有他们的支持，这里还是一片荒废的戈壁滩，而我呢，也是每天蹲在墙旮旯晒太阳的农村老汉了。

张理事长对马书记说，是你给我们扶持的企业树立了榜样，而今你已成为了这片戈壁上的"铁人"，十二级台风也刮不倒啊！

李副省长微笑着对张理事长说，看来农村信用社很得人心啊！你们真正把农村信用社办成了农民自己的银行，真正成了支持农村经济的主力军。

张理事长和牛若谷朝李副省长点着头，感到很自豪。张理事长真诚地说，这全靠党的富民政策，全靠省委省政府的大力支持，全靠这些真正意义上的优秀农民企业家的努力奋斗。

考察团又看了另外几家农民企业的蔬菜大棚。上车之后，张理事长笑着说，我们这里的塑料大棚，被美国人从卫星上拍下了照片，以为戈壁滩上出现了大片的湖泊，派人以旅游的名义来实地考察后，才发现了事情的真相，虚惊一场。他们惊叹我们能把戈壁变成绿洲，沧海桑田需要几千万年，但中国的西部人用了短短几年时间就实现了，便竖起大拇指OKOK地叫个不停。

晚饭吃的是快餐，不到半小时就结束了。牛行长和秋子仍沉浸在白天考察带来的激动和兴奋当中，再加之他俩一起外出还是第一次，也不能错过这次机会，便相约一同去外面散散步，看看这里别样的风景。他俩绕过繁华杂闹的大街，拐进密如云朵的塑料大棚之间的小路上，才感觉清静下来了。他俩慢慢地走着，牛若谷想说什么，但一时又不知从何说起。秋子透过大棚的塑料膜，清楚地看见里面的西红柿，爬在了高高的架子上，红嘟嘟一大串一大串，好看极了，她竟然产生了想偷吃的欲望。而牛若谷呢，则注视着大棚里一疙瘩一疙瘩的辣椒，不知在想些什么。秋子想，牛若谷一到青岗叔的北山上，嘴快得像八哥，人未到，声音就先来了。今天和她在一起，倒装起深沉来了？

行长大人，你在想啥？

牛若谷猛然转过了身子，堵在了她面前，望着她笑而不答。

问你哩，今天怎么成了闷葫芦？

你说说，这到底是巧合，还是上帝的安排？

怎么了？

别明知故问。天台那么大，偏偏咱俩一同到这么远的地方来参观。

秋子的心扉颤了一下，其实她接到通知那会儿，就觉得很蹊跷，没有说出来。看来，这个大老粗还是忍不住了。

这有啥奇怪的。

怪！我觉得。

哪儿怪了，具体说说。

我说不具体，可能老天最清楚。

不值？秋子反问道。

牛若谷站住了，含情脉脉地看着秋子。秋子的脸滚烫起来，便绕开他，径直往前走。牛若谷瞥一眼即将西沉的太阳，迈开大步追上了她。

秋子……秋子……你听我说。

秋子的心快悬到嗓子眼了，可牛若谷又没有了下文，她只好说，你说话，我听着哩。

我想……我想……

想什么？

牛若谷低下了头，倒不好意思起来。

牛大胆，你是说想我？

牛若谷听秋子这样说，他倒害臊地又往前走。秋子望着牛若谷的背影，他高大的身躯一下子像一个驼背的老人。

牛若谷看着一座座的大棚，又想起了棉花那天在野棉花丛中的一幕，他

往前走着，只想一直往前走。

秋子跟了上来，觉得他今天怪怪的，也不想问他，心里猜测着。

棉花的事叫我好内疚啊！我一直没个机会给你说。

秋子听着他提起了棉花，心里烦乱起来了，过了好长时间才说：命！

都是我害了她。

说这些干啥，可能是我上辈子欠债太多，所以老天爷要我干好事来消孽吧。

我想这次给张理事长说说人情，我们信用社正在面向社会招工……如果不行，我想内退，把棉花招到信用社叫上班去，可能会好些。牛若谷站住了，他在等秋子的答复。

她没上大学，你这是干吗？再说，按她的现状，她哪儿都不会去。

你动员她，我给理事长求求情。

你清清白白一世，想落个晚节不保吗?

唉，我哪怕……也弥补不了棉花……

再不要给人家理事长添为难了，我看棉花有了自己的选择。

如能有个正式体面的工作，她会变的。

我先代表棉花谢谢你。她能够醒通了，就叫她去大地公司和月儿在一起吧。

我欠你们的太多了……

快别说这些了，难道我欠你的还少？

说话间，他俩不知不觉走出了大棚区，进入了戈壁滩。夕阳快落山了，在地平线上的雾气中漂着，很是壮观。在余晖里，有一个身影在晃动，近前一看，不是别人，正是张理事长一人低头沉思着，独步向戈壁滩的深处走去。他俩赶前几步，秋子说，张理事长，您一人呀？

张理事长折过身来，对着牛若谷和秋子说，是你俩。夕阳快落山了，快看看，这里的景色多美！

太美了，我俩都是第一次来。秋子说。

大自然是人类最好的老师，人类是按照自然的法则去塑造美的。

对，我们应向自然学习。

你们看看大漠的落日，美得就像英雄的感叹！

英雄的感叹？

它一天的使命马上要完成了，但就在它即将落下之时，还想着把最后一道光线留给人间，从不带走。

啊！太阳真伟大。

人的一生，其实就像划过天空的太阳……

听着理事长和秋子富于哲理和诗意的精彩对话，牛若谷没一句话能插进去，他惊讶于秋子这个女人的成熟、智慧和美丽。

马书记真是太了不起了，他简直就是我心中的太阳，要是今天不亲眼看到，真有点不敢相信。

他确实不容易，是我们信用社支持的最受大家欢迎的企业。

人家做得真好，在他们面前，我们简直就是小学生了。

只要你出于一片公心，用心去做，就会受到大家的拥戴。

马书记真是我们学习的榜样，前进的模式不一定适合我们的发展，但我一定要把前进的职业道德和精神风范带回望天。

你们已经做得很好了，就是目前规模还赶不上人家。但是，只要你胸怀大志，心中有个大目标，前进也不是不能超越。

超越前进？这怎么可能？秋子简直有点不敢相信自己的耳朵。她疑惑地望着张理事长的眼睛，只见他的眸子里燃烧着希望的光芒，他肯定地、重重地点了点头……

清晨，棉花正在专心致志地阅读《般若波罗蜜多心经》，突然听到了轻微的脚步声，她的心悸动了一下，刹那间的疑惑过后，她立刻断定是蓝灯芯来了。

棉花给蓝灯芯和她自己各倒了一杯水，放在石板桌上。一阵尴尬的沉闷

之后，蓝灯芯说：

棉花姐，我这次是专程来看你的。不瞒你说，我已经到过你的家里，也见过秋子姨了。我早就知道你回来了，也听说你像变了个人一样。我想知道，这一切，都是为了什么？

……也没有什么。我就是不想像从前那样……

你的想法是？

一心向佛。

你要剃度出家？

原先有，现在没有。

棉花姐，其实你也不要怪怨三郎，他……他对你是忠贞的。经过一阵犹豫之后，蓝灯芯说。

听到"忠贞"二字，棉花周身猛地颤抖了一下。

我和他在西安找你找了很长时间。三郎常常急得饭都吃不下。有一次为了找你，他连试都忘了考。你不要怪怨他。

我没有怪怨他，也不会怪他。这是我的命。

棉花姐，你肯定知道，你这种现状，叫秋子姨和三郎操了好多心……还有我……

我没有什么叫人操心的。我很好！

你还是对我不信任。蓝灯芯喝了一口茶后又说，秋子姨太了不起了，也太不容易了，你不要因为……

棉花把目光从水杯上收了回去，落在了山上的一片树林里说，谢谢你。

我本来就要走，是秋子姨留下了我，因为有新的合同要与外国人协商，所以我暂时留下来给公司当翻译，等这件事办完后我就回去了。

棉花目光呆滞，一动不动。

这次来，我不是抢三郎的，这一点你应该明白。

棉花把目光从远山的树木间收回，又盯着她手上握着的茶杯。

蓝灯芯认真地说，我没有别的意思。我希望你和他恢复以前的关系……

棉花的身子再次战栗了一下，仍旧默默地坐着。

难道你……真的不爱三郎哥了？

经过好长时间的沉默，棉花叹了一口气后说，我已经在西安做了子宫切除手术……

啊？仿佛听到一声霹雳，震惊得蓝灯芯差点喊出了声来，她过了半晌才说，即使这样，也不影响结婚。

棉花轻轻摇了摇头。

国外有好多人终生都不要孩子，只求自己活出个精彩人生……

棉花仍旧把目光投向远山的树林，不说话。

三郎知道不知道？

棉花摇头。

三郎就算知道了也是不会嫌弃你的，你们的感情太深了。

我不想和他结婚，我也不结婚。棉花的目光很空洞。

为什么？

不为什么。

都说你在钻研佛法，我问你，佛法的精义是什么？还不是一个善字？你想想，你这是善吗？你是在伤害妈妈，伤害三郎，伤害……蓝灯芯还想说下去，棉花流下了两行泪水，快速地流进了领口里……

我对不住他们……

蓝灯芯拉住了棉花的手说，对不起棉花姐，是我的语言太尖刻，伤害了你。

不……如果你……

67

在全省农村经济工作会议上，李副省长对农村信用社的工作给予了高度评价，农村信用社连续三年各项数据均居全省金融行业之首，妇女小额担保

贷款，总量排名跻身全国农村中小金融机构第一位。在全省大力开展的"精准扶贫"攻坚战中，农村信用社更是发挥了不可估量的作用，为推动全省农村脱贫致富做出了很大的贡献。农村信用社"三农自助服务终端"荣获中国国际金融展最高奖"金鼎奖"；《人民日报》发表新华社记者采写的《村里有了"便民银行"》一文，对农村信用社在省内较大的村社设立了一千多个便民金融服务点，受益农民达四百多万人的有效做法进行了专题报道。这些奖项来之不易，需要辛勤的汗水；这些成绩不可低估，应彪炳史册！

张理事长在年终决算会上，传达了全省农村经济工作会议精神，他热情洋溢地说，各项数据表明，我们在全省金融系统走在了前列，实现了"五个第一"，各项资产已达五千亿元。这些成绩的取得，得到了省委省政府的关怀和支持，更是全省信合员工辛勤努力的结果。现在，我们的软件和硬件设施都有了很大程度的改善，抗风险能力大大提高。通过近十年的奋斗，原来责权不清、管理散乱的农村信用社，已变成了一个个现代化银行。我们是中央"一号文件"最为直接的执行者，我们工作的对象是广大的农民，因此，我们服务"三农"的宗旨永远不变。不改初心，为农村经济建设服务是我们的天职，也是我们的荣幸！最后，需要强调的是，按照支持"三农"的要求和我们的奋斗目标，我们要尽快成立"农村商业银行"，凡符合条件的，马上申报，在全省逐步成立"农村商业银行"，势在必行。

方董事长和牛若谷坐在返程的车上说笑着：我们应当为农村信用社骄傲，也应当为自己是一名农村信用社员工而骄傲。

我们再也不是原先的"泥腿子"了，"挂包银行"也已成了历史。牛若谷说。

望天支行的办公楼建起后，你再不能呆在望天了，合行有好多事等着你。方一天对牛若谷说。

我的年龄差不多了，我在望天待习惯了，再说我一个军人出身的大老粗，管理合行这么大的单位，能力有限。

你要夺权？我是董事长，你来分管工作就行，你还要管理全盘？

你看看，连个话都说不到点子上，这种口误在部队上可是大忌。

陈道行长调离后，行长位置一直空缺，省联社叫我物色人选，我想听听你的意见。

恐怕你早就有人选了吧。

还真没有。再说，你一直在基层，与人处事更深厚些。

徐磊怎么样？他的性格有些像陈道，也是个敢说敢干的人。

我也想过，但这人有时太鲁莽。

和我一样是个炮筒子？

哪里哪里，你是军人出身，有刚烈之气。你俩不是一个类型。

在你的调教下会好的，只要道德品质没问题就好。

也是。再有没有？

再好像就是我了。

对，你要是年龄和学历两项能占上，天台的董事长就姓牛了。你说呢？

不敢不敢，这玩笑开大了。我哪有这本事，一个小行长都当得窝窝囊囊的。

不说这些了，你们望天几个村异地搬迁的事怎么样了？

可能还得一到两年，火炉子村基本差不多了，三棵树村和远坡的一些人观念转不过来，村长和驻村干部把嘴皮子都磨破了。

故土难离。你前几天申报要在岐山堡小区建一个规模较大的养殖基地，这个项目如果考察好了，你觉得对搬迁户有好处，就和村干部尽快着手，这些村民迁移过去后要有事干，要不他们没有经济来源。

这也是当前我们支行的一件大事。

你们新大楼的施工进度怎么样？

春节前要把基础做到正负零，过完春节马上起主体，明年八月底交工，然后再装修一个多月，力争"十一"搬新家。

好的。大地公司的进度呢？

和我们一样，秋子也说是赶明年"十一"完工，和我们一起庆贺。

他们的企业效益最近咋样？好像在电视台招聘技术人员。

很好！厂子扩大了，设备更新了，人员自然跟不上了，尤其是技术人员和高端管理人员。待管理团队和技术力量加强后，秋子准备要退出。

啊？有这等事，怎么退出？

牛若谷把秋子的想法说了一遍后，方一天不住地赞叹：

看来，望天真要出一个新的马书记了！

这次闹事的起因是黄二愣家的坟地，正好在大地公司的院子内，本来李村长给黄二愣和他老婆百灵鸟已做通了工作，黄二愣也在搬迁合同上签过字了，但大地公司开工十多天后，他却突然变卦了。就连一直在大地上班的百灵鸟也不去上班了。李村长去问是什么原因，他回答说当时被人忽悠了。秋子和搬迁小组的人商量，还是叫黄村长去动员。黄村长一动员，结果一篓油也掺和在里面了。这究竟是怎么回事？秋子觉得这里面是有人在搞鬼。

李村长纳闷道，按理说黄二愣的人也好说话，他兑换我们明光村的坟地时，都是我给帮的忙，怎么这次一点面子都不给了。

就是，百灵鸟还是我做的媒。黄村长说，她也不认我。

秋子说，问题究竟出在啥地方，得弄个水落石出，不然这样闹下去会煽动更多的村民。

李村长说，绝不能抬高了他们的气焰，要不行，他家的坟地也不要迁了，我早上又去丈量了，正好在院子围墙那，等厂子建成了，在上面堆些石头，做个假山，把他家的先人压在下面，叫他们祖祖辈辈不得翻身。

怎么能这样干？你这下策的点子千万不敢出。做事要叫大家看。秋子说。

黄村长说，你干脆给一炮端了。

哈哈，那样把鬼变成神仙了。李村长笑着说，你的一篓油是怎么回事，你还是搬迁小组的组长。

我昨晚一直劝到后半夜，她就是说家里的院子很大，按面积应分一户半才对。如不答应就……

那你的意思是？秋子问黄村长。

那……恐怕不行吧……

肯定不行，建成后给你分的就是大户呀。李村长说。

黄村长生气地瞥了一眼李村长说，你逞啥能。

你的一篓油……真是的！

别说了，炮筒子。有把城门的，没把口门的，你叫人连一句话都不能说了。你有本事把我家的房子也一炮端了！

秋子看着黄村长被李村长激将得红了眼，赶紧劝说道，你再给嫂子劝劝吧，叫她心里不要有疙瘩。

劝啥劝，要是我老婆阻拦，我就给她……李村长说着就举起了拳头。

你俩可千万别较劲，你俩要打起来我可劝不了。秋子笑着说。

和他笑笑，谁和他粗光光一般见识。黄村长还在红着脸说。

就是嘛！我在玩黄狗娃。

黄村长在崦嵫山后的小河里逮住了一条娃娃鱼，他想杀了吃，但一看到娃娃鱼的眼睛真像个娃娃一样，放了它吗，又有点舍不得，猛然想起百灵鸟这几天表现很出色，灵机一动，便趁着黑夜把娃娃鱼送给了黄二愣。黄二愣可是个敢动刀子的人，黄村长也顺便卖了个人情。

第二天，百灵鸟穿了一身时髦衣服，在村子里显摆，并对五朵梅说，你知道我吃了个啥？

啥？

娃娃鱼！那家伙蒸熟后舀到碟子里真像个娃娃。

嘿！嫂子，这妖怪你都敢吃?！这家伙杀的时候就和娃娃一样叫得恓惶，吃一个娃娃鱼就等于少一个娃娃。五朵梅一听这老妖精还显摆，看不惯百灵鸟那张狂的样子，就故意压压她的风头。

啊！百灵鸟本来就没有生小孩，说得她后背都凉了，还没等她从惊恐中没醒来，只听见这个恶毒女人又说，你这辈子吃了娃娃，下辈子就要……这

是半仙叔说的，你快快去请他整治整治。要不……

百灵鸟的脸色立刻变得蜡黄蜡黄的，她猛然想起吃娃娃鱼的时候，它的一对小眼睛好像在瞪着她，她的脊梁一阵凉飕飕的，浑身也冷得发抖。叫五朵梅这样一说，那黏糊糊的感觉又回到了嘴里，她张开嘴想吐，紧接着干呕了几声。

你要想办法把它抠出来，要不留在肚子里就是祸根。

百灵鸟阴沉着脸回到家里，立马把这事告诉了黄二愣，黄二愣大骂说，五朵梅嘴里能放出什么好话，不要信她的臭嘴。但是，骂过之后他又觉得不踏实，因为这个话他似乎在哪听说过。噢，黄二愣想起来了，铁堂峡有个人在山里育林时，捉了一条娃娃鱼，说杀的时候听见就像个娃娃一样哭。那个人吃了它，不几年就死了。对，前天晚上杀它时正像个娃娃一样哭，他差点手颤得停了刀子，但一看刀子已经吃进脖子里了，就狠下心来，捂住了它的大嘴，硬是结果了它。黄二愣想到这里，不觉倒吸一口凉气。他把这事又说与百灵鸟后，她嘴里又流涎水了，老是干呕，越是想吐，越是吐不上来，就催黄二愣去找半仙。

黄二愣不是个迷信的人，他知道半仙又不识字，便不相信半仙的胡言乱语。但一遇上事，让他慌了神，加上百灵鸟一次次地干呕，他也坐不住了，只好去找半仙。

半仙正弹着三弦和青岗叔唱着小曲，黄二愣走进院子，看见青岗叔闭着眼睛，叫了一声叔，都没人应声。过了一阵，青岗叔才伸展了懒腰，把闭着的眼睛睁开了一条缝，慢慢看清是黄二愣，便说，噢，你来了，坐下听瞎子的小曲吧。

我找半仙叔。

半仙正唱在兴头上，但他却听见黄二愣来了，便不去理会。

叔，我……我吃娃娃鱼了。

哟！半仙立马停住手里弹着的三弦和正在张开的大口，惊得把头伸在太阳里。

我吃娃娃鱼了。

你这娃娃，吃了就吃了嘛。青岗叔说。

我和老婆都吃了，昨晚她一直吐，干呕，就是呕不上来。这是咋了？

吃药去，找半仙干吗？

哼！要是吃药能止了，他还能找我？半仙说。

哟哟，尾巴翘上天了！

半仙最近老听见三郎妈在家乱骂，和百灵鸟议论着搬迁的事，故意不让黄二愣搬迁坟地，与秋子作对。这下他可逮着机会了，便神秘地说，那个娃娃鱼是龙的一个儿子，叫大鲵，一生下来，脐带都没来得及揪断，就被一妖怪丢在小河里了，没转世成龙，一见人就哭，求救，喊冤，一直像个小娃儿一样地哭。你要是把它救到深水里，它才有变成龙的可能，就不哭了，你会一生平安。要是不救它，就有……

噢！叔，是龙的儿子？这可咋办！

狗屁，不要听他的，瞎子说瞎话。

你这人，娃娃有事求我。半仙不愉悦了，说，你去吧，明早是初一，我给你禳解禳解。

太好了，叔叔。黄二愣一听，赶紧给他俩各发了一支烟就下山了。

半仙听着黄二愣的脚步声走远了，便生气地说，你把人的生意都搅黄了。

你看你这人，胡日鬼啥哩。

哼！你不晓得。这娃娃最近凶得很，听上三郎妈的话把秋子的工程都给挡住了。原先说得好好的，要把他家的坟地搬迁了，结果叫三郎妈灌了些洋米汤，死活不迁了。今天正好叫我给逮住，你还瞎搅和。

噢，有这事？好你个半仙！

派出所接到报案后，黄二愣被拘留十五天，罚款三千元，黄村长尽管编造说他看走了眼，以为是鲶鱼，但还是罚了一千元。

68

秋子、三郎和蓝灯芯三人，坐着大地公司的商务车到达西安机场，接上了前来洽谈合作事宜的外国企业代表。车子还在行驶途中，外企代表便急不可耐地翻看了一摞资料。当他们看到大地公司和望天新区的效果图后，对这样的设计赞不绝口。他们说这和欧洲的设计理念很接近，瑞士就这样，公司一般都建在乡村。他们详细看了厂子建设的图纸后，对厂房设计提出了建议，需要协商变更。

秋子说这些听你们的，但她又把自己的设想在车上对外国人讲了。蓝灯芯翻译给他们。

大地公司取得这么大的成绩，全靠你们的支持，没有你们的支持，就没有大地的今天，我们大地及当地政府都很感激你们。我现在有个新的打算，我想和你们谈一谈。

蓝灯芯流利地翻译着，秋子问蓝灯芯说，速度能跟上不？

可以，董事长。蓝灯芯礼貌地回答。

我想把公司全部交给望天村委会管理，董事长由董事重新选举。而我呢，想着只当好书记一职，为大家全心全意服务。我的股份全交给公司，我个人只保留村民最低股，也就是在公司的股份中，哪个村民的股份最低，我就拿和他一样的股份。

啊？怎么可能，怎么是这样的？您没喝酒吧？中国人常说醉话。

不会的，我没有醉，这是我的真话。

叫我们怎么理解？有没有充足的理由。给自己的交代是什么？

乌鸦反哺，羔羊跪乳，知恩图报这是传统的中华美德。我这样做的理由是：大地公司是靠集体的力量办起来的，现在大地有了利润，就是反哺的时候了。

您是讨好你们的政府，您还是上帝派来的天使？蓝灯芯翻译说。

　　我不是讨好政府，我也不是上帝派来的天使。请你们不要见笑，我绝不是作秀。我也不可能拿着这些资产去开玩笑吧。这是我办企业的初衷，请你们理解我。另外，至于你们的股份，这次把你们请来，是谈判的焦点。你们要退股，我们同意；你们仍以合伙人的身份参与经营，我们也同意。这个主动权掌握在你们手中。

　　不要紧的，股份我们本来也不多。我们这次来，是和您商量扩大品种经营的事，我们带着图纸和备忘录。如果能达成一致，恐怕您的厂房还不够。

　　啊？秋子略微有些意外，她很快又说，好商量。我们也需要扩大。我们已友好地合作了近十年，也成一家人了。

　　友好，诚信。但愿合作愉快。

　　蓝灯芯翻译着，三郎也在一旁用电脑作着录音和记录，秋子停顿了一下继续说，我们已经有了几年的合作基础，彼此相互熟知。如果你们同意，我的想法是叫你们退股。董事长要变了，我怕给你们造成一些不必要的麻烦。

　　几个外国人严肃地商议了一番，向秋子表达了他们的意见。蓝灯芯翻译说，我们能理解您的想法，我们也要尊敬您的忠诚和信仰。您好棒！既然您有这样的考虑，我们尊重你的意愿，但合同要续签，更要友好地合作下去。

　　谢谢，谢谢！秋子激动地说，我代表公司感谢你们，我代表望天新区村民感谢你们，没有你们的支持，我们望天新区就没有今天大胆的设想，也没有生态农村的建设方案。

　　OKOK！蓝灯芯翻译说，应该首先要保护生态。你们的一些企业是在变相地卖生态、卖资源，抢子孙的食物。

　　我们要把望天新区建成一个既现代，又接续了中国传统文化的新农村。今后公司的利润，主要投入在提高望天村民的幸福指数上。我们要把它建设成绿色环保、和谐共处、共同富裕的大家庭。我的打算是：第一，建设一个养老院，望天的全体村民都要做到老有所养，对六十岁到一百岁的老人，按每十岁一个年龄档次提高养老金；第二，望天全体村民都要实现病有所医，在国家医疗费的基础上，对鳏寡孤独或者大病患者，我们将给予适当的补助

或全额补助；第三，望天所有的学生，包括从幼儿园到高中的一应学费都由我们承担，对返乡来大地公司工作的大学生，除补清他们上学期间的学杂费外，还要进行奖励。另外，我们还要制定村民公约，培养良好的村风民风。对五好家庭、孝悌子女、大学生都要进行不同程度的奖励。总之，我们希望把望天四村外出打工的人，全部吸引回来，让他们在大地公司工作，在聚宝盆里幸福地生活。

您的设想需要勇气和魄力，更需要智慧和良知，很敬佩！蓝灯芯翻译说。

秋子向他们笑笑，然后满怀憧憬地说，我们望天新村的建设理念是：

生态望天，孝道望天，幸福望天。

外企代表驱车来到工地，照着图纸严格丈量之后，提出现有车间太小，要再扩大三倍才行。秋子和筹建搬迁领导小组协商，厂房建设用地不能再扩大，这是一条死原则，只好把车间由原来的一层变成三层，再增加地下一层作为库房。

新的合同很快就签订了，合同要求大地公司按他们的计划推出新的产品，他们很是友好地退出了持有的股份。

外国人走后，秋子关心的资金问题成了她最头疼的事。外国人退出的股份，这等于他们撤资了，让他们放弃股份当然是出于长远发展的考虑，但当前的资金周转有困难，只能靠贷款了。

如果不担任续签合同的谈判翻译，蓝灯芯不会见识秋子姨的睿智、勇气和魄力。秋子姨真了不起。蓝灯芯这样想着，秋子是她亲眼见的第一个女强人。她所见到的企业家，也没有像秋子姨这样的宽阔心胸和友善人品，更没有秋子姨为公的无私奉献精神。其实为人民服务她只是从课本里读过而已，现在真正遇到一个为人民服务的忠实信徒，她才理解了它的伟大含义。这一趟收获不小，这对她今后做人还是做事都有很大的意义，生动的对话场面，叫她激动得流泪。这是她来望天最大的收获之一，真是受益匪浅。她认定三郎再也不会走出望天了。

蓝灯芯和三郎漫步在太极河堤上皎洁的月光里，三郎低着头，他也是第一次听秋子这样坦荡地描绘她的宏伟蓝图，简直佩服得五体投地。秋子姨在有限的生涯里承载了太多的苦难，然而，她又是这样的大公无私，甘愿把一切都献给望天新村，而自己呢？棉花现在还没彻底醒过来……蓝灯芯这次上门为了他……三郎想，如果她俩中有一个人产生了愤恨之情或妒忌心理，那倒好了，可她俩都是那样的善解人意……

三郎，这里是你美好的家园，能生活在这片土地上真是太幸福了。你要珍惜，秋子姨太了不起了，这才叫真正意义上的伟大！

可惜……

棉花还没有彻底醒过来，她受伤太重了。

三郎点着头。

那天我单独去找她说了，她在西安生病了，做了妇科手术。

你说什么？三郎惊恐地说。

女人的事你不懂，她会好起来的。

你倒是快说说，她做了……

她切除了子宫，再不能生育了。

啊?! 三郎蹲在了地上，双手揪着头发。

她说这辈子不想结婚。她想在北山上安度余生。你想想，你爸爸和妈妈会不会接纳一个不生育的儿媳妇？

三郎站起来看着蓝灯芯，而蓝灯芯则看见了一颗星星从崦嵫山上飞过，在黑色的天空划过了一道银色弧线……

聚宝盆里不断地变换着季节，又是一个春天来了。川道里的大麻绿油油的，一片片麻叶像一只只伸开的手掌，相互讨要着什么。河堤上的柳枝结出了点点柳豆，不管春风怎样吹拂，它们都懒得像睡着了的小虫子一样，个个都紧抱着枝条，永远也休想甩掉它，没头没尾的它们死皮赖脸地装死。柳枝儿随风起舞，在阳光里慵倦地荡着秋千，泼出一片片嫩嫩的绿。一群鸭子在

水里耍着魔术，几只的头猛然不见了，伙伴用两只脚不停地把水拨开，但不见一个头伸出来。水里没有，岸上没有，只有一个白色的卵石，漂在河里，一动不动。这些鸭子莫非也装死不成？一群燕子飞过，鸭子们以为是从天落下了几块黑石头，吓得它们赶忙从水面上站了起来，虽然没能伸直弯弯的脖子，但一双翅膀像打钹一样扇个不停，也许在为这些黑石头没有砸中它们而庆幸地鼓掌吧。这时，另外几只毛卵石一样的家伙才把头使劲从翅膀下抽了出来，在水里面洗洗，向伙伴们摇了摇肥胖的身子，一猛子扎进水里面不见了。燕子又一次飞来，从水面掠过，飞快地啄了一口，其实没啄烂看似皱皱巴巴的水皮，而把一条得意扬扬的小鱼叼走了。这时，不知是谁家的老黄牛，把一条缰绳搭在脊背上，站在太极河边的小桥上叫了一声：哞——是主人丢了它，还是它丢了主人？想必是因孤单而发出的求救信号吧。就是它这一声低沉的叫喊，把天叫热了。太阳把木犁晒得吱吱作响，耕地的老人挥动着长鞭，叫骂着老牛的懒惰。老牛也不情愿背这黑锅，又鸣冤似的叫了一声：哞——

山上到处都是槐花、泡桐花，精神地绽放，香味儿满山满洼地疯跑，把蝴蝶迷倒了，把蜜蜂迷倒了，把人也迷倒了……落在地上还未化作泥土的苹果花、梨花、桃杏花，都怪怨自己显摆得太早，妄想着把出够风头后的蔫黄面容再倒退回去，重新跳上枝头，回放它曾经的风流。

这就是望天的春天。用花草树木，把丑陋了一冬的土地，打扮得妖精一样，画儿一样，天堂一样。

望天新村的改造工程进展很快，公路的路基已经筑就，像一条绳子一样连接着四个村子，环村路上面的新农村已初具规模。秋子一有空闲便跑去看看。她想象中的新农村，已在人间四月天生根、发芽，马上就要结出果实了。

月儿也慢慢胆大了起来，有事没事地往望天支行跑，她知道爸爸下乡了，还是要来找，找不见，就在营业室柜台外逗留一会。小田也是，把手头的活计放一边，只想陪着这个小姑娘聊天，东朝葫芦西朝雨，有一句没一句的。柜台内坐的小罗就笑。小田不好意思地说，笑什么笑。月儿把嘴一努就走了。

月儿不愿在手机上聊天，这个农村姑娘总觉得在虚拟的世界里海誓山盟不保险。她想亲眼看着小田把那个字从他嘴里说出来时的表情，分辨他是真心还是假意，是羞怯还是死皮赖脸。月儿不喜欢小田把她一带到聚宝盆的小河边就使坏，她不要小田给她玩花架子，她要的是实打实的小田。月儿是个地地道道的农村姑娘，她就像从水里捞出的一匹白布，不允许小田有半点颜色染上去。

小田要和月儿并排走，月儿觉得别扭。她红着脸说，一前一后不也是在一起？

小田急了说，一前一后我看不见你。

这时月儿大胆起来了，把身子一转说，来，看看看。

小田拉住了月儿的手说，来我看。

月儿说，你放开，你不要拉我的手。我要拉你的……

69

牛若谷最近老觉得腰疼，疼得厉害了有时就喝点止疼片，然后使劲揉一揉。他想是不是搬东西把腰扭了，也没有太在乎。他最近一直热衷于寻找信用社的老物件。把他自进信用社以来用过的算盘、账本、空白凭据、储徽牌、手摇电话、自行车等都收集起来了，就连曾经坐过的一只破藤椅也用清水认真地洗了一遍。小唐按牛若谷的吩咐，把这些老物件分门别类地归置在一起，并造出清单进行编号登记。牛若谷要求小唐监督装潢公司，把小会议室按照原来旧平房的样式装修了，里面没有摆放考究的真皮沙发，也没有高档会议桌，更没有像样的电器设施。墙皮是泥巴的，地是青砖的，会议桌是原来的老三斗抽屉桌，椅子是几把老式的松木靠背椅，再就是这只老旧的藤椅了。墙上挂着老主任用过的印着"为人民服务"字样的军用挂包，还有残缺珠子的算盘和马灯之类的老古董。牛若谷看着小会议室里的这些老物件感

叹：正是这些已经没有丝毫现代气息的老物件，伴他度过了物资匮乏的年代；正是依靠从土里刨食的"鸡爪子"精神，才有了信合大厦的崛起；正是靠一代代信合人勤俭节约艰苦奋斗的精神，才使得今天的农村信用社跑在了金融行业的前面。每当注视着这些老物件时，他的眼前便会浮现出信用社历史上那些默默奋战的老员工……已故的老主任的身影总是若隐若现，好像不弃不离地还想参与望天支行的一些事，老是放不下心来，生怕出现差错似的。回望那些巨大的身影，他们在风雨中奔跑，在默默中奉献；他们没有创造历史的辉煌，只留下的这些微不足道的老物件。在今天后来，这些老古董多么像一位位威严而慈祥、饱经风霜的老人，总是静静微笑……

牛若谷从这间小会议室出来后，对小唐说，我俩去一趟岐山堡小区，明年火炉子沟、三棵树村和远坡就要整村搬迁过去了，去看看吧。走到半途，牛若谷向小唐吐露了他的心事：我们的办公楼马上就要投入使用了，方董事长这几天一直催我去合行工作，你说我去不去？

小唐不假思索地说，您辛辛苦苦多少年，总不能一直待在望天吧。再说，论您的能力和资历，当个董事长都不为过。但是……

还说这些干啥，我哪也不去，等搬进新大楼，我要辞职。

牛行长，我在您的身边工作了十几年，如果您真要离开，我觉得像一个没娘的孩子……小唐说着，猛然觉得牛行长不如从前了，说话也不像原来大声大气，就连走路，也慢腾腾的了。

嗯嘿！我终归要走的。你的工作经验和能力早就能胜任支行长了。我再不走就会耽误你们这些年轻人的成长。

小唐听到牛行长这样说虽然很感激，但是，心里酸酸的，总不是滋味。他说，不要说您走了，就是您几天不在，我都不习惯。

你看看月儿也是大姑娘了，我一直操心着她的终身大事。我最近老梦见扁豆……

……扁豆姨也……但是，月儿的事您操办就行了。

我退了办起来顺手。

牛行长，不要说这些了，听起来叫人心乱乱的。你觉得小田怎么样？

也是老实娃娃吧。

小田不会玩心眼，他给我说了，叫我试探您的口气。

试探我干吗。只要月儿愿意，小田不嫌弃我这个农村娃娃就行。我没意见。

其实这件事是小丁给他俩从电话里牵的线。

噢，小丁最近咋样？

真感激您的栽培，人家现在已是财务部经理了。

小丁是个乖乖女，你要好好爱护她。

小丁常说，您是她这一生中最大的恩人。

小唐，你这不是在拍我的马屁吧。

不是不是。牛行长，说真的，原先我一犯错误，您就给我一个人开会学文件。那一年的冬天，您给我一人开会学习到天亮。只要您一提起学文件，我的头皮都会发麻。可现在一想，您真是用心良苦，为了我，您付出了多少啊！您这么耐心地教育我，就连我的父母亲都做不到。说着说着，小唐的眼睛都湿润了。不是您，我可能和高天一样了。那天您挨打的事其实我早就知道，没敢给您说。这件事把我的肠子都悔青了，这也是我一生最大的罪错。还有不少对不起您的事，都是高天……小唐说不下去了，双手捂住了脸。

过去的事还提它干啥。高天现在咋样？

听说到外地打工去了。

好可惜！

黄二愣家坟地的事秋子没有理，他倒乖乖地迁走了，百灵鸟把巧姐儿拉上给秋子道了歉，说明了黄村长作怪的真相，秋子也没有对她旷工的事进行追究和处罚。

三郎的文案工作越来越出色了，他已成了秋子的左膀右臂。他除帮秋子董事长忙大地公司搬迁的事外，主要精力放在了望天新村的事上，把村规村约、孝悌制度等各种办法都拟出来了，就等在支部会上讨论。秋子给他说，有些制度马上就要执行，比如养老院虽然还没建成，但养老制度要提前执行。譬如对六十岁以上的老人发养老补助金的事，要马上兑现，哪怕贷款也必须实施。

招聘人员的工作正在进行。秋子把这件事委托给了区人社局，报名的人员远远超出了预料，到面试的环节她再参加。

几天没见牛若谷了，秋子猛然想起上次见到他时的神色，她迟疑了一下，马上停下手头的事，去了望天支行的新楼上，在一个小会议室见到了牛若谷，他正在擦洗着这些老物件。

牛若谷一见秋子来了，便说，这么忙，你怎么来了？

秋子没顾上看他这一屋子的宝贝，眼睛直盯着他有点发黑的脸，惊讶地说，你最近脸色不好，是不是身体不舒服？

没有没有。最近老在外面来回跑，晒黑了吧。

不管你怎么说，你今天必须跟我去医院检查。

啊哟，你这人今天咋神神道道阴阳怪气的。我咋了，这不好好的？牛若谷说着，还有意转了一圈叫秋子看。

不行。不管你有没病，你得和我去医院。

我能吃能喝能睡，好端端的去医院，多难听。

我怎么这几天总觉得你……

大概是你的私心吧，你太……好吧，等开业后，消停了，咱俩一起去，都体检一下吧。但现在不行，你看看，咱俩各有一摊子事。牛若谷说得很诚恳。

真没感到有其他毛病吧？

真没有。你看看，牛若谷又站直了身子，向她笑着。

我听你的。不过，等忙完开业的事，你一定要听我的。

永远听你的！

秋子瞪了一眼牛若谷，有些心疼地说着，她又仔细观察了他的神态，又觉得好像没有什么，勉强放下心来。这时，她才看清满屋子的老古董笑着说，看来你还是个怀旧之人。她有意把怀旧两字说得重重的。

对这些老伙伴不能忘恩，没有它，哪有这栋大楼！

望天的一期工程建设已近尾声，王乡长、牛若谷和秋子正在商量庆典的事。王乡长要求望天支行和大地公司能赶在同一天举行揭牌仪式，这样能省好多事，同时也能体现农村企业和农村金融单位共促共建的合作精神。

这个好像自然形成了吧，你说呢，牛大行长。秋子微笑着说。

好好好，来来来，我们商定需要邀请的来宾名单吧。牛若谷说。

我这次要把西部前进牧业的马书记请来，叫马老给我们指导指导。秋子说。

很好，牛若谷说，但省联社张理事长明确指示，我们的这次揭牌仪式规模要小，不搞宴会，更不送礼，因此，我们要把人数精简下来。

何区长也这样要求了。王乡长说。

最后他们定出了方案。省联社、区政府、前进牧业等相关单位拟邀三十多人，然后将要请的嘉宾分配到人，准备十月一号揭牌。

交通局早就把环村公路修通了，两旁的行道树也移栽完毕。望天人建设家乡高涨的热情，使交通局的领导深受感动，由他们在铁堂峡口义务援建了一座仿古门楼，像巨人一样矗立在那儿，很是气派。这座门楼，真正成了望天聚宝盆通向外面的西大门，日夜迎送着过往的人。

铁堂峡曹村长带领村民早就把水坝修起了，并蓄满了水，湖周围长满了水草和芦苇，里面有鸭子戏游，捕捉着新鲜而陌生的倒影。

望天新村南北两面各建成了二十套样板房，为上下两层的小四合院，只有二百六十平方米和一百八十平方米两种户型，除客厅、卧室、书房外还带着洗澡堂和锅炉房。整个建筑采用砖木结构，白墙青瓦，一派传统的古建风格。北山的新农村，由黄村长、巧姐儿等人入住；南山的新农村，则由秋子、

李村长、五朵梅等带头入住。他们腾出的小院已被拆除，黄村长的旧房子也按计划拆除了。村民看到这么好的房子，把原来还顾虑重重的心事早就放下了。第一批建设的南北两面四十套住房一抢而空。原来打算分三批建成的新农村，现在重新修改了计划，准备缩减为两批建成，所有工程估计在一年内全部竣工。秋子他们一直放心不下的乡政府和学校的资金基本到位了，建设方也大大加快了工程进度。分水岭和铁堂峡的村民，一看到南北两面隔田而望的宽敞亮堂的住房，都按捺不住兴奋又急迫的心情，一个劲地催促村长把自己列入下一批搬迁的计划当中。月儿也分到了一套小户型的房子，与秋子为邻，这是她与小田的婚房。黄村长的老婆一篓油看着分到手的房子，乐得合不拢嘴，入门串户，到处夸赞。她兴奋之余，破天荒地给半仙叔添了一套新衣，叫他穿上后，很体面地领到了大地公司的第一份养老金。李村长当着青岗叔和黄村长的面说，你看看新农村这风水，就连铁公鸡的一篓油都改良了，你个老黄狗，当时头里灌满了水泥是不？把脑筋凝固住了？还左右不拆你的狗窝儿。

黄村长笑嘻嘻地听着李村长放外快，乐得也说不出话来了。

望天支行和大地公司的搬迁工作已经准备就绪。望天支行员工提前十天就搬迁到新楼开始试营了。方一天不放心，揭牌前三天又来验收了，觉得妥当了，就和牛行长、秋子去了省城，提前一天把省联社张理事长和李洁冰主任等领导请来了，秋子又通过电话请来了前进牧业的马书记。就在十月一日的早上，铁堂峡门楼前的两个大气球向天空飘飞，迎接着前来祝贺的各位来宾。宽畅的环村公路像一个圆环，紧紧地箍着聚宝盆。望天支行的三层大楼坐在北山下，后院是职工宿舍楼，一个大院子里坐落着一个假山，小桥流水。仿古的建筑古朴而沉稳，端庄雅致。营业室员工身着工作服，精神而富有朝气。营业室全是现代化装备，两名女员工微笑着站在两旁，和大堂经理一起向前来祝贺的领导不住地点头。李洁冰主任给前进牧业的马书记说着什么，很开心的样子。

一进大地公司的大院子，两边分列着两层很宽大的厂房，后面则沉稳地坐着一栋三层的仿古建筑大楼，院子里还建有供员工休息的亭子和长廊。总体风格齐整庄严而又典雅。何区长高兴地给王乡长比画着。

望天支行和大地公司两家的揭牌仪式选定在原信用社旧址前的小河边进行，在临时搭建的台子上铺了红地毯，主席台上宾主依序入座，台下是望天四村的干部及村民等。十点十分揭牌仪式准时开始，鸣礼炮十响，代表着十全十美之意。仪典由方董事长主持，张理事长、何区长、秋子等作讲话和发言。张理事长说：

今天，我们怀着激动的心情，在富有历史和人文底蕴的望天新农村，举行天台望天支行和大地公司两家的揭牌仪式。这次南北两山的新农村整体迁建，是银企两家融洽合作结出的硕果，也说明了农村信用社与农民的鱼水关系。农村信用社就是为农民服务的，农民就是我们的衣食父母。大地公司的崛起，足以说明我们支持农村企业的决心和信心。大地公司的腾飞，必将给望天新村带来美好的福祉。我们农村信用社感到十分自豪的是：我们在西部支持了前进牧业，在东部支持了大地公司。这也是我们支持农民企业走向新时代最有力的见证，也是我们让农民朋友走上共同富裕的道路，向党和人民的献礼！在此，我代表全省农村信用社全体员工，祝愿新落成的大地公司和天台望天支行在今后能够精诚协作、共谋发展、实现双赢！

大家鼓掌后，何区长讲话：

此刻，我很是激动，也很是自豪，因为我站在了一片延续了传统农耕文明既诗意，又保持着完整的原始生态风貌的新农村大地上，我十分振奋，深受感动的是望天农村这一宏大的想象。我刚从外地新农村考察回来，我敢说望天新村在全国都是最生态、最有创意的新农村。这个新农村给我们天台带了个好头，我在这里衷心感谢农村信用社对支持当地新农村建设及经济发展做出的贡献，同时也对大地公司致富不忘本的精神和为人民服务的崇高品德，表示由衷的敬意！希望在他们的带动下，我们天台区全体人民能够更好地奋力拼搏，建设我们美好的社会主义新家园，实现共同奔小康的美好梦想！

秋子作了表态发言：

我今天很是激动。亲眼看到了我们美丽的望天聚宝盆，在政府和农村信用社的支持和关怀下，真正回到了当地村民手中，我非常感谢望天全体村民在本次新农村整体迁建过程中所给予的大力支持。我要用实际行动回报望天的全体村民，创建道德孝悌的望天，创建团结和谐的望天，创建幸福至上的望天。我们共同创建的大地公司不是我个人的私有资产，而是属于望天全体村民。我今天当着大家的面再次表态：大地公司永远属于望天村委会集体所有，要让每一个望天新村的人都持有股份，全体村民都有所受益。另外，大地公司要重新选出年富力强、有文化、懂经营、善管理、能带领大家共同致富的董事长。这是我的愿望，也是办大地公司的初衷。

在经久不息的掌声中，很多村民们都被秋子感动得流泪了。

支行的小会议室，陈列着望天农村信用社建社以来几乎所有的老古董。牛若谷在小会议室里主持召开了他信用社生涯中的最后一次会议，他完全没有了往日的激情，而是含着热泪讲完每一句话的。

今天和大家坐在一起，不是开会，我想和大家拉拉家常，说说我的心事。我为啥要在小会议室陈列这些像垃圾一样的老物件？因为它们上面浸进去了我们老一辈信合人的身影和血汗，更是他们"鸡爪子"和"泥腿子"精神的有力见证。没有它们，就没有我们望天支行的今天，大家要牢记心中。我在望天工作已经三十五年了，加上城里烧锅炉的两年，满满三十七年的工龄。我明显觉得自己老了，今天和大家坐坐，说说话，我就要去合行提请辞职，再不能占着这个位置了。

会场上一片唏嘘声，空气凝重得让人窒息。

这个大步跨入现代社会的农村金融企业，已经不适合我们这些大老粗来管理它了，我也不能再耽误大家的前程。能把一个只有几十万元存款的信用社，发展成一个拥有十五亿资产的现代银行，确实也不容易，大家也跟着我受累了。能与大家一起工作是我的荣幸。我本身就是个大老粗，平常对大家很苛刻，今天要走了，才深感内疚，但为时已晚，只好给大家道歉了！牛若谷说着站了起来，给大家鞠了一躬，这叫在座的员工非常过意不去，个个显得很歉疚的样子。小唐惶恐而内疚地赶紧起来扶住了牛若谷，他重新坐下后又慢慢说，我希望大家记住望天村民，他们是我们的根，我们是鱼水关系，我们是鱼，他们才是水。我们的目的是造福于望天人民，我们的责任是发展和强大我们的农村信合事业！

牛若谷说得很吃力的样子，他好像有点说不下去了，略微挺了挺腰板，喘了一口气又说，今后我还会常来看大家的。你们就是我永远的朋友，永远的亲人！

这次大家没有鼓掌，个个流下了深情的泪水……

日子一晃就是一年，望天新村提前建成了。一个崭新而古老的望天新村展现在阳光里。乡政府、望天支行、大地公司等单位也完全融入新农村的整体布局之中。猛然看去，无法分辨出来环村公路连接着的四个村子，仿佛就是妈妈同一天生出的四个孩子。太极河两岸则拆去了所有民房，变成了整块的麻子地。大片的麻子林铺在川道里，绿毯一样掩映着仿古式样的村落。太极河委婉地画出了和谐的图案，和望天人一道守望着这个美好的家园！

牛若谷这两天有点坚持不住了，决定去医院检查，秋子一定要陪他去，他怕万一有个啥事吓着了秋子，好说歹说才谢绝了她。他连月儿都没让去，但叫上了小田。秋子目送着这位与她风雨同舟的老朋友，心中泛起一阵不祥的预感，她隐隐约约觉得，他的病较重——因为牛若谷这些年一直像一块钢板，从没有软下来的时候。

秋子看着牛若谷坐的车没走铁堂峡的新路，却沿着分水岭的老路走了。她也慢慢走上了分水岭，一心等着他的平安归来。

秋子站在分水岭的酸梨树下，回想着她约牛若谷来这里的情景：

你把我带上山可别对我非礼呀！

你这个木头，竟然还开起带花边的玩笑了。你说说，聚宝盆关键是个

"宝"字，这"宝"指的是什么？

秋子似乎听到了牛若谷结结巴巴地说着这个"宝"。而今天她面对牛若谷远去的背影，想着这个"宝"是什么？此时此刻，难道还是大麻？不——是牛大胆！她闭着眼睛回忆着，不由得心中悸动，惊悚不安起来……

秋子靠在酸梨树上，双手捂着脸，好一阵后，她又听见了牛若谷的笑声：你的设想太大了！

我以为你是个英雄，你却当了逃兵。

我可不是逃兵，你想怎么干，我一定紧跟你。

秋子把手伸了过去，他抓住了，紧紧地握在了一起，然后他展开双臂，抱起了她，并将她高高举起……

秋子回放了在山上和牛若谷的美好回忆，她在微醉中被头顶酸梨树上的鸟儿惊醒，她极不情愿地睁开了双眼。此时，她看见了山下的聚宝盆，她看见了北山青岗叔的小屋……她看见了棉花在那个小院的草亭里弹着琴……她慢慢朝山下走去，走进了那个熟悉的小院，看着自己的心肝宝贝……

她面对眼前的棉花还能说什么？不由泪流满面，泣不成声……白平和把女儿交给她，她没有管好，没有呵护好，叫她受到了残酷的折磨，叫她的心灵受到了严重的创伤，叫她承受了不该承受的灾难。她对不住女儿，这些年一心扑在大地公司，把女儿推给了青岗叔，作为为人之母，她不应该，极不应该……

棉花神情专注地弹着古琴，早就进入了琴曲的意境之中，从容淡定。手在琴弦上舞蹈，动作优美极了，煞是好看。当她在一曲终了的间隙，慢慢地抬起了头，先是一怔，只见妈妈站在院子里，泪汪汪地看着她……

棉花再也忍不住了，她跑下草亭，扑了过来，紧紧地抱着她心爱的妈妈，两人一顿号哭……

后 记

　　我讲一个故事给您听。

　　我讲一个农村信用社支持"三农"的故事给您听。

　　我把故事讲给奔波在农村信用社一心为农的同事。因为我在农村信用社工作了几十年，见到和听到了信合人貌似微不足道，却是活灵活现、有血有肉、可歌可泣的人和事。出于责任和良知，我一定要讲给您。我最怕年轻的信合员工忘记了老一辈人的艰辛，所以，在琐碎而真切的絮叨中，让您深知我们农村信用社历经的沧桑和走过的艰难岁月。请您千万别忘记，是他们这一代代老前辈用坚实的脚板丈量着曲折的路程；是他们崇高的职业道德和友善人品在农村的山山水水中留下了巨大身影；是他们艰苦朴素、勤俭节约的优良传统和"泥腿子"精神为信合大厦的崛起奠定了基石。

　　我把故事讲给父老乡亲，因为农村信用社是农民用几元或几十元的钱儿入股组建起来后，托付我们管理，这无疑就是农民自己的银行。这个群体刚强而又软弱、简单更显大方、厚道不离愚昧。为争一犁土地拼个你死我活，又能将一座高山拱手相让。这就是纯朴、憨厚、善良、可爱的农民。所以，农村信用社为"三农"服务义不容辞。但是，我们也不付重托，六十多年来，农村信用社一直秉承着为"三农"服务的神圣职责，在为农村的经济建设中做出的贡献是有目共睹的。

　　我把故事讲给全社会，让大家听听农村信用社是如何从一穷二白走向辉煌；从原来的"寄养"发展成全省最大的金融企业；从游击队到正规军，发生了翻天覆地的变化。无论从软硬件设施，还是服务管理，都

能够借凭着自身的实力和拼搏精神跻身于金融队伍的前列。请您看看：凡有农民，就有信合人；凡有土地，就有农村信用社。因为我们共同处在农村这片广袤而温情的热土上，毋庸置疑，我们都属于当之无愧的大地之子……

　　面对已出版的《大地之子》，很惭愧！上小学时在高山流水中度过，上中学时以恶作剧为荣，文字功底自然有着先天不足，加之时间仓促，总想在很短的时间讲很多的故事，难免啰嗦无序、叙事冗长；层次较乱、结构松散；人物性格不显明；语言张力不足等缺陷，还望诸君谅解。如在阅读中巧遇熟悉的人和事，千万别对号入座，一笑了之！

　　《大地之子》的出版，得到了甘肃省农村信用社联合社领导和同事们的大力支持和关怀，同时，也得到了天水师院丁念保教授的友情帮助，在此，一并感谢！

二〇一七年中秋节